宋史其实很有趣

叶之秋 著

之 赵匡胤的逆袭

陕西新华出版
太白文艺出版社·西安

图书在版编目（CIP）数据

宋史其实很有趣之赵匡胤的逆袭 / 叶之秋著. -- 西安：太白文艺出版社，2018.1（2023.9重印）
ISBN 978-7-5513-1393-3

Ⅰ.①宋… Ⅱ.①叶… Ⅲ.①长篇历史小说－中国－当代 Ⅳ.①I247.5

中国版本图书馆CIP数据核字(2017)第313890号

宋史其实很有趣之赵匡胤的逆袭
SONG SHI QISHI HEN YOUQU ZHI ZHAOKUANYIN DE NIXI

作　　者	叶知秋
责任编辑	曹　甜　关　珊
封面设计	张洪海
版式设计	新纪元文化传播
出版发行	太白文艺出版社
经　　销	新华书店
印　　刷	西安市建明工贸有限责任公司
开　　本	880mm×1230mm　1/32
字　　数	280千字
印　　张	9.75
版　　次	2018年1月第1版
印　　次	2023年9月第2次印刷
书　　号	ISBN 978-7-5513-1393-3
定　　价	29.80元

版权所有　翻印必究
如有印装质量问题，可寄出版社印制部调换
联系电话：029-81206800
出版社地址：西安市曲江新区登高路1388号（邮编：710061）
营销中心电话：029-87277748　029-87217872

序　言
逆袭的秘密

唐末五代，群雄逐鹿，血战连天。从中唐时期就出现的藩镇割据，犹如一个梦魇，二百年间始终萦绕在华夏大地上。大小军阀们都信奉"天子本无种，兵强马壮者为之"。于是，但有兵马者，或者称王称帝，或者割据一方。从朱温灭唐到赵匡胤陈桥兵变，短短五十余年，中原地区就出现了五朝十四位皇帝。只是这些王朝都是短命王朝，这些皇帝也都是短命皇帝，长则十余年，短不过三五年，就被昔日的心腹大将推翻。

这个恶性循环一直到赵匡胤手中才被打破。

赵匡胤为何能终结华夏两百年的噩梦，开创一个无比辉煌的新时代？

因为赵匡胤是世代贵族，底蕴深厚，如李渊、李世民一般？

非也！赵匡胤虽然也算是官宦子弟，其父也在军中任职，可只能算是中等人家。他青年从军，是从小兵做起，凭借一刀一枪自己挣来的天下。

因为赵匡胤权谋老到，"陈桥兵变""黄袍加身"骗过了天下人？

非也！五代帝王之中，比赵匡胤腹黑者有之，比赵匡胤心狠者有之,比赵匡胤冷血者有之,比赵匡胤贪婪者有之。可是,他们全都失败了。

因为赵匡胤心地善良,杯酒释兵权,给了手下大将许多好处?

非也!若是给大将们一些官帽和银子就可以换来江山稳固,哪个皇帝会不干?关键是许多时候银子也给了,帽子也给了,手下武将依然不满意,依然要造反。毕竟皇帝宝座带来的利润永远是最大。

因为赵匡胤重文轻武,大力打压武将?

非也!乱世正需重武,若轻易打压武将,必然遭遇诸将反叛。赵匡胤是在稳定天下之后,方才偃武修文。

那么,赵匡胤能够成功逆袭的秘密,究竟在哪里?

我们且看一个小故事。

话说赵匡胤当上皇帝之后,有一年冬天天气比较冷,赵匡胤就吩咐宦官赶紧去采购几个熏笼(用来装炭盆的竹笼)。过了三五天,赵匡胤还没见到熏笼,有点生气,就把负责采购的宦官找来询问。

那宦官很委屈,回禀道:"陛下,按照条例规定,宫中购买物品需要先给尚书省打申请报告,尚书省审核通过后将报告发到部里,部里审核后发放到局里。局里做好了预算,再提交部里,部里审核后再提交给宰相。如此层层审核,在宰相批准之后,才能拨款采购。如今才过去三五天,拨款申请都还没下来呢!"

赵匡胤一听大怒,骂道:"是谁制定这样的规矩?"

那宦官低头不语。左右的人说:"这种事情应当去问宰相。"

赵匡胤就把宰相赵普唤来。

赵匡胤和赵普关系极好,于是一开口就责备说:"想当初我没当皇帝的时候,随便花个一二十文钱就可以买到一个熏笼。如今贵为天子,想要一个熏笼,过去三五天了还没见到。这是为什么呢?"

赵匡胤的意思,是说赵普到底搞什么鬼,要刁难、约束自己。

赵普一点不慌张,他回答说:"没办法,宫中规矩如此。"

赵匡胤说:"这是什么狗屁规矩!"

赵普从容说:"这规矩非为陛下设立,而是为赵家子孙设立。我深知陛下度日节俭,可若后代子孙贪于享乐、滥用钱物怎么办?有这么一个层层审批的规矩在,后代子孙若不守规矩,就会有谏官劝阻。眼前看似很麻烦,可长远来看,却是大大有利!"

赵匡胤一听,大喜说:"这规矩太好了!我几天不用熏笼也没啥关系!"

每个人都有这样那样的欲望,每个人也都渴望快意恩仇、肆意人生,可是,赵匡胤却明白,个人的欲望必须服从国家的长远利益。当然,在赵匡胤看来,国家的长远利益,也就是他赵匡胤的最大利益。

史家曾评价赵匡胤说:"规模广大,谋深虑远。"身为一个优秀的领导人,不但需要虚怀若谷、好学不倦、勤政爱民、严于律己、崇尚节俭、以身作则等等优良品德,更需要有长远的眼光,十年、百年的谋划。

那么,赵匡胤究竟有着怎样的深谋,怎样的远虑呢?让我们走进《宋史其实很有趣之赵匡胤的逆袭》,许多精彩的故事正等着您!

叶之秋

目录

第一章 建隆元年

一、苦心经营的"被皇帝"   001
   1. 高调造势   001
   2. 低调密谋   003
   3. 煞费苦心   005

二、出人意料的赏与罚   007
   1. 有过却赏   007
   2. 有功却罚   008
   3. 意料之外与情理之中   010

三、冲动、隐忍皆有度   012
   1. 雷霆手段   012
   2. 雨露之恩   016

四、非常时期的"诚信牌"   021
   1. 诚信可平内   021
   2. 诚信可御外   024

五、谎言的三个境界   027
   1. 初级境界之唯上   027
   2. 中级境界之精密   028

　　　　3. 最高境界之得众　　　　　　　　030

第 二 章　建隆二年
　　一、仁德之君不好当　　　　　　　　032
　　　　1. 长远目光　　　　　　　　　　032
　　　　2. 重在人心　　　　　　　　　　034
　　二、一笑泯恩仇　　　　　　　　　　036
　　　　1. 往日情仇　　　　　　　　　　036
　　　　2. 今朝喜忧　　　　　　　　　　037
　　　　3. 进退有据　　　　　　　　　　039
　　三、良苦用心　　　　　　　　　　　042
　　　　1. 英雄母亲　　　　　　　　　　042
　　　　2. 驳杂真相　　　　　　　　　　044
　　四、治国奇策　　　　　　　　　　　048
　　　　1. 平乱良方　　　　　　　　　　048
　　　　2. 推己及人　　　　　　　　　　049

第 三 章　建隆三年
　　一、让利与争利　　　　　　　　　　054
　　　　1. 小利不弃　　　　　　　　　　054
　　　　2. 大利不取　　　　　　　　　　056
　　二、小事中的大节　　　　　　　　　059
　　　　1. 严守规矩　　　　　　　　　　059
　　　　2. 时或糊涂　　　　　　　　　　061

第 四 章　乾德元年
　　一、一个谎言平两湖　　　　　　　　063
　　　　1. 千载良机　　　　　　　　　　064
　　　　2. 借道奇谋　　　　　　　　　　068

二、赵匡胤坐殿 　　　　　　　　075
　　1. 用心公正　　　　　　　　075
　　2. 非常手段　　　　　　　　076
　　3. 冷血多情　　　　　　　　080
三、历代名将排排坐　　　　　　085
　　1. 驱逐白起　　　　　　　　085
　　2. 名节可贵　　　　　　　　087
四、"祖制都是擦脚布"　　　　　089
　　1. 无规矩不成方圆　　　　　089
　　2. 遇矛盾不妨从权　　　　　091

第五章　乾德二年

一、西川无男儿　　　　　　　　094
　　1. 荒唐君臣　　　　　　　　094
　　2. 平蜀良策　　　　　　　　097

第六章　乾德三年

一、狂妄的胜利者　　　　　　　100
　　1. 骄兵祸国　　　　　　　　100
　　2. 无奈变乱　　　　　　　　102
　　3. 落魄归来　　　　　　　　103
二、孟昶之死　　　　　　　　　106
　　1. 尴尬局面　　　　　　　　106
　　2. 死亡之谜　　　　　　　　107
　　3. 贤明孟母　　　　　　　　110

第七章　乾德四年

一、窦仪难封　　　　　　　　　112
　　1. 副相人选　　　　　　　　112

  2. 祸从口出   115
  3. 帝王心术   116
  4. 艰难抉择   119
 二、赵匡胤尚俭   121
  1. 尚俭以垂范   121
  2. 读史以明哲   124

第八章 乾德五年

 一、秋后不算账   126
  1. 小惩大诫   126
  2. 不赏即罚   129
 二、忠心要表   132
  1. 攻城不如跳水   132
  2. 刺字闹出笑话   134
 三、赵普跋扈   137
  1. 冯瓒大才   137
  2. 交通大罪   139
 四、多面李煜   142
  1. 文弱李煜，因何为君   142
  2. 有心振作，无力回天   145
 五、太祖事佛   150

第九章 开宝元年

 一、不念旧恶   153
  1. 旧怨新仇   153
  2. 赦过责功   155
 二、社稷之臣   158
  1. 鼎铛有耳   158

  2. 小鬼难缠   160

 三、千载良机   163

  1. 间谍外交   163

  2. 兄弟之乱   164

  3. 别样心思   166

第十章 开宝二年

 一、喜忧参半   169

  1. 汉辽乱局   169

  2. 君臣较量   170

  3. 宽仁景宗   173

 二、功败垂成   175

  1. 捷报频传   175

  2. 主动退却   179

  3. 弱敌之策   180

 三、非我，不能也   184

  1. 几道调令   184

  2. 灵州之变   186

第十一章 开宝三年

 一、可贵的信任   191

  1. 君臣重相知   191

  2. 真心换真心   193

  3. 恶人也难弃   195

 二、群魔乱舞   196

  1. 阉宦祸国   196

  2. 女巫弄权   198

　　　　　3. 群贤陨落　　　　　　　　　200
　　三、小丑刘鋹　　　　　　　　　　　203
　　　　　1. 众叛亲离　　　　　　　　203
　　　　　2. 无耻君王　　　　　　　　206

第十二章　开宝四年
　　一、赵普谋利　　　　　　　　　　　209
　　　　　1. 刚强宰相　　　　　　　　209
　　　　　2. 跋扈遭忌　　　　　　　　212
　　二、纯厚中丞　　　　　　　　　　　215
　　　　　1. 温和为人　　　　　　　　215
　　　　　2. 不与党争　　　　　　　　216
　　三、恩威之间　　　　　　　　　　　220
　　　　　1. 雨露之恩　　　　　　　　220
　　　　　2. 冰火相间　　　　　　　　221
　　　　　3. 雷霆手段　　　　　　　　223

第十三章　开宝五年
　　一、昭辅问策　　　　　　　　　　　225
　　　　　1. 烫手山芋　　　　　　　　225
　　　　　2. 脱困良策　　　　　　　　227
　　二、崇矩被贬　　　　　　　　　　　230
　　　　　1. 当代季布　　　　　　　　230
　　　　　2. 将相联姻　　　　　　　　231

第十四章　开宝六年
　　一、多逊之兴　　　　　　　　　　　234
　　　　　1. 媚上得位　　　　　　　　234

	2. 投机求利	236
	二、姚、雷事件	239
	1. 叫板宰相	239
	2. 状告赵普	241
	3. 扑朔真相	242
	三、忠实走狗	244
	1. 赵宋忠臣	244
	2. 党争输家	246
第十五章	开宝七年	
	一、史珪博访	248
	1. 越诬告越升官	248
	2. 幸福时光远去	251
	二、深刻机心	253
	1. 十年磨剑	253
	2. 一战成名	255
	三、精心备战	259
	1. 师出有名	259
	2. 精心择帅	260
	3. 联盟吴越	262
第十六章	开宝八年	
	一、艰难一战	264
	1. 仁肇奇谋	264
	2. 奸佞误国	266
	3. 天不佑唐	268
	二、名将风采	270
	1. 武将不爱钱	270

2. 仁德平南唐　　271
　　3. 谦逊享美名　　273

第十七章　开宝九年

一、迁都之变　　275
　　1. 万世之利　　275
　　2. 隐藏机心　　277
　　3. 即位隐忧　　278
　　4. 权宜之计　　280

二、危机四伏　　282
　　1. 安抚诸弟　　282
　　2. 乘马风波　　284
　　3. 错判形势　　285

三、太祖之死　　288
　　1. 烛影斧声　　288
　　2. 雪夜夺宫　　290
　　3. 迷离真相　　291

第一章
建隆元年

一、苦心经营的"被皇帝"

宋太祖赵匡胤没有像五代其他诸侯一样以血腥暴力来夺取帝位。他苦心经营了一场大戏,把自己描绘成被逼无奈之下才发动兵变,黄袍加身。在实力不行的时候,许多人会靠伪装保命上位。可赵匡胤在万事俱备之时,为何还如此低调?

与前代那些好勇斗狠崇尚武功的暴力君王不同,宋太祖赵匡胤虽然是武将出身,却深知可以马上得天下,却不能马上治天下。于是,赵匡胤没有搞"狡兔死,走狗烹",而是杯酒释兵权,和诸位老兄弟共享富贵。即便是对那些后周的皇室、遗臣,赵匡胤也能够善加抚慰。整个夺权过程,除了后周大臣韩通一家抵抗被杀之外,几乎就是兵不血刃地实现了政权交替。就这点来说,赵匡胤确实可以说是前无古人、后无来者了。

在整场兵变当中,赵匡胤花费心思最多的不是如何攻城略地,而是如何扮演好一个万般无奈"被皇帝"的角色。

1. 高调造势

以当时赵匡胤的地位和影响力,完全有能力直接发动一场暴力政变,但是，用屠刀换来的政权有太多的弊端。血腥只能换来血腥，而不是赵匡胤所期待的长远的和平。赵匡胤和主要智囊赵普思考了很久，最后选择了在建隆元年的正月下手。

下手之前，赵匡胤在京城中散布了两个传言：一个是契丹人和北汉人趁着周世宗去世，在正月大举进犯后周边境的镇州、定州等地。一个是"点检做天子"。

第一个传言让京城百姓官员人心惶惶，尤其是后周的那些掌权者们。当时，后周皇帝柴宗训只有八岁，皇太后符氏垂帘听政。但是，早先仁德聪慧、颇有权谋的大符皇后已经去世，此时当政的乃是符皇后不足二十岁的妹妹。周世宗的意思，是希望小姨子接班继任皇后，就可以好好照顾外甥，当好后妈。只是，小符太后入宫不过几个月，对朝中那些派系斗争尚且没有搞清楚，更不要说处理这样的突发事件了。小符太后只能把一切都交托给宰相范质和王溥二人。

范质、王溥二人知道军情紧急，赶紧招呼担任太尉、殿前都点检的赵匡胤议事。赵匡胤在周世宗即位之初就追随左右，在周世宗去世的前六个月被提拔为殿前都点检，成为后周禁军的最高领导者。周世宗对赵匡胤如此信任，自然，范质和王溥对赵匡胤也没有多心。赵匡胤提出，自己可以带兵出战，但此次敌军攻势强劲，若要成功，必须调派更多的兵马，要求朝廷给他全国兵马的指挥权。两位宰相没有多想，答应了要求。第一个传言，目的已经达到。

第二个传言，赵匡胤的力度拿捏得极好。史料记载"将以出军之日，策点检为天子。士民恐怖，争为逃匿之计，惟内庭宴然不知"。都城百姓人人都在议论，大军出发之日就会作乱，策动点检做天子。百姓很是恐慌，纷纷远走他方，躲避战乱，可皇宫之中竟然不知。原因不外乎两个，一个是赵匡胤的保密工作做得好，只是在市井散布传言。官府就是想查，也查不到赵匡胤身上。另一个，就是军中朝中，有许多人对新皇帝都没有足够的归属感。就算是听到了流言，也隐瞒不报。毕竟赵匡胤势力强大，谁也不愿意做那个出头鸟。可是，范质、王溥两位宰相为什么也没有反应呢？一者可能是两人警觉性不高,这个"点检做天子"的传言不是什么新鲜事,在去年军中就有流传,因此周世宗罢黜了当时担任点检的张永德将军。二者,范质、王溥还要借重赵匡胤带兵平定变乱,在外敌未清除之前,不想过早下手。

总之,赵匡胤这两个传言成功使其夺取了兵权,控制了舆论。后来,赵匡胤真的称帝做了天子,老百姓大都觉得,一切都是天命,对赵匡胤废掉后周恭帝也就少了许多非议。

2. 低调密谋

赵匡胤先让担任副都点检的慕容延钊带着先头部队快速赶往镇州,自己在第二天率领大军前进。慕容延钊和赵匡胤的关系比较微妙,作为殿前司二把手,慕容延钊并没有直接参与陈桥兵变。当赵匡胤称帝的消息传到慕容延钊处,慕容延钊也没有很高兴,只是"从命",听从命令而已。从这一点也可以看出,赵匡胤和慕容延钊之间,虽然关系比较和睦,但是并非铁杆心腹。毕竟,慕容延钊官阶仅仅比赵匡胤低半级,地位有些尴尬。让慕容延钊暂时离开,是最好的选择。

赵匡胤把自己的心腹分成两拨,一拨以石守信为首,率领侍卫亲军防守皇城,掌控汴京,一拨以李处耘为首,跟随在身边,发动大军,图谋兵变。而整场密谋的策划者,则是赵匡胤的第一心腹,之后宋初的一代权相——赵普。

第二天大军出发,走得很慢,到了晚上才走到陈桥驿。大军不走了。史料记载,晚上,赵匡胤在大帐中呼呼大睡,什么事情也没做。可事实是,赵匡胤早就和赵普等人商量好了,如何策动,如何安排,如何处理突发事件,等等。

步骤一、大造舆论。有个叫做苗训的军官,此人懂点面相风水之说,在军中惯有神算之名。苗训在士兵当中散布流言,仔细看看今天的太阳下面仿佛还有一个太阳。这表示什么呢?自古以来大家都知道"天无二日,国无二主",现在天上有两个太阳,就是人间要有新的帝王了。这种神神道道的话在民间极有市场,一传十,十传百,很快全军上下都在议论天有二日这件事情。那么,这个新皇帝是谁呢?人们就联想起之前大家听说的"点检做天子",原来新皇帝就是我们的太尉、点检赵匡胤啊。

那些普通士兵自然不知道,这都是赵普的安排。军中那些将领自然不同,他们知道所谓天命、所谓异相,不过都是用来糊弄人的。要想说服这些将领们,赵匡胤用的是另一招。

步骤二、发动将领。赵匡胤的亲信都押衙李处耘把将领们召集起来,告诉大家:现在皇帝年幼,皇太后听政,我们辛辛苦苦卖命有谁知道?但是太尉大人就不一样了,他带兵多年,对大家都像是兄弟一样。如果他能够做皇帝,那大家就可以一生富贵了。在推举太尉大人做天子之后,我们再北征,那也为时不晚。

大家一听,纷纷赞同。这些人本就是赵匡胤一手提拔的将领,此时无论是从个人感情,还是从长远利害看,都只会选择跟随。于是大家一起去找赵匡胤的弟弟赵光义,由赵光义带着去找赵普。(也有史家认为赵光义并没有参与陈桥兵变,是赵光义称帝之后为自己脸上贴金,篡改了这段史料。)大家都明白,赵匡胤最听赵普的话,只要他出面,赵匡胤一定会听从。

众将见到了赵普,赵普先是假意训斥大家,大家怎么能够做这种大逆不道的事情呢?要是点检大人知道了一定会怪罪你们的。一些人听到这些话,就走散开去。可李处耘知道赵普不过是做做样子,于是再次怂恿大家来见赵普。李处耘还拔出刀来说,以往,军中只要有人稍微有举事作乱的言语,就会被抄家灭门。现在我们已经聚集在一起商议立点检做天子,如果点检不肯出头,那我们就只有死路一条。我们绝对不能答应。李处耘这么一说,所有将领明白,此时就是不反也都晚了。大家都嚷嚷一定要举事。

步骤三、申明纪律。看看大家的情绪都被调动得差不多了,赵普说话也有些松动了。赵普表示,事情也不是不可能,但是,这种夺取政权、建立新朝的事情,不仅仅要看天命,还要合乎人心。为了赢取人心,赵普恳请诸位将领严格约束部下,不得枉杀百姓。一旦都城发生动乱,那举事不但不能够成功,外敌也会入侵,那大家就死无葬身之地了。众将一听纷纷答应。

于是,赵普分派各路将领,谁负责前面开路,谁负责最后防守,到都城之后谁负责监控朝中后周死党,谁负责进攻皇宫,等等。一切分派完毕,赵普派人通报京城大将石守信、王审琦,准备迎接大军回京,夺取皇城。这两个人都是赵匡胤的结义兄弟,接到消息,也立刻做出安排。

一切布置妥当,天亮了。

3. 煞费苦心

赵匡胤还在睡觉,忽然听到几万人一起高呼"点检做天子",被吵醒了。这时候,赵普率领诸将进入大帐,告诉赵匡胤,大家要立太尉做天子。赵匡胤还睡眼蒙眬着呢,看到大家拥进来很是吃惊,还没等做出反应,就被大家拥到议事厅,且被人披上了一件象征皇帝的黄袍。之后,众将全部都下跪,高呼万岁。赵匡胤坚决推辞,说自己无才无德什么的。大家哪里答应,再三恭请。看赵匡胤不同意,赵普示意,大家又把赵匡胤扶上马,逼着前行。大军已经集结,所有人都已经被告知,必须拥立赵匡胤为天子。见到赵匡胤前来,一起下拜,三军高呼"万岁"。

赵匡胤看到推辞不掉,就告诉众将:"汝等自贪福贵,立我为天子,能从我命则可,不然,我不能为若主矣。"众将听后,都下马说:"誓死效命!"赵匡胤很聪明,一句话就把自己篡夺皇位的污名洗刷了大半。自己并非有心夺权,乃是部属逼迫,不得已而为之。

赵匡胤又交代,现在的柴宗训,乃是我们的少主,那些公卿大臣,都是多年的同僚,你们这些人可不能欺负。最近几十年改朝换代,都会放纵军队劫掠官民,大发国难财。我绝对不能允许这样的事情发生。如果可以做到,事后我必定重赏,如果不能做到,别怪我事后翻脸无情,诛灭满门。

众将听后,都再次表态,绝对服从。

看看自己的戏也演得差不多了,赵匡胤下令:大军掉头,夺取京城!就在当天,赵匡胤率军回京。石守信及时打开京城大门,把赵匡胤迎入京城,随即宣布,皇城守卫全部归顺新朝。除了后周大臣韩通一家被杀,几乎没有其他官员遇害。赵匡胤的军队果然军纪严明,没有侵扰百姓,第二天就恢复了集市。

赵匡胤之所以要苦心经营"被皇帝",有两个考虑。

一个是以此来约束众将。看赵普对众将的要求,再看赵匡胤的要求,就可以明白,赵匡胤不想新政权有太多的血腥。之前赵匡胤和众将之间只是上下级关系,之后却是君臣关系。赵匡胤一再推辞,就是要让大家一再请求,然后明白,是你们要我来做这个皇帝,那就要绝对听从我的命令。

第二个,历代以来,废立皇帝都被看成弑君。赵匡胤不想自己背上乱臣贼子的污名,不想让初建的大宋王朝声誉受损,于是有意如此。虽然有的朝代,比如汉魏晋之间,也会搞什么禅让,曹丕夺取汉献帝的宝座,都要三推四让,就更不要说周世宗一手提拔的赵匡胤要废帝自立了。赵匡胤唯有一再强调自己是被逼无奈,才能勉强洗刷自己背信弃义、以下犯上的污名。

二、出人意料的赏与罚

赵匡胤一众在陈桥宣布起事之后,一天就拿下了京城,夺取了政权。在稳定京城之后,赵匡胤开始大封功臣。赵匡胤下达的几道封赏诏令,让世人瞠目结舌,大感意外。可细细品味,却又让人不得不慨叹,赵匡胤能得天下确实有其自然之理。

1. 有过却赏

先说一件小事。

赵匡胤在陈桥驿起事,要回师京城,有两条路可走,一条是经过陈桥门,一条是经过封丘门,陈桥门近而封丘门远,大家自然是走了陈桥门。可是,大军到达陈桥门时,守门的陆卒长、乔卒长(卒长,管辖士兵一百人)以军队已经出师、回军入城必须有皇帝诏令为由,拒绝开门。一些将领建议强攻陈桥门,可赵匡胤下令,大军绕道,经封丘门入城。

赵匡胤的决定无疑是非常正确的。陈桥门守卫虽然不多,然一旦开战,必然惊动京城中后周的死忠分子,他们就有可能集结军队,准备反扑。并且,一旦开战,必有死伤,也会引起京城官员百姓的恐惧。赵匡胤希望建立的是一个长远的安定的王朝,而不是一个短命的军阀政权。

大军到达封丘门,守卫官兵看到黑压压的军队,吓得立刻开门。

原本,大家都认为,陈桥门官兵阻挡天兵,赵匡胤即位之后必然严惩。封丘官员审时度势,开门放行,使赵匡胤最快赶到京城,当然应该得到新皇赏赐。没想到赵匡胤即位后下旨,提拔陈桥门官员,处死封丘门官员。

赵匡胤封赏陈桥门官兵的理由是"旌其忠于所事",陈桥门两位卒长没有开门迎接大军,那是遵循自己的职责,是忠于后周的义举,对于这样的官兵自然要进行表彰。赵匡胤本人对两处的官员个人情感如何不得而知,可赵匡胤却明白,要想夺取天下,要想安定人心,绝不可以凭个人好恶行事。赵匡胤要用这件事情向天下人宣告,赵匡胤虽然夺位建国,但对那些忠于前朝之人绝不滥杀。同理,封丘门守卫官员食君之禄,不能忠君之事,实在可杀。

不过,当赵匡胤表彰诏令下达的时候,有关部门却汇报,陈桥门两位卒长,在接受新皇诏令之前已经上吊自杀而死。赵匡胤闻言大惊,亲自赶到陈桥门。看到两位卒长的尸身后,赵匡胤长叹:"真是忠义孩儿!"从此之后,陈桥门的守卫官兵,就被人称为"孩儿班"。他们的军帽之后都有两根头巾,一根青色,一根红色。青色是为周世宗服丧,红色是祝贺宋太祖登基。陈桥门的大门用黄罗遮蔽,常年紧锁,在一侧开一个小门,供百姓日常出入。

京城百姓纷纷赞叹赵匡胤仁厚,其实百姓们都被"骗"了。赵匡胤封赏陈桥门官员的做法并不能推而广之。陈桥门官员只是一个小军官,对赵匡胤的江山构不成任何威胁。如果朝中出现了一个强有力的反对派,足够有能力对抗赵匡胤军团,而这个反对派正是后周的死忠分子,那赵匡胤会继续予以褒奖吗?

在行军之初,赵匡胤曾经下令:"太后、主上,吾北面事之;朝廷大臣,皆我比肩也。汝等不得惊犯宫阙,欺凌朝贵及犯府库。用命有厚赉,违则孥戮。"赵匡胤说得明白,凡是起事官兵都要尊重后周皇帝,善待后周官员,违背命令,杀无赦。赵匡胤提出要求,此次起事最好能够兵不血刃地拿下京城。因为,一旦有人死亡,尤其是朝中勋贵死亡,就很可能引发后周官场的连续地震。

2. 有功却罚

可是,赵匡胤千叮咛万嘱咐,担任散员都指挥使的王彦升还是杀了人,杀的还正是后周官场上举足轻重的人物——同平章事、侍卫马步军副都指挥使韩通。

后周的中央军(即禁军)主要有两个体系,一个是殿前都点检为首的殿前司,一个是侍卫马步军都指挥使为首的侍卫司。当时,赵匡胤已经担任殿前都点检,是殿前司的最高领导,韩通则是亲卫部队的副长官。这个韩通乃是一位智勇双全的名将,战功赫赫,且处理民政也是一把好手,后周、宋朝的开封新城,就是由韩通营建。韩通有个残疾儿子,从小就得了佝偻病,常年弯着个背,不过人非常聪明,很早就发现了赵匡胤招揽人才、意图夺权的迹象,多次劝告韩通早做准备,可是韩通不信。前几年韩通曾经和赵匡胤共同处理军务,在最后决断之时,韩通独断专行,惹得许多将领不满,可赵匡胤从来不和韩通对抗,处处退让。于是韩通认为赵匡胤绝无胆略叛变,以致错过了除去赵匡胤的最佳时机。

等到赵匡胤的部队进入京城,各大衙门很快被赵家军控制起来。韩通正在宫中办公,听到消息急忙出宫赶回家中。韩通想找儿子商议,如何调兵遣将保守京城,没想到半路上遇到了王彦升。这个王彦升乃是一个莽夫,力大无穷,作战勇猛,为人残忍好杀。王彦升一见到韩通,就率军追赶,韩通一路逃跑,回到家中,关闭大门。原本,王彦升完全可以将韩府包围起来,控制起来,这样韩通就无法阻碍起事了。可王彦升却命人砸开大门,纵马冲入,且见人就杀,将韩通一门老小数十人全部杀害。

王彦升得意扬扬,自以为立下人功。消息传到赵匡胤那里,赵匡胤大怒,将王彦升大骂一顿,王彦升还不服气。也有将领认为赵匡胤不过是做做样子,人家王彦升帮你除去起事最大的障碍,感谢还来不及呢。

可赵匡胤却下旨,追赠后周大臣韩通为中书令,按照宰相的礼节好好安葬韩通。韩通图谋对抗起事不但无罪,反而受到了朝廷嘉奖,这是怎么一回事?几天之后赵匡胤对陈桥兵变中参与的将领进行表彰,石守信、高怀德等十多人都加官晋爵,大都连升数级,成为宋朝开国勋贵。王彦升被任命为铁骑左厢都指挥使,担任京城巡检,官职虽然有升迁,可比起同样起事的其他将领差得太远,王彦升很不服气。可赵匡胤说得明白,在入城之初,就已经颁布军令,严禁杀害朝廷官员,你王彦升参与起事有功,可违抗军令却当斩,此时不杀,已经是莫大的恩情。

王彦升心中恼火,于是在巡查京城时故意到原后周官员家中,借口巡查逆贼,大肆敲诈财物。若只是敲诈寻常官员也还罢了,这王彦升胆大包天,竟然跑到宰相王溥家中。王彦升宣称自己巡查辛苦,口渴难耐,到王宰相家讨口酒喝。王溥连忙摆下酒宴好好招待。王溥虽然是宰相,却是后周宰相,此时宋朝初建,虽然王溥已经宣布投诚,但未来赵匡胤会如何对待,还是一个未知数,王溥也不敢贸然得罪赵匡胤的部下。没想到王彦升喝了几杯更加嚣张,大声嚷嚷要王溥把钱财交出来,把王溥的老婆孩子吓得半死。王溥好不容易把王彦升打发走,半夜里思前想后,决定把这件事情告诉皇帝赵匡胤。一来,今天没有满足王彦升,日后王彦升必然还会来骚扰;二来,王溥也可以借此事试探下赵匡胤对前朝老臣的态度,是否真的如宣称的那样仁德宽厚。

听到王溥诉说之后,赵匡胤大怒,即刻下旨,将王彦升外放为唐州刺史。凡是参加起事的将领或早或晚都出任节度使,成为一方诸侯,唯独王彦升到死不过是州防御使。

王彦升郁闷了,可王溥和众多后周降臣却大感放心。

3. 意料之外与情理之中

从此可见,赵匡胤赏赐陈桥门官员,贬斥王彦升,并非一时冲动,而是几番思量做出的正确决断。或许有人会说,陈桥门、韩通这些人都已经死了,赵匡胤当然可以重赏以欺瞒天下人,博取仁德之名,对于那些一直活跃的反抗分子赵匡胤就不会心慈手软了。

此话对了一半,错了一半。

对的一半,赵匡胤对那些严重威胁到自己统治的后周余党,打击起来确实不遗余力。错的一半,赵匡胤真正要打击的人极少。放眼天下官员,有品格、有原则的君子很少,居心叵测、意图自立的野心家也很少,多数官员"千里做官只为财",大家都是为了混口饭吃,都是为了要活下来。

说一个小故事。赵匡胤有一天出行,半路上经过树林。赵匡胤骑在马上,忽然,从树林当中"嗖"的一声射出一只利箭。幸亏赵匡胤戎马半生,身手敏捷,一侧身,箭射到旁边侍卫拿的旗杆上。手下那些官员顿时紧张起来，人人大喊"抓刺客!"可赵匡胤命令部下继续前进,赵匡胤看看树林,说:"教射,教射。"他的意思是说,你要想来行刺我赵匡胤,还要再去多学几年箭法。赵匡胤被人行刺,竟然还如此洒脱,如此从容,让时人诧异。当一行人回到京城之后,有关官员申请全城戒严进行搜捕,将刺客一网打尽,可赵匡胤却命人照常工作,当作什么都没有发生就好。一开始,大家都很紧张,担心下一次的行刺。没想到这种情况再也没有发生。

　　赵匡胤处理行刺事件非常高明,若赵匡胤展开大搜捕,必然会有许多后周官员被捕,也必然会有许多人被冤入狱。那些本来就在观望、占据绝大多数比例的普通官员为了生存,就只能加入到反抗者的行列。倒是赵匡胤放手不管,让世人明白,新朝宽大,自然人们也就不愿意冒险去搞什么行刺叛变了。

　　以不杀来止杀,赵匡胤这温柔一刀,可谓高明。

三、冲动、隐忍皆有度

在赵匡胤占领汴梁之后,原后周其他藩镇蠢蠢欲动,盘踞山西的李筠和称霸淮扬的李重进先后发动叛乱,赵匡胤亲自率军征讨。在最初的一年,赵匡胤对那些后周臣子时而雷霆万钧,时而和风细雨,手腕虽然不一,效果却好得出奇。

公元960年,周恭帝禅位,赵匡胤登基。不过,实际来讲,赵匡胤所控制的不过是京畿地区,天下各路诸侯是否认可这个新政权,还是一个未知数。

赵匡胤借助抵抗北汉入侵的名义,掌握了后周最精锐的中央军。不过,各路诸侯中不乏野心勃勃且实力强大者,比如镇守泽州、潞州的昭义节度使李筠,盘踞两淮的淮南节度使李重进。在后周的地盘之外,又有倚仗契丹常年窥视的北汉,拥有长江天险、水军强大的南唐以及其他许多政权。为了最大限度地收揽人心,减少阻力,赵匡胤制定了不同政策,在最短的时间稳定了原后周境内诸侯。

1. 雷霆手段

先说李筠。这个李筠乃是后周太祖时期的权臣,战功赫赫,八年以来一直镇守泽州、潞州,把这一块地方打造成了他个人的小小王国。周世宗即位之时,李筠就已经暗地里聚集一些亡命之徒,图谋自立。只是周世宗御下有方,且几次征战,连番大胜,手下更有一大批优秀将领,让李筠不敢下手。等到周世宗病逝之后,李筠蠢蠢欲动。当赵匡胤在京城兵变得手,李筠眼红不已,立刻派出使者前往北汉、南唐,希望两国能够和自己联手,共图大计。北汉和后周乃是世仇,自然不希望中原又出现一个强大而统一的政权,于是就答应联盟。已经臣属于后周的南唐相对保守。当李筠的使者来到南唐的时候,南唐国主李璟将使者收留在驿馆,却一直没有给李筠明确的答复。很明显,李璟在观望,看看局势再表态。

当赵匡胤的使者来到李筠官衙的时候,李筠本想公开抗命。论级别,赵匡胤是太尉、都点检,李筠是检校太傅、同平章事,名位在赵匡胤之上。要论资历,赵匡胤不过是周世宗在位时期从基层提拔起来的年轻将领,成为都点检不过半年,可李筠早在后周建国之初,就已经立下大功,成为宰相级别的高官了。

可是属下全部劝阻李筠,毕竟赵匡胤手上有着天下最精锐的禁军,在没有准备充分的时候就公开对抗,于己不利。李筠勉强答应,到府门前下拜迎接圣旨。可李筠心中有怨气,也想试试赵匡胤对自己的态度究竟如何,接旨之后邀请使者入厅堂休息,大家正在喝酒听曲、其乐融融的时候,李筠忽然命人找来周太祖郭威的画像挂在大厅正中,且哭泣不已。李筠哭什么呢?当然是慨叹周太祖郭威建国艰辛,不想才十年就被赵匡胤夺权。李筠也是在讽刺赵匡胤,周世宗柴荣对赵匡胤天高地厚之恩,赵匡胤竟然在周世宗死后,欺负人家孤儿寡母,做出篡权这等卑劣的事情。

使者自然满脸尴尬,还是宾客们打圆场,说李筠是喝多了酒,失态了,希望天使不要怪罪。使者回去后自然一五一十告诉赵匡胤。从这个时候起,赵匡胤就下定决心,一定要铲除李筠。

李筠在使者走后,也加紧步伐准备谋反。李筠在山西地区经营多年,手下有名将儋珪,一杆枪横行边关无人能敌,且拥有一队由拔汗马组建的精锐骑兵,和北汉契丹交战,从无败绩,实力绝对是诸侯第一。

可惜李筠有一个儿子叫做李守节,和父亲不是一条心。李筠一心自立,李守节却认定赵匡胤势力强大,父亲自立无异于自取死路,多番劝谏,可父亲不听。李筠为了进一步打探赵匡胤对自己的态度,就把儿子派到京城。李筠这样做的目的很明显,一方面是迷惑赵匡胤,让赵匡胤明白,我儿子在你的手上,我李筠绝不会叛变,为自己起兵拖延时间。另一方面也是李筠极为仇恶儿子,既然儿子李守节多番阻碍自己兵变,那就把儿子远远地派出去。可李筠此举,无异于送羊入虎口,把儿子生生给卖了。李守节心中自然不是滋味。

李守节入宫拜见,赵匡胤听闻李守节赶到,主动迎出大殿,远远地就打招呼:"太子,汝何故来?"听到新君称呼自己为"太子",道破父亲的图谋,李守节吓了一跳,连忙叩头,说:"陛下何言!此必有逸人间臣父也。"赵匡胤哈哈一笑,说:"吾亦闻汝数谏,老贼不汝听,不复顾藉,故遣汝来,欲吾杀汝耳。"赵匡胤说得明白,李筠是李筠,李守节是李守节。李筠图谋叛变,是国之老贼,自然要除之而后快。可你多番劝谏,乃是忠义之人。赵匡胤又道出李筠就是想借刀杀人,挑拨李守节父子关系。

既然赵匡胤已经识破了李筠派儿子试探的意图,赵匡胤会怎么做呢?杀掉李守节这个潜在的奸细?软禁李守节作为人质?都没有。赵匡胤明白,既然李守节的意见和父亲不和,自然不会为李筠通风报信。既然父子二人已然闹僵,李筠也必不在乎儿子李守节的生死。既然如此,最好的处理方法就是把李守节放回山西,让其回到父亲身边,做一颗定时炸弹,如此,对大宋一统最为有利。

赵匡胤告诉李守节:"盍归语而父,我未为天子时,任汝自为之,我既为天子,汝独不能小让我耶?"赵匡胤虽然武将出身,说话却堪称艺术。你何不回去告诉你的父亲。我没有做天子的时候,任凭你在山西如何作为。可现在我既然已经做了天子,唯独你就不能稍微让下我吗?赵匡胤的话看似客气,可一个"独不能"软中有硬,天下诸侯尽数臣服,你却意图谋反,必然死路一条!赵匡胤骨子里满是傲视天下的豪情。

李守节回归之后,李筠没有退缩,按照他的性格,他的势力,不尽力一搏绝不可能罢手。赵匡胤有精锐禁军不假,可李筠认为自己的部队战斗力同样超群,且自己乃是后周老将,那些禁军高级将领大都是李筠旧部,只要李筠一声号令,必然倒戈来投。李筠再次派出使者前往北汉,北汉答应出兵。然后李筠率领军队进入泽州,将亲附朝廷的官员擒拿,换上自己的人马,同时,把潞州老营交给儿子李守节看守。

李筠起兵,有利有弊。其利,赵匡胤夺权不久,汴梁城中尚未完全安定,朝中依然有后周大臣掌权,且有北汉结盟,没有后顾之忧。若短时间赵匡胤不能平定李筠之乱,整个长江以北地区必然群雄纷起。其弊,赵匡胤即位之后,传诏天下,天下诸侯望风归属,只有李筠孤军作战。赵匡胤得以用远远超过李筠的优势兵力集中打击李筠。如果能够打持久战,自然于李筠有利,怕就怕三下两下就被赵匡胤给消灭了。于是,有部下建议,不如放弃泽州、潞州城池,西下太行山,从怀州、孟州通过,直奔洛阳。这样,进可以夺取天下,退可以入关中自保。这个建议应该说非常合理。当赵匡胤向赵普询问如何平定李筠的时候,西京留守向拱和枢密直学士赵普都提出,必须快速进军,在李筠转战太行之前消灭李筠。

可惜,李筠自大,自以为在泽州、潞州经营多年,何必要远走太行、洛阳呢。

五月,宋军的先头部队在大将石守信的带领下在泽州南部和李筠部队展开大战。初次作战宋军就大败李筠部队,北汉援军也被击溃。李筠率领一小部分残兵败将逃入泽州城,据城固守。李筠还是很能扛,虽然野战失利,可防守战却打得很精彩。宋军猛攻泽州十天都没有拿下。

前线溃败的北汉残部退入潞州,士气低迷,不断散布流言,投降可活,求战必死。李守节本应该将那些惑乱军心者擒拿、斩首,可李守节对父亲自立本就不支持,在回归山西之后更对赵匡胤心存感激。面对那些毫无战意的将领,李守节无意责罚。于是,六月,多位将领率领部队开关出降,造成极为恶劣的影响。整个战区的形势,也完全逆转。李筠大怒,亲自斩杀了多名散布投降言论的将士。可李筠的杀戮,让更多的将士惊恐不安。大家经常聚集在一起讨论怎样才能活命。李筠更加恼火。

与此同时,赵匡胤亲自率军猛攻泽州。当泽州城破的前一天,李筠的爱妾刘氏曾经劝说李筠出逃。刘氏说,府中现在还有数百匹良马,大家可以骑上快马赶往上党。上党城池坚固,易守难攻,且靠近北汉,也便于求援。刘氏确实是一位颇有见识的女子。当时,只要李筠存活,就会有不少旧部追随,北汉也不会放弃这个可以牵制赵匡胤的有利棋子。如此一来,胜负存亡还未可知。李筠很是心动。

可这时候有一位将领说,大王(李筠接受了北汉赐予的西平王名号),我们不能出城。此时城中官兵人人都说会和大王同心,可一旦出城,保不齐就会劫持大王投降敌人。万一如此,那可就后悔莫及了。李筠犹豫不决,想了一个晚上,就此错过了出城的最佳时机。

不过,话说回来,交战才一月,李筠就沦落到父子相疑、人人自危的境地,就算是李筠侥幸逃往上党,也支撑不了几天。

泽州攻破之后,潞州的李守节不战而降。从李筠在大战之时依然把潞州交托给儿子李守节看,李筠对儿子虽有不满,却未必毫无父子情分。可赵匡胤一番话却让李守节心中有了阴影,于是,赵匡胤一直猛攻泽州,对潞州则虚张声势,而李守节也就坐观成败,葬送了父亲的性命。赵匡胤这招离间计很毒呢。

当然李筠之败关键在还自身。赵匡胤的兵力、才干远过李筠,能在听闻手下建议之后,立刻做出决断,快速进兵,防止李筠壮大。赵匡胤自身强大依然看重对手,是以获胜。李筠的兵力、才干远不如赵匡胤,却盲目自大,轻视对手,落败正在情理之中。

李守节投降了,赵匡胤赦免其参与谋逆之罪,不过,山西地区是不能待了,赵匡胤把李守节远远派往山东的单州担任团练使。如此一来,既可以彻底切除李家的势力,又可以告诉其他徘徊观望的诸侯,投降好处多多,死抗小命不保。

2. 雨露之恩

如果说李筠是存心谋反,赵匡胤必除之而后心安,李重进就不同了。

赵匡胤夺权之后,李重进本心并不想作乱。当赵匡胤受禅的消息传到扬州,李重进主动请求入朝觐见,以明心志。可赵匡胤不想给李重进当面解释的机会。这是为什么呢?

因为李重进特殊的身份。

这个李重进乃是后周太祖郭威的亲外甥,在郭威时代曾经图谋争夺太子之位,可惜落败于柴荣。郭威临终时,把三人叫到床前,当场宣读诏书,传位于义子柴荣。当时,郭威的女婿、后周军队的最高领导之一的张永德第一时间就下跪,以君臣之礼拜见柴荣。李重进不忿,可看当时形势,无奈之下才勉强下跪。

柴荣即位成为周世宗之后,对李重进多番打压。柴荣拉拢张永德,提拔赵匡胤,在军中排挤李重进。当周世宗去世之时,更传下遗诏,命李重进远赴扬州,担任淮南节度使,让李重进远离朝廷,远离权力中心,保证儿子能够正常继位。

可惜,人算不如天算,周世宗将张永德罢去都点检之位,将李重进驱逐出京城,自以为如此,儿子就能够安枕无忧,岂料一切都是为他人做嫁衣。李重进本来是后周侍卫马步军都指挥使,是亲卫部队的最高领导,如果李重进在京城,以他在军中的影响力和骁勇的作战能力,赵匡胤要顺利夺权,几乎是不可能。

正因为李重进有如此实力,赵匡胤在夺位之后,就算李重进远在扬州,也不能安心。正如赵匡胤的那句名言:"卧榻之侧,岂容他人鼾睡?"就算李重进没有谋反之心,但李重进有谋反之能,那就不能不除去。

赵匡胤让翰林学士李昉写了一道拒绝李重进入京面君的诏书,并且交代李昉,言辞要委婉一些。李昉不愧是宋初文豪,诏书写得八面玲珑。诏书写:"君为元首,臣作股肱,虽在远方,还同一体。保君臣之分,方契永图,修朝觐之仪,何须此日。"可就算李昉写得再委婉,说什么君臣本是一体,可人家想要觐见请安你都拒绝,事实俱在,再美的言词也是白搭。李重进收到诏书之后,原本还有一丝侥幸的心彻底凉了。赵匡胤摆明了要收拾自己!在这样的情况下,李重进开始招揽一些亡命之徒,加厚城墙,准备和赵匡胤拼个鱼死网破。

五月初的时候,山西的李筠派出使者找到了李重进,希望和李重进联手对付赵匡胤。李重进就仿佛溺水时候找到了一根稻草,就把李筠当成自己活命的希望了。李重进派出心腹军官翟守珣前往潞州。没想到这个翟守珣和赵匡胤手下的大将李处耘早年就认识,看到赵匡胤夺取天下之后,天下那些诸侯大都臣服,翟守珣权衡利害,觉得投靠赵匡胤利益更大。于是,翟守珣没有去潞州找李筠,反而跑到汴梁走李处耘的门子见到了赵匡胤。赵匡胤得到了李重进的密函很是高兴。之前李重进上表请安,自己正愁没什么借口讨伐李重进呢。现在李重进和李筠有意勾结,图谋不轨,人证物证俱在,还有什么好说的。

只是,赵匡胤不想二李同时发难,于是交代翟守珣,务必先稳住李重进。翟守珣回到扬州,告诉李重进,自己已经见到了李筠,不过李筠野心很大,实力平平,且父子不和,定然不是赵匡胤的对手。从李重进的角度考虑,还是按兵不动,等待时机为上。李重进没有多想,全部照办。

果然,大宋军队五月出兵,六月就平定了李筠。李重进得到消息,吓得心惊肉跳,还好自己没有动手!

可就在李重进庆幸的时候,赵匡胤的诏令到达扬州,罢去李重进淮南节度使职务,调任为平卢节度使。李重进收到诏令自然心中悲愤,想李重进来扬州不到一年,勉强算是在扬州站住了脚跟。这赵匡胤竟然要把他调到与契丹接壤的边关做什么平卢节度使,明显是要斩断李重进的手脚,把李重进往死里整了。

赵匡胤料定李重进收到诏令之后必然怨恨,为了进一步迷惑李重进,让大家重新休整,争取集结时间,赵匡胤又派遣亲信六宅使陈思诲带着丹书铁券前往扬州,赐予李重进,保证李重进世代富贵。李重进刚刚死掉的心,又有了一丝虚妄的希望。

赵匡胤在进兵之前,再次向赵普请教。赵普说李重进虽然是后周宗室,在军中有一定影响,和三国时期四世三公出身的袁绍有一拼,可李重进在扬州虽有一年余,对部下将士、两淮百姓却没有什么恩德,只是一味凭借淮河之险,修缮城墙,想负隅顽抗。消灭李筠还要讲究速战,防止坐大,至于李重进早一点进攻也好,晚一点进攻也好,李重进都会被消灭。当然,兵法崇尚快速,且我军在大败李筠之后士气旺盛,快速攻取也必然取胜。

于是,赵匡胤以李重进不服从朝廷诏令调任平卢为由,派遣石守信、李处耘等将领率军进攻两淮。

在大军开拔之前,赵匡胤召集全军高级将领开会。会上,赵匡胤告诉大家:"朕于周室旧臣无所猜间,重进不体朕心,自怀反侧,今六师在野,当暂往慰抚之尔。"李重进在后周军中担任亲卫部队最高领导多年,赵匡胤手下也有不少将领曾经是李重进的部下。老部下攻打老领导,总是会有些抹不开面。赵匡胤就是要告诉那些对李重进还心存歉意的部下,自己对于后周的宗室旧臣一向是很看重,一向是不计前嫌的。现在进攻李重进,责任不在他赵匡胤而在李重进自身。是李重进心怀不满,意图作乱。现在赵匡胤亲率大军前往征讨,并非想着杀戮,而是借此安抚李重进。

既然赵匡胤有言在先,在场的将领都是人精,心领神会,在攻城之时,人人不敢懈怠偷懒,否则便有藐视君王、交通叛逆之嫌。结果大军到达李重进的扬州城下,一天扬州就被攻破了。

李重进多番修缮后固若金汤的扬州城为何一天就被攻破呢?除去赵匡胤一再给李重进灌迷魂汤、让李重进没有全力做出反抗之外,李重进自身也存在许多问题。正如赵普对李重进的评价,李重进在扬州时间不算长,叫和手下将士感情淡漠。这个李重进是后周宗室,多番作战,劫掠财物无穷,可对于手下将士却极为吝啬。李重进自己整天饮酒宴乐,可部下一杯酒一块肉都吃不到,手下将士自然怨恨。

除了吝啬之外,优柔寡断、瞻前顾后也是李重进败亡的重要原因。赵匡胤想要除去李重进的意图已经昭然若揭,可当赵匡胤给李重进一个虚假的希望,李重进立刻就一厢情愿地相信。当扬州城快要攻破的时候,部下提出,赵匡胤的使者陈思诲欺瞒主帅,该当斩首。可李重进依然对赵匡胤抱有希望,他说:"吾今举族将赴火死,杀此何益?"李重进很仁慈,但从某种角度上说,对敌人的仁慈,就是对自己的残忍。当李重进自焚之后,部下还是杀死了陈思诲。当赵匡胤进入扬州之后,部下将李重进军中高级将领数百人聚集起来,全部杀死。李重进本人自焚,可还有许多家人不舍得自杀,也被赵匡胤抓住,全部杀害。赵匡胤连李重进的兄弟家中上百口也都不放过,全部斩杀。

可以说,赵匡胤对待对手或者潜在的对手那是毫不留情的,必欲除之而后快。不过,若仅仅如此,赵匡胤就是一个昏君暴君了。在大肆捕杀李重进一党的同时,赵匡胤也下诏,赏赐扬州百姓每人五十斤大米,十岁以下的小孩都可以领取二十五斤,将李重进强行征来的士兵全部释放,且给些衣服鞋袜遣送回家。那些战死的士兵百姓,赏赐其家属每人三匹丝绢,并免去其家三年的赋税徭役。

于是,百姓们在叹息李重进一家兵败被杀的同时,都在感念新皇帝赵匡胤恩泽万民,祈愿赵匡胤长命百岁,江山永固。

四、非常时期的"诚信牌"

二李被赵匡胤武力平定了,一些后周旧臣看到风向不对,主动投靠赵匡胤。可是,这些人中有的是真心臣服,有的却在投机观望。短短一年时间,原后周全境都臣服在赵匡胤的脚下。面对无数的鲜花和掌声,赵匡胤会怎么做?

赵匡胤发动陈桥兵变,一朝之间夺取了汴梁,逼迫周恭帝禅位。但是,并不是说,整个后周的地盘就都归属于赵匡胤。赵匡胤真正掌控的不过是京畿地区而已。当然,从周世宗时期开始,朝廷就有意识地开始将各地精锐拨到京城充任禁军,于是,当赵匡胤掌握了天下精锐的部队之后,原后周官员多数只能选择臣服。不过,五代以来各地节度使都拥有独立的兵权、财权、人事权,就算是赵匡胤手上有杀人利器,若天下诸侯群起攻之,也是双拳难敌四手。于是,合理招抚、适度打击就成了赵匡胤快速夺取地盘的一项宗旨。

在招抚手段当中,最重要的一项,就是告诉那些原后周官员,只要你认可新政权,那新君将保证你富贵照旧。赵匡胤在登基的当天,就派出宦官带着自己的亲笔信前往各州,将自己登基之事晓谕天下。

看到新君如此有诚意,多数官员也就选择了顺从。

1. 诚信可平内

在众多节度使当中,有一些和赵匡胤走得比较近的,比如驻守现在的北京地区的雄武节度使王景守,驻守甘肃地区的定难节度使李彝殷,驻守河北地区的天雄军节度使符彦卿、忠武节度使张永德。对于这些人赵匡胤一律予以封赏,加封太保、太尉、太师、侍中,以示恩宠。

这四路节度使当中,符彦卿的势力最大,军力最强,不过和赵匡胤乃是亲戚,赵匡胤很放心。

符彦卿是后周王朝绝对的重臣。此人十三岁就能够上阵杀敌,二十来岁就出任刺史,年轻时曾经率领数百人从数万契丹大军从救出自己的主帅,三十岁出头就成为名震天下的将领。进入后周,周太祖郭威对符彦卿非常看重,封符彦卿为王,并且让养子柴荣娶了符彦卿守寡的女儿。符彦卿已经成为后周时代仅次于周世宗的第二号人物。在周世宗去世前不久,皇后符氏去世,为了拉拢符彦卿,保全幼子柴宗训,周世宗又娶了符彦卿另一个女儿为皇后。可见符彦卿在朝中的位置。

可惜周世宗一世谨慎,把朝中凡是有可能篡位的反对者一一驱逐出朝廷,却忽视了赵匡胤。当然,也并非周世宗忽视,实在是赵匡胤掩饰得太好了,以至于周世宗到死也毫不怀疑赵匡胤的忠诚。

赵匡胤和符彦卿是亲家,其弟赵光义的妻子就是符彦卿的小女儿。于是,符彦卿既是后周的国丈,又是大宋的外戚。符彦卿对于后周有感情不假,可赵光义也是他的女婿。眼下赵匡胤拥有兵权,掌握了天下,也少不了他符彦卿的好处。

于是,当赵匡胤下诏加封符彦卿为太师之后,盘踞河北、拥有重兵的符彦卿选择了顺从。

张永德本是赵匡胤的顶头上司,此前的几年,两人关系融洽,如果没有张永德的提拔,赵匡胤不可能升迁那么迅速。当初赵光义结婚,赵家没钱,是张永德拿出钱来,把婚事操办得风风光光。

可最近一年,两人之间却有些尴尬。

赵匡胤想要上位,夺取兵权,就必须赶走当时担任殿前都点检的张永德。在周世宗北伐契丹的时候,赵匡胤故意将一个装有"点检为天子"的皮囊放在公文之中。周世宗看到之后疑心顿起,虽然张永德和周世宗的关系也不错,张永德也一直很低调,可张永德毕竟是周世宗的女婿,是可能谋夺皇位的危险人物。为了保证幼子顺利即位,周世宗还是将张永德罢去殿前都点检,发配到地方担任忠武节度使。赵匡胤做事情比较隐秘,可张永德却未必没有想法。两人的关系就变得微妙起来。

之后,赵匡胤顺利接任都点检,掌控三军,经过了半年的筹划,夺取了政权。此时,如何对待张永德呢?

张永德收到赵匡胤登基的消息,主动请求上朝问安,赵匡胤答应了。张永德和李重进不同,彼此还是有些恩情,不过,毕竟两人之间有过一段过节。于是,赵匡胤在接见张永德的时候故意说了一件事情。

赵匡胤说:"驸马(赵匡胤此前一直称张永德为驸马),昔闻有通天犀带,不知今在何处?"张永德说:"往以征淮,过用官钱二十万贯,已偿之矣。"之前,张永德也参加了剿灭李重进的战争,当时张永德私自挪用了官府钱粮二十万贯(两),用宝带做了抵押。赵匡胤早就知道这件事情,到此时才说出来。既然张永德能够主动交代挪用公款,对赵匡胤很诚实,那就表示张永德此人依然可信。既然张永德有心,那赵匡胤自然投桃报李。

赵匡胤问:"尚欠几何?"张永德老实交代:"五万贯。"赵匡胤当即下旨,将这笔欠款抹去,另外赏赐张永德二十万贯。你不是没钱用吗,不必挪用官府钱物,我赏赐给你。张永德感激万分。之后,张永德被调任为武胜节度使,转换防区,平级调动,略示薄惩。张永德也无话可说。

在打了一通"诚信牌"暂时稳住了各路诸侯之后,赵匡胤快速出兵,把刺头李筠和李重进给收拾了,下来开始招呼其他的节度使。

对于一些关系尚可、没什么野心的节度使,赵匡胤下诏,将他们平级调任,到别的地方继续当节度使。既然官职照旧,富贵照旧,一些节度使也就不好多说,打包袱走人到新地方上任。对于这一类节度使,赵匡胤不像其他的君王,喜欢搞什么秋后算账,只要不是自己的人马一律除掉。赵匡胤很仁慈,也很明白官场潜规则,你自己吃肉,也要让人家喝汤。于是,节度使继续当,甚至当到老死、病死,儿子亲属也可以入朝为官,一切从优。只是,去世之后,节度使的官爵朝廷收回。

对于一些关系平平、还摸不准心思的节度使,赵匡胤下诏,你节度使照旧,朝廷给你一个有名无实的爵位,然后,派个官员监督你。

原后周成德节度使郭崇,乃是郭威的远房亲戚,当赵匡胤称帝诏书到达之时,他想到郭威当初对自己的恩情,哭泣不已。督察官员将郭崇偷偷抹眼泪的事情密奏给赵匡胤,并且提醒赵匡胤,成德军所在地靠近边关,要提防郭崇作乱。没想到赵匡胤下明诏告诉郭崇,有人奏报你日夜哭泣,不满新朝,我却不这么认为,我向来以为,你郭崇乃是一个看重恩义的磊落汉子,哭泣一事必然是旧恩难忘吧。郭崇一看,很是感动,心中对旧主的愧疚,就变成对新君的感恩了。督察官员把郭崇接到新诏书之后的种种表现一一上报,赵匡胤这时候才真正放下心了,赵匡胤故意在百官面前宣布:"我固知崇不反也!"郭崇听到消息,也就放下心来。

对于那些关系平平且有点野心的节度使,赵匡胤也不是一味打杀。当保义节度使袁彦听说赵匡胤自立之后,也开始在自己的一亩三分地上厉兵秣马,准备争夺天下。赵匡胤不放心,派出自己的心腹大将潘美前往监军。潘美手下本有数万大军,可潘美竟然单人独骑进入城池,告诉袁彦和各级官员,皇帝对各位绝无加害之意,只要你们同意随自己入京面圣,就可以保证今后的富贵。袁彦的部下一听,全部都放下了武器。袁彦自己也即刻准备行李,随潘美赴京面君。赵匡胤听闻潘美不费一兵一卒平定保义军,很是高兴,说:"潘美不杀袁彦,成吾志矣。"从此句可以看出,袁彦叛乱确实有迹可循,一般君王也就大刀砍下了。潘美之所以单人入城劝说,一方面是潘美本人仁德,另一方面也是贯彻赵匡胤和平政变,和谐治国的理念。见过袁彦之后,赵匡胤多番安抚,让袁彦到其他地区担任节度使。

正因为赵匡胤如此善待各路节度使,用心化解彼此的隔阂和误会,才使得赵匡胤能够在即位之后不到一年,就基本平定了原后周地区。

2. 诚信可御外

邻近国家对这个新成立的宋朝政权虎视眈眈,后周的世仇北汉就主动联络李筠和李重进,联手对付宋军。在赵匡胤平定李筠的时候,北汉的宰相卫融也被捕了。卫融颇有智谋,就是他,在赵匡胤登基之初,就劝说北汉国主联合李筠、李重进,甚至是南唐势力联手消灭初生的宋朝政权。此时意外被捕，一般情况下难逃一死。可赵匡胤不但没有杀卫融，反而大力邀请卫融加入宋军阵营。

当卫融被抓之后，赵匡胤亲自审问，赵匡胤问："汝教刘钧举兵助李筠反，何也？"卫融不慌不忙，很从容地回答："犬各吠非其主，臣四十口衣食刘氏，诚不忍负之。"狗对路人叫唤是为了自己的主人，何况自己一家都得到北汉国主厚恩，自己自然要为他着想。卫融不等赵匡胤回答，大声说："陛下宜速杀臣，臣必不为陛下用，纵不杀，终当间道走河东耳。"被捕之后竟然还如此嚣张，赵匡胤大怒，命令左右用铁条打卫融的头，把卫融打得鲜血飞溅。可人家卫融不但没有求饶，反而大喊："为君而死，死得其所矣！"赵匡胤叹口气，说："此忠臣也！"

赵匡胤和许多专制残暴的君王不同，他这个人很会换位思考，将心比心。从宋军的角度看，卫融出兵，确实杀害了许多大宋军士，从北汉的角度看，卫融却是国之功臣。不过，赵匡胤更能够站在比较中立的角度，用一个"人"的标准来衡量、评价卫融其人。

卫融是个忠臣，赵匡胤是个明君。

赵匡胤下令释放卫融，让军医好好医治。之后，赵匡胤提出，只要北汉释放宋朝的一部分俘虏，自己也就将卫融等人释放。卫融满心都是希望。没想到北汉国主在战争失利之后，听信流言，对卫融的生死已经毫不在意，快一年了也没有回信。结果，卫融心冷了，最后接受了赵匡胤的官职，出任太府卿。

赵匡胤善待卫融，不仅仅让卫融本人感动，也让周边国家许多人感受到了赵匡胤的善意。一些有识之士不禁感叹，天下一统为期不远矣。

除去北汉之外，各国之中南唐对宋朝威胁最大。在二李叛乱的时候，南唐和他们都有些暧昧。南唐国主在周世宗时期就已经投降，使者正前往拜贺小皇帝柴宗训继位，不想赶到的时候已经换成了赵匡胤，使者也就向赵匡胤拜贺。之后，南唐的使者接二连三地来到汴梁，问候请安，表现得很热情。可是，当李筠、李重进叛乱的时候，南唐也招待他们的使者。于是，在二李叛乱平定之后，南唐宰相冯延鲁来犒赏宋军，赵匡胤趁机问罪于南唐,质疑南唐不守诚信。

赵匡胤说:"汝国主何故与我叛臣交通?"赵匡胤开口便极为严厉。当时南唐已经是后周属国,自动废去帝号,称为南唐国主。交通就是勾结,若这个罪名成立,那宋朝和南唐的关系就闹僵了。冯延鲁很聪明,回答:"陛下徒知其交通,不知预其反谋也。"按照冯延鲁的说法,南唐不但没有罪过,反而是平定二李谋反的大功臣。赵匡胤询问原因,冯延鲁说,当初李重进的使者就住在自己家中,国主亲自告诉冯延鲁,说大丈夫在不得志的时候,确实会反,只是谋反的时机有不同。如果在赵匡胤登基之初,二李就能够在上党地区发难,那么胜负尚未可知。等到赵匡胤已经平定了京城,安抚了多数官员,几个月之后再起兵,时机已然错过。南唐国主认为,就算是韩信、白起重生,也不可能打得过宋军。李重进本是来借兵借粮,可南唐什么也没有给。最后,李重进就是因为失去了外援而战败。南唐不正是有功无过吗?

赵匡胤一听,沉默了一会。冯延鲁没有讲什么虚礼,只是对形势利害进行了阐释,且说得很在理。当然赵匡胤不可能就此承认放过南唐,不给南唐一点压力,此后必然会小瞧大宋,进而做出更为过分的事情。

赵匡胤说:"虽然,诸将皆劝吾乘胜济江,何如?"我认可你的分析,可我手下那些将领却都认为要乘胜追击,渡过长江消灭南唐。冯延鲁说:"陛下神武,御六师以临小国,蕞尔江南,安敢抗天威?然国主有侍卫数万,皆先主亲兵,誓同生死,陛下能弃数万之众与之血战,则可矣。且大江风涛,苟进未克城,退乏粮道,亦大国之忧也。"确实,以宋朝禁军的强大实力,若是陆战,南唐没有机会胜出。不过,南唐立国数十年,国力仅次于宋朝(后周),此时赵匡胤刚刚建国,若执意消灭南唐,必然也会损失惨重。冯延鲁的回答不卑不亢,既认可南唐的弱小,以尊崇大宋,满足赵匡胤,又明确表示南唐为求自保拼死一战的决心。

赵匡胤听后,不怒反笑,说:"聊戏卿耳,岂听卿游说耶!"赵匡胤知道,此时激怒南唐毫无好处。既然敲打南唐的目的已经达到,那不妨笑脸相送。赵匡胤表示,相信南唐的诚意,两国继续交好。

五、谎言的三个境界

谎言的本质是一样,其境界的不同只是在于用的人。前途光明的赵行逢因撒谎装病丢官罢职;李玉煞费苦心撒谎设局整对手却遭砍头示众;而都点检赵匡胤两度散布"点检做天子"的谎言,却开创了大宋三百年江山。

1. 初级境界之唯上

公元960年,赵匡胤陈桥兵变自立为帝。几个月之后,盘踞潞州、泽州的节度使李筠叛变,赵匡胤亲自率军出征。前往泽州都是崎岖的山路,平常山民走道自然无碍,可大军到来,马匹辎重随行,要想通过就很难了。赵匡胤吩咐部下尽快搬走山石,可工程浩大。一旦行军时间拉长,李筠就很可能进军太行,转战洛阳,那样就会和其他蠢蠢欲动的节度使联盟,难以遏制了。为了尽快行军,赵匡胤下马,亲自搬起一块大石头,再骑上战马抱着巨石前进。有人或许会笑话赵匡胤虚伪,有本事你自己抱着大石头走路,干吗还要骑马呢,那不成了马帮你抬石头?不过,我们不要忘了,赵匡胤乃是一国之君,堂堂天子,不但没有安坐于玉辇上,而是抱起巨石亲做表率,已经算是非常难得。三军将士一看,从大将以下人人下马,搬运石头。原来靠先头部队干数月的活,被全军上下一起动手一两天就搞定了。

正在大家被赵匡胤感动得一塌糊涂、干得热火朝天的时候,有一个人却坐在马上不动。此人就是中书舍人赵行逢。中书舍人乃是朝中负责起草诏令的重要官职,是皇帝的贴身秘书。许多宰相就是从中书舍人一跃拜相的。一般情况下,赵行逢这个中书舍人不干体力活,不会有人说三道四。可眼下皇帝都亲自搬石头,你一个秘书敢坐在马上不动?赵行逢有自己的理由,自己在昨天过山路的时候扭伤了脚,因此才以马代步呢。事实是这样的吗？不是。赵行逢这个人算盘打得很精，自己一介书生，就算是搬石头，也搬不了几块。看那些身强体壮的将军都累得半死，赵行逢才不会那么傻呢。撒个小谎就可以躲避一场辛苦，何乐不为。

有人把赵行逢偷懒的事情告诉赵匡胤，赵匡胤点点头没有多说。

等到李筠被平定，赵匡胤准备对人事问题进行一个大调整，需要起草诏令。事情牵涉比较广，赵匡胤不想被朝中那些大将干扰，一些措辞也需要反复掂量，在晚上秘密宣召当值的中书舍人入宫帮自己草诏。这个当值的中书舍人就是赵行逢。可赵行逢仗着自己肚子里有点墨水，推说自己腿脚还没好利索，再次入宫比较困难，要求在家中草拟诏书。赵匡胤听后大怒，下令让御史弹劾赵行逢。几天之后，赵行逢就收到了御史的弹劾信，不久，赵行逢被贬为房州司户参军，到地方管理户籍去了。

赵行逢本有着大好前途，可是，不合时宜的撒谎让赵行逢这颗政治新星顷刻陨落。当大宋王朝最高领导赵匡胤都亲自抱石的时候，就算是真的有病，那也应该勉强起身抱石头，并且要抱那种大石头，最好抱得大汗淋淋伤痛发作，抱得惊动最高领导。作为一个有才华的部下，在一般情况下确实可以自重身份，毕竟有的领导尤其是像赵匡胤那样精明的领导，比较讨厌那种一味阿谀奉承的下属。可讨厌奉承并不意味着做下属的什么时候都可以摆架子。当赵匡胤特别下诏，需要赵行逢加班的时候，赵行逢再搞一些小动作，就有些画蛇添足，多此一举了。

也就是说，身在职场，撒谎的第一个境界，是不能违背领导的心意，是唯上、唯权。赵行逢推辞不入宫没有违法，但赵匡胤可以交代御史严格审查。上级领导有心要整你，挑你几个毛病实在很容易，即使被检查的人是个古今完人，还有"莫须有"一项罪名嘛。

2. 中级境界之精密

还是这一年，泾州地面出了一件大事。节度使白重赞听闻赵匡胤在汴梁称帝，主动上表向新君示好，表示诚心归顺。可古时候交通不便，一来一往信使要走几个月。就在白重赞焦虑地等待赵匡胤回信的时候，忽然有个人来到了泾州军区的都校衙门,找到了将军陈延正。此人自称钦差,手中拿着代表官差的马缨,他告诉陈延正,新君赵匡胤有密诏:节度使白重赞听闻新君登基,心存不满,有意叛逆,着都校陈延正即刻诛杀白重赞,并将白重赞全家斩首。

  陈延正看到钦差,将信将疑,又看看钦差呈上的皇帝密诏,确实有皇帝玉玺。只是,玉玺的印纹似乎有些歪歪扭扭,纸张也有些不地道。陈延正心中疑惑,加上他和白重赞关系还算可以,像这样灭族的大事岂可贸然下手。陈延正思前想后,赵匡胤远在汴梁,白重赞却近在眼前,就带着这份密信拜见节度使白重赞。白重赞看了信之后大吃一惊。仔细想想前后自己的言行,对赵匡胤没有什么不敬啊。况且赵匡胤已经诏告天下节度使,只要上表归顺,保证一生富贵。看赵匡胤对其他各路节度使,也还算仁慈,为什么偏偏对自己下了这道灭族的密诏呢?

  白重赞提出要见密使,可密使此时已经消失,白重赞有几分疑惑。白重赞在灯下仔细观看密诏,节度使经常可以收到皇帝诏令,见识自然比陈延正高一些。很快,白重赞就发现了问题。从这印信的印文看,确实不像皇帝玉玺那么刀工精深。圣旨也有些问题,本来圣旨多是上好丝绸绫锦,上面绣有许多祥云图案,且一般第一个字就落在右上角第一朵祥云之上。看眼前的圣旨虽然也是上好丝绸,可祥云乃是染印,首字也不在右上角第一朵祥云之上。

  白重赞看后大喜,即刻把这份伪造圣旨送入汴梁,请求赵匡胤调查此案。赵匡胤听说竟然有人假传圣旨,而且还是擅自杀害节度使,这还了得!欺君就是灭门大罪,何况眼下非常时刻,稳定各路节度使乃是国家第一要务。万一这件矫诏案在节度使之间传开,人人自危,就要妨害稳定和谐的大局了。

  赵匡胤派出心腹前往泾州调查,很快就盯上了向来对白重赞不满的马步军教练使李玉。在调查李玉的时候还发现了那个假钦差就是李玉帐下士兵。李玉看到大势已去,也就供认不讳。钦差将此案上报,赵匡胤下令,将所有涉案人员一律斩首,并且诏告天下,希望各级官员在接受圣旨的时候要仔细查看印信圣旨是否伪造。同时,赵匡胤要求宫廷有关部门,提高圣旨、印信的防伪水平,确保不再发生类似事件。

原来,撒谎的第二境界,就是功夫要做足。俗话说,一个谎言,要用一千个谎言来圆。于是,劝告那些平凡如我辈者,尽量别撒谎。撒谎是个精细活,不是我等智商者可以搞定的。

3. 最高境界之得众

当然,在这一年还有一个非常成功的谎言,这个谎言成就了一代帝王,成就了一个王朝。

这个谎言就是"点检做天子",撒谎者正是大宋太祖赵匡胤。

当然,正史也好,野史也好,出于为尊者讳的目的都不会明说谎言的幕后就是赵匡胤。但"从谁得利,谁撒谎"的原则,赵匡胤绝难推脱。有谁会辛辛苦苦为他人做嫁衣呢?

赵匡胤曾经两度散布"点检做天子"的流言。

第一次,还是在959年,周世宗率领大军北伐契丹,前线战事吃紧,周世宗心情沉重,加上最近身体一直不好,让周世宗更担心自己去世之后儿子能否顺利继位。就在焦虑之时,周世宗忽然从公文当中发现了一个皮囊,皮囊当中有一个木牌,上面写着"点检做天子"几个字。

当时担任殿前都点检的是张永德,此人乃是后周太祖郭威的女婿,而周世宗乃是郭威的内侄,按照血缘,张永德更近,至少张永德之子是有着郭威的血统嘛。这张永德和周世宗的关系一向还可以,为人也比较温和低调。张永德会在自己死后作乱吗?从之前的表现看,应该不会。可万一呢?万一张永德一直在伪装,在等待时机到来呢?周世宗可不能冒险,于是,周世宗把自己帐下的第一大将张永德贬出朝堂,贬到地方担任节度使了。而继任殿前都点检的,则是禁军二把手赵匡胤。

也就是说,赵匡胤撒了个谎,借周世宗的手赶走了自己上位、谋夺政权的重大障碍。

周世宗有没有怀疑是有人故意陷害张永德呢?以周世宗的聪明睿智,

应该有怀疑。但一个成功的谎话最重要的地方,是可以保证多方的利益。就算周世宗觉得可能有人陷害张永德,但驱逐张永德对周世宗确实有利,又何必追究谎言是不是谎言呢?

第二次,当一切准备妥当之后,赵匡胤散布北汉、契丹将大举入侵的消息,京城一片恐慌,在这个时候,又有人在传"点检做天子"。史载,对这个流言,汴梁百姓人人皆知,可宫中的皇帝太后宰相们无一知晓。原因只有一个,赵匡胤走的是下层路线,且严格控制流言的走向。这也可以证明,赵匡胤已经切断了皇宫和外界的联系。

于是,当大军到达陈桥的时候,众人推举赵匡胤为帝,赵匡胤假做推辞也就答应了。回到都城,百姓纷纷感叹,哎呀,果然是点检做天子。赵匡胤确实是天命所归啊。

其实,赵匡胤的谎言并非天衣无缝,愚笨如我辈也知道所谓流言绝非什么民意,更非什么天意,而是有人刻意为之。赵匡胤的第二次谎言完全是照搬第一次谎言,并无创新,为何这个已经老套的谎言还有无数人主动散布,愿意相信?很简单,因为在谎言中得利的人很多。当禁军中的高级将领都可以在"点检做天子"的谎言中,在陈桥兵变的行动中得利,那么,谁又会去戳穿这个谎言呢?至于普通老百姓,也并非就是笨蛋,谁奸诈,谁滑头,老百姓精明着呢!只是,赵匡胤做了天子之后推行了种种善政,施恩于百姓,那么百姓也就心甘情愿地相信赵匡胤称帝乃是天命所归了。

于是,撒谎的终极奥义就出来了,要让大家,让所有人都能够从你的谎言当中得到利益,得到回报,自然人人拾柴火焰高。当一个谎言可以给天下万民带来好处的时候,至于最开始是不是个谎言,已经不重要了。

第二章
建隆二年

一、仁德之君不好当

在儒家的观念中,王道和霸道是相对的。以仁义得天下者为行王道,以武力得天下者为行霸道。行霸道者,百姓畏惧而不服从,行王道者,百姓自然归附。只是,历代君王多数推行的是霸道,原因有很多,其中之一,是王道难行,仁德之君不好当。

1. 长远目光

赵匡胤几乎兵不血刃革了后周的命,之后一年时间基本上平定原后周领地。于是,在建隆二年(961年),赵匡胤开始抽出手来,行安抚百姓之善政。

赵匡胤诏告天下,从此之后,严禁官员百姓在二月到九月"采捕弹射"。二月到九月正是鸟兽虫鱼生长繁殖之期,禁止捕杀符合自然规律,有利于可持续发展。当然,赵匡胤的根本目的并不是要维护自然资源,而是在借此告诉天下万民,朕对鸟兽都能有好生之德,何况是对天下万民!

汴梁城内外驻扎禁军十多万,加上汴梁本身就有上百万百姓,于是,各种物资的运输工作就显得不可或缺。赵匡胤下令,疏通五丈渠。赵匡胤还是比较幸运,当初,周世宗时期为了缓解京城运输压力,调动数十万民夫开凿了五丈渠,结果,几年之后后周亡国了,赵匡胤白捡了一个便宜,坐享其成。不过,几年下来,河道堵塞严重,疏通还是必需的,即便如此,还是要调动数千民夫。赵匡胤告诉臣下:"烦民奉己之事,朕必不为也。开导沟洫以济京邑,盖不犹已耳。"麻烦百姓来满足我个人,这样的事情我是一定不会做的。现在疏通河渠主要是为了帮助京城,不得已而为之啊。一句话中,体现了赵匡胤浓浓的爱民情怀。

五代以来,战乱频繁,老百姓要不就被抓壮丁,要不就逃亡山区。赵匡胤下令百姓回到家乡,种田垦荒。为了快速改善老百姓吃饭穿衣的问题,朝廷下令全国各乡村大力开展种树活动。诏令规定,国家将全县百姓按照田产土地分成五等,第一等百姓需要种树一百棵,之后每一等递减二十棵。所种树中桑树和枣树各半。同时规定,无论男女,只要年满十七周岁,每人必须种韭菜,菜地面积宽一米半,长十五米。如果家中没有水井,邻居必须帮忙凿井。各级官员春秋两季必须巡查落实情况,等到官员任期满了,上级进行考核的时候,要重点查看种树种韭菜的落实情况。

看来,赵匡胤对如何改善战乱之后百姓的生活还是下了一番心思。种桑树可以养蚕,养蚕则有衣穿,可以卖钱,可以贴补家用。枣树成长期比较短,一二年就可以吃枣子,荒年时可以充饥。至于韭菜,也是割了一茬还会长一茬,可以长期食用。并且,赵匡胤也明白,要想将朝廷的一些善政真正落到实处,必须将其与官员考核挂起钩来。于是,不几年工夫,大宋的那些荒山就变绿了,老百姓也勉强可以过活了。

当然,要想保证百姓的生活,还是必须靠种田。

赵匡胤对抓好农业花了更多的心思。

五代战乱频繁,对各行各业,尤其是农村的伤害极大。有的人家在战乱当中全部死了,可在官府的赋税名册上依然还有。而有的人家趁着战乱兼并了大量土地,却是按照几十年前拥有土地的田亩数上交国家赋税。赵匡胤认为,要搞好农业,首先就必须重新丈量各县各户土地情况。早在周世宗时期,全国就开展过丈量土地的行动,可一些官员为了迎合朝廷,在下面丈量的时候过分严苛,百姓怨言太大,结果不了了之。赵匡胤认为,一项重要的政策能否落实,关键是要选派好的官员。赵匡胤下令有关部门,精心挑选一些德行出众、有为官经验的官员分派到各地丈量土地。

可是,就算是赵匡胤如此三令五申,精心部署,丈量土地工作还是出现了不少问题。

2. 重在人心

以往,一些不法官员可以依靠混乱的田亩数目从中渔利,现在朝廷要清查土地了,他们就想出了别的法子。在按照新的规定缴纳粮食的时候,许多官员要求百姓交的粮食必须满出斗来,私下里又将满满一斗米刮平,将多出的部分贪污。很快,这一生财门路在各地流行开来。各地节度使纷纷委派亲信下到州县搜刮粮食,在如此瞎搞的节度使之中,最为贪婪的就是天雄军节度使符彦卿。当有关部门把这件事情告诉给赵匡胤的时候,赵匡胤很生气,可又不好处罚符彦卿,毕竟此人是军中宿将,又是弟弟赵光义的岳父。于是,赵匡胤派人从国库拉了一车粮食送给符彦卿。赵匡胤派使者传达口谕,符彦卿不是喜欢粮食吗?朕亲自赏赐给你粮食千斤,拜托不要贪污百姓的粮食了。符彦卿又羞又愧。

为了保证丈量工作不受到地方官员的干扰,赵匡胤又下令,节度使和州县官员不得干涉丈量土地工作。

一个问题解决了,新的问题又出来了。

给事中常淮奉命到大名府地区丈量土地,在丈量土地的过程中,县令程迪和一些地主豪绅相互勾结,送给常淮不少礼物,希望常淮高抬贵手,隐瞒一些土地情况。常淮自认为自己是朝廷给事中,可以经常出入皇宫,是皇帝的身边人,就收下贿赂,隐瞒了数万亩没有登记。可没想到当地有个百姓名叫郭赟,不忿括田使常淮官商勾结,对行贿的豪绅处处包庇,对普通百姓却严格盘查。郭赟悄悄来到京城,在皇宫门前告状。赵匡胤听闻是有关丈量土地事情,特地召见,并下令将给事中常淮和县令程迪先控制起来,由邻县县令重新进行丈量,发现果然存在隐瞒不报的问题。赵匡胤大怒,下令将常淮官贬两级,将县令程迪打板子后流放海岛。

为此,赵匡胤下令,丈量田亩,事关社稷,任何人都不可以弄虚作假。天下臣民只要是有关丈量田亩事情,都可以上京投诉。消息一传开,商河县百姓上京告状,商河县县令李瑶收受豪绅贿赂,括田使申文纬知情不举,官官相护。赵匡胤立刻命人核查,果然属实。赵匡胤下令,将商河县县令李瑶乱棍打死,将括田使申文纬罢官为民。

看到皇帝竟然有如此决心,许多官员才明白过来,这个新皇帝与以往的不同,没那么好糊弄了。

赵匡胤一方面打压那些贪官污吏,发现一个惩处一个,另一方面大力提拔一些关爱百姓、有真才实学的官员出任重要岗位。建隆二年的正月,淮南地区在战乱之后许多百姓衣食无着,地方官员禀奏朝廷,赵匡胤下诏开仓赈济。户部郎中沈义伦出使吴越国还朝,途经扬州,看到灾民遍野,许多人饿死道旁,很是痛心。沈义伦认为,去年攻破李重进,夺取了李重进积攒多年的上百万石粮食,不如现在把这些粮食贷给贫苦百姓,等秋收之后再让百姓归还。有官员反对,说这百万石粮食乃是军粮,国家储备以防危难情况。现在借贷给百姓,恐怕多数百姓会连粮种也吃掉,秋天无粮可还,那时候谁来担这个责任?赵匡胤一听有理,治理国家要爱护百姓不假,可投入总要讲究回报,也不能让百万石粮食打了水漂。不想沈义伦说:"国家方行仁政,自宜感召和气,立致丰稔,宁复忧水旱耶?"沈义伦很精明,也没说谁负责,这样的事情除了皇帝,谁也负不起这个责任。可是,只要皇帝推行仁政,必然感召上天,自然会五谷丰登,自然不用担心水灾旱灾,自然百姓也会如期归还粮食。赵匡胤听后大喜,下诏开仓借贷,对提出建议的沈义伦也青眼有加。不出几年,沈义伦就进入中书省,成为赵匡胤的得力助手。

二、一笑泯恩仇

有句话说得好:"身处低位时,把自己当人;身处高位时,把别人当人。"当一个人身处逆境,没有能力惩罚仇敌,此时的宽容不过是空有形势,做做样子而已。可当大权在握,可以随意操纵他人生死时依然宽容对方,就非常难得了。

建隆二年(961年)三月,赵匡胤步行到明德门参加观礼,观礼之后,赵匡胤带领群臣参加宴会。

参加此次宴会的,都是大宋朝威震一方的风云人物。诸如朝中宰臣范质、王溥,皇帝心腹赵普、陶毂、卢多逊等人。不过,在这场宴会中,他们都是配角,宴会的主角是一些常年在外手握重兵的节度使。赵匡胤特意把他们召集起来,喝喝酒,联络联络感情。

多数节度使都是赵匡胤一手提拔起来的心腹将领,参加宴会自然是乐在其中,可有几位节度使本是后周重臣,一没有参加陈桥兵变,二和新君没有什么特别交情,心中多少有些惴惴不安。其中,心情最忐忑的当属凤翔节度使王彦超。

1. 往日情仇

王彦超本是后周悍将,当初后周太祖郭威打江山的时候,王彦超和符彦卿立功最多。周世宗时期在征讨南唐的战役中,更是屡立战功,取得寿州大捷。周世宗对这位名震三军的悍将多有忌惮,在病重之时,将王彦超调任为凤翔节度使,使其远离朝廷。周恭帝即位之后,秉承世宗遗诏,加封王彦超为检校太师、西北缘边副都部署,让王彦超担任后周西线防务副总指挥,晋封王彦超以示恩宠。当赵匡胤发动陈桥兵变夺取政权的时候,王彦超一来对周恭帝没有什么感情,二来也没有什么争霸天下逐鹿中原的野心,更主要的是部下军队根本没有能力和天下精锐之禁军抗衡。于是,和多数在外的节度使一样,王彦超选择了沉默。

如果王彦超和赵匡胤之间只是如此关系,王彦超参加宴会也不必紧张。毕竟,在外节度使多数都和赵匡胤关系平平,赵匡胤要安抚大多数节度使,自然也不能亏待了他王彦超。

要命的一点是,赵匡胤和王彦超不但没有交情,反而有一段不快的往事。

还是在后汉时代,王彦超当时担任复州刺史,赵匡胤前往投靠。赵匡胤年轻时候有一段辗转各地、漂泊在外的浪子生涯。在外胡闹了几年之后,赵匡胤想要从军,建立一番功业,于是找到了王彦超。这王彦超和赵匡胤的父亲赵弘殷乃是同事加好友,两人同在岳州为官时,彼此相知,两家常有往来。赵匡胤觉得有父亲这层关系,投靠王叔叔绝对没有问题。不想王彦超见了赵匡胤之后,对赵匡胤极为冷淡,吩咐下人端出十贯钱送给赵匡胤。赵匡胤自然大怒,年少气盛的赵匡胤自诩豪侠勇武,本应该是人见人爱,不想这王叔叔竟然如此鄙视他,把他当成一个打秋风的了。赵匡胤愤然离开复州,转而前往随州参军。随州刺史董京本一听是禁军指挥使赵大人的公子,即刻录取,委以重任。

那王彦超为什么不收留赵匡胤呢?历史上的王彦超是一个治军严谨、关爱军士的名将,而赵匡胤年少无行,做的都是一些斗鸡走狗、风花雪月的事情。王彦超怎么会看得起这样的赵匡胤。

不想数年不见,被王彦超看扁的赵匡胤在追随周世宗柴荣之后风生水起,十余年下来,就从普通一兵混成了禁军最高长官,并建立了大宋王朝。

此时,赵匡胤宴请王彦超,可谓宴无好宴,王彦超心中怎么会不紧张?

2. 今朝喜忧

酒过三巡,正当诸位官员都喝得开心的时候,赵匡胤忽然脸色一沉,看着王彦超说:"卿曩在复州,朕往依卿,卿何不纳我?"此时距离复州见面,一晃已经十多年。可见面后赵匡胤所说第一句话就是询问缘由,可见在赵匡胤对当初自己被拒之辱,从未忘怀。

大家一看皇帝脸色凝重,言语尖锐,不觉停下酒杯,满堂的目光都盯着王彦超。

幸好王彦超早有准备,此前得到皇帝召唤入京的消息,王彦超就在盘算如何应对才能让自己脱难。王彦超连忙起身,走到道中下跪叩头,说:"当时臣一刺史耳,勺水岂可容神龙乎。使臣纳陛下,陛下安有今日!"王彦超一句话中,既为自己当初看扁赵匡胤开脱,又吹捧了赵匡胤乃是真龙天子,自己一个小小的复州刺史,一勺子水怎么能够容纳神龙呢?更高明的在后头,王彦超说,正是因为自己拒纳赵匡胤,赵匡胤才有机会另投他处,结果建立大宋王朝。原来,他王彦超不但不是藐视君上的罪臣,反倒是促成赵匡胤称帝的大功臣。

王彦超的话说得很漂亮,赵匡胤一听哈哈大笑,此事就此作罢。

宴会散去,王彦超回到府邸,心中还是七上八下。赵匡胤是不是真的原谅了自己呢?世人都说赵官家为人宽厚,可对他人或许能够,对得罪过他的王彦超呢?第二天一大早,王彦超派儿子将自己的请罪表章送上中书省,宣称自己在家中等候朝廷发落。王彦超这招很高明,昨晚赵匡胤笑是笑了,可是盘桓心中十多年的屈辱怎么能够在一夜之间消除呢?王彦超在家待罪,就是向赵匡胤低头,以前拒绝是我的不对,现在恳请皇帝降罪,我绝不推脱。王彦超的坦率让赵匡胤有些感动,于是派出宦官前往王彦超府邸传达口谕。赵匡胤说:"沉湎于酒,何以为人?朕或因宴会至醉,经宿未尝不悔也。"赵匡胤的话说得很含蓄,只是说酒喝多了误事,我有的时候宴会一时开心,喝多了酒说多了话,酒醒之后经常后悔啊。赵匡胤是借此告诉王彦超,你就当我是酒后醉话,不必介怀了。

王彦超听了口谕之后,终于放下心来。赵匡胤果然是仁厚之君,一笑泯恩仇。正因如此,数年之后,当赵匡胤面对困难的时候,王彦超挺身而出,解其疑难。

3. 进退有据

王彦超离开京城,回到凤翔,继续担任凤翔节度使,一晃到了开宝二年。王彦超在凤翔干得很不错,朝廷推行的各项制度,比如丈量田亩,挑选精锐充实禁军,王彦超都不打折扣地完成,在朝中军中百姓之中,王彦超的口碑都很不错。

开宝二年(968年),赵匡胤再一次把在外的多位节度使召集京城,开了第二次会。如果说第一次会还是一个安抚的大会,提醒诸位节度使要安分守己就可以保有富贵,这第二次会议,却是一个夺权的大会,赵匡胤打算在这次会后,将这些地方诸侯一次性罢黜。

赵匡胤在御花园宴请节度使,酒喝得差不多了,赵匡胤放下酒杯,仿佛很随意地说:"卿等皆国家宿旧,久临剧镇,王事鞅掌,非朕所以优贤之意也。"赵匡胤表面的意思是说,你们这些人都是国家的元老重臣,在外担任节度使多年,政务繁忙,实在太辛苦了,我不忍心让你们如此辛苦啊!赵匡胤真正的意思却是说,你们节度使也当了这么多年了,威风了这么多年,也该放权了吧!在数年之前,赵匡胤已经杯酒释兵权,让石守信等大将放弃节度使职务,赵匡胤对待参与陈桥兵变的心腹尚且不放心,更不要说这些后周的旧臣了。经过近十年的经营,大宋王朝已经铁桶一般稳固,谁也掀不起什么风浪了。

诸位节度使都是明白人,自然听出了皇帝的言外之意。可是,谁又甘心放弃权柄,抛弃富贵呢?之前赵匡胤对待石守信等人已有成例,确实给了无数钱财,可是相比金银财宝,权力更加诱人!于是,安远节度使武行德、护国节度使郭从义、定国节度使白重赞、保大节度使杨廷璋在皇帝赵匡胤面前大谈自己如何英武,战功如何了得,对大宋功业如何,搞得赵匡胤郁闷不已。在赵匡胤看来,解除节度使兵权并非针对哪个个人,而是有利于大宋社稷的重大国策,绝对要推行到底,可是,面对眼前这些大多已经白发苍苍,一身功业的老将军,要强行罢黜又有些说不过去。这可怎么办好呢?

此时，王彦超走上前来，说："臣本无勋劳，久冒荣宠，今已衰朽，乞骸骨，归丘园，臣之愿也。"王彦超说自己本来就没有什么功劳，却常年得到皇帝的恩宠，担任要职。现在年纪已经一大把了，身体不行了，请求准许退休。王彦超当时不过是五十来岁，正当盛年，却说自己已经衰朽，明显是在迎合宋太祖。

赵匡胤一听大喜，总算有人站出来支持自己，并且支持自己的还是战功赫赫的王彦超。诸位节度使一看王彦超当场反水，站到皇帝那边去了，都傻眼了。论战功论名望，王彦超只在诸人之上，不在诸人之下。赵匡胤一看局势不错，马上发话："前朝异世事，安足论，彦超言是也。"一看皇帝表态了，卢多逊、陶毂等人纷纷附和，武行德、郭从义只能退下。

第二天，朝廷颁布诏令，免去武行德、王彦超等人的节度使职务，将一众人等调任京师，武行德任太子太傅，徒留一个虚职，王彦超担任右金吾卫上将军，掌管皇帝禁卫。

那些被罢黜的节度使们难免牢骚满腹，可王彦超却处之泰然。

一晃十多年过去了，到了太平兴国八年（983年）的时候，王彦超已经六十九岁了。王彦超很早就有心辞官，只是若在宋太宗即位之初就辞官，难免让宋太宗疑心，在太宗心中，王彦超还算是宋太祖的人马。此时，太宗皇帝即位已经八个年头，皇位稳固，应该无碍。为了保险，王彦超还特意询问知交好友李昉、宋白善："人言七十致仕，出何书？"官员七十岁就退休，这个规定出自《礼记》，李昉、宋白善自然明白。只是春秋时期虽然有此规定，可历代绝少施行。二人将情况告诉王彦超，王彦超坚持辞官，并嘱托翰林学士宋白善帮助自己草拟辞官报告。宋白善是皇帝的亲随秘书，自然明白宋太宗的喜好。表章呈上之后，宋太宗也就同意王彦超辞官了。

于是，在太平兴国八年的七月，王彦超以太子太师的身份光荣退休。退休之后为了远离朝廷风波，王彦超带领全族老小，不远数千里前往义乌定居，最后就死在义乌。

如此王彦超，堪称智者！

当王彦超退休的消息传开后,有个八十多岁的千牛卫上将军吴虔裕告诉朋友说:"我纵僵仆殿陛下,断不学王彦超七十便致仕。"确实,在多数人看来,权力诱人,自然要干到老死才罢休,退休之后门可罗雀的寂寞,没有几个人可以忍受!

三、良苦用心

杜太后是个聪慧的女人,她养育了两代君王。而她的死也是宋史中的大事件。因为她的临终嘱托,改变了一个王朝的命运。这就是"金匮预盟"。

有人认为,历史上根本没有什么"金匮预盟",一切不过是宋太宗为掩饰弑兄夺位的丑行。那么,真相到底是什么?

1. 英雄母亲

建隆二年(961年)的五月,杜太后薨逝。

杜太后是赵匡胤、赵光义的生母,虽是妇人,却颇有见识。

赵匡胤兄弟策划兵变,为防万一,特意让母亲和妻子带上一家老小到定力院中烧香还愿。兵变消息传来,韩通果然命人搜捕赵匡胤家人,可进入赵府却发现一个人也没有。韩通下令全城搜捕,如果能够抢在赵匡胤进入京城之前抓到赵匡胤的母亲和妻子,这场兵变能否成功还真是一个问题。当官兵搜捕的消息传到定力院,赵匡胤的妻子王夫人很是害怕,母亲杜太夫人却说:"吾儿平生奇异,人皆言极富贵,何忧也?"老太太对儿子起事信心满满。当官兵搜索到定力院时,主持僧人故意说各院都可以搜索,唯独藏金阁是佛门重地,不好滋扰。官兵特意前往藏经阁,却见只有许多经书,且满地都是灰尘,四角都是蜘蛛网,根本就没有人的踪迹,官兵也就撤去。其实杜太夫人一家人就化装躲在僧人之中,故意交代主持僧人如此行事,于是成功躲过劫难。

当赵匡胤登基之后,赵匡胤尊奉母亲为皇太后,亲自率领百官向母亲祝贺。百官都以为杜太后会非常开心,有如此了得的儿子,有如此尊贵的地位,是无数女人一生艳羡的事情。没想到杜太后竟然很不高兴。随从就问:"臣闻母以子贵,今子为天子,胡为不乐?"杜太后说:"吾闻为君难。天子置身兆庶之上,若治得其道,则此位诚尊;苟或失驭,求为匹夫而不可得,是吾所忧也。"杜太后居安思危,目光长远,在赵匡胤得位之初、兴致高涨的时候给赵匡胤泼了一瓢冷水,你们都说为天子有享不尽的荣华富贵,其实为天子也有世人无法了解的困难。做得好,确实受万民尊敬;可做得不好,就算是想再做一个普通人也不行呢。

赵匡胤是个聪明人,更是个孝子,听闻之后对母亲感念万分,说:"谨受教。"结合赵匡胤之后十来年的言行举止看,确实没有辜负母亲的教诲。

杜太后入宫之后一年多,从不干涉朝政,闲来只是和妃嫔聊天,对满朝大臣大都寻常相待,唯独对赵普青眼有加。

当周世宗率军攻伐南唐的时候,赵匡胤遭遇南唐骁将皇甫晖,在得到赵普的指点之后,赵匡胤一战成名。之后,赵普就常年追随赵匡胤左右。因为两人都姓赵,更因为赵普才华了得,赵匡胤倾心结交,刻意笼络,赵匡胤经常称呼赵普为兄,还把赵普引见给自己的父母妻子。当赵匡胤的父亲赵弘殷病重的时候,赵匡胤军务缠身,不能回家,赵普主动前往,早晚伺候汤药,并代替赵匡胤为父亲送终,处理安葬事宜。两人的交情就更加深厚了,连赵匡胤的母亲都把赵普当成自己的族子看待。因为赵匡胤担任宋州节度使的时候,赵普担任宋州掌书记工作,杜太后经常不叫赵普之名,而称呼赵普为"赵书记"。这个称呼沿用了很多年,就算是在赵匡胤登基称帝之后,赵普已经担任枢密副使了,杜太后依然称呼赵普为"赵书记"。杜太后这么称呼当然不是因为老人家记性差,而是因为在杜太后心中珍视赵普在担任赵书记的那段时光,此赵与他们赵家亲密无间,形同一家。

杜太后不但自己对赵普非常客气,同时三番五次将自己的二儿子赵光义交托给赵普。杜太后说:"赵书记且为尽心,吾儿未更事也。"史书明确记载杜太后在两个儿子之中"尤爱皇弟光义",自然凡事要为小儿子考虑。在嘱托赵普的同时,杜太后又三番五次地交代赵光义,"必与赵书记偕行乃可"。凡事要紧跟赵普才行。其实,在杜太后去世之前,赵普的官职是枢密副使,虽然赵匡胤也好,满朝官员也好,早就把赵普当成是实际的宰相,但毕竟还是枢密副使。赵光义在禁军中担任的实际官职不过是殿前都虞候,可他却兼任泰宁节度使,乃是和副相同一级别,加上是皇帝赵匡胤同母弟弟,本应该是赵普巴结赵光义而非赵光义讨好他赵普。估计赵光义还没有明白赵普对于他人生的重要意义,于是,杜太后才会在赵光义每次出门的时候都再三叮嘱,不要和不三不四的人来往,你小子必须和赵书记一起走才可以。赵光义有些不情愿,杜太后就和赵光义约定时间,你出门后一个时辰必须回来!赵家家教严厉,赵光义也不敢违背。

杜太后并非寻常女子,其夫赵弘殷本身就是一个经历了多个王朝的军中宿将,杜太后见惯了父子成仇、兄弟相残的惨剧。现在,赵匡胤刚刚建国,兄弟之间的感情还比较融洽,可是,等到多年之后,赵匡胤的儿子长成,势必要和赵光义产生冲突。杜太后明白,满朝文武中,最能够左右赵匡胤心意的人就是赵普,只要关键时刻赵普能够帮助赵光义说几句话,那自己两个儿子就可以避免一场厮杀。于是,杜太后才会在赵普面前强调,我的小儿子还不懂事,希望赵书记你不要计较,看在我的面子上多多照顾。

可是,口头约定约束力还不够,杜太后临终之际,把赵匡胤和赵普召到床前,亲口交代,并由赵普执笔,写了一份遗嘱。这份遗嘱对大宋未来的发展影响深远,史称"金匮预盟"。

2. 驳杂真相

史学界对于"金匮预盟"的真实性颇有争议,个人认为"金匮预盟"这件事情必然是真实发生过,可是"金匮预盟"的具体内容有不同版本。

先说说"金匮预盟"的基本情况。

当杜太后病重的时候,赵匡胤非常担心,每天都抽空前来给母亲喂药,看望母亲。可无论赵匡胤如何用心,母亲还是面临死亡。杜太后生命垂危,特意下诏召唤赵普入宫接受遗命。赵普到来之后,杜太后挣扎着问了赵匡胤一个问题:"汝自知所以得天下乎?"赵匡胤正因为母亲即将去世,心中悲痛万分,听闻母亲提问,自然想起父母对自己的养育之恩,自己刚刚当上皇帝不到两年,母亲就要离开自己。赵匡胤哭个不停,无法回答。杜太后有些生气了,说:"吾自老死,哭无益也,吾方语汝以大事,而但哭耶?"杜太后批评赵匡胤,自己要交代大事情,现在可不是哭的时候,然后继续要赵匡胤回答自己的问题。赵匡胤回答:"此皆祖考及太后余庆也。"赵匡胤登上皇位,那是凭着他自己的才华,和父母没有多大关系。可赵匡胤是个孝子,何况父母生养恩大,没有父母,何来自身?赵匡胤的回答也算不错。没想到杜太后听了更加生气,连说赵匡胤糊涂。那赵匡胤为什么能够得到天下呢?

杜太后说:"不然。政由柴氏使幼儿主天下,群心不附故耳。若周有长君,汝安得至此?"杜太后说的是大实话。若周世宗能够再活十年,周恭帝能够长大十岁,后周政权必然加倍稳固,要想夺权就难上千百倍。国有长君,乃社稷之福!接着,杜太后说出自己心中真正的打算:"汝与光义皆我所生,汝当传位汝弟。四海至广,能立长君,社稷之福也。"原来,杜太后一心希望,赵匡胤在百岁之后能够将皇位传给赵光义,这样的话,就可以避免发生权力被夺、国家覆灭的悲剧了。

杜太后说完,赵匡胤连连叩头,答应听从。杜太后又命赵普把这件事情记载下来,用"金匮"——金银装饰的盒子装起来,作为秘密档案,在宫中收藏起来。

这件事情,就是"金匮预盟"。

对待这件事情,后人认为可疑之处有三:

其一:整个事件只有杜太后、赵匡胤、赵普三人参与,事件发生后作为秘密档案封存了起来,当赵匡胤临终之时也没有拿出来。后来,赵光义登基之后,赵普为了重回朝廷,争夺宰相之位,才上书提到宫中藏有密档一事。多数人都认为,整个事件不过是赵普和赵光义做的一个交易。赵普用"金匮预盟"重掌相权,赵光义用"金匮预盟"为自己夺位正名。

其二,在记载赵匡胤起居注的《太祖实录》中对"金匮预盟"毫无记载,这个事件第一次出现是在宋太宗即位之后,并且,在太宗朝曾经多次修订《宋太祖实录》,对其进行了许多修改,极有可能是赵光义将对自己夺位不利的资料进行删除、篡改。

其三,杜太后去世的时候,赵匡胤三十五岁,赵光义二十三岁,长子赵德昭十岁。当时,赵宋江山建立不过两年,赵匡胤才三十五岁,正当盛年。何况,赵匡胤年少习武,多年从军,身体不知道多好,按照正常情况完全可以活个五六十岁,甚至六七十岁。到那个时候赵光义也已经四五十岁了,而赵德昭三十来岁,正是年富力强的时候。做母亲的,怎么能够诅咒自己的儿子早死呢?于情于理都不通。

另外有种版本说,出席杜太后临终告别会的除了赵匡胤和赵普之外,还有两个人,即赵光义和赵廷美。杜太后的遗嘱不但是要求赵匡胤将皇位传给赵光义,并且要求赵光义传给赵廷美,然后再由赵廷美传给赵德昭。这样的话,既可以国有长君,保大宋平安,又可以让赵匡胤这个大宋开国皇帝的儿子未来有保障,将兄终弟及和父死子继完美地结合在了一起。

先谈下作者对这三种观点的看法。

整件事情是杜太后和赵匡胤、赵普三人对于大宋江山未来的发展做出的一个预案,既然是预案,就有一定的可能性。赵匡胤此时三十五岁,正当盛年不假,可是,周世宗去世之时,不过即位六年多,死的时候不过是三十九岁。古时候当皇帝是个高危职业,尤其是在五代十国那样的乱世,或者被权臣所害,或者沉湎女色掏空了身子,三四十岁就死掉的君王非常多。如果赵匡胤四十岁死去,那么,赵光义二十八,赵德昭十五,以赵光义为大宋江山的继承人,保险系数就大得多。

但是,正如之前所说,既然是预案,也就有一定的不可能性。万一赵匡胤活得很长呢?杜太后并没有要求赵匡胤立刻下诏任命赵光义为皇太弟,而是悄悄签署一份秘密文件,作为突发事件的一个应对方案。毕竟关于立储的事情,一旦传开必然使得大宋朝局动荡不安。于是,事件的关联者赵光义并不知情,其他文武百官更不知情,《宋太祖实录》也没有相关记载,也就可以理解了。

至于第二种版本,远比第一种版本漏洞多。最重要的一点,赵廷美年岁比赵光义还小十岁,即赵匡胤三十五岁,赵光义二十三岁,赵廷美十四岁,赵德昭十岁。若赵光义将皇位传给赵廷美,等到赵廷美老了的时候,赵德昭那也老得不行了。

于是,事情的真相就比较好理解了。为防万一,杜太后和赵匡胤、赵普三人做了一个预案,但事情并没有公开。最有力的证据就是赵光义封王。在杜太后去世不久,赵匡胤就将皇弟赵光义提升为开封府尹、同平章事,而长子赵德昭不过是州防御使。且一直到赵匡胤驾崩之前,也就是十六年之后,赵匡胤只是加封了赵光义一人为王,四弟赵廷美一直担任山南西道节度使。于是,赵匡胤刻意打压四弟和长子,抬高三弟赵光义就很是明白了。

赵匡胤晋封赵光义为王,并且让其出任开封府尹,使得赵光义有了足够的平台去施展才华,招揽各路人马,组建自己的势力。杜太后对赵普的刻意笼络,促使这一任命的出台。之后的十几年,赵匡胤对赵光义疏于防范,最终导致了赵光义弑兄夺位悲剧的产生。

四、治国奇策

建隆二年远比"金匮预盟"还要重大的事情是杯酒释兵权。杯酒释兵权,既终结了唐代中期到五代数百年藩镇割据的恶性循环,又对大宋王朝的未来有极深远的影响。那么,这个重大决策出台的前因后果是什么?又有什么弊端呢?

1. 平乱良方

赵匡胤在夺位之初,并没有想得太多,等到李筠和李重进叛乱之后,才真正开始思考为何节度使能够发动叛乱。有一天,赵匡胤和赵普聊天,赵匡胤问:"天下自唐季以来,数十年间,帝王凡易八姓,战斗不息,生民涂地,其故何也?吾欲息天下之兵,为国家长久计,其道何如?"

赵匡胤出生武将世家,儒学对其影响极小,于是,思考这类问题的时候,不会受到人性善恶的影响,更不会如历代许多所谓大儒,动辄将王朝兴亡归结于是否推行仁德。赵匡胤的父亲虽然是后汉、后周将领,可赵匡胤却是从基层做起,了解五代战乱带给人们的苦难。当在下位的时候,赵匡胤自然很享受五代混乱所带给他的权势和荣华,可一旦身份变换,造反者变成守成者,思想角度也就变换了。那么,如何才能让天下不再有战争,百姓过上安定的日子呢?

赵普回答:"陛下之言及此,天地人神之福也。此非他故,方镇太重,君弱臣强而已。"赵普是个聪明人,他聪明的原因之一,正是因为赵普出身小吏,不通经典,于是脑袋里也没什么儒家的条条款款。吏学讲究实际。对为何五代以来战乱频繁,又如何改变这一现象的问题,赵普思考已久。当赵匡胤问及,赵普立刻开出了药方。国家混乱归根结底是因为节度使权力太重,军弱臣强,尾大不掉而已。赵普的分析一针见血。但是,从中唐以来,藩镇割据为祸甚烈,早就有人注意到,唐代不少帝王就力图打击藩镇势力,但最后的结果却是藩镇势力越来越强大,而帝王自身反倒成了傀儡。

也就是说,问题其实不难发现,难的是如何来解决这个问题。赵普说:"今所以治之,亦无他奇巧,惟稍夺其权,制其钱谷,收其精兵,则天下自安矣。"赵普这句话貌似平淡无奇,其实是赵普多年思考的结果,其中充满了斗争的智慧。

第一处,要消除藩镇势力,绝对不能心急,要"稍夺其权",缓缓行之是关键。唐代一些帝王宰相身败名裂,就是因为盲目乐观,想一口吃掉藩镇,结果把自己的牙齿崩掉许多。正如汉代景帝推行削藩,引来"七国之乱",汉武帝改用"推恩令",数十年下来,诸侯坐大现象兵不血刃就解决掉了。第二处,消除藩镇势力,关键是从财政入手。一开始就撤换节度使,或者取消其兵权,必定会让天下诸侯心中不安,进而联合起来对抗朝廷。不如先从大家比较轻视的财赋方面入手。这样既师出有名,起到充实朝廷、削弱藩镇的作用,又不至于一开始就招来太多抵制。就算节度使想要扩充军队,对抗朝廷,那也无钱可用,无粮可调。第三处,赵普说的是"收其精兵",而并非夺其兵权。不久之后,赵匡胤下令,将天下藩镇军队中,十兵抽一,将其军中精锐抽调朝廷,补入禁军。这样,既可以让那些优秀士兵、军官感到荣耀,有了晋升的途径,又可以将矛盾从朝廷和地方之间,转移到藩镇军队内部。节度使不想这些精锐将士离开,但人往高处走,你拦就没道理了。有朝廷法度的保障,能使精锐将士与朝廷双赢,从而削弱藩镇势力。对于这一切,节度使只能干瞪眼。

赵匡胤大喜,赵普的话犹如迷雾中的导航灯,给赵匡胤指出了方向。赵匡胤本人也是苦思多日,自然一点就透,说:"卿无复言,吾已喻矣。"

2. 推己及人

可是,对策有了,何时下手,也是一个问题。

像石守信、王审琦等人都是赵匡胤多年兄弟,在陈桥兵变以来更是战功赫赫。石守信在陈桥兵变时就担任殿前都指挥使,乃是军中三号人物(二号为副都点检慕容延钊)。到赵匡胤率领大军进入京城,是石守信打开大门,将大军放入。可以说,赵匡胤能够轻松夺取京城,快速接管各大衙门,石守信功劳最大。于是,在赵匡胤登基之后,大封群臣,石守信被任命为归德节度使、侍卫马步军副都指挥使(原韩通职务,正指挥使为远在扬州、图谋作乱的李重进,李重进兵败后,石守信接任亲卫都指挥使)。也就是说,石守信成为赵匡胤手下亲卫部队的最高领导,这样,石守信既有禁军的无数部旧拥戴,又有了亲卫部队的指挥权,实际代替赵匡胤成为大宋三军中最有权势的将领。其他将领如王审琦、高怀德,都各自升官,成为军队中举足轻重的大人物。

赵普多次进言,希望赵匡胤早做决断,将石守信、王审琦转任其他职务,不能再让他们统领禁军部队了。可赵匡胤是个重感情的人,不忍心在功成名就之后,就朝当初的老兄弟下手。赵普催逼得多了,赵匡胤就说:"彼等必不吾叛,卿何忧?"确实,在赵匡胤看来,自己有信心,诸位兄弟必然不会背叛自己,自己也有能力驾驭这些将领。可是赵普一句话彻底摧毁了赵匡胤的自信。赵普说:"臣亦不忧其叛也。然熟观数人者,皆非统御才,恐不能制伏其下。苟不能制伏其下,则军伍间万一有作孽者,彼临时亦不得自由耳。"

赵普的话依然很实际,或许诸位将领和皇帝您的私人感情是很好,也可能不会背叛您,但是这些人手下还有许多将领,如果他们贪图自己的富贵,也搞个陈桥兵变,让诸位悍将黄袍加身,到那个时候,他们不反也得反。赵普的话让赵匡胤想起了一年前的自己。虽然在官方公告中,赵匡胤和诸位将领都会说什么得到天下乃是天命所归,可赵匡胤本人明白,一方面是自己精心部署,另一方面不就是因为诸位将领贪图富贵,觉得追随自己比追随周恭帝好处更多嘛!和那些大老粗是没什么道德仁义好讲的,多数人就是认钱,认女人,认拳头。

于是,赵匡胤和赵普商量,如何下手解决这个问题。

几天之后,赵匡胤传召石守信、王审琦等人一起到野外打猎。诸位将领听到要出门打猎,个个热情高涨。人都到齐之后,赵匡胤给每人一把剑,一张弓,大家骑马出城。一行人来到京城之外荒凉之地,开始射猎。之后,赵匡胤招呼大家团坐在一起,赵匡胤举起酒杯向各位兄弟一一敬酒,彼此很是融洽。等到大家酒喝得比较开心的时候,赵匡胤表示,有几句掏心窝子的话要和兄弟们说说,诸位将领自然点头。

看大家安静下来,赵匡胤说:"我非尔曹之力,不得至此,念尔曹之德,无有穷尽。"自己能够当上皇帝,要感谢你们的功劳啊。大家一听都很开心,也有懂事的连连说,是陛下英明神武什么的。赵匡胤一摆手,说:"然天子亦大艰难,殊不若为节度使之乐,吾终夕未尝敢安枕而卧也。"以前总是认为当皇帝很开心,想什么就是什么,谁想坐上了龙椅才发现,每天晚上一个好觉都睡不着,感觉还不如当初做个节度使来得快乐呢。石守信、王审琦等人自然奇怪,都很义气地说,皇帝有什么困难,有谁要作乱,告诉他们就好。赵匡胤微笑着摇头,说:"是不难知矣,居此位者,谁不欲为之。"赵匡胤表示,只要是做了节度使,谁又不想再进一步做皇帝呢?石守信等人马上磕头,说:"陛下何出此言?今天命已定,谁敢复有异心?"大家纷纷表示,自己对赵官家绝对忠诚,日月可以为鉴。在他们看来,赵匡胤说的有异心的节度使自然不是他们,而是外人,李筠、李重进一流。赵匡胤看看趴伏在地的兄弟们,沉着脸,说:"不然。汝曹虽无异心,其如麾下之人欲富贵者,一旦以黄袍加汝之身,汝虽不欲为,其可得乎?"赵匡胤终于说出了自己真正的目的,其他人我不担心,他们有心也无力,可是你们不一样,一个个都手握大权,直接掌控天下最精锐的部队。确实,你们对我当然没有二心,可是手下人却有人贪图富贵。当初陈桥兵变不就是这么来的吗?赵匡胤复述了一把赵普的话。

一番话把石守信等人吓得半死,感情皇帝最疑心的竟然是自己!大家都知道赵匡胤的手腕,纷纷磕头,有的人甚至吓得泪流满面,纷纷表态,希望赵匡胤指一条活路。赵匡胤说:"人生如白驹之过隙,所为好富贵者,不过欲多积金钱,厚自娱乐,使子孙无贫乏耳。尔曹何不释去兵权,出守大藩,择便好田宅市之,为子孙立永远不可动之业,多置歌儿舞女,日饮酒相欢以终其天年。我且与尔曹约为婚姻,君臣之间,两无猜疑,上下相安,不亦善乎?"

赵匡胤先是告诉石守信等人,人生短暂,人们之所以贪图富贵,不过是要做两件事情,一件事情是自己吃好喝好,有无数金钱美女,一个是留下钱财传给子孙后代。你们现在辞去禁军职务,到地方担任节度使,这样一样可以享受到这些富贵。并且,我赵匡胤保证,可以让大家幸福终身,且大家做个亲家,彼此安心。

众人一听,也只能如此。石守信带头表态:"陛下念臣等至此,所谓生死而肉骨也。"石守信很会说话,说赵匡胤能如此安排,是让死人复活,让白骨也长肉,恩德比天高啊。第二天,石守信、王审琦等人都上表辞去禁军职务,赵匡胤将他们委派到地方,出任节度使。诸将之中,只有为首的石守信依然兼任侍卫马步军都指挥使,不过也只是挂个虚名,没有实权了。且从此之后,禁军殿前都点检、副都点检这样的高级军职再也不任命了。

历史上称这件事情为"杯酒释兵权"。其实,这只是赵普献策的第一步,只是解除了赵匡胤在朝廷、在京城的威胁,可是地方节度使的权力依然如故。不过,这一步也是大宋王朝打压藩镇、削夺节度使职权最为重要的一步。从此之后,赵匡胤在经济上将地方财政大权收回,在行政上派遣通判监督各州工作,在军事上抽调各节度使精锐,并且,将那些颇有影响力的节度使不断调换防区,削弱他们的影响力,最终罢去他们的职位,徒留一个虚职。

比如石守信,在建隆二年(961年)交出侍卫马步军都指挥使兵权后,调任为归德节度使,不久,调任为天平军节度使,在建隆三年(962年),也就是时隔不到一年,石守信第二次上表,主要请求辞去军中一切职务,赵匡胤答应了。之后的十多年,石守信一直担任西京留守,赐予中书令(宰相)待遇。石守信被削夺兵权之后,专事敛财,积累了无数财富。以石守信的智慧,当然不是一个贪财的人,他是要告诉赵匡胤,自己无意于天子之位,以贪财自污而已。同时,石守信驱使数千百姓,大规模修建寺庙,并且还经常克扣民工的工钱,搞得老百姓意见很大。可是,当消息传到赵匡胤耳中,赵匡胤不但不惩罚,反倒派遣使者前往安抚。赵匡胤很欣赏石守信的表现,若只是贪财,那就给你些钱财吧!

第三章
建隆三年

一、让利与争利

在《孟子》一书中,孟子和梁惠王之间曾经有一段非常精彩的论述。两人见面,梁惠王问:"叟!不远千里而来,亦将有以利吾国乎?"孟子说:"何必曰利?亦有仁义而已矣。"其实,孟子的道理是不错,可实在迂腐,于是孟子周游列国多年,最终无一位君王推行他的政策。身为国君,有仁义固然是好,可利也同样要讲究。任何朝代的强盛,都和经济的强大密不可分。要想争霸天下,必须招揽贤才,需要钱;需要扩充军队、修缮战备,需要钱;国家出现灾难,赈灾救济还是需要钱。可以说,只懂得仁义、不懂得谈利的君王绝对不是一个合格的君王。

赵匡胤不但是一个合格的君王,更是一个优秀的君王。他将仁义和利益完全地结合在一起。他用自己的行为证明了他对利益的看法:可图之利,虽小必争;不义之利,虽大不取!

1. 小利不弃

建隆三年(962年)的二月,赵匡胤下了一道诏令:"自今宰相、枢密使带平章事、兼侍中、中书令、节度使者,依故事纳礼钱,宰相、枢密使三百千、藩镇五百千,充中书门下公用。仍于中书刻石记授上年月。已经纳者,后虽转官不在更纳。旧相复入者,纳如其数。"一贯大方的赵匡胤竟然要求宰相、枢密使这样的朝廷宰臣,一旦接受朝廷的兼职,必须向朝廷交纳一定数额的礼金。并且,赵匡胤按照各部门的工资待遇情况订出了不同的标准,宰相、枢密使虽然在朝廷,却没有太多的灰色收入,于是交纳三百贯。节度使在地方任职,可油水丰厚,按照规定要交纳五百贯。这些钱不用交给皇帝,而是交给中书省、门下省做公款使用。赵匡胤还规定,每个人都要交纳,不得例外。如果之前已经自动交纳的,可以不再交纳。但如果是一度离任,再次出任的,必须要再次交钱。赵匡胤规章严明,把各种情况都交代清楚,基本上制止了钻空子不交钱的现象。

诏令公布之初,宰臣和节度使们都感到很气愤:皇帝这是怎么了,变得如此小气?赵匡胤在朝堂上告诉百官:你们不要认为我不懂行情。按照先朝的规定,只要是在中书省担任宰臣的,要交纳礼钱三千贯,我现在已经是降低标准了!诸位宰臣只能山呼万岁,谢主隆恩了。

原来,如果是针对一些官员的私人利益,只要是有规章制度,只要是合理需求,赵匡胤该小气的时候绝不充大方。赵匡胤如此行为,不但是可以为自己节省一些中书省的办公经费,更可以提醒诸位掌握天下人权的宰臣们,就算是你们,都必须照章办事。在人情和法律面前,赵匡胤选择的自然是法律。

那么,什么是不义之利呢?

盘踞在甘肃地区的定难节度使李彝兴(即后来西夏国的祖先)在宋朝建立后,派遣使者进贡三百匹马,以示归顺。赵匡胤很高兴。甘肃地区的党项部落一贯骁勇善战,五代以来多次骚扰中原政权。此次李彝兴虽然不过是进贡了三百匹马,但却显示了大宋的威势。赵匡胤要借此机会好好表现一下。赵匡胤命工匠赶制玉带,想要送给李彝兴做回礼。赵匡胤特意召见使者,打听李彝兴腰围多少。使者有点难为情,原来李彝兴是个大胖子,腰围极大。赵匡胤却说:"汝帅真有福人!"命令工匠按照李彝兴的腰围,多用了许多珠宝,打造了一条玉带。李彝兴收到玉带,听到赵匡胤的口谕,很是高兴,此后十数年如期进贡,再也没有进犯边境。

赵匡胤打造一条超长的玉带看似花费多了一些,却为宋朝赢得了西部边境难得的安定,实在划算!

宋朝的大敌主要来自北方的北汉和契丹,赵匡胤派出许多名将镇守。各位节度使上任之时,赵匡胤都会再三向他们宣布自己的优惠政策。只要节度使们在京城有家眷的,朝廷都会特别给予厚待,提高工资和政治待遇。驻守地区如果和其他国家进行贸易,抽取的税收朝廷一概不问,全部归节度使所有。正因为赵匡胤厚待节度使,于是各位节度使手上有钱,可以花重金培养间谍,派往各地查探敌国情报。每次北汉和契丹入侵,宋军都能事先得到消息,做出应对。从此之后十多年,西方边境再也没有大的祸乱。于是,宋太祖赵匡胤得以全力平定长江以南的各个割据政权。

也就是说,赵匡胤非常明智地放弃了眼前些微的小利益,主动换取国家社稷长远的大利益。

2. 大利不取

建隆三年(962年)的六月,赵匡胤任命枢密使吴廷祚出任雄武节度使。吴廷祚本是周世宗一手提拔的高官,在后周时代就已经出任枢密使。宋朝建立之后,如赵匡胤继续任用范质、王溥为相一样,吴廷祚也继续担任枢密使。毕竟这些人都是后周重臣,和朝廷无数高官有着千丝万缕的关系。赵匡胤即位之后的两年间,吴廷祚工作还是比较尽心,李筠在泽州、潞州叛乱,就是吴廷祚首先向赵匡胤献策,将李筠军队引诱到泽州之南,结果成功击溃李筠主力。数月之后,李重进叛乱,吴廷祚出任东京留守监管开封府,可以说赵匡胤将整个京城的安危都交托到吴廷祚的手上。两个月之后,李重进兵败,赵匡胤还朝。虽然出任东京留守不过两个月,却足见赵匡胤对吴廷祚的信任。

可是,信任归信任,吴廷祚毕竟是前朝旧臣,使用起来不够顺手。并且,出任枢密副使的赵普也急需上位,于是,赵匡胤有了上面的那个任命。

不过,为什么赵匡胤要任命吴廷祚为定难军节度使呢?

原来,定难军在甘肃地区,数百年来都是羌人聚居区,当地有大规模的原始森林,拥有许多高大的木材。大宋初建,皇帝修建皇宫,官员修建豪宅都需要这些上等木材,于是前任秦州知州建议朝廷在当地设立采造所,统管征收木材的事情。当地的羌人部落觉得宋人砍伐森林侵害了他们的利益,经常到官府请愿。秦州官员接待上访群众态度极为恶劣,把官员和百姓的关系搞得很紧张。事情传到赵匡胤耳中,赵匡胤不想西部边境再生是非,派遣其他官员又怕镇压不住,于是将为官一贯谨慎的吴廷祚派遣到秦州。

为了安抚吴廷祚,让吴廷祚少一些牢骚和抱怨,赵匡胤单独召见吴廷祚。赵匡胤说:"卿久掌枢务,年齿渐高,今与卿秦州,庶均劳逸。明日制出,恐卿以离朕左右,不能无尤,故先告卿也。"赵匡胤先是告诉吴廷祚,自己即将有新安排,并且强调自己这个任命的原因,并非是打压和排挤,而是考虑到吴廷祚年纪大了,枢密使的任务繁重,秦州工作则相对轻松。赵匡胤非常真诚地表示,自己提前一天告诉吴廷祚自己的任命,就是不希望吴廷祚有误会,让吴廷祚安心工作。

吴廷祚到达秦州之后,秉承赵匡胤善待边民的心意,将大牢中拘押的百姓释放,并赏赐给部落酋长们锦袍银带。吴廷祚宣布,朝廷绝不与民争利,采造所撤销。

当朝廷和百姓的利益发生冲突的时候,赵匡胤选择照顾百姓的利益。毕竟没有百姓就没有朝廷,和百姓争利的朝廷,百姓又怎么会心甘情愿地支持?

同年,后蜀国主却下诏所属十六个州的百姓在规定期限内必须交完所有拖欠的赋税。官员田淳进谏说,现在天下大乱,百姓的支持非常重要。如果百姓富足,自然君王也就富足。现在无数百姓连肚子都吃不饱,君上却逼迫他们上交沉重的赋税,这怎么行?况且,后蜀国主仓库当中还有许多存粮,足够军队支撑多年。此时催逼赋税,无异于从百姓口中夺取粮食,实在不妥。可后蜀国主孟昶却认为,正因为天下纷乱,才必须保证军队有充足的粮食。百姓饿死算什么,有军士们的支持,就可以保全江山!

田淳听了,非常失望。

孟昶就如三国时期的董卓和公孙瓒,不顾百姓的死活,积攒了数百万石的军粮,满以为自己倚仗这些粮食,可供数十万大军二十年。等待天下诸侯争抢疲惫之时,自己做那个抓捕螳螂的黄雀。没想到数年之后,董卓和公孙瓒就被对手消灭。

安抚百姓,平定天下,依靠的不是粮食,而是百姓的拥护,将士的忠诚!

二、小事中的大节

建隆元年,赵匡胤平定了二李之乱,用武力证明了自己的强大。建隆二年,赵匡胤杯酒释兵权,开始解决武将权力过大威胁皇权的问题,金匮预盟,为帝国拥有一个稳定的前途做了一个伏笔。赵匡胤用了两年的时间,使得国内获得了基本的安定。不过,在处理几件大事之后,还有许多的细节需要完善。正如一棵大树,不仅仅需要强健的枝干,也需要繁茂的枝叶。建隆三年,就是赵匡胤和大宋王朝休养生息、积蓄力量、蓄势待发的一年。

这一年,赵匡胤看似做的都是一些琐事,其实,正是这类琐事,为大宋的稳定和发展,打下了一个坚实的基础。

1. 严守规矩

赵匡胤下令,对各级官员的升迁、考核必须按照严格的规定进行,以往单纯按照资历、不考核实际才干的方式要废止。朝中一些高官,比如翰林学士,可以向朝廷推荐一人出任州县长官,就算是推荐者的亲属,也不禁止。但是,如果被推荐者在任期上有违纪违法、贪污受贿等渎职现象,推荐者也要受到相应的惩罚。并且,赵匡胤下诏,如果在举荐过程中,出现了不依据才干德行而靠着行贿获得推荐名额的,允许邻居甚至奴婢向官府揭发,朝廷予以重赏。如果是出任司法系统的官员,比如推官、判官,还必须熟悉大宋律法,用笔试的方式对一些典型案例做出正确的回答。

建国之初,许多文臣武将建立功勋,如果严格按照选拔官员、升迁官员的规则,必然打击那些功臣的积极性。天下未定,还需要这些功臣为大宋王朝卖命。于是,不拘一格,甚至是偏向一些功臣,也在情理之中。但是,若被选拔的官员祸害百姓,危及江山,那赵匡胤毫不留情。

在宫廷侍卫中一个有老年侍卫,曾经在后唐庄宗时代担任宫廷侍卫,赵匡胤和他的关系不错。两人闲聊的时候,赵匡胤让侍卫以一个见证者的角度谈谈唐庄宗为什么会失去天下。侍卫说,唐庄宗和士兵的关系非常好,不但是在战时,就连做了皇帝之后也是如此。每次出宫打猎,一些卫士都会拦住马头,请求庄宗给予赏赐。只要卫士们说几句好话,唐庄宗就会随手把身边的一些珠宝刀剑赏赐给卫士们。许多时候,卫士们获得的赏赐远比驻守四方、浴血拼杀的将军们还要多。赵匡胤听了,很有感触。想那唐庄宗,在父亲晋王李克用死后,花了十多年的时间扫平天下,当时可以说无人能敌,可是在称帝之后不到三年,几个戏子发动叛乱,就兵败被杀。赵匡胤说,唐庄宗还是不会带兵啊。朕的将士如果有功,朕绝对不吝啬赏赐。但若是触犯了大宋的律法,我手中的刀剑也绝不留情!

负责蔡河堤坝修建工作的官员王训倒卖军粮,给军士发放一些掺杂了米糠的劣质军粮。一些士兵到皇宫门前告状,赵匡胤下诏彻查,将王训和其他三名官员砍头示众。

赵匡胤出身禁军,一些禁军将领在京城横行不法,御史多次进谏,赵匡胤一直在等一个合适的机会。在朝会的时候,赵匡胤说起自从后晋后汉以来,驻守京城的禁军经常有数十万,可是能够出战的精锐很少,许多军士不顾军纪,滋扰地方。从即日起,禁军要进行新一轮的选拔,将一些老弱军士、多次违纪的军士淘汰。有一个云捷军的军官私下刻了一个侍卫司的印章,有人告发,那人被抓捕后赵匡胤亲自下诏处斩。赵匡胤认为,朝廷禁军已经多次选拔,剩下的本应该是三军精锐,遵守军纪应当是三军表率,不想还做出如此罔顾法律的事情。赵匡胤下令追查,把相关的军士全部发配海岛。于是,禁军官兵再也不敢为非作歹了。

有一个负责宫廷金银器具制造的官员岑子勋,看到一些朝廷供奉官出使各地,节度使回礼都十分丰厚,岑子勋很是羡慕。于是,岑子勋伪造了供奉官的印信,偷偷跑到泗州行骗。不想当地的官员比较精明,发现岑子勋几处破绽,将岑子勋抓捕起来,押送到京城。赵匡胤下诏将其处死。

之后,赵匡胤下令,从此之后,朝廷使者出使各地,各地官员不得送礼,不得有所请托。一旦发现,必将严惩。

2. 时或糊涂

不过,赵匡胤做事,也并非事事依法办事,有些时候也会打个马虎眼。

建隆三年(962年)的三月,控鹤右厢都指挥使尹勋被贬为许州教练使。尹勋原本深得赵匡胤宠信,赵匡胤把疏浚五丈河的任务交托给尹勋。这个任务本来非常简单,只要完成,尹勋就可以升官。在赵匡胤面前,尹勋很是顺从,在赵匡胤背后,尹勋就暴露出残暴的本性。尹勋一方面催逼民夫,要在朝廷规定的时间完成疏浚工作,另一方面却克扣民夫的钱粮,将朝廷发给的过冬的寒衣也全部扣留。民夫们意见很大,最终爆发。大家约定在二月的一个晚上全部出逃。数千民夫一旦逃走,工期必然耽误。尹勋听到汇报之后,立刻带上军兵前往追捕。尹勋首先把十来个民夫队长当众斩杀,又把追捕到的七十多个民夫全部割掉左耳朵。一些参与谋划的民夫被捆绑毒打。侥幸逃脱的民夫担心被抓之后只有一死,于是逃到皇宫门口,向皇帝告状。

听闻有民夫竟然到皇宫门口闹事,尹勋非常担心,连忙到皇宫托关系,让皇宫侍卫千万别给通传消息。民夫们被告知,不得靠近皇宫。这十多个民夫知道,一旦离开皇宫,就会被尹勋抓捕杀害,于是拼死也要待在皇宫门口。有好心人告诉民夫们,兵部尚书李涛为人仁厚,或者肯出面。民夫们找到李涛,李涛原本生病,听闻尹勋如此霸道,很是生气,当天就写出奏章,恳请杀掉尹勋,向冤死的百姓道歉。李涛的家人劝说,毕竟李涛乃是后周的旧臣,和赵匡胤关系平平。而尹勋却是赵匡胤一手提拔的青年将领。何况李涛正在家中养病,朝廷公务自然有当值的官员处理。可李涛却说,生死都是常事,我又怎么能够避免呢?我身为兵部尚书,知道有将领滥杀无辜怎么能够不出声?

赵匡胤收到李涛的奏折之后,下诏褒奖李涛,但考虑到尹勋在多次大战中有不少军功,杀头就免了,最后贬官了事。在建国之初,赵匡胤对武将的权柄控制很严,对武将带兵用刑却放得很宽。毕竟,攻城略地,上阵杀敌,有时候也需要一些冷血屠夫。

并且,这种行为并非是宋初的个别现象,而是从中唐以来数百年的传统。赵匡胤在诏书中提到:"五代诸侯跋扈,多枉法杀人,朝廷置而不问,刑部之职几废,且人命至重,姑息藩镇,当如此耶!"一些统兵将领经常罔顾律法,滥杀百姓,使得刑部的职责形同虚设。赵匡胤有心匡正,可一旦急切,却也容易招致将领们的怨言。

不过,只要是条件许可,赵匡胤都会尽可能地给百官、给百姓以公平。

按照以往的惯例,每年朝廷都会在十月份给宰相、节度使、翰林学士等级别的高级官员一套新官服。赵匡胤却下诏给所有在朝廷工作的官员每人一套官服。有官员说不符合古制,赵匡胤说:"不及百官,甚亡谓也。"高级官员也好,低级官员也好,都是为朝廷办事。只要朝廷条件允许,赵匡胤希望最大可能地让大家公平。

朝中一些节度使或者昏庸,或者年老,赵匡胤对这些人看不上眼,可是强行罢黜又不大好,于是赵匡胤常常抬高其爵位,给一个虚名,让他们退休。一旦退休,节度使的职位多被取消,而派出文官出任知州。

对待新朝的外戚,赵匡胤也特别注意限制打压。赵匡胤母亲杜太后有三个兄弟,赵匡胤当了皇帝,母舅当然也得当官。赵匡胤加封三个舅舅为大将军级别的高官,但同时宣布,三位舅舅在出任大将军的当天就退休,只是领取一份大将军的工资。这样,既可以给外戚一些应该的尊崇,又可以避免外戚干涉朝政。赵匡胤的这个做法在以后成为宋朝对待外戚的一贯制度,于是,有宋一代,虽然多次出现皇太后垂帘听政的现象,却一直没有出现严重的外戚干政、宦官专权。

第四章
乾德元年

一、一个谎言平两湖

宋朝初建的三年,赵匡胤把主要的精力放在稳定内部,肃清异己上。经过三年的修正,国内已经基本太平。军事方面,掌控禁军多年的悍将被分派到各地,一些资历更年轻、更能打、更渴望建功立业的青年将领走上了前台。政治方面,经过三年的调控,各地的节度使大都换成了赵匡胤的心腹文臣。通过科举和有限定的推荐,赵匡胤得到了一大批可用之才。朝廷和地方焕然一新,对外作战,开始统一大业已经势在必行。

当时的政权分布,除了拥有长江以北大部分领土的宋朝之外,北方还有强大的契丹,刘氏北汉,南方有孟氏后蜀,李氏南唐,钱氏吴越,刘氏南汉,高氏南平。另外,北方还有名义上向宋称臣的定难军节度使李彝兴(后世建立西夏),南方还有在马氏楚国之后周行逢建立的武平军政权,一度属于南唐后叛唐归宋清源军(泉州、漳州等地),广西、越南一代的静海军(后基本独立)。赵匡胤曾经说起初建大宋时,称王者以十数,称相称大将军者以十数,国内国外形势严峻,要想一统天下,实在不是一件易事。

就在此时,江南的割据政权连续发生变故,给了赵匡胤一个绝佳的机会。

1. 千载良机

建隆三年(962年)的十月,割据湖南的周行逢死去。

十二年前,周行逢和王进逵、张文表等十人结为兄弟,在马楚政权效力。末代楚王昏庸无道。楚王宫被烧毁后,楚王驱使王进逵、周行逢等人率领兵卒修建,日期紧迫,却又毫无赏赐,士兵怨言极大。王、周等人不堪其苦,率部逃到朗州,推举军中老将刘言为武平节度使,起兵对抗。南唐看楚国出现内乱,乘势进兵。马楚政权内忧外患,经过两年的垂死挣扎,楚政权被南唐击溃,王进逵杀死刘言,周行逢又杀死王进逵,最终在湖南建立了自己的王国。

周行逢在湖南推行善政,剪除豪强,得到百姓的拥戴。周行逢统治湖南十年,根基稳固,可天不假年,四十七岁就病逝。周行逢临终之际,叫来自己年仅十一岁的儿子周保权:"吾起垅亩为团兵,同时十人,皆已诛死,惟衡州刺史张文表独存,常怏怏不得行军司马。吾死,文表必叛,当以杨师璠讨之。如不能,则婴城勿战,自归朝廷可也。"

周行逢的遗嘱交代了几项重要的信息:一个是未来湖南必将大乱,而大乱的根源是张文表。张文表有资格作乱,当初张文表也是和王进逵、周行逢一同起兵的十兄弟之一。张文表也有心作乱,原因有两个,一个是周行逢所述,在周行逢统治湖南的十年,张文表一直感到自己不得志,追随周行逢多年,并且是元勋重臣,却只担任一个衡州刺史,且处处受到其他官员的监管;还有一个是周行逢说不出口的原因。当初王进逵是周行逢的兄长,可当周行逢成为军中老二的时候,周行逢竟然杀掉了王进逵自立。之后其他的兄弟稍微有露头苗尖的大都被周行逢借机处死了。张文表料定周行逢容不下自己,要想生存,唯有造反。

那如何才能够平定张文表叛乱呢,周行逢也给自己儿子指了一条明路:必须借助杨师璠之手。杨师璠为人忠厚,颇有将略,正是张文表的对手。并且,杨师璠乃是周行逢的亲家,担任周行逢亲军指挥使,两家可说同命运,共呼吸。当然如果当时没有大宋朝,在平定张文表之后,杨师璠会不会杀掉周保权自立,也是一个未知数。毕竟许多时候,并非人们愿意选择杀戮,而是为了生存,不得不去杀戮。

周行逢的遗嘱中还有一个重要信息。周行逢表示,万一张文表之乱无法平定,希望儿子周保权固守城池,然后向大宋投降。如此,虽然不能继续做湖南王,却可以拥有一生的富贵。周行逢的这个主张,使得周保权和其将领,对湖南未来的走向有了一个基本的定位:宁可投降大宋,也不能落入家贼之手。这也是后来宋军平定湖南,没有遇上太多阻力的关键原因。

周行逢的预言在死后全部应验。

周行逢死去,任命儿子周保权为武平军留后,消息传到衡州,张文表很生气:"我与行逢俱起微贱,立功名,今日安能北面事小儿乎!"在张文表看来,周行逢的江山,大半是他张文表打下来的。既然周行逢去世了,自然轮到他张文表来坐江山。周保权不过就是一个乳臭未干的小孩子,凭什么号令他张文表呢?

周保权继任之后,为了巩固统治,命令一些军队转换防区。当一支部队经过衡阳前往永州的时候,张文表趁机找到领军将领,劝说将领追随自己。张义表在军中多年,军中中高级将领大都是张义表的部下,何况周保权年幼,不少将领认为追随张文表将获得更大的利益。于是,这支部队就投靠了张文表。张文表率领这支部队前往武平军的首府潭州,潭州的知州、武平军的行军司马廖简乃是湖南二号人物,此人向来看不起张文表,听说张文表带兵来犯,毫不在意。廖简说:"文表至则成擒,何足虑也。"没想到大家正在喝酒的时间,张文表派出一只部队伪装奔丧,混入潭州,打开城门,并攻入行军司马府,杀死了廖简。

廖简当时已经大醉,看到张文表带兵进入府邸,急忙拿起挂在墙壁的弓箭,可大醉之后手中之力,拉不动弓。于是,廖简坐在地上叉开腿大骂张文表。张文表冷笑连连,亲手杀死了廖简。一同在场的亲附周保权的十多个高级将领全部被杀。

张文表夺取了潭州留后的印信,召集官员,自称潭州留后,并上表宋朝,肯请宋廷正式任命。从周行逢时代,武平军政权一直都在名义上附属于中原政权,先是后周,后是赵宋。按照常理,赵宋朝廷在接到张文表的奏报之后,应该支持周保权平叛,可也保不齐北宋乐于看到武平军内讧,故意同意张文表的请求。

张文表在潭州自立的消息传到朗州,周保权大惊,急命杨师璠率兵抵御张文表。当周保权把父亲临终的遗言告诉杨师璠,并当众请求杨师璠辅佐自己时,杨师璠感动得流下泪来。杨师璠回头对自己的部下说:"汝见郎君乎,年未成人而贤若此。"其实,杨师璠明白,自己和周行逢是亲家,一旦周保权兵败,张文表必然加害自己。

与此同时,周保权也上奏宋朝廷,汇报张文表叛乱一事,希望宋朝廷不要答应张文表的无礼请求。周保权又向临近的南平国主、荆南节度使高保勖求援。张文表听到线报之后,再次上奏,提出更有诱惑力的请求,说愿意献出潭州,以求活命。

赵匡胤得到双方的奏报之后,急忙召见宰臣商议。赵普认为,急事不妨缓行,静观其变最好。

就在建隆三年(962年)的十一月,盘踞湖北江陵一带的荆南节度使(南平国主)高保勖病逝。

高氏南平,从后唐时期开始到此时已经五六十年。高氏南平虽然割据一方,不过对中原王朝一直称臣。在后周世宗时期,高保融表现尤其顺从。周世宗南征,高保融不但派遣将领率军相助,并且派遣大臣前往南唐游说南唐中主李璟,希望归顺后周。当李璟称臣之后,周世宗得知高保融有劝说之功,很是高兴,赏赐百匹丝绸以示感谢。当赵匡胤代周立宋之后,高保融也及时纳贡称臣。这些,都让一心统一天下的赵匡胤找不到出兵的借口。

不但如此,高保融在荆南的统治也比较稳固,高保融性格迟钝,没有什么才能,可对弟弟高保勖非常信任,几乎所有大事都交托高保勖,兄弟之间关系比较和谐。并且,在建隆元年(960年)八月,高保融去世之时,考虑到儿子高继冲不满二十，主动提出，让弟弟高保勖继任荆南节度使，避免了一场内乱。

高保勖本人的道德操守虽然低劣不堪，但为人却颇有权谋，将荆南的兵马大权牢牢掌握在手中。兵部尚书李涛曾经出使荆南，回朝之后赵匡胤问高保勖是否能堪此任，李涛认为可以。也就是说，连久掌兵部的李涛，也认为荆南还算稳固，宋朝不可急于出兵。

一晃两年过去，到了建隆三年（962年）的十一月，南平第四代国主高保勖病重。垂危之际，高保勖叫来自己信任的大将询问："我疾遂不起，兄弟孰可付之后事者？"按照高保勖的本意，自己死后，诸子年幼，想在自己的弟弟当中挑选一个继任。可是，手下官员却认为："公不念正懿王乎？先王舍其子继冲，以军府付公。今继冲长矣。"高保融去世之后，朝廷加封其为南平正懿王。官员们认为，当初高保融没有把大位传给自己的儿子高继冲而传给弟弟高保勖，是何等的深情厚谊。当初，是高继冲年幼，现在高继冲已经长大了，做叔叔的自然要把位子给还侄儿。高保勖听后觉得有道理，就任命高继冲为继承人。

其实，此时的高继冲不过二十岁。对于一些天才政治家来说，二十岁也不算小，可对于绝大多数人来说，二十岁还是一个懵懂少年。应该说，正是高保勖的这个错误决定，葬送了祖先辛苦建立的南平。

在建隆三年（962年）的十二月，赵匡胤做了两件事情。其一，任命周保权为武平节度使，正式认可周保权对湖南的统治权。与此同时，又派遣钦差赵纮前往潭州，告诉张文表，同意张文表归顺朝廷，并且，赵匡胤命令，荆南方面必须出兵相助周保权。

这下就有些让人看不懂了，不过若站在赵匡胤的角度看也不难理解。湖南作为周家的领地已经十年，周保权作为周行逢之子继承武平，合情合理。但张文表表态归顺朝廷，也值得嘉奖。赵匡胤就是要告诉那些野心勃勃的将领们，只要诚心归顺朝廷，大宋就是你们的庇护所。而赵匡胤命令荆南出兵,更是别有用心。

赵匡胤得知高保勖去世之后,派遣卢怀忠前往吊唁。赵匡胤特别交代:"江陵人情去就、山川向背,我尽欲知之。"卢怀忠此去的任务,不单单是吊唁,表示中原朝廷的恩德,更主要是刺探情报,了解所有荆南地区官员的派系对宋朝的态度,对新君高继冲是否忠诚。荆南地处江陵,正是出兵后蜀、武平、南唐乃至后汉的必经之地。赵匡胤要夺取江南,荆南首先要拿下。卢怀忠回来之后禀报:"高继冲甲兵虽整,而控弦不过一二万;年谷虽登,而民困于暴敛。南通长沙,东距建康,西迫巴蜀,北奉朝廷。观其形势,日不暇给,取之易耳。"在天下人的心中,南平军队训练有素,骁勇善战,且有鱼水之利,经济繁荣。但在卢怀忠看来,南平也有其严重的缺点,人数不过一二万,且高保勖在位的几年,对百姓军士的残酷压迫也让内部很不稳定。尤其是南平所处的位置,北有宋朝,西部有后蜀,东方有南唐,南方有武平,四面怀敌,要想夺取其实是一件很简单的事情。

正因如此,赵匡胤召集宰臣做出决定:"江陵四分五裂之国,今假道出师,因而下之,蔑不济矣!"赵匡胤决定,宋军以帮助周保权平定张文表为名,借道荆南,顺路拿下江陵。等到江陵(荆南、南平)被拿下,湖南的武平军政权自然唇亡齿寒,难以独存。

2. 借道奇谋

在乾德元年(963年)的正月,赵匡胤下令宋军中资格仅次于自己的老将慕容延钊领军出征,让自己的心腹、曾经在陈桥兵变中发挥重要作用的小弟、时任枢密副使的李处耘作为都监,调派荆南附近十一州的军队在襄阳聚集,联合发兵攻打张文表。

几天之后,赵匡胤派出使者前往荆南,正式任命高继冲为荆南节度使,并且告诉高继冲,宋军将借道荆南,前往平定叛逆张文表,希望高继冲全力配合。

可就在此时,湖南的情况发生了剧变。

杨师璠从建隆三年(962年)的十月份和张文表大战,打了两个多月,几次战败。不过,杨师璠认为,张文表仅有潭州一地,并且,多数军官还是拥戴周保权,只要固守,就可以消耗张文表。果然,包围潭州两个月后,潭州内部粮食渐渐耗尽,军队逐渐失控。宋朝虽然答应接纳张文表,可是钦差还在襄阳。张文表担心在使者到达之前,自己不是饿死,就是会被乱民杀死。张文表不想坐以待毙。听闻宋军已经在襄阳集合,张文表大喜,连忙派人溜出城池,闯过包围圈,来到襄阳,见到了钦差赵纮。使者告诉赵纮,张文表当初只是想前往朗州,为大帅周行逢奔丧,不想潭州留后廖简一贯仇视张文表,借口张文表谋逆,想要除掉张文表。张文表无奈,才杀掉廖简,夺取潭州立足,并非真的要背叛周家,更不是要背叛朝廷。赵纮知道赵匡胤的本心,此时看到张文表有意来投,自然高兴,立刻前往潭州安抚张文表。

张文表听闻宋朝使者将至,心中大喜,主动率军进攻杨师璠,不想中了杨师璠的埋伏,大败而归。杨师璠军队趁乱也进入潭州,抓到了张文表,潭州被攻破。宋朝使者赵纮到达潭州之后,知道张文表已经被擒拿,有些失望,毕竟他的使命是安抚张文表,让张文表继续存在,使得宋军有出兵征讨两湖的借口。可杨师璠等人觉得,一旦宋朝使者要求把张文表交出去,不交是违抗朝廷,交出去若张文表在赵匡胤面前胡说,杨帅璠等人难逃一死。于是,杨师璠等人当天就将张文表在集市斩杀,还将张文表的肉分给诸位将领吃了。如此一来,人人都有责任,谁也脱不了干系。

第二天,赵纮召开宴会,邀请湖南的各位将领。筵席上,赵纮问起张文表下落。杨师璠等人说,张文表再次图谋叛乱,已经被杀掉。赵纮很生气,可身在潭州,不敢造次。何况朝廷的意思,此时还不适宜和武平周保权的军队决裂。

张文表被杀的消息很快就传到了朗州的周保权处,自然也传到了在襄阳的慕容延钊、李处耘大军之中。只有荆南的高继冲还蒙在鼓里。

现在的问题就尴尬了。宋军打着征讨张文表的名义出兵,不料张文表已经被擒拿,出兵的借口没有了。

慕容延钊和李处耘面面相觑。最后两人决定,一方面把军情快速禀奏赵匡胤,另一方面装傻充愣,继续行军,争取在张文表的消息广为传播之前就拿下荆南。两人的决定无疑很明智。机会稍纵即逝,一旦张文表被擒拿的消息散播开去,宋军出师无名,就只能撤军。

高继冲因为年幼,把政事委托给判官孙光宪,军政委托给指挥使梁延嗣,并且说:"使事事得中,人无间言,吾何忧也。"高继冲虽然初掌大权,却很是明智。孙光宪向来有忠义之名,曾经多次进谏高保勖。让有爱民之心的孙光宪处理民政,正可以安抚饱经创伤的民众。而指挥使梁延嗣既是荆南军队的高级将领,更是建议高保勖立高继冲为后的忠心之士。有此二人处理大事,正可以弥补高继冲没有经验的缺失。可以说,一旦荆南完成权力过渡,高继冲成长起来,宋军再想夺取荆南撕破江南割据的口子,就很难了。

李处耘率军疾行。主帅慕容延钊身染重病,让软轿驮着处理军务。宋军很快就赶到了江陵。李处耘告诉高继冲,朝廷大军到达,借道平叛,作为地方政权的荆南节度使必须予以配合,并供给粮草。

高继冲和孙光宪、梁延嗣等人商议,派出使者告诉慕容延钊,大军到达,百姓恐惧,希望宋军能在距离江陵城池一百里外的地方安营扎寨。荆南将领李景威提醒高继冲:现在朝廷军队虽然说是借道讨伐湖南,可看局势,宋军很可能借机攻打我们荆南。李景威提议,希望高继冲给他三千人马,让他在荆门中的险要地方设下埋伏,等到宋军经过,突袭宋军,如果能够擒拿宋军主帅最好,最不济也可以让宋军撤军。然后,由我们荆南出兵,平定张文表。这样一来,我们将功折罪,朝廷不能也不敢加罪于荆南。否则的话,荆南很可能就要灭亡。李景威的这个意见可以说非常具有远见。可高继冲却拒绝了。

高继冲认为,高家多年来对朝廷都很忠心,后周王朝也好,赵宋王朝也好,对他高家也还算不错。现在只不过是要借道,一旦和朝廷翻脸,荆南就很危险了。何况慕容延钊乃是当世名将,就算给李景威机会,也根本不是慕容延钊的对手。李景威还要强辩,负责政事的孙光宪却说:"景威,峡江一民尔,安识成败!"一句话否定了李景威。在孙光宪看来,自从后周时代开始,中原朝廷就有了一统天下的大趋势,宋朝建立以来,举措得宜,天下归心。如今平定张文表,就仿佛用大山来压一个小小的鸡蛋。如果朝廷在平定湖湘之后,还有吞并荆南的意思,不如就干脆封锁府库,解散军队,投降朝廷,这样的话,荆南百姓也可以免除一场灾难,而高继冲也可以拥有一生的富贵。高继冲听了两派的观点,深感为难。

最后高继冲还是决定派遣叔父高保寅带着牛羊美酒前往犒赏宋军,并交代叔父仔细观察宋军意图。李景威得知自己的计谋不被采纳,知道荆南必定灭亡,而自己也无法活命,竟然活活将自己给掐死了!

之后,宋军驻扎在距离江陵一百里的荆门地区,李处耘接见高保寅和梁延嗣,对待二人非常客气,并且交代二人部下,宋军要大摆筵席感谢荆南军队,荆南两位贵客不醉不归。梁延嗣很高兴,派遣使者回禀高继冲,一切正常,高继冲可以放心。其实,梁延嗣、高保寅已经中计。李处耘就是要借梁延嗣、高保寅之口告诉高继冲和荆南诸人,放宽心怀,放松警惕。

当晚,慕容延钊作为宋军主帅亲自宴请梁延嗣、高保寅。慕容延钊频频劝酒,梁高二人喜不自胜。同时,李处耘亲自率领精锐骑兵数千人,倍道兼程前往江陵。高继冲听到梁延嗣说宋军没有敌意,已经下令解散各营军士,此时忽然听闻宋军来袭,且黑夜之中也不知道有多少军马,大惊失色。李处耘让军士呼唤开门。高继冲有心不开,但此时城楼没有多少军士,宋军强攻,城池估计很难守住,且军中统帅梁延嗣和自己的叔父还在宋军营中。思前想后,高继冲只得下令开城迎接。不想李处耘借见面之机,将高继冲强行扣押下来。李处耘交代高继冲,不久之后大帅慕容延钊就会到达,希望高继冲在城外等候,然后李处耘亲自率领大军,突击进入江陵城。

听到李处耘已经得手,慕容延钊也宣布停止宴会,将梁延嗣、高保寅二人扣押,率领大军前往江陵。等到慕容延钊和高继冲来到江陵城的时候,李处耘的数千骑兵已将江陵各个要塞给控制了起来。高继冲害怕至极,只能选择立刻投降,向慕容延钊缴纳印信,并且呈递表章,将荆南三州十七县十四万户百姓归属大宋。

于是,一夜之间,慕容延钊和李处耘兵不血刃地夺下了高氏经营六十年的荆南。

乾德元年(963年)的二月,南平国灭亡。

几天之后,赵匡胤的圣旨到达,任命高继冲为荆南节度使,全家老小前往京城。数月之后,高继冲调任为武安节度使,遂成为一个空有虚名的富家翁。

赵匡胤任命枢密承旨王仁瞻为荆南巡检,刑部郎中贾玭为荆南通判,分别处理荆南军政事务。原荆南将领梁延嗣被任命为复州防御使,孙光宪为黄州刺史,即日赴任。在听到李景威的计谋事情后,赵匡胤在百官面前表态:"此忠臣也!"赵匡胤下令王仁瞻厚待李景威家属,以安抚荆南将士。

平定荆南之后,宋军日夜兼程进兵朗州。

朗州的周保权很是恐惧,召集心腹商议。判官李观象认为,之前我们向朝廷请求求援,是为了征讨张文表。现在张文表已经被杀,潭州之乱已经平定,可朝廷军队竟然还不回去。很明显,朝廷要将湖南地区全部夺取。而我们武平能够倚仗的,不过是北方的盟友荆南。可现在荆南高氏已经束手就擒,唇亡齿寒之下,我们武平很难独立保全。不如主动将国土献给朝廷,这样的话,还可以保全富贵。

周保权不过是十一二岁的少年,看到眼下局势如此窘迫,而李观象的意见代表了绝大多数文臣的意见,周保权有些动心。可是,指挥使张从富却强烈反对。在张从富等军中武将看来,不战而降实在是为将者的奇耻大辱,荆南可以如此,武平绝不可以如此。张从富背着周保权和一些将领密谋起来。

慕容延钊也知道武平周保权等人心中必然恐惧,在大军到达之前,先派遣使者丁德裕前往安抚。张从富等人认为,只要让宋军使者入城,李观象等文臣必然更加嚣张,怂恿周保权投降。周保权年少无知,必然听从。

张从富下令,谨守城门,将宋军使者丁德裕挡在朗州城外。

同时,张从富下令,将整个湖南境内的桥梁全部拆毁,将船只全部凿沉,大路挖断,用巨木拦住道路,阻挡宋军前进。丁德裕的先锋部队不敢接战,退军等候皇命。

几天之后,赵匡胤下诏给周保权:"尔本请师救援,故发大军以拯尔难。今妖孽既殄,是有大造于尔辈,反拒王师何也?无自取涂炭,重扰生聚。"在赵匡胤看来,当初是他周保权邀请宋军协助平叛,现在大军到达,周保权却下令阻挡,已经失去臣节。何况,张文表之所以被平定,正是因为大宋天威,宋军有大功德于武平!赵匡胤明告周保权,如果周保权继续阻挡王师,必将祸及万民,自取灭亡。可周保权此时已经被张从富等人挟持,没有了军权。

赵匡胤下令慕容延钊强攻。慕容延钊先派遣水军部队进攻防守薄弱一些的岳州,切断朗州军队的补给。三江口一战宋军大败周保权军,夺取战船七百艘,斩首四千余人。张从富听闻岳州失去,心中恐惧,知道再坐守朗州,其他州县很可能被宋军各个击破。于是,张从富从城池坚固的朗州走出,主动出击,不想慕容延钊早就设下埋伏,等张从富往口袋里钻。两军交战,张从富大败。李处耘率军追击,张从富军连战皆败。

李处耘骁勇善战,且性格残忍好杀。看久攻朗州不下,就想出一条毒计。他从俘虏中挑选出几十个身型健壮的士兵,让手下士兵将这些人煮熟吃了,把剩下一些瘦弱的在脸上刺字,然后放回朗州。

李处耘四处散播流言,说朗州如果还不投降,一旦城池被攻破,所有被抓的俘虏都会被宋军吃了。朗州军民听到传言,再看看脸上尽是刀伤的败兵,全都吓得不行。百姓纷纷逃出朗州,士兵也毫无斗志。眼看朗州已经守不住,张从富下令焚烧朗州,将所有百姓驱赶到山中,准备打游击战。张从富撤走的当天,宋军进入朗州。被宋军捕获的百姓主动交代出张从富的下落。在西山的一个山窝里,宋军抓到了张从富。李处耘下令将张从富枭首示众。武平将领护送周保权躲避在江边的一个寺庙中,李处耘下令四处搜捕,最后将周保权抓捕。

乾德元年(963年)的三月,经过不到一个月的战斗,原周氏武平军地界全部平定,宋朝一共得到十四个州,九万七千户百姓。盘踞湖南十多年的武平周氏政权覆灭。

四月份,赵匡胤下令赦免潭州、朗州罪犯,将大军攻伐时抢夺的一些百姓全部放还,并任命户部侍郎薛居正担任朗州知州。周保权被押解到京城等待发落,后被赐予左御林军统军的虚职。李观象进言有功,被任命为左补阙。

二、赵匡胤坐殿

乾德元年的五月,汴梁皇城修缮完毕。赵匡胤端坐寝殿之中,下令将所有殿阁大门打开,各殿阁全部都通达豁亮。赵匡胤很高兴,告诉身边的宰臣:"此如我心,小有邪曲,人皆见之。"昔日孔子曾经谈论君子如何面对自己的过错,"过也,人皆见之;更也,人皆仰之"。在孔子看来,有过错不可怕,只要知错能改依然是值得尊敬的人。可小人却不同,"文过饰非",拼命掩饰自己的错误。赵匡胤就是要告诉朝廷百官,告诉天下人,自己对天下人之心,就仿佛大宋皇宫,通达豁亮,公平无私。

相比同时代其他的君主,赵匡胤鹤立鸡群,不同凡俗。

1. 用心公正

乾德元年,兵部郎中、监秦州税曹匪被公开斩首,海陵、盐城两县监屯田副使张蔼被削职为民。这两人利用在官府工作的特殊身份,让家属走私违禁货物前往南唐、吴越贩卖。有人将这件事情写成大字报张贴开去,消息传到赵匡胤耳中,在派人调查,获得实情之后,下达了这样的命令。

亳州蒙城县令朱英被罢官。此人原本是朝廷通事舍人,赵匡胤比较看重,将其派到地方为官,有心历练一番再调回京城重用。赵匡胤特别交代会定期考核为官情况,到期考核,发现朱英推行朝廷政策不是很得力,于是罢黜朱英官职。

这三人和赵匡胤还不算是很亲密,翰林学士、中书舍人扈蒙则是赵匡胤的亲随秘书,得力心腹。扈蒙工作毫无漏洞,却因为家人违纪,受到牵连。扈蒙的仆人中有个叫做扈继远的,狡猾异常,经常帮扈蒙出谋划策,扈蒙很是欣赏,后来干脆认下扈继远当干儿子。扈蒙和仇华关系不错,就拜托仇华照顾自己的义子。扈继远在仇华手下当了一个小官,负责贩运官盐。没想到扈继远盗取官盐,贪污公款数百万钱。事情被御史揭发,虽然扈蒙本人没有查出有贪污受贿之事,但举荐不当,难辞其咎。赵匡胤下令,削夺扈蒙的金印紫绶,将其贬官数级。

之前,赵匡胤曾经下令朝廷高官,比如翰林学士等人可以向朝廷推荐合适人选出仕。当初,赵匡胤交代,大家可以推举自己的亲属,古时就有"外举不避仇,内举不避亲"的名言嘛。没想到许多高官都推荐自己的亲属,并且是毫无原则毫无选择地推荐自己的亲属。这项制度初衷不错,可结果却实在糟糕。于是,赵匡胤下令,从此之后,举荐官员必须走法定的程序,不得举荐亲属,一旦查出被举荐者有亲属关系,严惩不贷。

对一些违纪违法官员,赵匡胤基本能够做到不徇私情,尽力去维护公正。对待一些有德行有操守的官员,有事情也能顺应舆论,做出让大家最满意的决定。

当时,有一个叫高防的官员在任期间去世,赵匡胤了解到此人遵守礼法,一生严谨,虽然没有什么军功战绩,但为官二三十年,对百姓比较仁厚,而且去世之时,作为尚书左丞竟然连安葬费都没有,清廉一项堪为天下官员表率。赵匡胤特别下令,告诉高防的家人,对高防予以嘉奖,朝廷派遣特使主持安葬工作,所有费用全部由朝廷公费支付。

潭州、朗州地区,有不少农民被周保权、张从富等人强征为士兵。在宋代一旦成为士兵,有了军籍,就世世代代要当兵服役。赵匡胤特别下令,允许这些新兵自愿决定去向,不愿当兵的可以自行离开,愿意当兵的可以享受宋军一样丰厚的从军待遇。

高继冲统治荆南地区时对百姓的盘剥非常严重,赵匡胤接手荆南后,下令当地百姓可以按照大宋境内百姓的标准,交纳赋税即可。荆南百姓听闻,都感念赵匡胤厚恩。

2. 非常手段

不过,当有事情牵涉到赵匡胤本人或者开国元勋、心腹重臣,赵匡胤的无私就坚持不下去了。

这一年,有个担任殿前侍御史的官员郑起也被罢黜到地方担任县令。这个郑起本来毫无过错,只是得罪了两个人,一个是赵匡胤,一个是顶头上司刺史张延范。

还是在后周时代,这个郑起作为殿前侍御史,看到赵匡胤掌控禁军多年,人气十足,明显威胁到后周的统治。于是郑起给宰相范质写了一封密信,提醒范质提防赵匡胤。一来,范质和赵匡胤的私交不错,二来他也不想贸然得罪赵匡胤,于是把这封信给扣押了下来,没有理会。若是郑起懂事一些,就应该明白了宰相大人的意思。可郑起一根筋,看范质不回复,就特意在范质回家的路上拦截,要范质给自己一个交代。

一晃,赵匡胤登基称帝了,范质的门人把这件事情告诉赵匡胤,讨好赵匡胤。自然,赵匡胤就记住了郑起。可是,北宋初立,朝廷当中绝大部分官员都是后周旧臣。赵匡胤不能对郑起公开下手,于是远远将郑起派出,以殿前侍御史的身份到泗州负责税务工作。

按照常理,新朝到来,郑起应该懂事了,不说讨好新君,至少要收敛锋芒,可郑起没有。当时郑起的顶头上司刺史张延范兼任检校司徒(宋初赵匡胤为了安抚地方,任命的官员品级不拘一格,刺史不过是五品官,可检校司徒却是宰相级别高官)。一些下属为了讨好张延范,都叫他"太保"(古时三公之一),郑起心中很不以为然。有一天,郑起跟随刺史大人出行,两人起身的时候,张延范出于客气,随口说:"请郑大人先上马。"在张延范看来,郑起虽然不过是正六品的侍御史,可毕竟是朝廷下派官员,还是要给些脸面。没想到郑起马上还口,说:"我这是骡子,怎么能越级称它为马呢?"张延范一听,知道郑起在嘲笑其他人越级称呼自己为太保的事情。张延范很生气。

领导很生气,后果很严重。张延范当然不提自己称呼僭越的事情,他密奏朝廷,说郑起在泗州为官期间,好酒贪杯,耽误公务。奏折呈报到中书省,范质回禀过赵匡胤,赵匡胤交代按渎职罪处理,结果,郑起没有经过任何审查,就直接被贬官。

张琼本是赵匡胤爱将,开始只是担任内外马步军都头,石守信等大将离开禁卫之后,殿前都虞候出缺。赵匡胤认为,京城驻军将近二十万人,精锐亲卫不下万人,"非张琼不能统制"。于是,赵匡胤破格提拔张琼为殿前都虞候。

张琼果然不负所望,短短一月,以往侍卫勇悍不服管束的情况就基本消失,宫中风貌大为改观。

可是,张琼为人敦厚,除了正常的公务,和赵匡胤没有什么特别往来。马步军副都头史珪、散员指挥使石汉卿则谄媚逢迎,有事没事都向赵匡胤请示汇报。张琼看不起这样的小人,几次在宫廷侍卫将领会议上批评史珪、石汉卿工作马虎,就知道钻营。二人怀恨在心,总想找机会把张琼扳倒。后来,两人发现张琼曾经在官府所养马匹当中挑选一匹作为自己的乘骑,有官马私用之罪,再后来又发现张琼的仆从当中有一个人曾经是建隆初年逆贼李筠的部下。两人就跑到赵匡胤那里,故意耸人听闻地宣扬:张琼私下里养了一百多死士,有心谋反;张琼在禁卫当中作威作福,对那些不服从自己的军官百般刁难,宫中上万禁卫,全部都害怕张琼;张琼又曾经诬陷皇弟赵光义在担任殿前都虞候的时候做了许多见不得光的事情。

史珪、石汉卿二人都很会揣摩赵匡胤的心思,所告的三大罪状,件件都是赵匡胤最忌讳的。从建隆初年开始,赵匡胤就严厉打击各种盗用官府财物,违法违纪的问题,官马私用正是赵匡胤痛恨的事情之一。如果说,第一件事情,还不足以扳倒张琼,第二件指控就非常危险了。史珪、石汉卿就是要赵匡胤形成一种印象,你当初不是说唯有张琼才能够压住勇悍的禁卫吗?现在张琼确实做到了,但是却不是为了你赵匡胤,不是为了大宋,而是图谋叛逆!第三件事情就更是赵匡胤极为痛恨的事情。赵匡胤对三弟赵光义非常宠爱,兄弟感情极好。就算是赵光义有一些不合法的行为,也从来没有人敢公开说出。在当时的赵匡胤看来,污蔑赵光义,那就是污蔑他赵匡胤!

赵匡胤听了二人控诉，即刻把张琼叫到面前，亲自审讯。张琼自然不会承认。史珪、石汉卿在一旁怂恿，说不用大刑张琼绝不会开口。赵匡胤点头。负责行刑的侍卫有些不忍，石汉卿冲上前去夺过一个侍卫的铁挝（一种爪钩），狠狠打在张琼的头上，张琼的头脸登时鲜血直流，人也当场昏厥过去。赵匡胤摆摆手，让人拖出去。之后，赵匡胤下令御史府严格审讯，务必将整个逆谋案全部查清。昏迷了整整一晚上之后，张琼才醒过来。张琼虽然担任殿前都虞候，可并非赵匡胤嫡系，和石守信等元老旧臣也没有什么关系。此时被史珪、石汉卿二人诬陷，已经失去了皇帝的信任，又没有人帮忙说情，注定死路一条。张琼在押解的路上，经过明德门的时候，告诉看押侍卫把自己的腰带送给母亲做个纪念，随即嚼舌自尽而死。

　　侍卫把张琼自尽的消息告诉赵匡胤，赵匡胤才有些疑心。不久又听到负责调查的官员说张琼家中就是几间瓦房，没有什么多余的钱，只有三个仆人，所谓的一百多个死士根本就是子虚乌有的事情。赵匡胤很后悔，把史珪、石汉卿叫来，斥责他们："汝言琼部曲百人，今安在？"石汉卿还狡辩："琼所养者一敌百耳。"明摆了二人就是诬陷张琼。

　　事情终于弄明白了，赵匡胤下诏给张琼家一笔钱，给张琼的家人一个小官作为补偿。本来，按照大宋律法，诬告者应该反坐。可赵匡胤对史珪只是口头批评，根本就没有实际的责罚。不久，史珪成为都军头，石汉卿还接替冤死的张琼出任殿前都虞候。

　　原来，当他人触及赵匡胤本人的利益、触及大宋江山、触及皇权的时候，赵匡胤推行的政策和千百年来所有的暴君一样，宁可错杀一千，不可使一人漏网！

　　如果说郑起之贬，主要是刺史张延范的诬蔑，赵匡胤不过是偷懒不作为。可张琼之死就纯粹是一个冤案。不过，张琼乃是自杀，赵匡胤并没有定案，毕竟人家还是派出御史准备调查，并且总算还给张琼一个清白，又让张琼的家人升官，总算是又出钱又送官，勉强有一个交代。

3. 冷血多情

可是对待小舅子王继勋,赵匡胤的所作所为,就只能说是罔顾律法,将当初自己的慷慨誓言完全践踏在脚下了。

担任龙捷左厢都指挥使的马仁瑀是赵匡胤的爱将,当时薛居正负责科举考试的工作,马仁瑀想走个后门,就亲自上门拜托薛居正。薛居正为人谨慎,持身清廉,对这种请托违法的事情不屑一顾。可是马仁瑀乃是皇帝身边的红人,薛居正不敢得罪,于是嘴上答应,可实际上却根本没有给马仁瑀的亲属特别照顾。当榜文公布,马仁瑀的亲属落榜,马仁瑀大怒。一般人遇到这样的事情,也就打掉牙往肚里咽了,毕竟走后门是个见不得光的事情。可马仁瑀自恃功大,带了一批牛高马大的武士,竟然跑到官衙找到薛居正。马仁瑀指着薛居正的鼻子大骂,众手下更把薛居正的祖宗八代都骂了个遍。御史中丞刘温叟听到此事很生气。无论薛马二人有什么纠纷,在公堂之上谩骂,就有损官体。并且马仁瑀请托,本身就是违犯法纪。不久之前,赵匡胤就曾经下令,严谨请托,马仁瑀是顶风作案。薛居正依法办事,公平选拔,毫无过错。

刘温叟立刻上表弹劾马仁瑀。弹劾奏章交到赵匡胤手上,赵匡胤有些生气,可看在马仁瑀为自己冲锋陷阵的功劳上,还是把事情压下去了。马仁瑀官照样当,薛居正只能感叹倒霉了。

可是,恶人还有恶人磨,薛居正、刘温叟扳不倒马仁瑀,有人可以。

赵匡胤一生有三个皇后。结发妻子贺氏在赵匡胤称帝之前就去世了。现任皇后是王皇后,在乾德元年(963年)去世了。多年之后,是年轻貌美的宋皇后。王继勋是王皇后的弟弟,正牌的国舅爷。

王继勋为人凶残蛮横,统兵作战、为官治民的本事一点也没有,可是耍滑偷奸、祸害他人的本事不小。王继勋当时担任龙捷右厢都指挥使,官职本在马仁瑀之下,可人家是国舅爷,就算对方官大又如何?许多官员处处避让,谁也不敢惹这个太岁爷。可马仁瑀却毫不畏惧。在马仁瑀看来,王继勋不过就是一个花花公子,仗着女人的裙带发迹,可他马仁瑀却是一刀一枪挣来的功名,是从陈桥兵变起就追随皇帝的开国元勋。两个猛人相遇,你不服我,我不服你,最后公开在官衙扭打起来。一旦交手,王继勋自然不是马仁瑀的对手,被马仁瑀三下两下就打趴下了。

王继勋丢了面子,也不好意思把这件事情告诉姐夫,心里盘算着打黑枪,找人暗中干掉马仁瑀。可马仁瑀本身武艺高强,身边又常有一伙久经沙场堪称杀人利器的军士保护,刺客根本没有机会得手。有一次,赵匡胤准备在京城郊外举行一场军事演习。王继勋听到消息,就和手下盘算在演习当中干掉马仁瑀。演习中不准携带刀剑,王继勋让手下偷偷买了许多铁棒藏在身上。不想消息泄露,马仁瑀也让人准备了砍刀。一旦演习开始,两方就准备把演习变成战场。没想到有人把这件事情汇报给了赵匡胤,赵匡胤听后很苦恼,最后决定放弃这次军事演习。不久之后,赵匡胤下令让马仁瑀离开京城,到密州担任防御使,守卫边疆去了,可对王继勋却没有任何处罚。

几个月之后,毫无真才实学的王继勋被提拔为权侍卫步军司事。为了给王继勋挣点功勋,赵匡胤让王继勋主持新兵招募工作,本来这是一件很简单的事情,可王继勋还是给办砸了。赵匡胤曾经交代王继勋,说这批士兵刚刚招募,许多人还没有老婆。大宋军士,尤其是宫廷侍卫的待遇都相当优厚,赵匡胤认为,一定有人家愿意和这批新兵结亲。赵匡胤表示,新兵成婚的时候,不要铺张浪费、讲什么彩礼聘金,大家喝喝酒吃顿饭也就是了。赵匡胤的本意,是希望既不扰乱新兵的训练工作,又可以让新兵安心报国。没想到王继勋接到命令之后,率领这批新兵到民间去强抢美女,看到漂亮的自己先霸占了,还说什么奉了皇命。许多人家的女儿被强行掠走。

京城不比地方,赵匡胤也还算明白事理。受苦的百姓到开封府告状,开封尹皇弟赵光义把事情告诉赵匡胤。赵匡胤大惊,即刻命人将王继勋拘押,将其手下参与抢夺民女的一百多新兵集体斩首,以谢百姓。可因为王皇后的原因,赵匡胤还是把小舅子给放了。为了让民情可以更快通达,赵匡胤下令,派出巡查部队巡视京城,一旦有非常之变,可以直接禀奏皇帝。

经过这场风波,王继勋不但没有吸取教训,反而变本加厉。确实,王继勋多次犯错违法,赵匡胤却一次又一次纵容,难怪王继勋会忘乎所以。

过了几年,王继勋因为欺凌下属,被部下告状。赵匡胤很生气。王皇后临终之时再三嘱咐弟弟王继勋要遵守法纪,不要惹是生非,王继勋还没安分几天,就又开始胡作非为了。赵匡胤恼恨王继勋不争气,下令将王继勋押送中书省,交由宰臣处罚。宰臣商议决定,罢黜王继勋军中的职务,让王继勋在家中好好反省。不过,赵匡胤还是保留了王继勋彰国留后(代理节度使)的待遇。

王继勋很气愤,他觉得自己根本没错,是那些下属污蔑自己。姐夫赵匡胤也薄情寡恩,姐姐刚去世没多久,就对自己翻脸无情。王继勋无聊之极,想出了一个找乐子的新方法。王继勋把家中的奴婢捆起来,用小刀割肉,然后看着奴婢挣扎痛苦的样子,王继勋就觉得很快乐。几个月下来,被王继勋害死的奴婢有十多个。人死之后,王继勋命人偷偷埋了,谁也不知道。赵匡胤还觉得最近王继勋终于没有闹事,老实了许多呢。奴婢们十分惊恐,密议逃出王府,可是王继勋家的院墙很高,一般情况根本翻不过去,来往巡逻的家丁也很多,一旦被发现逃跑就是死路一条。等了许久,终于机会来了,因为连续下了七八天的雨,院墙朽烂终于垮塌,那些奴婢们趁机从倒塌的地方逃出。逃出之后,大家直奔皇宫,只有把真相告诉皇帝,请皇帝给大家做主,才可能有一条活路。之前,守卫宫门的官员就因为包庇王继勋被责打,赵匡胤又特别交代,百姓有冤情要即刻上报,此时,官员们自然不敢隐瞒。

赵匡胤亲自接见了这批逃出的奴婢,看到许多人的手臂上、大腿上、脸上、胸脯上被割伤留下的疤痕,赵匡胤大吃一惊,即刻命令宦官前来王继勋家中审问。宦官前往,王继勋心中也有怨气呢,于是毫不隐瞒,承认自己的全部罪行,看看姐夫能把他怎么办。

赵匡胤很生气,很丢脸。几番思量之后,赵匡胤将王继勋罢官,派遣宫廷侍卫看管起来,禁止王继勋作恶。没几天,赵匡胤不想在京城再看到王继勋,下令把王继勋流放到山东登州。

王继勋出发了,前往山东登州走路要走几个月。可没等王继勋到达登州,赵匡胤赦免的诏令就下达了。王继勋被任命为右监门卫率府副率,赵匡胤让王继勋到洛阳担任一个看守城门的小官。

于是我们说,王子犯法与民同罪,根本就是一个谎言。赵匡胤所谓的无私更不过是自欺欺人。

之后的很多年,王继勋就消失在赵匡胤的视野中。赵匡胤的耳根是清静了,可王继勋却从来没有消停。

在洛阳的那些年,王继勋变态的爱好不但没有收敛,反而因为找到了同道而升级。在洛阳长寿寺中有个大和尚名叫惠广,此人本是五代时期的巨盗,欺世盗名已久,认识王继勋之后,两个人臭味相投,一拍即合。在惠广的挑唆下,王继勋变伤人杀人为吃人。王继勋走在洛阳街头,看到有年轻美貌的少女就要买过来做家奴。洛阳的百姓都知道王继勋是个魔头,谁肯把女儿送到火坑中去,可王继勋管你愿不愿意,直接抢人。洛阳的官员谁也不敢沾惹王继勋。那些奴婢被抓入王府之后,侍候稍有不周,就被王继勋杀害。杀了人之后,王继勋就和惠广一起吃肉。人肉吃得多了,王继勋还总结出了经验,怎么杀人肉才鲜美,哪个部位的人肉最好吃。杀人之后,王继勋命人直接把尸体抛在野外。于是,王继勋家中有两类人经常出入,一个是人贩子,一个是卖棺材的。洛阳的老百姓每天都生活在恐惧之中,可谁也不敢告状。之前的几次事件让大家明白,就算是告到皇帝那里,赵匡胤也不会为百姓做主!

等到赵匡胤驾崩,宋太宗赵光义即位,王继勋的好日子终于到头了。赵光义和王继勋没什么感情,并且,赵光义即位之后急需得到百官和百姓的认可和支持。于是,赵光义即位不久就派遣官员拘押审讯王继勋。据调查,从开宝六年(973年)王继勋被罢黜到洛阳一直到太平兴国二年(977年),前后不到五年的时间里,王继勋亲手杀死的奴婢就有一百多人。赵光义下令,将王继勋在洛阳街头斩首示众,并且将那些给王继勋贩卖人口的人贩子、一起吃人肉的惠广等十多人也都砍头示众。

洛阳的老百姓开心了,山呼万岁,感谢赵光义给大家主持了公道。其实,善良的老百姓哪里知道,绝对的公平公道从来就是谎言。

三、历代名将排排坐

1. 驱逐白起

乾德元年(936年),赵匡胤特意到武成庙参观。

武成庙就是武庙。最开始是在唐高宗于上元年间尊奉姜太公为武成王,和孔子(文宣王)享受同样地位,同时,选出历代以来十大名将陪侍左右。左起为秦国武安君白起、汉淮阴侯韩信、蜀丞相诸葛亮、唐卫国公李靖、英国公李勣;右起为汉留侯张良、齐国司马田穰苴、吴国将军孙武、魏国太守吴起、燕国大将乐毅。除了十大名将陪侍,还有历代一共七十二人可以享受祭祀。

应该说,姜子牙和十大名将确实是先秦到唐朝最具名望的军事家了。当然,也并非说其他人就都没有资格入选。评选标准的不同,总是会有一些差别。

当赵匡胤来到武成庙,看到两廊的十位将领,就指着左起第一位的白起说:"起杀已降,不武之甚,何为受享于此?"赵匡胤对白起入选十大名将有不同看法。赵匡胤的批评非常尖锐,在他看来,作为一个将领,最不能容忍的就是杀降,可白起在长平之战中,一战即坑杀赵军四十万。皇帝很生气,后果很严重。赵匡胤下令,将白起的雕像搬出武成庙,取消对白起的祭祀。

皇帝有了最高指示,手下人纷纷行动起来。一般人只是无条件执行领导命令,可翰林学士、知制诰高锡却品味出了赵匡胤批评白起的深刻用心。高锡在朝会的时候提出,白起确实应该驱逐出武成庙,除了白起,如南朝梁国的将领王僧辩意图拥立新君,被陈霸先杀死,不得善终,这种人也没有资格进入武成庙。赵匡胤一听有道理,于是下令吏部尚书张昭、工部尚书窦仪会同翰林学士高锡重新排定配享武成庙的十大名将乃至七十二位将领。赵匡胤当场定调,此次入选者不仅仅应该是第一流的军事家,其功业更应该是从开始到去世都没有瑕疵。

几天之后,张昭、窦仪等人回禀赵匡胤,评选工作基本结束,除了将白起正式除名之外,一共有二十二个人迁出武成庙。像魏国的名将吴起,驻守西河多年,名望素著,可是在魏文侯去世之后,吴起因不能拜相离开魏国,到楚国后拜相。吴起推行变法,楚国对外连战皆胜利,对内国力大增。可是,当楚王去世,吴起也被保守派杀害,属于典型的有始无终。像齐国的孙膑,在桂陵之战和马陵之战连续击溃魏军主力,名扬天下。不过,孙膑却因为陷入齐国大将田忌和丞相邹忌之间的权力斗争,不得不请辞归隐,离开朝堂。况且孙膑遭庞涓迫害,双腿瘫痪,成一生憾事。像廉颇,身为赵国大将,后来却跑到了敌国。像韩信虽然用兵如神,最后却意图谋逆。蜀汉的关羽、张飞都因为好勇斗狠不得善终,也算不得功业始终。张昭、窦仪等人重新挑选了二十二人进入武成庙配享,主要有汉朝的灌婴、后汉的班超、晋朝的王浑、唐朝的秦叔宝等等。

三人选拔的标准,是对赵匡胤批评白起的一个升华,从单纯的否定杀降到从功业、道德、影响各个方面的权衡。应该说,新选择的二十二人,如果从用兵之道看,确实不如之前的二十二人,普通读者可能只听说过其中四五个人。也就是说,唐代认定十大名将、七十二将领的时候,是以行军作战、用兵之道作为主要标准,此番却不同。于是,用兵神鬼莫测的韩信被除名,水淹七军吓得曹操想要迁都的关羽被除名,扫平东晋各路叛军的大司马陶侃被除名,平定陈朝的隋朝第一大将杨素被除名,安史之乱中与郭子仪齐名的李光弼被除名。

三人的奏章一公开,朝中议论纷纷。秘书郎梁周翰上书,说:"凡名将悉皆人雄,苟欲指瑕,谁当无累! 一旦除去神位,吹毛求异代之非,投袂忿古人之恶,似非允当。臣心惑焉。"在梁周翰看来,大多数名将都是人中雄杰,能够享大名于当代后世,都有其必然原因。并且,如果有心找茬,谁会没有缺点。就如大圣人孔子,也曾经被鲁国驱逐,在陈蔡之间遭受困厄,虽然也有一些君王欣赏,却同样被一些诸侯大夫仇视。而配享孔子的十哲、七十二子也并非毫无缺点,像弟子宰予因政变被灭族,子路因国乱被杀死。在梁周翰看来,张昭、窦仪、高锡三人所为,都是无聊至极,没事找事。

可奏章呈上之后,赵匡胤不予回应。不回答就是否定,最后就按照张昭、窦仪、高锡三人商定的名单,重新确认宋代配享武成庙的人选。

赵匡胤为何这么做呢?史书说:"以升降之制,有所惩劝,不报"。

2. 名节可贵

我们可以看到,赵匡胤此次选定古代名将名单,标准由之前的看军功看谋略,改成了看德行看影响。联系宋朝当时的形势,我们可以更好地理解一下。

在三年之前,赵匡胤发动陈桥兵变,夺取了政权。可是,赵匡胤在兵变之初,就多次强调,杀人不是目的,夺权才是根本。如何才能够保证既夺取政权又能够收获人心呢?这就要求各级将领严格约束军队,赵匡胤心中的军队,应该是能战而不滥杀。于是,帮助赵匡胤除去最大障碍韩通的王彦升,虽然得到赵匡胤些许赏赐,可却被赵匡胤从心底恼恨,最后一辈子也没有升格成节度使。

建隆元年(960年)征讨李筠和李重进,赵匡胤传令诸将,在夺下敌人城池之后要善待当地百姓。乾德元年(963年)征讨两湖,赵匡胤再次叮嘱慕容延钊和李处耘。可是,李处耘还是带头犯禁,并且把事情做得非常出格,将俘虏的士兵或者吃掉或者脸上刺字羞辱。这些都是严重影响大宋朝廷形象的事情。要知道当时的宋朝只是拥有了中原地区的大部分领土,整个江南还有五六个政权。一旦杀降虐俘成为宋军的常态,必然在各国之间造成极为恶劣的影响,甚至会严重拖延大宋一统天下的进程。这些将领比如李处耘,在作战方面确实能干,赵匡胤不得不重用他们倚仗他们,可是赵匡胤也不能纵容他们。一般的领导遇上了刺头下属,很可能采取打压的方略,可赵匡胤不同。与其惩罚,不如告诉他们什么才是为将之道,什么才是大宋名将的标准。

于是,赵匡胤将吴起除名,换上了作战不是很出色,但入将拜相福寿一生的汉朝灌婴。

赵匡胤在乾德元年(963年)的时候,已经开始考虑对北汉和后蜀的战争。和建隆元年(960年)不同,赵匡胤已经不可能御驾亲征,于是,就必须把出征的事情交托给部下将领。在征讨两湖的时候,赵匡胤选择了稳重仁德的军中老将慕容延钊作为主帅,才算是勉强弹压住了少壮派的好战的李处耘。可是,几个月后,慕容延钊去世,放眼朝中,能征惯战如石守信等已经到地方当官,赵匡胤不可能也不放心将统兵大权交托。其他参与陈桥兵变的将领也大都在北方驻守,防备北汉、契丹,能够担当主帅出征的只有王全斌。王全斌作战骁勇,用兵有方,可治军却很随意。赵匡胤就是要借武成庙一事,告诉王全斌和其他将领,只有爱惜名节,善待百姓,才能做到有始有终,才是能够得到皇帝赵匡胤器重的名将。

于是,就事论事的梁周翰就显得目光短浅了。

可惜,赵匡胤的这一深刻用心并没有多少人能够知道。或者说,王全斌之流知道了却并没有理解,没有接受。按照五代的惯例,一旦发动战争,只要给君王交上领土,被夺取地盘上的人口财富就是自己个人的财产,可以任意支配。何况,权力的诱惑实在太大,出外征伐,没有了约束,没有几个将军还能够把持得住自己。

四、祖制都是擦脚布

作为一个开国之君,自然要面临许多新与旧的纠葛。千百年来,多数官员都是不求有功但求无过,当官不过为了养家糊口而已,这本不错。只是,一旦面对创新,绝大多数的普通人难免会被眼前的蝇头小利所蒙蔽,被一小撮别有用心的人所劫持,从而阻碍历史的发展。看历代革新,多数官员说得最多的就是"祖宗之法不可违",可是,在赵匡胤眼中,所谓祖制不过都是擦脚布,当用则用,不当用则弃。

1. 无规矩不成方圆

乾德元年(963年),朝廷即将举行大型的祭天仪式,有关部门提出,赵匡胤的祖父配享。吏部尚书张昭以为不可。张昭引述前代制度,说梁朝和隋朝在南郊祭天,都是以皇帝的生父作为配享,唐太宗祭天是把唐高祖作为配享,后梁人祖朱温祭天也是以自己的父亲配享。张昭认为,此次祭天,也应该是以皇帝的生父宣祖赵弘殷作为配享,才符合礼制。赵匡胤依从。

建隆二年(961年),赵匡胤的生母杜太后去世,初谥明宪太后。乾德元年(963年),吏部尚书张昭上奏,因赵匡胤生父赵弘殷被追封为武昭皇帝,请依照前代制度,改杜太后的谥号明宪为昭宪。赵匡胤依从。

不过,宋朝初立,百废待兴,具体兴什么,怎么兴,却是一个问题。前代有一定的制度可以遵循,不过情况总是在不停地变化,前代的规则未必可以适应当代。

赵匡胤即位以来,朝廷公务繁重,就连州县里的一些诉讼案件都会呈报朝廷,由皇帝做最后决断。一开始,赵匡胤还比较享受这种尊崇,可渐渐却不堪其扰。赵匡胤找宰臣商量如何可以加快工作效率,枢密使赵普认为,自古以来,就是廷尉负责断案,而刑部负责审核,许多事情并不需要皇帝亲力亲为。从唐代长兴年间开始，将一些事务比较明确划分为大事、中事、小事，然后将不同的事务按照官衔的权限等级进行分类。一些琐事在州县就能够得到处理，一些中等的事情由朝廷六部处理，最大的事情才上报中书，由宰臣乃至皇帝处理。种种制度在史册当中都可以找到，可是，五代以来，这些好的制度都废弃不用。赵匡胤听后，下令全国依照此法施行。对于那些上报到朝廷的案件，也由大理寺负责审讯，刑部进行复查，有特别重大或者疑难事件，再由宰臣乃至皇帝处理。赵匡胤交代，要加强官员的考核升迁制度，善于贯彻朝廷政策的有奖，那些违背律条、玩忽职守的重重责罚。

乾德元年（963年），赵匡胤做的最为重大的变革，就是让赵普拜相。

赵普是陈桥兵变的首功之臣，可是在赵匡胤即位之后，赵普却不过担任一个枢密直学士，在追随赵匡胤参与平定李筠之后，赵普才被提拔为枢密副使。之后，枢密使吴廷祚年纪大了，赵匡胤找个理由将其打发，才任命赵普为枢密使。赵普有为相之才，资历却比较浅薄，于是赵匡胤继续任命后周的三个宰相范质、王溥、魏仁浦为相，一直到乾德二年，宋朝都已经建立四年多之后，才任命赵普为相，完成了新旧权力的交接。

当然，在任用范质、王溥等前朝旧臣的时候，赵匡胤也是一方面拉拢，一方面打压。按照唐代以来的惯例，宰相面见天子禀奏事务，皇帝必须让宰臣坐下商谈；遭逢大事不能皇帝独自做决断，必须亲自找宰相面谈；当会谈结束，皇帝要说"赐茶"然后宰相再退出。宰相乃是百官之首，权力极大。任命一些州县官员，宰相可以不必请示皇帝，只要符合规则，可以直接下达命令，从唐朝到五代乱世，都没有更改这个决定。

当宋朝建立之后，范质三人知道自己身份尴尬，赵匡胤表面上对三人尊崇有加，可骨子里并不信任三人。范质三人也明白，宋朝初建，赵匡胤身边武将居多，能办事的文官很少，赵匡胤不过是借重三人的名望影响。作为被刀剑逼迫才投降的范质等人，自然不敢像以往一样托大。于是三人每次都是主动将奏章呈报赵匡胤，等到赵匡胤有所批示之后，再遵照执行。

范质等人曾经告诉皇帝,大家这么做,并非偷懒,只有如此才能够完全执行皇帝的命令,避免出现错误。赵匡胤看到三人的行事,很是满意。

可是,赵匡胤还是不满宰相权力过大,于是,想方设法加以限制。一开始以工作繁忙为由,废除赐茶之礼。后来,又在范质上前递交奏章时,让侍从把范质的椅子给撤出,从此之后废除了宰相坐而论道的礼节。范质三人只能打掉牙往肚里咽。

范质作为首相,公务繁重,每天要签发许多公文。赵匡胤曾经命人核查范质下达的所有命令,发现竟然没有一项是不符合律条的。在给一些州县长官下达命令的时候,范质总是再三强调抓紧户籍、版图的管理工作。建隆年间朝廷大力推行丈量土地工作,每当朝廷派出括田使,范质就算再忙,也都会抽出时间来召见他们,告诉这些使者,皇帝是多么关心百姓,希望他们不要辜负朝廷的厚望。地方有丈量土地的纠纷,或者各类诉讼,范质一旦了解,也必定会亲力亲为。朝廷百官都感叹范质能够如此尽心,实在难得。

可是范质三人也明白,一旦赵匡胤权力稳固,三人的利用价值也就到头了。

于是,在乾德二年(964年),范质、王溥、魏仁浦三人再次向赵匡胤申请辞去宰相之位。赵匡胤想也没想,立刻同意!赵匡胤任命范质为太子太傅,王溥为太子太保,魏仁浦为左仆射,给他们一个虚职,从此挂了起来。

2. 遇矛盾不妨从权

第二天,百官在朝会的时候发现没有了宰相。这时候发生了一件趣事。在这个旧相罢黜、新相未立的权力真空时期,谁才有资格站在前头,率领百官呢?

朝廷大臣互不相让,都想领班。太子太师侯章最后胜出。侯章在后汉时代就出任节度使,有了宰相级别,入宋之后,赵匡胤将其节度使罢黜,给了一个太子太师的虚职。失去了权力的侯章很郁闷,寻常朝会的时候也不大发言,发言也无人喝彩。有一天朝廷大臣讨论后晋后汉时代的事情,有人就提到侯章曾经侍奉多个帝王,乃是个没有臣子节操的小人。侯章听后大怒,说当初契丹入侵中原,契丹皇帝生病,和大臣商议撤出中原,不少文臣上书请求让契丹皇帝在嵩山养病,这种人难道可以称为忠臣吗?!侯章认为,像他这样的武将,都靠着冲锋陷阵、攻城略地获取富贵,不像那些文官,靠着谄媚阿谀升官发财。满座文官不敢出声,这些人大都也经历多个朝代,说过不少违背良心的话。

此时,宰相空缺,依照礼制,当由勋爵最高的太子太师侯章领班,礼官向赵匡胤汇报,赵匡胤点头认可。于是,憋屈多年的侯章终于风光了一把。

第三天,赵匡胤正式任命枢密使赵普为门下省侍郎、平章事、集贤院大学士。

在下达宰相任命的时候,还发生了一件和祖制不合的事情。

按照礼制,下达新的宰相任命,必须由现任宰相签署敕令,可当时三位宰相一同被罢免。出现这样尴尬的现象,赵普很不满意。赵普特意入宫,向赵匡胤禀报这件事情。赵匡胤不以为意,说赵普你不过是要一个晋升为宰相的任命书罢了,没有宰相签署有什么关系,朕作为皇帝亲自给你签署,这样给足你面子了吧?可赵普拒绝,赵普认为,按照制度,任命宰相乃是中书省做的事情,并非是皇帝的事情啊。赵普的语气比较生硬,他和赵匡胤的关系不一般,许多时候赵匡胤私下里都称呼赵普为兄,称呼赵普的妻子为嫂呢。现在赵普初次拜相,不能够完全遵从礼制,赵普觉得没有面子,会影响他以后的工作。

可是,眼下没有现任的宰相啊!赵普给赵匡胤出了一个难题。赵匡胤无奈,找来对礼仪比较了解的翰林学士陶毅、窦仪商量。陶毅思来想去,提出了一个主意。陶毅认为历代以来极少出现朝中没有宰相的事情,只有在唐朝甘露政变之后,由于宦官屠戮宰臣,朝廷官员为之一空,出现了几天没有宰相的情况,当时是由担任左仆射的令狐楚处理公务。现在的尚书属于南省(中书省)的长官,可以由尚书来签署新宰相的任命书。陶毅的这个建议有些牵强,一般来说,现任宰相和新宰相之间,品级虽然相同,却有上下之分,现在若是让尚书(各部长官)来签署宰相任命书,就是下级签署上级的任命,比较荒唐了。

只是,现在确实没有了宰相,怎么办才能既符合礼制,又让赵普满意呢?

最后还是翰林学士窦仪想出了一个主意,解决了这个难题。窦仪首先反驳了陶毂的意见,窦仪认为陶毂所说的方法,并非太平时期的法令,不值得效法。现在皇弟开封府尹赵光义兼有同平章事的身份,和宰相的职位名分相同,可以由皇弟赵光义来签署任命书。

赵匡胤一听大喜,赵光义爵拜晋王,官职是开封府尹、同平章事,身份尊贵,既有宰相的身份,又可以给足赵普面子,于是下令由赵光义出面签署任命。

赵普听后,也很满意。

第五章
乾德二年

一、西川无男儿

在后蜀灭亡之后,后蜀国主孟昶宠爱的花蕊夫人也被掳掠到了汴梁。赵匡胤以胜利者的姿态接见了这位仰慕已久闻名天下的大美女,当赵匡胤命令花蕊夫人谈谈后蜀灭亡的感想时,花蕊夫人口占一绝,留下一首千古流传的诗篇:

君王城上竖降旗,妾在深宫哪得知。

十四万人齐解甲,宁无一个是男儿!

花蕊夫人认为后蜀灭亡的主要责任在后蜀将士身上,后蜀全军有十四万人之多,竟然不战而降,实在有负君恩,枉为男儿。

其实,后蜀灭亡的主要责任不在后蜀的将士,而在于天下大局。北宋日渐强大,后蜀则因国主孟昶荒唐暴虐日渐削弱。花蕊夫人是孟昶的宠妃,自然是千方百计为夫君开脱。其实,后蜀灭亡,孟昶才是首恶。

1. 荒唐君臣

建隆三年(962年),赵匡胤在北宋境内大力推行德政,严厉打压各路藩镇的势力,对一些贪官污吏严惩不贷,铲除了一大批违法乱纪的中下层官吏。经过三年的推行,丈量土地的工作在全国落实的情况很不错。全国多数地方都已经按照新的赋税政策缴纳赋税。百姓的缴税压力减轻了,生活热情自然提高了。其他如兴修水利,选拔官员善政多多。反观后蜀,在建隆三年(962年),后蜀国主孟昶下了一道命令:后蜀所辖四镇十六州的所有居民,必须缴清历年来拖欠的赋税。属下官员多番进谏,认为在北宋蒸蒸日上、天下渐渐趋向一统的非常时刻,后蜀正应该广施恩德,收揽民心,训练军队,强化军力,而不是横征暴敛,向已经苦不堪言的百姓再摊派一些苛捐杂税。可后蜀国主孟昶就是不听。

乾德元年(963年),在拿下了荆南和武平之后,赵匡胤开始将攻略西川提上了议程。当时和赵宋接壤的四个邻国之中,北汉有契丹做后援,不易图谋;南唐有长江天险,且水军强大,暂时无从下手;东方的吴越从来都是尊奉中原王朝,在赵宋建国之后更是恪尽臣节,唯恐落下把柄,吴越既然甘于俯首做小,完全可以放在一边最后考虑。于是,既没有强援,本身实力平平,又没有尊奉赵宋为尊的后蜀,就成为赵匡胤讨伐的首选目标。

赵匡胤做事情向来谨慎,在讨伐西川之前,先派遣得力干将张晖到凤州担任团练使。张晖派出许多密探,分别潜入后蜀境内刺探各地地形以及州县军队驻扎情况。几个月之后,张晖把后蜀境内各地地形摸了个一清二楚。看到张晖奏折之后,赵匡胤开始部署伐蜀。

后来,有一个在后蜀王宫担任滑稽艺人的穆昭嗣来到了汴梁,赵匡胤听说此人在后蜀生活多年,经常出入王宫,特意任命穆昭嗣为翰林医官,给他一个功名。穆昭嗣很感动,当赵匡胤向他打听后蜀的水路山川的情况时,穆昭嗣知无不言。这个人还告诉赵匡胤,荆南地区乃是进攻西川的咽喉要道,此时大宋已经夺取了荆南,无论是从水路还是陆路都可以放心前进。赵匡胤听后大喜。

本来,赵匡胤讨伐后蜀还师出无名,可后蜀的枢密使王昭远愚蠢,主动将把柄送到了赵匡胤手中。

当时,后蜀的宰相李昊劝孟昶说,宋朝建国以来,不但不同于之前的后汉政权,还远远超过后周,推行各种惠民政策,国内稳定。上天厌弃战乱已经很久了,天下一统、海内归一很可能就印证在赵宋身上啊。现在不如派遣使者前往宋朝纳贡称臣,这才是长保西川安定的方法啊。孟昶虽然有点不甘心,凭什么后蜀就要向北宋称臣呢?但他为人耳根子比较软,没什么决断,听到宰相都如此说,也就想答应。可是,负责后蜀军政的枢密使王昭远不答应。

王昭远自命不凡,经常自比诸葛亮,一心希望能够亲自指挥一场大战,成就一番超越诸葛亮的大功业。如果后蜀称臣,那不就等于失去了两国交战、成就功名的机会了吗?王昭远告诉孟昶,中原王朝经历数十年战乱,几乎十年就更替一个王朝,百姓民不聊生,且赵宋建国以来四面树敌,多处用兵。而后蜀自从建国以来国家安定三十年,有雄兵二十万,且有蜀道天险,何惧他赵宋。孟昶听后,骄傲心起了,就放弃纳贡称臣,让枢密使王昭远积极备战,准备和赵宋一搏。

王昭远做的第一件事情是派出使者前往北汉。

王昭远有一个属下名叫张廷伟,经常吹嘘王昭远如何如何了不起。张廷伟告诉王昭远,自从王昭远担任枢密使以来,国内安定,毫无战事,王昭远也就无战功可立。此时两国大战已经势在必行,不如先派出使者前往北汉。北汉和赵宋多次交战,已成死敌,只要我国发出邀请,北汉必然应允。我国从西南进兵宋朝,北汉则发兵南下,赵宋腹背受敌。这样一来,赵宋必然受到重创,后蜀就非常有可能夺取函谷关以西的领土。如此,王公就能够建立大功了。

王昭远大喜,禀告孟昶之后,孟昶也开心了好久。王昭远精心挑选了自己的心腹、枢密院属官孙遇作为使者,兴州将领赵彦韬作为护卫,出使北汉。不想王昭远被美好的前景冲昏了头脑,选拔的护卫将领赵彦韬竟然偷出孟昶的国书溜到汴梁,将后蜀意图勾结北汉、共同图谋伐宋的事情泄露给了赵匡胤。

赵匡胤又怒又喜。小小后蜀竟然敢挑衅赵宋,实在是活得不耐烦了。

后蜀这一愚昧的举动,送给了赵匡胤一个讨伐后蜀最好的借口:"吾西讨有名矣!"赵匡胤重赏前来投诚的赵彦韬,又向赵彦韬仔细打听后蜀军队的分布情况、将领的脾气性情,让他尽可能地把知道的资料写成文字,交由赵匡胤和赵普细细思量。

听闻国书被盗,赵宋马上就会出兵,孟昶很担心。孟昶告诉王昭远:"今日之师,卿所召也。勉为朕立功!"孟昶的语气之中有强烈的谴责意味,王昭远处事不密,以至将联手打赵宋变成后蜀单打赵宋,变主动为被动,确实难辞其咎。可是孟昶把赵宋攻打后蜀的责任全部推到王昭远的头上,这也是不对。从此正可以看出孟昶为君之暗弱,不但缺少明君应该有的决断和主见,也缺少明君应该有的器量和胸襟。

王昭远倒是不介怀,不但不介怀,反而是兴高采烈,兴致勃勃。早在数月之前,王昭远就让人给自己量身定做了一套演出服装。当三军整装待发,王昭远作为统帅隆重登场。

王昭远头戴纶巾,手持羽扇,刻意模仿诸葛亮。当时已经入冬,王昭远一出场,就引来一阵哄笑。大冬天的扇扇子,纯粹有毛病。在下属的婉言劝说下,王昭远才很不情愿地把羽扇换成了铁如意。

三军动员大会上,王昭远手持铁如意慷慨激昂地说了许多豪言壮语。在王昭远看来,自己熟读兵书,只要自己出马,平定来犯之敌自然不在话下。就算只有两三万后蜀精锐兵士,他王昭远夺取中原、平定天下那也是易如反掌!

王昭远没有把主要精力放在了解敌情、知己知彼方面,也没有把精力放在调兵遣将、把守关隘方面,而是处处炫耀个人能力,用夸夸其谈来代替军事会议。这些都使得后蜀速败成为必然。

2. 平蜀良策

相比后蜀君臣自高自大,赵宋的战争动员得力,军事部属适宜。此次征讨后蜀,由赵宋军队中名望极高的将领王全斌出任主帅,枢密副使王仁瞻作为监军,其他将领如崔彦进、刘光义都是宋初悍将。为了确保胜利,赵匡胤任命一贯谨慎勤勉的给事中沈义伦担任转运使,调配三军粮草。

在制定征讨后蜀策略的时候,赵匡胤定下调子,后蜀军中,有许多将领都是中原人,对待这些人,宋军应该以招抚为主,告诉后蜀将领,只要投降,就可以保全他们全家平安。并且,在投降之中,又制定出不同的赏赐等级,比如给大军充当向导,指引宋军,可立三等功;主动提供粮草,供给军队,可立二等功;主动献出城池,率领军队投降,可立一等功。为了表示自己的诚意,赵匡胤命令有关部门在京城为后蜀国主孟昶修建豪宅,所有设施一并齐全,就等孟昶前来。

在三军将帅准备辞行的那一天,赵匡胤在崇德殿给大家饯行。赵匡胤把自己思量许久的平蜀方略和各种图册全部交给王全斌,并且询问王全斌,对夺取西川有没有信心。王全斌信心满满,表示倚仗皇帝神威,遵循皇帝的方略,很快就可以平定后蜀。龙捷右厢都指挥使史延德还说:"西川若在天上,固不可到;在地上,到即平矣!"虽然有拍马屁的嫌疑,可在当时的情况下说出来,还是很让人振奋。赵匡胤狠狠鼓励了各位将领,并且告诉他们,朝廷给各位将领的条件:"凡克城寨,止籍其器甲刍粮,悉以钱帛分给战士。吾所欲得者,土地耳。"

可以说,赵匡胤在战争开始之前,就能够选拔众多良将,在军事胜利方面有了保障;赵匡胤给后蜀官员开出优厚的条件,在政治胜利方面有了可能;赵匡胤又给出征将领足够的物质刺激,使得各级将领有了无限的动力。

大战开始之前,后蜀就已经注定了灭亡。

果然,王全斌等人在乾德二年(964年)的十二月进兵后蜀,乾德三年(965年)的正月王昭远主力尽丧,消息传到成都,后蜀国主孟昶恐惧之极。孟昶拿出宫中无数钱财,招募士兵前往剑门守卫。别的将领都不放心了,孟昶派遣自己的儿子太子孟元喆作为主帅,率军出征。孟昶满以为凭借剑阁天险,必然可以阻挡宋军。只要能够拖延时日,宋军粮草匮乏,应该就会自行退去。

不想老子孟昶糊涂,太子孟元喆更混蛋。大军出行时,孟元喆命令此次出征的旗帜都要用上等丝绸,连旗杆都用蜀锦。路上遇上大雨,孟元喆担心丝绸淋湿了不好看,命令士兵把旗帜全部拿掉,等到天晴了再装回去。旗帜在军队之中乃是灵魂所在,孟元喆如此荒唐,让无数老将心寒。军中出征不允许有女眷随行,可孟元喆却带着姬妾数十人跟随,路人见到太子如此,都偷偷冷笑。

到了剑门之后,孟元喆除了每天露一次脸外,日日在府中和姬妾宴游享乐。宋军王全斌等人看后蜀以大军防守剑阁,就命一支部队绕道后方,前后夹击,剑门随即失守,孟元喆仓皇逃窜。

到此时孟昶才知道大势已去。当时一些老将劝说孟昶,成都还有粮草可以支撑数年,有十多万守军足够应战,希望孟昶及时做好防御。孟昶却已经被宋军吓破了胆子。孟昶无奈地说:"吾父子以丰衣美食养士四十年,一旦遇敌,不能为吾东向放一箭。今虽欲闭壁,谁肯效死者?"从后蜀先主孟知祥担任节度使统治西川到乾德三年(965年)正好四十年。在孟昶看来,自己对后蜀将士恩深义重,可没想到后蜀国中尽是不忠不义之人。眼下就算是想死守成都,又有几个人能够为他卖命呢?

应该说,孟昶对后蜀的结局看得很清楚,对后蜀败亡的原因却到死也没有想明白。听说后蜀征兵,西川百姓都躲入山中。军中士兵人都望风而逃,而统兵的将领更是出现不战而降拱手献出城池的现象。这些其实都是孟昶在位二十八年贪于享乐横征暴敛的结果。

接到孟昶的降表,赵匡胤很高兴。没想到孟昶这么不经打!可是,没过多久,后蜀故地西川就爆发了大规模的暴乱,无数后蜀士兵百姓参与其中,对抗宋军。国君都投降了,国家都灭亡了,西川的百姓为何还要造反呢?

第六章
乾德三年

一、狂妄的胜利者

乾德三年的正月,后蜀国主孟昶向宋廷呈递降表。赵匡胤大喜,满以为大事已毕。不想在乾德三年的二月,西川军民发动叛乱,三月,西川共十七州叛宋,整个西川动荡不安,宋军处处受到打压,几乎就无法立足。到本年的十二月,经历几乎一年的浴血拼杀,西川叛乱才被勉强镇压下去。

之所以在短期内西川再度发生战乱,主要原因是征讨西川主帅王全斌的狂妄。

1. 骄兵祸国

当王全斌接受孟昶降表、入主成都之后,就开始以西川皇帝自命。以往有军事行动的时候,王全斌都会召开军事会议和诸将商议,可入主成都之后,王全斌凡事都自作主张,不再听从他人建议。手下将领多有不满,尤其是另一路由刘光义率领的军队。在王全斌看来,既然是自己接受孟昶的投降,夺取西川的首功自然是非王全斌莫属。刘光义却以为,他这一路人马打的都是硬仗,正是因为他刘光义多次作战,击溃后蜀军队主力,王全斌才能够顺利进入成都。本来,王全斌应该等到大军会师之后再一起接受降表,一起进入成都。可是,王全斌却背着刘光义抢先进入成都,独自接受孟昶的投降。对此,刘光义军上上下下都愤慨不已。

将帅不和导致军令不畅,不但是刘光义军不服从王全斌的调遣,连王全斌的部属也日渐放肆。

进入成都之后,宋军大都以胜利者的姿态自居,尤其是王全斌的军队。王全斌深通兵法,作战有方,可是治军不严。属下将士在进入成都之后开始肆意抓捕成都豪富,搜刮钱财。大街小巷都可以看到宋军在拷打抓捕西川百姓。后蜀国主孟昶献出成都主动投降,虽然有少数武将心存不甘,可多数将士多数百姓还是长舒一口气,以为可以躲过一场兵灾。没想到宋军得到成都之后,比当初的后蜀更加残暴。一些西川人拒不交出财物,宋军就灭人满门。奸淫妇女、夺人财物的事情数不胜数。

西川的百姓心中都憋了一团火。屈辱的投降换来的竟然是死亡,那投降还有什么意义?

西川的将士更是战战兢兢,如履薄冰。可再怎么小心谨慎,都难以避免被屠杀的命运。

为了保证西川的稳定,赵匡胤下令,让后蜀国主孟昶带上满朝文武连同后蜀军队全部前往汴梁。赵匡胤的用意很简单,人离乡则贱,把后蜀君臣安排到陌生的汴梁,在赵匡胤的眼皮底下,既可以留后蜀君臣一条小命,成就赵匡胤仁君之名,又可以让后蜀君臣不能再度威胁到赵宋,解除后顾之忧。

赵匡胤还是不错,在大军出行之前,还特意发给后蜀君臣、将士一笔路费。当然路费按照后蜀君臣将士不同的等级,数量有所不同。后蜀君臣数百人,军队十多万离开成都,前往汴梁。本来,这是一件天大的功德。可是,王全斌等人擅自削减路费,那些高官将帅自然不在乎这一点路费,可普通军兵却无法活命。王全斌发给的路费,还不够买一件过冬的棉衣。加上投降之后,后蜀军队依然经常遭到宋军的侵扰欺凌,受到侮辱鞭打乃是常事,稍有不慎就会被宋军杀死。因此,后蜀那些中下层将士满心怨恨,开始密谋叛乱。

2. 无奈变乱

当一行人走到绵州地界,一些基层蜀兵劫夺城池开始叛乱。叛乱消息传到王全斌耳中,王全斌并不在意。在他看来,有后蜀大将指挥的军队都不是宋军的对手,何况是一些丝毫不懂兵法的乌合之众?叛乱的士兵也知道打仗不能光靠勇力,还需要一个有见识的人来做大家的统帅。

当时,原后蜀文州刺史全师雄也走到绵州地界。叛军杀死宋军官兵时,全师雄躲到江边避祸。全师雄担任刺史时对手下将士恩威并施,威信极高。叛军中刚好有全师雄的部属,知道全师雄就在绵州江边,就拉全师雄入伙,希望全师雄来做军队的统帅。全师雄不想加入叛军,毕竟妻儿老小还在宋军手中。短短数天之间,汇聚绵州造反的士兵百姓就有十多万人。全师雄找到宋军马军都监朱光绪,告诉朱光绪前去招抚叛军。可朱光绪了解到叛军拥戴的首领正是全师雄,于是找到全师雄的妻儿老小,将其妻妾霸占,将其他家人全部杀死。全师雄伤心愤怒,于是下定决心造反。

全师雄开始谋划叛军的出路,当时叛军虽然人数占据优势,可战斗力不强。除了一部分是原后蜀军士之外,还有许多是附近州县的百姓。就算是原后蜀的军士,许多人也从来没有参加过实战,而宋军却是以禁军为主的中原精锐之师。两军一旦在野外相遇,叛军基本没有获胜的可能。于是,夺取一座城池,作为立足之地,是当务之急。

最近的城池就是绵州,可绵州城池坚固,且守军指挥官颇有才干,加上叛乱消息已经传开,附近州县的军队正在迅速向绵州集结,进攻绵州并不明智。全师雄派遣一支部队佯攻绵州吸引火力,自己则亲自率领主力进攻附近的彭州。宋军被全师雄打了个措手不及,于是,全师雄以牺牲一小部分人为代价,拿下了彭州城。全师雄一旦站稳脚跟,成都附近的十多个县纷纷响应,反倒把成都府包围在其中。后蜀国主孟昶祸害西川百姓,百姓对其怨声载道,且孟昶已经投降,正在前往汴梁的路上,已经失去了旗帜的作用。于是,全师雄自号为"兴蜀大王",开始设置官员,分别让他们驻守彭州附近州县。

宋军主帅王全斌收到叛军占据城池、反攻宋军且连连胜利的消息,极为恼怒。当时,他们手中还有后蜀三万多军士,正在前往汴梁的路上。王全斌担心这三万人也响应全师雄叛乱,就将他们引入夹城中,将这些人全部杀死。这下不但没有吓倒叛军,反而让西川的军士和百姓更加认定宋军残暴,即便投降也只有一死,只有全力反抗,才有可能获得生存。各州县纷纷杀掉宋朝派遣官员,竖起反旗,响应全师雄。

不过,全师雄人数虽多,可毕竟战斗力不行,加上起事又没有明确的口号,不能够最大限度地团结起西川的士大夫与普通百姓。还有,宋军虽然抢掠财物,一度军纪涣散,可毕竟是久经沙场,拉到战场上,依然是一把锋利的屠刀。还有,宋军的刘光义部和王全斌部不同,这支军队一直以来都能够恪守纪律,都监曹彬乃是一位才德兼备的优秀统帅。全师雄攻打新繁地区的时候,遭遇刘光义、曹彬率领的人马,两军交战,全师雄大败,死伤无数,被宋军生擒万人。曹彬下令,要优待俘虏,绝对不能出现杀降事件!因此,当叛军遭遇一连串的失败之后,当初叛乱的兴奋过去,又在渴望投降求生了。

王全斌连续多次击败全师雄部,全师雄节节败退。在乾德三年(965年)的十二月,全师雄染上重病,随即死去。全师雄一死,叛军顿时作鸟兽散。十来天之后,叛乱基本被镇压下去。

3. 落魄归来

当王全斌还在成都作威作福的时候,曹彬曾经劝说王全斌,既然已经拿下了西川,不如早点班师回朝,自然可以成就大功。可王全斌不听。在他看来,夺下西川之后,正是开始好好享受胜利果实的时候,怎么能够即刻离开呢?在天高皇帝远的西川,他王全斌就是皇帝。

不久,叛乱发生,且如同瘟疫一般在西川传播,王全斌开始感到恐惧,想着称病回京。王全斌给自己找了一个借口。他私下里对心腹说:"我闻古将帅多不能保全功名。"王全斌担心,自己再晚一点离开,赵匡胤就会向前代君王一样,以种种罪名杀掉他这个成就大功的西征军统帅。可手下人提醒王全斌:"今寇盗充斥,非有诏旨,不可轻去。"如果你王全斌在西川平定之初,陪同后蜀国主孟昶一起离开,交给皇帝一个完整而全新的西川,自然是风光无限。可现在西川被你王全斌搞得满目疮痍,狼烟四起,已经是一个烂摊子,这个时刻正是要给自己擦屁股的时刻,怎么能够随便离开呢?此时离开西川,只能惹得赵匡胤更生气!王全斌的脑袋稍微清醒了一点,开始着手平叛。

乾德五年(967年),西川定而复叛、叛而复平之后,西征军将士终于回到了汴梁。各位大将都知道,等待他们的不是美酒和鲜花,而很可能是刀剑和枷锁。于是有的人就抢先活动起来,担任全军都监的王仁瞻抢先求见赵匡胤。见到赵匡胤之后,王仁瞻一一列举其他将领的种种不法行为,仿佛全军只有他一个人清白。没想到赵匡胤却说:"纳李廷珪妓女,开丰德库取金贝,此岂诸将所为耶?"原来,这几个月来,有许多西川的官员和百姓到达汴梁,赵匡胤都会详细探问各路将帅的行迹,对各种事情了如指掌。王全斌做了不少违法的事情,他王仁瞻也不是什么好鸟。

赵匡胤在朝堂上接见王全斌、王仁瞻等将领,肯定了王全斌等人的大功,也列举了他们犯下的种种罪行。御史请求将王全斌等人即刻拘押,赵匡胤拒绝,毕竟王全斌等人是国朝名将,怎么能够受到狱吏的侮辱。赵匡胤让宰臣们商议个处理意见,最后百官集体表态:"全斌等法当死!"

百官的处理意见很严重,王全斌、王仁瞻的家人全部上蹿下跳,走后门,托关系。王全斌等人后悔不已,全军将帅都有兔死狐悲之感,毕竟在胜利之后劫掠财物这样的事情,几乎每个将军都干过。五代以来,这可以说已经是完全公开、是合法的罪恶了。可是,朝中官员也有明白人,比如宰相赵普。

赵匡胤并非真的要杀掉王全斌,如果是那样的话,就会把王全斌等人交由刑部管理,走正常的司法路线。这样,积怨甚多的王全斌等人很可能就会在牢狱之中被无数仇家悄无声息地给弄死。赵匡胤将王全斌等人交由中书省看管,也就是由赵普看管、议罪。赵匡胤希望全军将士都明白,要善待被征服地区的官员和百姓,要严格执行自己下达的战争政策,要完全抛弃五代以来的罪恶手段。所以,王全斌等人的锐气必须狠狠地挫一挫。可是,也仅仅是挫一挫。毕竟,以后还有许多大仗要打。像王全斌这样锋利的屠刀,耍弄起来确实会有割伤手的时候,可不能因为会割伤自己的手,就放下杀敌的武器。

赵普率领百官请求处死王全斌等人,可赵匡胤却表示对这些人进行特赦,将王全斌、崔彦进、王仁瞻官贬数级,反思反思就算了。王全斌等人自然痛哭流涕,千恩万谢而去。

二、孟昶之死

1. 尴尬局面

乾德三年的正月,后蜀国主孟昶向宋军大帅王全斌递交降表,正式归顺大宋,后蜀灭亡。孟昶父子在西川经营四十年,孟昶为君二十八年,论时间不可说不久。可从宋军离开京城,到孟昶正式投降,前后时间总计不过六十六天。败亡如此迅速,可谓火箭速度。在投降之时,成都府中还有蜀兵十多万,有四十六个州,五十三万户百姓,可西征的宋军总计不过五万人。力量对比如此悬殊,根源只有一个,就是后蜀国主孟昶在西川的统治已经是极度腐朽、不得人心了。

正月投降之后,孟昶还居住在后蜀王宫之中,西征第二路军队入城,孟昶还带领后蜀降官接待犒劳宋军。王全斌对孟昶还算是客气,毕竟赵匡胤在大军出发之前就已经严格交代,必须对孟昶以礼相待。赵匡胤已经在京城修建豪宅等着孟昶入住呢。

二月份,收到了孟昶的降表之后,赵匡胤传令,让孟昶带领后蜀文武百官以及家属全部离开西川,前往京城。赵匡胤的目的很简单,孟昶在西川经营数十年,根深蒂固,此时虽然投降,保不齐之后反悔骚动。后蜀那些官员也都是蜀地豪门,要想安定蜀地,就必须让这些人远离家乡,离开势力范围。赵匡胤还发恩旨,按照后蜀官员的品级,分别发放路费。赵匡胤交代护送的宋军官兵,务必保障投降官员的生命安全。既然战前已经表态将善待孟昶以及后蜀官员,赵匡胤可不想在天下人面前失信。

只是,政令在层层传递的时候经常发生打折现象。赵匡胤发放的路费被宋军层层盘剥,落到普通蜀兵的手上时已经连填饱肚子也不可能了。毕竟,宋军还发生了许多欺凌西川百姓、虐待原后蜀官员军士的现象。

在西征前,赵匡胤曾经告诉诸位将领,在攻破后蜀州县之后,后蜀府库中的钱财朝廷一律不要,全部都封赏给西征将士,国家只是要西川的土地。赵匡胤本是希望以金钱来激励将士,不想战争一旦爆发,许多丑行就逐渐失控。尤其是作为西征军主帅的王全斌,对于将士的种种不法行为不加管束,放任自流,更使得宋军将士假借各种名义,虐待捕杀西川豪绅百姓。许多人在西川无法活命,侥幸逃出西川来到京城向赵匡胤告状。当得知西征军中有一个军官竟然以割妇女乳房为乐的事情,赵匡胤震惊不已。赵匡胤派出侍卫快速赶往西川,将这位变态军官抓捕到京城。西征军的许多大将纷纷求情,说此变态军官作战如何骁勇,望皇帝网开一面。赵匡胤流着泪说:"我们兴兵伐蜀,本是要吊民伐罪,安抚百姓,讨伐昏君。那些妇女有什么罪过,竟然被如此残忍地杀害!如今只有将那名军官处死才能够平息民怨啊。"

可惜,赵匡胤此举已经是马后炮。西川的豪门贵族虽然都被赵匡胤一根绳子索到了汴梁,可西川的百姓却依然在血与火中挣扎。从二月末三月初,由西川中下级军官率领的西川百姓叛乱就蓬勃兴起,一直到乾德四年的年末才勉强镇压下去。

2. 死亡之谜

西川的叛乱让孟昶的地位非常尴尬。

在二月初,孟昶被通知全家迁往汴梁。孟昶很慌乱,却又无可奈何。走到一半,西川发生叛乱,宋军对待孟昶的态度明显转变,变得更加恶劣了。不过,赵匡胤对孟昶还是不错,听闻有宋军将士准备挖掘后蜀开国之君孟知祥的坟墓,赵匡胤特别下旨,要求宋军保全孟昶历代祖先的坟墓,由朝廷派遣专人前往看守,并按照季节予以祭祀。孟昶惊恐的心稍稍有些安定。

走到江陵地区的时候,西川地区的叛乱已经是如火如荼,将近一半的地方落入叛军手中,西征的宋军陷入苦战。作为投降的后蜀国主,其功德也被叛军撕扯得粉碎。

五月十五日,孟昶一家终于到了汴梁。十六日孟昶带领三十多位后蜀高官一身素服在明德门叩头请罪,等待传召。赵匡胤派人传令,赦免孟昶等人违抗天命的罪过,赏赐孟昶等人衣服、冠带。在崇元殿上,孟昶战战兢兢地拜见了端坐龙椅的赵匡胤。之后,赵匡胤带着孟昶检阅三军,在宋军洪亮的口号声中,孟昶哆哆嗦嗦地回到了刚刚完工的豪华别墅中。

六月初五,孟昶苦苦等了十多天,赵匡胤才下旨,封降臣孟昶为开府仪同三司、检校太师兼中书令、秦国公,只知道喝酒玩女人的原后蜀太子也被封为节度使。虽然都是一些虚职,可总算有了一个名位。

可是,就在给孟昶封官的六天之后,六月十一日,孟昶就暴病而死。

几天之前,孟昶还曾经参加朝廷举办的封爵宴会,喝酒听曲,没有任何身体不适的迹象,为何六天过去忽然就死了呢?

对于孟昶的死,正史上没有明确的信息,在宋人笔记《铁围山丛谈》中则有这样一则记载:"国朝降下西蜀,而花蕊夫人又随昶归中国。昶至且十日,则召花蕊夫人入宫中,而昶遂死。"

按照笔记的说法,孟昶之死,根子在女人身上。花蕊夫人美艳多姿,且才情横溢,"十四万人齐解甲,更无一人是男儿",羞煞后蜀君臣将士。赵匡胤见到花蕊夫人之后一见倾心,自然将花蕊夫人传召入宫,将其霸占。要想花蕊夫人正式做他赵匡胤的女人,自然要花蕊夫人的老公先死掉。于是,在花蕊夫人入宫之后,孟昶"遂"死。

不过,笔记的说法过于简单,有明显的戏说色彩。赵匡胤不是一个昏君。赵匡胤喜欢美女吗?史料中的记载不多,不过确实有几家笔记提到赵匡胤很是宠爱花蕊夫人。但是,如果因为宠爱花蕊夫人就将孟昶杀害,那根本不是赵匡胤的风格。赵匡胤并非一个不爱江山爱美人的君王,在他的心中,自己辛苦打下的江山才是最为重要的,其他的一切都可以让位。何况,为了女人而杀掉孟昶,那么,之后又如何面对南唐、吴越这样的一些还虎视眈眈的诸侯呢?

可是,孟昶暴毙确实是一个事实。作者的看法是,孟昶是被赵匡胤害死,但并非是为了花蕊夫人而害死。占有花蕊夫人只不过是赵匡胤杀死孟昶计划的一个细枝末节的甚至是微不足道的原因。真正的原因还是西川之乱。

从《旧五代史》《新五代史》《续资治通鉴长编》以及后来的《宋史》来看，后蜀国主孟昶是一个不折不扣的昏君。可是，除了《宋史》是元代人编纂，其他三部书都是宋代官员编纂的，而《宋史》也是依照宋代流传的官方资料进行汇编，也就是，四部书其实都有浓重的被宋代君王加工的嫌疑。

作为大战之后的胜利者，各种史料自然会为赵宋涂脂抹粉，而作为失败者的孟昶，自然是昏庸无能、一无是处。可是，如果我们换一个角度看孟昶的投降，也许会得到一个完全不同的结论。

当孟昶带着家人官员离开成都府时，数十万百姓前往送行，哭声震天。本来，后蜀的败亡，孟昶的落败应该让成都百姓欢欣鼓舞才对，为什么百姓如此感伤呢？原因也很简单，孟昶是有着像史料当中记载的催逼赋税的种种恶行，但在孟昶父子管理西川的四十年间，西川几乎可以说是一个世外桃源。中原地区短短五十年间换了五个朝代、十多位君王，无数的军士百姓在战争中死去。可是，西川竟然四十年安定。并且，当宋军逼近成都府时，城中尚有十多万兵马，且有许多将领愿意一战，可孟昶还是主动选择了投降。孟昶投降的确有其心灰意冷的因素，但客观上却让成都府的近百万百姓、西川的数百万百姓免受兵祸。

当孟昶离开，全师雄等人率领原后蜀官兵发动叛乱的时候，全师雄建号为"兴蜀大王"，全师雄也明白，孟昶父子在西川还是有足够的影响力号召力，用"蜀"作为旗帜，才能最有效地聚拢各股势力。事实也确实如此。

如火如荼的西川叛乱，让原本对孟昶满是轻视的赵匡胤渐渐产生不满，产生担忧。在赵匡胤看来，只要孟昶还活着，那西川叛军就有了精神的归属，西川就很难平定。于是，在封赏孟昶之后数天，赵匡胤思量再三，还是杀死了孟昶。此举虽然会让赵匡胤蒙受一些污名，却可以更快平定西川。

3. 贤明孟母

当孟昶去世之后,孟昶的母亲李夫人非常平静。

李夫人是一代奇人。当孟昶带着母亲来到汴梁的时候,赵匡胤特意命人用软轿抬着李夫人入宫接见。赵匡胤告诉李夫人:"国母善自爱,无戚戚怀乡土,异日当送母归。"赵匡胤告诉李夫人不必苦苦思念故乡,安心在汴梁住下。不久之后,赵匡胤就准备安排李夫人回到故乡。这个"异日"是什么时候呢?赵匡胤没有明说,因为不好说,但可以明白,应当是指宋军彻底平定西川的日子。

李夫人本来应该满心欢喜,可李夫人没有,李夫人追问:"使妾安往?"赵匡胤回答:"归蜀耳。"在赵匡胤看来,自然是准备让李夫人回到故乡。孟昶母子在西川数十年,自然做梦想的也是回到西川,回到蜀地了。

可李夫人却说:"妾家本太原,倘获归老并门,妾之愿也。"如果能够回到西川,对于孟昶母子自然是千般好处,可李夫人为什么却说自己家本是太原希望回到太原呢?我们可以结合乐不思蜀的故事来思考这个回答。昔日蜀汉后主刘禅,在国破投降之后拜见司马昭,司马昭邀请刘禅看歌舞,并且问刘禅是否思念蜀国。刘禅回答:"此间乐,不思蜀。"司马昭大笑,认定刘禅昏聩,于是放弃了加害刘禅的计划。刘禅做了四十一年的皇帝,投降之后又平安地当了九年的安乐公,六十五岁(古时已经是高寿)寿终正寝。若李夫人回答想要回到蜀地,必然遭到赵匡胤疑忌。可李夫人却强调,自己的故乡本是当时北汉的都城太原,希望有朝一日能够到太原定居。

赵匡胤一听大喜,这李夫人是在暗示祝福自己不日即能平定北汉,夺取太原呢。赵匡胤说:"俟平刘钧,即如母愿。"赵匡胤对李夫人厚加赏赐。

应该说,李夫人的回答让赵匡胤不安的心稍微有些平定。可是,一代雄主如赵匡胤等人,不可能把自己胜利的希望交托到一个外人、一个老妇人的手上。就算是孟昶母子无心作乱,可事实却是只要孟昶活着,就始终是一颗定时炸弹。

于是,重赏李夫人之后不到一个月,赵匡胤改变主意,害死了孟昶。

当孟昶去世,李夫人没有哭泣。精明如伊,早就明白自己的儿子非死不可。只是对于儿子死的时机,李夫人另有看法。李夫人摆下香烛祭祀儿子孟昶,说:"汝不能死社稷,贪生到今日。吾所以忍死者,为汝在耳,今汝即死,吾安用生!"在李夫人看来,在后蜀国亡之日,孟昶就应该一死殉国。可孟昶却贪恋人生,苟且求存。李夫人之所以没有在当日败亡时自杀,只是因为不想儿子在亡国之后又承受丧母的双重痛苦,孟昶虽然是年近五十的一国之君,可在李夫人心中,却永远是他多情、脆弱的儿子。既然儿子已经死了,那李夫人也没有活下去的必要了。

听闻李夫人想要自杀,赵匡胤急忙命人好好保护李夫人。侍卫将府中的所有铁器收缴,派出多人看护李夫人。可李夫人下定决心求死,于是六七天不吃饭,绝食而死。

第七章
乾德四年

一、窦仪难封

乾德四年,翰林学士窦仪去世。

窦仪是宋朝初年的一个重要人物,宋初主持大理寺,编订宋朝《刑统》,之后出任翰林学士,参与朝廷决议。赵匡胤对窦仪非常欣赏,多次想要提拔窦仪入中书,可总是难以落实。当窦仪去世之时,赵匡胤对宰臣悲叹:"天何夺我窦仪之速耶!"

赵匡胤准备大用窦仪,多次向宰相赵普表示,希望窦仪能够拜相(副相)。既然皇帝有心,那窦仪本来就应该可以拜相,可为何数年过去,窦仪却一直不过是翰林学士呢?

这就牵涉到宋初复杂的政治斗争了。

1. 副相人选

窦仪难封的表面原因来自赵普的阻碍。

当赵普拜相之后,赵匡胤一方面给了赵普许多的权力,以笼络其心,一方面又准备设置副相来分赵普之权。作为皇帝的赵匡胤心中最满意的副相人选是窦仪,宰相赵普提出的人选则是薛居正和吕余庆。

赵匡胤看好窦仪的原因是因为其"有执守",也就是说窦仪不是那种见风倒的墙头草,窦仪的认真与坚持那是出了名的。

还是在周世宗时期,赵匡胤率军攻克滁州,击溃南唐名将皇甫晖。之后,周世宗派遣窦仪前往清查府库的各种财物。在窦仪清点登记之后,赵匡胤派人吩咐窦仪,说需要从府库当中拿些绢丝封赏给部下。大胜之后封赏将士,这本是五代以来的常事。可窦仪却认为,如果太尉(赵匡胤当时官爵)在打下州城之时,把所有财物都分给部下,也没有人敢说什么,可是现在一切已经登记造册,属于国家的财物,没有皇帝的诏令,哪里敢轻易取出。窦仪竟然拒绝了赵匡胤的请求。赵匡胤自然有些不满,可从此之后赵匡胤对窦仪的恪尽职守、不徇私情也留下了深刻的印象。

在称帝之后,赵匡胤看多了阿附权贵、谄媚讨好的佞臣。在政权交替之际,原后周高官窦仪没有拉关系走门子,讨好新君,而是踏踏实实地做好自己的本职工作。窦仪担任翰林学士之后,有一天,被征召到皇宫起草诏令。他到达大殿之时,赵匡胤正在殿中乘凉,大热的天,赵匡胤戴着平常的头巾,光着个脚丫子坐在位子上。窦仪站在门口不肯进去。赵匡胤看到窦仪,吩咐窦爱卿快进来。宦官们也催促窦大人快点进去,官家宣召。可窦仪就是不肯进门。赵匡胤看看窦仪,又看看自己,明白了。赵匡胤立刻进入内殿,命人拿来正式的帽子衣服,穿好正装再召见窦仪。窦仪一入大殿,赵匡胤还没有说话,窦仪先发了一顿牢骚,指责赵匡胤。窦仪认为,赵匡胤作为一国之君,一举一动、穿衣打扮都应该做天下人的表率。窦仪说自己不过是一个没什么本事的人,不值得皇帝看重,可恐怕因为皇帝对臣下无礼,天下豪杰听说之后也会看轻赵匡胤的。

窦仪一番话说得正气凛然,确实,任何时候一身正装对自己而言虽然比较麻烦,可是对他人、属下却是一种尊重。小事情可以看到大节!

赵匡胤听后对窦仪为人之认真印象更加深刻了。从此之后,赵匡胤就算是接见最为亲近的大臣,也都要穿上正式的袍服冠带。

选择副相,既辅佐赵普,又挟制赵普,认真踏实有原则的窦仪自然是首选。

可在赵普看来,窦仪为人过于"刚直",不知道变通,不知道转弯,这样的人怎么能够做自己的副手呢?

在入宋之前,赵普和窦仪没有什么过节。在入宋之后最初的几年,两人在不同的部门,也没有什么嫌隙。在赵普拜相之初,窦仪对赵普还多少有些恩情。

乾德二年(964年),宋初三相同日而罢,出现了一个尴尬的局面。按照礼制,新任宰相必须由现任的宰相(中书省同平章事)签署任命书,可当时中书省已经没有宰相了,那么由谁来签署任命书呢?皇帝赵匡胤满不在乎,提出自己亲自拟写圣旨,任命赵普为相就好了,可赵普很不满意,认为不能遵循旧制始终是个遗憾。此时窦仪提出,皇弟赵光义担任开封府尹的同时也兼任同平章事的职衔,正可以拟写任命书。窦仪一言,为赵普解决了大难题。可以说,此时的赵普还是比较感谢窦仪的。

可是,有点小恩小惠并不会影响赵普对于大局的判断。窦仪的为人赵普非常清楚。早在后周时代,窦仪曾经出使南唐。当时天下着小雪,庭院当中湿漉漉的,窦仪在上方站定,准备宣诏。南唐国主李璟提出,能不能到廊下接收诏令,这样自己也好,钦差窦仪也好,都可以免受雨雪之苦,也不至于损伤为王为使的体统。可窦仪认为,自己带着皇命而来,既然礼制是需要在庭院当中接旨,怎么能够擅自改到其他地方接旨呢?窦仪拒绝了李璟的请求。窦仪还说,如果李璟认为雨雪沾湿了衣服有损仪容,自己可以过几天再来宣诏,但地点绝不能更改。李璟一听,窦仪如此一根筋,想想南唐是战败国,已经对后周称臣,怎么敢再提条件,于是就在雨雪中接受了诏令。这件事情赵普不是亲见,但早有耳闻。对一国之君,窦仪尚且能够坚持原则,不辱使命,更不要说他赵普了。

赵普出任宰相,当然希望能够大权独揽,先不说有没有私心,从做事情的角度看,确实方便许多。只是,赵匡胤深谋远虑,虽然信任赵普,在多种场合上不遗余力地称赞赵普乃是社稷之臣,标榜自己和赵普亲密无间,可谓,为了子孙后代计,赵匡胤不允许独相现象出现。这一点赵普也非常明白。

两人都达成了设置副相以辅佐宰相的共识，并且，赵匡胤公开表示，设置的副相没有资格宣读诏令，不单独处理公务，连印章也没有，平常只是在宣徽使的官衙办公。赵匡胤是要告诉赵普，设置副相只是一个形式，希望赵普不要多心。可赵普怎么会不多心呢？于是在确定副相人选的时候，赵普力荐资历比较浅薄、为人比较随和的薛居正和吕余庆出任。

既然赵普已经表态，赵匡胤找到窦仪，表示很遗憾——谁让你得罪了赵普呢？

2. 祸从口出

从赵普出任宰相到窦仪去世还有将近三年的时间，在这段时间内，赵匡胤多次找到赵普，表示窦仪不错，希望两人能够尽释前嫌，携手共进。赵普沉默。

在乾德三年(965年)的年初，一件小事让赵普对窦仪痛恨万份，此前赵普对窦仪不过是心中暗自较劲，经过此事之后，两人已经公开闹翻了。

那一年，后蜀败亡，国主孟昶被迫入汴梁，其妃嫔姬妾有一些被赵匡胤逼迫入宫，比如说著名的花蕊夫人。入宫妃嫔带了一些蜀地的化妆用品。有一天赵匡胤在蜀地妃嫔的宫中闲坐无聊，拿起桌上的铜镜玩赏，不想看到铜镜的背后竟然有"乾德四年(966年)"铸造的字样。赵匡胤看后大吃一惊。

原来，在建隆三年(962年)的时候，赵匡胤觉得自己已经平定了长江以北大部分地区，建国兴隆的目的已经达到，于是想换掉"建隆"这个年号。赵匡胤找来自己的第一谋士、担任枢密使的赵普，希望赵普想一个年号，要求很简单，以前从没有人用过的就好。赵普思考了许多天，提出用"乾德"为号，乾为天，坤为地，乾德，就是上天之德，帝王有得。赵普表示，使用这个年号必然能够让赵匡胤的恩泽遍布天下，早日实现天下一统。赵匡胤很高兴。转过年来，正式采用"乾德"作为年号。

此时不过是大宋乾德三年，可竟然出现了"乾德四年"制造的东西，这不是滑天下之大稽吗？

赵匡胤即刻命人叫来赵普,赵普赶到之后,赵匡胤气冲冲地把铜镜砸向赵普,赵普晕头晕脑,也不知道怎么回事。赵匡胤质问:"安得已有四年所铸乎?"赵普、薛居正、吕余庆三人都不能回答。

有宦官提议,翰林学士陶毅和窦仪见多识广,此前许多仪制都是二人制定,估计能够知晓。两人到场,赵匡胤先问陶毅,陶毅不回答,是陶毅不知道,还是陶毅故意装糊涂?不得而知。赵匡胤又问窦仪,窦仪说:"此必蜀物,昔伪蜀王衍有此号,当是其岁所铸也。"窦仪的语气非常肯定,这东西必定是蜀地的东西,为什么呢,因为窦仪博览史书,知道昔日前蜀后主王衍曾经使用乾德的年号长达五年。

赵匡胤一听,即刻让人去翻查典籍,发现窦仪所说果然属实。赵匡胤感叹:"宰相须用读书人。"不但如此,赵匡胤让宰相赵普上前,拿起桌案上的毛笔,在赵普的脸上画了一个大大的叉,还说:"汝争得如他!"你小子怎么比得过他!

赵普是小吏出身,为人机智深沉,可毕竟读书不多,出现了这样重大的谬误并不奇怪。单独看这句话,赵匡胤是在称赞窦仪博学,可联系之前赵匡胤怒斥赵普,陶毅沉默来看,赵匡胤很明显是用窦仪的博学来凸显赵普的无知,借窦仪来打压赵普。赵普听后心中自然对窦仪恼恨万分。难道薛居正、吕余庆和陶毅三人都完全不知道"乾德"的来历吗?或许人家是知道而故意不说,一说就等于给现任宰相赵普一个响亮的耳光。就窦仪耿直实在,据实回禀,结果让赵普的脸都丢尽了。

表面上赵普自然是小心翼翼,毫无任何怨恨,从朝中回来,赵普也一直没有洗脸,第二天天亮带着赵匡胤的"杰作"上朝。赵匡胤看到赵普宁愿在百官面前出丑,也没有擦掉自己盛怒之下画的叉叉,很是满意,吩咐赵普快去洗脸吧。

可是,赵普脸上的墨迹可以洗去,对窦仪的嫉恨从此却深深刻在心上。

3. 帝王心术

不过,赵匡胤乃是开国之君,即位不到一年就平定二李,扫平江北,第二年杯酒释兵权,收取兵权,皇权始终是牢牢掌握在赵匡胤本人手上。虽然赵普对窦仪不满意,可要是赵匡胤真的认为窦仪可以出任副相,甚至宰相,完全有能力乾纲独断,就可以强行任命。窦仪到死都没有拜相的第二个原因,也是最为关键的原因,还是赵匡胤本人对窦仪有所疑忌。

窦仪不过是一介文臣,赵匡胤又有什么要疑忌的呢?

窦仪不是一个普通的文臣,此人十五岁时就以文章出色为世人所知,年纪轻轻就考中进士,出任节度使景延广的从事(秘书、参谋)。后晋时期,契丹南侵,后晋大将杨光远勾结其他叛将共同引导契丹人进攻中原。消息传来,群情惊恐,许多大将望风而逃,朝中宰臣茫然无措。节度使派遣窦仪前往京城告知朝廷。窦仪向宰臣建议:现在已经是万分危急的时刻,必须派遣出色的将领用重兵把守博州渡口。契丹远来,必然从此经过,如果博州渡口丢失,那么契丹军队就将和国内叛军会合,那整个黄河以南都很危险了。宰臣半信半疑,可又找不到其他更好的方法,于是派军队前往。果然,契丹军队进攻博州渡口,遭遇后晋军队强力抵抗,契丹军队只能无功而返。

从此可知,窦仪不单单是一个博览经书、能写锦绣文章的文人,更是一个审时度势、有出色远见的能臣。

后汉、后周时期,朝代虽然更迭,但窦仪做一行爱一行,每个皇帝都对窦仪很是欣赏。在后周世宗时期,窦仪已经官至翰林学士,成为后周王朝的重要参谋。

入宋之后,赵匡胤对窦仪并不放心,于是任命窦仪为工部尚书、端明殿学士,官职升迁了,可却把参与国家大政方针决策的翰林学士的身份取消了。赵匡胤让窦仪去了大理寺,负责审查案件,制定刑律,做一些实事去了。窦仪无怨无悔,几年之后编订了《刑统》,这本书是大宋律法的根本,在古代影响深远。

几年后,翰林学士王著参加宴会,喝酒之后想起昔日周世宗对自己的种种恩情,王著心中悲痛,借着酒意在宴会上大声嚷嚷。赵匡胤有些不高兴,可不便当众责备,毕竟宴会上多数官员那都是周世宗旧日臣子。赵匡胤告诉百官王学士喝醉了,吩咐宦官将王著搀扶出宫,没想到王著拉住屏风不肯出殿。被架到皇宫外,王著又跑回来抚摸着皇宫大门痛哭,并且高呼世宗皇帝。有人把这件事情禀告赵匡胤,赵匡胤大怒,可是在人前赵匡胤只是说:"此酒徒也。在世宗幕府,吾所素谙。况一书生哭世宗,何能为也。"王著就是一酒鬼,不必较真。何况一个书生哭世宗,又能够有什么作为呢?

赵匡胤要用宽容的姿态安抚周世宗旧臣,可是,既然王著如此,就不适合再在翰林学士这个重要的岗位上了。赵匡胤找到当时的宰相范质等人,以王著酒醉失仪为名罢黜王著。然后,赵匡胤提出,由窦仪出任翰林学士。在赵匡胤看来"(翰林院)深严之地,当得宿儒处之",而窦仪就是为人严谨、认真踏实的典范。

可宰相范质提出不同的意见。范质认为,窦仪确实清廉耿介,为人持重谨严,可以托付大事。可是,在此前,窦仪已经升迁为端明殿学士,品级在翰林学士之上。窦仪没有过错,怎么能够让他还降下来担任翰林学士呢?赵匡胤一口拒绝了范质,赵匡胤说:"非斯人不可处禁中,卿当谕以朕意,勉令就职。"赵匡胤的口气比较生硬,除了窦仪,其他人都不合适!

不过,还有一句话,可以看出赵匡胤的心迹。为何赵匡胤不亲自向窦仪表示自己的苦心?如果是赵匡胤本人出面,窦仪应该会少一些怨言,更加明白赵匡胤的苦心。赵匡胤为何要让范质去劝说窦仪呢?

原来,从后周时代开始,窦仪就是范质、王溥、魏仁浦这些后周高官集团的一员,窦仪和范质等人来往频繁,关系密切。有一次做事认真的窦仪得罪了周世宗,周世宗气得想杀掉窦仪。听闻窦仪有难,宰相范质即刻前往营救。周世宗远远看到范质就明白范质的意思,可他又不想原谅窦仪,于是即刻起身躲避范质。范质知道一旦周世宗离开,再见到周世宗时窦仪就可能人头落地。范质不顾宦官阻拦,强行闯到周世宗身边,趴伏在地,连连磕头,说窦仪耿直,冒犯龙颜,但罪不至死。范质表示,自己身为宰相,导致陛下枉杀大臣,所有的罪责都在自己,接着大哭不已。

看到范质出死力保全窦仪,而且还主动承担罪责,表示愿意责罚自己来保全窦仪,周世宗心中的怒气也稍微平息了一些。于是,周世宗下令释放了窦仪。

范质和窦仪私交不错,入宋之后还常有往来。范质等三人知道终有一天会退下来,于是三人多次在赵匡胤面前称赞窦仪如何如何出色。赵匡胤记在心中。范质等人越是力谏窦仪,窦仪的表现越是出色,赵匡胤心中的不安也就越浓。赵匡胤不希望赵普一相独大,更不希望自己花了大力气费了五年工夫才将前朝三相罢黜,之后却又让和三相关系莫逆的窦仪掌握大宋命运。

赵匡胤真正需要的,是用拉拢窦仪,表态准备大用窦仪来笼络后周旧臣,是用夸奖窦仪来打压现任宰相赵普。

4. 艰难抉择

赵普出任宰相之后,有不少官员状告赵普专权。可是,这些官员都是向赵匡胤密奏,没有人敢公开在朝堂上和赵普叫板。当然,造成这样尴尬现象的原因,是曾经有人告赵普,被赵匡胤不分是非不问情由重重责罚。自然,谁也不愿意做那个说真话的小孩。

赵匡胤了解窦仪,知道窦仪不说假话,也知道赵普对窦仪一贯嫉恨。赵匡胤特意找到窦仪,亲口告诉窦仪,赵普做了许多违背法纪的事情,又多番称赞窦仪多年以来名望极大,前途无量,暗示必将大用窦仪。赵匡胤满心希望窦仪出面弹劾赵普,虽然不用把赵普拉下马,但借窦仪这个锤子敲打敲打赵普还是可以的。没想到赵匡胤摆好了竹竿,窦仪却不顺杆爬。窦仪大讲特讲赵普是开国元勋,为官多年一直忠心朝廷。总之,赵普只有优点,没有缺点。赵匡胤听了很不高兴,既然窦仪不愿意做锤子,那窦仪就失去了最大的功用啦。

回到家中,窦仪向自己的四个弟弟说起白天发生的事情,弟弟们都狐疑地看着哥哥,不知道窦仪为什么要帮老对手赵普说话。窦仪就解释,自己这么做,已经失去了皇帝的欢心,必然不能够做宰相,但是,也不至于被贬到海南岛,可以保全家门。

窦仪是个明白人。

赵匡胤对赵普的感情深厚,关系也是纠缠不清。赵匡胤要敲打赵普,却又绝对离不开赵普。打压赵普只是暂时的,任用赵普却是长远的。窦仪若是强出头,可以争得一时的风光,可注定做锤子的人使用完毕也就会被人抛弃。一旦窦仪作为工具的价值没有了,窦仪就会遭到赵普集团的强力反扑。

窦仪很有远见,多年之后,和赵普争夺权力的卢多逊因为迎合宋太宗赵光义一度上位。可没几年,赵普恢复相位,将卢多逊全家发配海南。最后卢多逊终老异乡,凄惨死去。

于是,窦仪难封就有了三个原因,一者赵普排挤,二者赵匡胤疑忌,三者窦仪本人的选择。一般人在富贵名利面前都禁不起诱惑,只能看到眼前的利益,忘却了身后的代价。窦仪则不然,窦仪的选择让窦仪失去了出任宰相的机会,却保全了窦仪一生的名节,保全了窦仪全家的平安。为官为人有如此远见,如此操守,让我辈深深敬佩。

二、赵匡胤尚俭

1. 尚俭以垂范

乾德三年(965年)的年初,后蜀国主孟昶带着后蜀宫人官员来到汴梁。同时,原后蜀地区爆发了大规模的叛乱,就连宋军驻守的成都府也在风雨飘摇之中。一直到乾德四年的十二月,持续了将近两年的叛乱才勉强被镇压下去。

在成都府附近再度平定之时,赵匡胤命令左拾遗孙逢吉前往成都,将后蜀数十年搜罗的一些图书典籍以及宫廷一些用品运送回来。孙逢吉大车小车装了许多,将其中一些珍品挑选出来进献给赵匡胤。赵匡胤看了之后吩咐将图书交给史官,其他的东西一律焚毁。原来,孟昶所用的一些服饰用品,都极尽奢华,超越等级,就连尿壶都用各种珍宝装饰。赵匡胤看了,立刻命人把七宝尿壶打碎。赵匡胤感叹:"自奉如此,欲无亡,得乎?"也有官员感叹许多东西都是奇珍异宝,皇帝如此砸毁,多少有些暴殄天物。可在赵匡胤看来,宫廷一旦使用这些器物,自己一旦接纳这些珍宝,就会在朝廷当中,在百姓之中,引发一连串的蝴蝶效应。与其在不良风气形成之后费力整顿,不如在最初就将萌芽扼杀。

孟昶亡国,当然不单是因为孟昶生活奢靡,但奢侈腐化的生活确实容易消弭一个人的斗志,甚至拖垮一个王朝。

赵匡胤如此斥责孟昶,并非作秀。赵匡胤不但在朝堂上经常提醒百官,要崇尚节俭,就是在生活之中,也经常以身作则,为百官表率。赵匡胤除了在进行大型祭祀的时候会穿上华贵隆重的正装,寻常衣服都是普通布料,就如同普通人家一样,并且一件衣服一穿就是多年。赵匡胤的马车上的一些布料,都没有染色,后宫之中的帷幔更没有任何装饰性的花纹。官员们表现比较出色,赵匡胤从不轻易给他们提升官职,一般都是赏赐一壶酒、一顿饭、几匹绢。最隆重的时候是赏赐赵匡胤本人穿过的一些衣服。一些外臣初次得到赏赐还以为皇帝的衣服必定是金丝绣制,可到手打开一看,原来竟是小康人家都不穿的麻布衣服。

对赵匡胤的节俭,有的官员很是佩服,也有的官员不以为然。既然你赵匡胤已经是一国之君,富有天下,又何必如此刻薄自己呢?就连赵匡胤的亲弟弟赵光义也借着家宴的机会提醒兄长,陛下你的衣服器用实在太草率啦。按照赵光义的思路,既然我们已经是皇家,自然要有皇家的排场。可赵匡胤却一口拒绝了弟弟,并且端正脸色提醒赵光义:"尔不记居夹马营中时耶?"赵匡胤兄弟出生在洛阳夹马营,父亲赵弘殷当时不过是一个中下层军官,常年在外,家中生活平平。在当时,能够有衣服穿,有口饭吃,就已经心满意足了。

多年之后,宋庠、宋祁曾经对奢侈与节俭有过一段类似的对话。两兄弟都高中进士,之后更官运亨通,宋庠做了宰相,宋祁做了翰林学士。宋祁为人洒脱不羁,为官之后纵情声色。半夜时分官衙还是灯火通明,宋祁左拥右抱,喝酒调情,不亦快哉。事情传到兄长宋庠耳中,宋庠很不高兴,就命人告诉弟弟:"闻昨夜烧灯夜宴,穷极奢侈,不知记得某年上元同在某州州学内吃虀饭时否?"当年上元节同在州学内,两兄弟家境贫寒,别说上馆子喝酒吃肉,就连搞个小炒也没钱。只能是就着腌菜吃冷饭,勉强度日。宋庠提醒弟弟,做人可不能忘本。可宋祁却哈哈大笑,让人转告兄长:"却须寄语相公,不知某年吃虀饭是为甚底?"当年忍饥挨饿读书是为了什么呢?不正是为了今日的富贵奢华吗?宋庠听后,顿时语噎,不知道说什么好了。

在宋祁看来,读书考科举的目的就是为了过上以前不能过上的奢华生活。可在宋庠看来,吃什么喝什么玩什么在宋庠的世界中都是次要的。宋庠的目的是能够出入中书,做大宋一人之下万人之上的宰相。于是,必须在任何事情上包括在饮食起居上都严谨一些,如此,才可以躲过明枪暗箭。可以说,宋祁的玩乐让其后半生痛苦不已,多次遭到御史弹劾,包括名臣包拯都对宋祁的腐化的生活作风痛恨不已。于是,宋祁止步于尚书,而其兄长宋庠,却凭借其稳重严谨,成功拜相。

赵光义后来也当了皇帝,可是,无论对内还是对外,赵光义始终都在其兄长赵匡胤的影子中徘徊,无力超越。其根源正是因为缺少赵匡胤那种严格律己、从小事做起的认真精神。

一般人对自己可以比较严格,对子女却常常溺爱。赵匡胤也非常宠爱自己的孩子,可是在生活态度的问题上,赵匡胤寸步不让。

赵匡胤的小女儿永庆公主嫁给了宋初三相之一的魏仁浦之子。魏家本就是豪门,公主更是天之骄女,平常的服侍器用在常人想来,那应该奢华无比,可事实却根本不是那样。有一次公主入宫拜见父皇,赵匡胤看到永庆公主穿了一件贴绣铺翠襦(一件用翠羽即孔雀羽毛作为装饰的衣服),就板着脸对公主说:"汝当以此与我,自今勿复为此饰。"赵匡胤竟然因为女儿的衣服用了翠羽装饰,就要把这件衣服给没收掉,并且要求以后不许穿类似的衣服。永庆公主知道父亲节俭,可仗着自己是父亲的爱女,笑嘻嘻的,想撒娇糊弄过去。公主说:"此所用翠羽几何?"可赵匡胤却认为,公主如此穿衣服,后宫妃嫔宫女外戚贵族必定争相效仿,如此,京城翠羽的价格必然上涨。老百姓为了追逐利润,就会放弃耕种,追逐贩卖。赵匡胤郑重地告诉永庆公主:"汝生长富贵,当念惜福,岂可造此恶业之端!"公主听了很惭愧,只能向父亲道歉。

后来,永庆公主和皇后聊天,说起父亲的銮驾实在有些寒酸,连基本的黄金装饰都没有,连一些臣子的轿子都比父皇的华丽呢。皇后转告赵匡胤,赵匡胤听后一笑,根本不觉得这有什么丢脸的。赵匡胤告诉皇后,皇帝确实富有四海,就算是把所有的宫殿都用黄金白银做装饰,那也可以办到!可是,作为天子不过是为天下人看守财物,怎么能够胡乱使用?"古称以一人治天下,不以天下奉一人。"如果做皇帝的整天都只想到自己如何享乐,那天下人又要依靠谁呢?

赵匡胤的话说得很大气。与偏居一隅却极尽奢华的孟昶相比,根本不可同日而语。最为难得的是赵匡胤并非是因此为权谋,做幌子,而是真正把克制皇帝一人的欲望,从小事做起,作为生活的一种常态,持之以恒。

2. 读史以明哲

赵匡胤对饮食起居很节俭,在一件事情上却毫不吝惜,那就是买书。赵匡胤是武将出身,却很喜欢读书,就算是在行军当中,也经常手不释卷。如果听到民间有人有好书,赵匡胤常常不惜千金购买。

周世宗时期,赵匡胤追随周世宗征伐南唐。在攻打下寿州之后,有一些不满赵匡胤迅速崛起的人向周世宗打小报告,说赵匡胤在拿下寿州之后曾经搬运了好几车东西回家,肯定是在打仗时抢夺了许多财宝,没有充公而挪作私用了。周世宗半信半疑,派遣使者前往调查。赵匡胤很坦然地接受检查,结果停下马车,打开箱子,发现里面竟然只是几千本书而已。这下子不但那个告密的人傻眼了,就连周世宗也觉得很奇怪,这可实在不像一个统兵的将军所为啊。周世宗连忙急召赵匡胤,当面询问:"卿方为朕作将帅,辟封疆,当务坚甲利兵,何用书为?"作为一个将军,统兵作战开辟疆土,需要做的不过是带出一只战斗力强的军队,看书又有什么用呢? 历代多少悍将那都是大字不识的文盲呢。赵匡胤回答:"臣无奇谋上赞圣德,滥膺寄任,常恐不逮,所以聚书,欲广闻见,增智虑也。"原来,赵匡胤不仅仅满足于当一个骁勇善战的悍将,更希望做一个见多识广、机智过人的智将。唯有如此,才能够更好地帮助皇帝周世宗争夺天下! 周世宗听后大喜,以往只是觉得赵匡胤能打,现在注意到赵匡胤原来还这么有想法。于是周世宗对赵匡胤更加器重,短短五六年间,赵匡胤从一个中下级军官跃居为后周禁军最高指挥官。

其实,赵匡胤不贪财富,酷爱读书还有更深层的目的。正是因为他能读书,会读书,知道知识的功用,于是他才能在短时间迅速崛起,才能够在陈桥兵变中,以兵不血刃的方式夺取政权,善待后周皇室旧臣。赵匡胤还多次向宰相们表示,希望三军将领多读书,不要只知道打打杀杀。赵匡胤希望武将们少一些杀戮,多一些宽容。只是,赵匡胤的用心,只有极少数将领比如曹彬,才能够领会。

赵匡胤的姐姐燕国公主和赵匡胤姐弟感情极好。当初赵匡胤在陈桥兵变之初,担心失败之后会给家人带来灾难,犹豫不决,燕国公主抄起棍子就打赵匡胤,说大丈夫做事怎能婆婆妈妈。正是由于姐姐煞费苦心的支持,赵匡胤才下定决心创立自己的一番事业。当建立宋朝之后,赵匡胤把寡居的姐姐下嫁给自己的得力部下高怀德。多年过去,燕国公主病逝,赵匡胤悲恸不已,下令明年的各种节日一律取消歌舞音乐。可宰臣们经过商议却认为,虽然皇帝因燕国公主去世感到悲痛,足见姐弟友爱之情。可是节庆之时,百官上寿,如果没有歌舞音乐,实在于礼不合。宰臣们认为,应该照常让教坊作乐。听了宰臣的理由,赵匡胤采纳了他们的意见。

在赵匡胤看来,皇帝是天下人的表率,个人的喜怒哀乐固然值得同情,可在和礼制法统冲突的时候,就算是皇帝,也应该退让遵从。

第八章
乾德五年

一、秋后不算账

1. 小惩大诫

乾德四年的十二月,持续了两年的西川叛乱终于勉强被镇压下去。西征军统帅王全斌带领一众将领垂头丧气地回到京城。出征的时候,这些人一个个斗志昂扬,满以为富贵唾手可得,不想在后蜀国主孟昶投降之后,后蜀降兵给了他们狠狠一记耳光。这两年下来,西川无数的官员百姓到京城告状,要不是担心贸然回京会被赵匡胤杀头,王全斌早就想着告病回乡。现在虽然平定了西川,勉强算是擦干净了屁股,可朝中有许多官员都在嚷嚷,必须杀掉王全斌才能平民愤。

确实,在出征之初,作为皇帝的赵匡胤就在三军高级将领的会议上再三强调,必须要善待后蜀官员百姓。在攻下成都府之后,赵匡胤更是给每一个后蜀官员乃至普通士兵发放安家费,让他们可以安心离开西川前往汴梁。可王全斌等人硬是将赵匡胤苦口婆心的一番交代全部抛诸脑后,将赵匡胤的出征纪律践踏在脚下。

怎么办?

西川,也就是三国时期的蜀地,向来是易守难攻之地,乱世时期许多军阀都倚仗这里特殊的地形割据一方。可是,当赵匡胤下令西征军全部撤回京城的时候,王全斌除了服从命令,根本没有其他的出路。

王全斌虽然是西征军统帅,可是其地位影响却根本没有办法和陈桥兵变的赵匡胤相比。这不单单是王全斌个人的问题,更是赵匡胤在建国之后七八年苦心经营的一个结果。王全斌虽然是西征军统帅,可在军中并非是说一不二。首先,赵匡胤派出了两路大军,一路是以王全斌为主,一路是以刘光义为主,刘光义名义上是副帅,行军打仗却并不需要请示王全斌,而是由赵匡胤直接调遣。两路军队互相制约。何况,就算是在王全斌这路军队的内部,王全斌也不是一人说了算,赵匡胤在军中安排了王仁瞻作为监军,王全斌的所有军事行动,必须得到王仁瞻的同意才可以施行。

也就是说,在当时的情形下,如果王全斌想要作乱,学习三国时期的钟会在蜀地自立,不用赵匡胤操心,刘光义和王仁瞻就可以轻松收拾掉王全斌。

王全斌回京是死,不回京还是死。当然,回京是一人被砍头,不回京却可能全家被诛杀。王全斌只能回到京城。

王全斌赶到京城的时候,听闻监军王仁瞻已经抢先一步向赵匡胤告了自己一状。王全斌很无奈,他统兵作战骁勇无敌,可在钩心斗角上却根本不是王仁瞻的对手。幸亏赵匡胤比较明白。当王仁瞻抨击王全斌等将领犯下种种过错的时候,赵匡胤说:"纳李廷珪妓女,开丰德库取金贝,此岂诸将所为耶?"赵匡胤可不是一个耳根子软的人。为了摸清事实,赵匡胤经常召见从西川回来的宋军将士,也常常接见那些告状的西川官民,对宋军将帅的表现,那是了如指掌。

可是,这也就意味着,赵匡胤这次是下了狠心,决定一个都不放过了。

赵匡胤下令,看在王全斌等人总算平定了西川,就不交给大理寺处理了,改由中书省门下省官员议罪。

门下省在宋代权力渐轻,多数时候不过是传达诏令而已,中书省则是实际的宰相办公机构。当时的宰相是赵普、薛居正、吕余庆,此时议罪是扩大会议,应该还会加上枢密使、枢密副使以及翰林学士、知制诰之流。在赵普拜相的时候,赵匡胤就曾经下令,两位副相不掌印,不在政事堂办公,也就是说挂个虚名而已,赵普其实一直都是独相。赵普为相那是说一不二的,从来只是专制,不搞民主。赵普虽然专制,可对于赵匡胤的心思却揣摩得一清二楚。

赵普了解赵匡胤,赵匡胤本性宽仁,虽然是武将出身,却没有多数武将的那种血腥味,或许是多年读书,赵匡胤身上已经有了浓重的儒将色彩,接人待物也变得宽容许多。王全斌、王仁瞻等人确实有罪,且因为他们的谬误,导致无数百姓战士死亡,可谓罪孽深重。可毕竟他们为朝廷夺得了西川这块领土。何况,从天下局势讲,还有南唐、南汉、北汉、吴越未灭,像王全斌这样的骁将实在难得。何况,一旦杀死王全斌,以后其他挂帅出征的将领必然会心生恐惧。

于是,秋后不算账,对王全斌、王仁瞻小惩大诫已经是个必然。

可是,戏要演足,才可以勉强封住西川百姓的嘴巴。赵普上奏,经过中书省门下省官员的仔细核查,发现王全斌等人一共贪污钱财六十四万四千八百多贯,私下吞没后蜀宫中的财宝更是不计其数,后来王全斌等人又擅自克扣原后蜀将士的安家费,还杀掉数万降兵导致叛乱发生,可谓罪行累累,罄竹难书。百官一致认为,应该判处王全斌、王仁瞻死刑!

可就在同一天,赵匡胤下令,赦免王全斌、王仁瞻等人的死罪。后一天,赵匡胤下令,将忠武节度使王全斌贬斥为崇义留后,枢密副使王仁瞻贬斥为右卫大将军。对于几位高级将领在伐蜀时侵吞的财物,赵匡胤下令必须全部交出,如果有主人的一律退还,没有主人的一律充公。

同时,其他各级将士有抢夺西川军民财物的一概不问。原因很简单,这支西征军,尤其是王全斌率领的一路军,上至主帅,下至普通士兵,个个是强盗,个个是屠夫。要想处罚必须全部杀光。

2. 不赏即罚

虽然对王全斌等人是小惩大诫,可不奖赏就是处罚。对待刘光义率领的归州路军队,赵匡胤则重重赏赐。

刘光义的部队在战场上取得了不少的军功,在战争之后更是堪为三军表率。当然,在夺取州城之后,也有许多将士请求屠城,放开手脚抢掠财物,可监军曹彬严厉制止。刘光义尊重曹彬,严格约束部下。当时西川叛乱时,王全斌的军队因为忙着抢钱,战斗力急剧下降,若非有刘光义、曹彬的西路军,西川极有可能沦陷。

于是,此次征讨西川,曹彬堪称首功。赵匡胤特别嘉奖内客省使曹彬为宣徽南院使领义成节度。

曹彬的崛起,是偶然也是必然。

曹彬不是赵匡胤的心腹,不但不是心腹,甚至一度威胁到赵匡胤。

在后周时期,曹彬身份贵重。曹彬的姨妈乃是后周太祖郭威的张贵妃。可曹彬处事没有一点皇亲国戚的骄横之气。曹彬曾经和后周时期的名将王仁镐共事。王仁镐在官衙中举办宴会,许多官员上前祝酒,听歌看舞,大都忘形。王仁镐发现,曹彬虽然年纪轻轻,可一天下来,曹彬都是目不斜视,对那些美女根本不理会。王仁镐不禁感叹:"老夫我自觉做人谨严,日夜不敢松懈,可见到曹大人,才发现对自己的要求还是太松了。"

在周世宗末年,赵匡胤在禁军中势力已经大成,许多官员为了保命,纷纷投靠赵匡胤,比如曾任禁军都点检的张永德,此人是郭威的女婿,是赵匡胤曾经的上级,也主动投靠赵匡胤。更不要说其他中下层军官了。可曹彬不然,除了公事上会和赵匡胤来往,寻常时节,连赵匡胤的家门都不会登。赵匡胤举行的私人宴会,曹彬也从来不参加。在赵匡胤称帝之后,对曹彬自然是心有不满。

建隆二年(961年),赵匡胤在安定了大局之后,把曹彬从外地召回朝廷,问曹彬:"我畴昔常欲亲汝,汝何故疏我?"赵匡胤语气之中含有责备,批评曹彬给脸不要脸呢。曹彬跪下磕头,道歉说:"臣为周室近亲,复忝内职,靖恭守位,犹恐获过,安敢妄有交结?"曹彬解释说,自己之所以没有主动投靠赵匡胤,是因为自己是后周皇室亲属,双方立场不同。并且,曹彬在当时担任侍卫亲军负责宫廷安全,怎么敢私下和外臣结交呢。赵匡胤听了,觉得曹彬这个人不同凡俗。那些参与陈桥兵变的将领,有一些是对赵匡胤忠心不二,但更多的是审时度势,贪图富贵而已。曹彬不同,此人有原则,有操守。并且,从曹彬的回答看,对夺取后周政权的赵匡胤并没有什么怨气。

于是,赵匡胤提拔曹彬为客省使。但是客省使不过是负责上朝时官员的礼仪和负责接待外邦使臣,是个空有虚名,没有实权的职务。

曹彬能够出任宣徽使(负责整个皇宫安全,后多由枢密副使兼任)、节度使(宋时一品官)还要感谢那个小人王仁瞻。

王仁瞻听到赵匡胤批评自己也曾经抢夺妓女搜刮钱财,心中不服气,就说满营众将无人不贪,"清廉畏谨,不负陛下任使者,惟曹彬一人耳"。王仁瞻本来不过是想借此证明自己贪污也没什么好指责的,不料却成就了曹彬。

赵匡胤很慎重,之前虽然对曹彬解除了误会,但说到重用曹彬还需要谨慎。赵匡胤派出心腹到军营打探,发现王仁瞻所说果然属实。曹彬不但不贪不占,更约束全军将士不抢掠财物。在进入成都之后,曹彬也曾经劝说王全斌约束部下,并早日班师。如果王全斌当日听了曹彬建议,根本就不会发生之后的西川之乱。而在叛乱发生之后,曹彬更指挥将士,多次大战全师雄。

平定西川,曹彬可谓首功。

当曹彬接到诏令之后,入宫辞谢。曹彬说:"诸将俱获罪,臣独受赏,何以自安?臣不敢奉诏。"曹彬的回答非常得体。曹彬确实立下大功,完全应该得到封赏。可是,此时诸位将领都被处罚,唯独自己受到嘉奖,那必然受到他人嫉恨。何况,王全斌、王仁瞻等人乃是赵匡胤的心腹,而他曹彬却始终是徘徊在宋朝权力中枢之外的闲人。木秀于林,风必摧之啊!

赵匡胤听出了曹彬的担心,他鼓励曹彬:"卿有功无过,又不自矜伐,苟负纤芥之累,仁瞻岂为卿隐耶?惩劝,国之常典,无可辞也。"赵匡胤告诉曹彬,正是因为你坐得端,行得正,我才嘉奖你。你要是有一点小毛病,那王仁瞻怎么能够不揭发你呢？赵匡胤在就事论事鼓励曹彬之后,又告诉曹彬自己刻意嘉奖曹彬的深刻用心。有功则赏,有过则罚,一直都是国家必须遵循的制度,为了维护军纪的严肃性,你也绝对不能推辞。

看到赵匡胤如此说,曹彬只好答应。

二、忠心要表

1. 攻城不如跳水

平定西川之战,除了监军曹彬受到嘉奖之外,归州路主帅刘光义也得到晋升。其帐下步军都指挥使李进卿率军拿下巫山营寨,夺取夔州、万州,功勋卓著,在这次颁奖大会上也被提升为侍卫亲军步军都虞候,成为宋军屈指可数的高层指挥官。

李进卿并非新人,更非年轻将领,从后晋时期,李进卿就已经参军,追随后晋大臣杜重威,在宗城之战中作战勇敢,奋勇杀敌,被提拔为兴顺军校,从此开始了封侯拜将的漫漫征途。可是,后晋结束了,后汉结束了,后周结束了,一个又一个比李进卿出道晚的,甚至李进卿的下属都跃居李进卿之上(比如前文提到的杜重威的家奴党进)。可是一直到宋朝建立,李进卿还是一个负责宫廷仪仗的内殿直都虞候。

原因很简单,李进卿从来就没有任何靠山。此人作战颇有几分本领,但却很少有机会表现。周世宗即位之初,发动了高平之战,当时老一辈将领数十人都被周世宗杀掉了,李进卿终于有了出头的机会,在那一场战役中表现出众,被加封为铁骑指挥使。

当时赵匡胤不过是禁军最普通的一个下级军官,可是经过高平之战,一下就被任命为殿前散员都虞候,跑到了李进卿的前头。周世宗如此厚待赵匡胤,不仅仅是因为赵匡胤作战骁勇,更主要是因为当时赵匡胤投靠在太祖郭威女婿张永德的门下。张永德为了扶植自己的人马,向周世宗大力推荐赵匡胤。周世宗即位之初,最为在乎的就是张永德和李重进,这两个人一个是郭威的女婿,一个是郭威的外甥,那都是有实力竞争皇帝宝座的实权人物。而张永德在表面上对周世宗比较尊崇,周世宗自然也要对张永德多多照顾。从军不过数年的赵匡胤迅速崛起。赵匡胤并没有吊死在张永德一棵大树上,在借张永德进入周世宗的视野之后,赵匡胤又跳出张永德之手,成为周世宗的心腹,最终取代张永德,成为禁军都点检,做了后周禁军的一把手,开创了三百年的传奇。

相比赵匡胤,李进卿笨得很,数十年来老老实实当兵,踏踏实实打仗,可就是得不到升迁。在高平之战五六年后,他才被任命为铁骑都虞候、内殿直都虞候。

到了宋朝,赵匡胤大封群臣,李进卿也被任命为铁骑左厢都指挥使,官职升迁了一些,却离开了皇宫。赵匡胤可不希望把皇宫大内的安全交托给一个外人。因为要征讨后蜀,沉寂多年的李进卿终于被提拔为步军都指挥使,加入归州路西征军。

在平定西川之后,做人一贯谨慎的李进卿终于被任命为侍卫亲军步军都虞候。李进卿很激动,自己苦熬了七八年,终于进入了皇帝的视野。

在乾德五年(967年),赵匡胤率领将领到讲武池观看新组建的水军演习。天下各国之中,南唐一直是赵宋最大的敌人。从后周时代开始,南唐就是最有实力和中原王朝抗衡的国家。可南唐有长江天险,更有十多万精锐水军。赵匡胤从几年前开始,就在讲武池训练水军,筹备和南唐一战。

看着上万士兵在讲武池中演武,看着身边一大群加官晋爵、身居高位的将领,赵匡胤忽然说:"人皆言忘身为国,然死者人所难,言之易耳。"赵匡胤为什么会有这个感叹?史料上没有记载。不过我们结合赵匡胤发动陈桥兵变,与乾德五年(967年)年初对待王全斌等西川将领一事,就可以明白。陈桥兵变之后,许多将领都以参与兵变,居功自傲,都觉得自己是大宋开国元勋,向赵匡胤讨官要官。赵匡胤表面上对这些昔日的兄弟客客气气,可心中却难免有几分厌恶。放眼满朝百官,有几个是真正忠于自己的呢?多数人不过是嘴上说得好听,可实际不过是追逐权位富贵罢了。看王全斌、王仁瞻在赵匡胤眼前,都是一副恭顺样子,日日表忠心,天天唱赞歌,可一旦离开了赵匡胤的控制,就变成了老子天下第一,做起了土皇帝。

听了赵匡胤的话,许多高级将领大都低下头沉默。赞歌要唱,忠心要表,可若是表忠心要以付出生命为代价,谁还会做这样的傻事?

可就在大家低头沉默的时候,站在后排的侍卫亲军步军都虞候李进卿忽然推开众人,走到赵匡胤身边,下跪磕头,说:"如臣者,令死即死耳。"话一说完,一纵身就跳入讲武池中。

李进卿这一举动让所有将领大跌眼镜。这李进卿是不是脑子进水了?讲武池水深数丈,且当时还是一月,天寒地冻,掉到水里不被淹死也会被冻死。可是,很快大家就回过神来,这李进卿不但不是白痴,而是聪明绝顶。

赵匡胤一看有人当众跳水,而且貌似是为了自己而跳入水中,怎能不救?赵匡胤立刻下令水手下船营救,数十人跳入水中,不到一分钟就把李进卿给救了起来。李进卿会游泳吗?不清楚。不过李进卿是山西太原人,太原河流不少,汾河就非常出名,要说李进卿完全不会游泳有点说不过去。可在水手将李进卿救起来的时候,李进卿已经半死不活了。

看到李进卿对自己如此忠心,竟然愿意为自己一死,赵匡胤很是感动,让人将李进卿护送回家好好休养。数年之后,李进卿就被提拔为侍卫亲军步军都指挥使,成为大宋亲卫部队二把手。

李进卿沉沦多年,因奋勇跳水一跳成名。虽然会有不少官员嘲笑李进卿想当官想疯了,谁不知道皇帝仁厚,怎么可能看着一位将领在眼前死去呢?那李进卿就是看准了这点,才敢跳下讲武池的。可事实是,多数人都是马后炮,人家李进卿却敢说敢做,并且就真的取得了皇帝的信任了。

2. 刺字闹出笑话

相比李进卿表忠心得厚报,活跃在太宗朝的将领呼延赞大感憋屈。

在平定西川之战中,呼延赞身先士卒,表现不俗,从一个小小的班长,升迁为副指挥使。在宋太宗攻打北汉的时候,率先登上太原城楼,被任命为铁骑军指挥使。当时呼延赞不过是三十岁出头,有这样的职务已经非常了得。呼延赞本以为假以时日,自己必然可以官拜节度使,为一方诸侯,如同开国时期的诸多名将一样。可呼延赞很不幸,多年以来一直在马军都军头这个职务上徘徊,混到老死,连个都虞候都没有混上。

呼延赞郁闷了。呼延赞认为,并非是自己没本事,而是宋太宗还不够信任自己。为了表示自己对皇帝的忠心,对大宋的热情,呼延赞煞费苦心开始思考如何才能打动皇帝。

终于,呼延赞想到了一个妙计。

呼延赞找到官府负责给犯人刺字的匠人,告诉他在自己全身上下都刺上"赤心杀贼"字样,不但是身上,就连嘴巴里面、连兵器、马鞍上都要刺字。不但要刺字,还都用黑汁将文身染黑。呼延赞觉得单独自己刺字,还不能够向皇帝表明自己的忠心。打虎亲兄弟,上阵父子兵,刺字这样的表忠心行动自然也应该全家总动员。呼延赞把自己的妻儿老小全部叫来,告诉他们,我们呼延家接受皇帝大恩,无法回报,必须在脸上刺字才能够答谢皇帝的厚恩。看到老婆孩子有些不愿意,呼延赞沉下脸来,甩下狠话,谁要是不肯刺字,立刻砍头。看到老公发痴,呼延赞的夫人也不敢犟嘴,不过她提出,身为女人在脸上刺字,那是只有出轨偷情的妇女才接受的惩罚。家中的女人能不能改在手臂上刺字呢?呼延赞思考了很久,终于答应了。

儿子是小辈,自然不敢多嘴,于是,不但是全身刺满了黑字,连耳朵后面也刺上"出门忘家为国,临阵忘死为主",一左一右,还比较对称呢。

呼延赞一家人全身黑乎乎的,走在大街上人人都侧目而视,奇怪而恐惧地看着这一家子怪人。呼延赞满以为自己表忠心的行为必定可以感动宋太宗,谁料想,宋太宗对此嗤之以鼻,根本就没有放在心上。

呼延赞心中憋屈。他在宫廷担任侍卫直长,出入时都有一大群宦官看热闹。呼延赞不以为意,他也希望这些宦官能够把自己的忠心传达给宋太宗。有一次,宦官们开玩笑,说呼延将军整天说忠心,可到底有多么忠心呢?呼延赞二话不说,从腰下拔出匕首,当众扎下,顿时胸口鲜血直流。呼延赞扯下自己的袍服,蘸着胸口的鲜血,写下"乞捍边杀虏,赤心报国"字样。宦官们不少人都被感动了,可也有促狭鬼故意说:"呼延将军为什么不干脆把心剜出来表明对圣上的忠心呢?"呼延赞傻了,可随即说:"我并非吝啬一死,只是契丹还没有消灭呢,我现在死了不是白死了吗?"宦官们听了哈哈大笑。

宋太宗也听到呼延赞的这些荒唐事。若是在即位之初，宋太宗有可能重用呼延赞，可在经历对契丹（辽国）的数次大败之后，宋太宗已经决定不再北伐。武力攻打已经不可能，稳定国内，发展文治，才是宋朝的出路。

宋太宗特意召开了一个宴会，让呼延赞父子登台演武。呼延赞父子兴高采烈，以为终于有了出头的机会，于是舞枪弄棒，好不卖力。可是在演武结束之后，宋太宗不过是赏赐了一点金银，根本不提攻打契丹的事情，更没有给呼延赞加官晋爵。

原来，表忠心很重要，在适当的时机对适当的人表忠心就更重要。李进卿看准赵匡胤对众将忠心有所疑惑，挺身一跳，博得赵匡胤的好感。可呼延赞在宋太宗数败之后无心攻打契丹的时候，一而再再而三提议攻打那个宋太宗看来不可能战胜的契丹，就完全是提醒宋太宗当日的耻辱，让宋太宗难堪了。于是，两人同样表忠心，结局却一荣一辱。

三、赵普跋扈

乾德二年(964年)赵普拜相之后,就开始了长达十年的独相生涯。虽然说,赵匡胤在名义上给赵普找了两位副手,可薛居正和吕余庆不过就是个挂名的参知政事,在中书省根本就没有发言权,连办公室都远远放在宣徽使衙门。赵普为赵匡胤出了不少良谋,可以说宋初数十年的每一项重大政治军事行动背后都有赵普参与其中。可权力仿佛毒药,越浸染越沉迷。在拜相之前,赵普为人还比较低调,对范质、王溥等朝廷重臣还算谦恭有礼,可等到赵普本人拜相,登上权力的巅峰,就有些忘乎所以了。尤其是当有人威胁到赵普的宰相地位时,赵普更是不择手段地进行排挤、打压摧残。

之前,我们曾经说过窦仪难封一事。窦仪在不经意中得罪了赵普,让赵普嫉恨在心。当然,窦仪不能拜相,除去赵普的排挤,赵匡胤本人的疑忌也是重要原因。

本文说说另一个人物,此人和窦仪有着相同的开始,却有着完全不同的结局。

1. 冯瓒大才

冯瓒出道很早,在后周时期,冯瓒就因博学多才出任集贤院直学士、祠部郎中,北宋建立时,改任为兵部郎中。赵匡胤和冯瓒都曾经在朝堂为官,经常见面,虽然很少私交,倒也算相熟。冯瓒长得一表人才,玉树临风,口才尤其出众。赵匡胤特别提拔冯瓒为左谏议大夫,让冯瓒多向朝廷提提宝贵意见。后来,舒州知州出缺,赵匡胤认为冯瓒博学,在大战之后有心用儒臣来管理地方,特意将冯瓒调任舒州知州。冯瓒上任之后,发现舒州地区水产丰茂,资源丰富,百姓本应该生活富足,可舒州的防御使到任之后,却还依照后周时期的赋税制度征收赋税,搞得百姓苦不堪言。冯瓒多次向防御使申诉,希望不要在朝廷赋税之外征收,可防御使置之不理。冯瓒遂直接上书赵匡胤,请求皇帝下旨免除这些不合理的税赋。赵匡胤下旨豁免,舒州百姓非常高兴。

冯瓒在地方任职三四年,表现出众。赵匡胤本来就敬佩冯瓒博学,看到冯瓒还敢作敢为,在地方颇有建树,非常高兴。乾德三年(965年),赵匡胤将冯瓒调回京城,出任枢密直学士。这个官职非常重要,在建隆初年,赵普就曾经担任这个官职,不久就升迁为枢密副使,进入宰臣行列。当时的冯瓒已经年过五十,正是政治经验最为丰富大有作为的时期。

赵匡胤对冯瓒的提拔是经过深思熟虑的。乾德二年(964年)的年底,就已经传来后蜀大败的消息,成都府被拿下之后,赵匡胤决定让担任参知政事的吕余庆出任成都府府尹。大战之后,必须有一位副相级别的高官才能镇压得住西征军的那些骄兵悍将。可是,在吕余庆离开中书省之后,由谁来补上这个空缺呢?冯瓒正是不错的人选。

赵匡胤很尊重宰相赵普,两人不但是君臣,更是多年的至交好友。赵匡胤把赵普叫来,告诉赵普:"枢密直学士、右谏议大夫冯瓒,才力当世罕有,真奇士也。"赵匡胤对赵普毫不掩饰自己对冯瓒的喜爱,赵匡胤也知道赵普跋扈,有专制揽权的臭脾气。于是赵匡胤加重语气,告诉赵普自己对冯瓒很看好,希望赵普不要反对。没想到赵普看到赵匡胤如此少见地夸赞一个臣子,心中顿时警觉起来。赵普想,此时赵匡胤的心思不过是让冯瓒当参知政事,做自己的副手,可假以时日,会不会想着取自己而代之呢?很难讲。赵普很聪明,知道公开反对不行,就告诉赵匡胤,西征军在拿下成都府的同时,也攻下了西川重镇梓州,急需有能臣前往治理。冯瓒确实是奇才,可骤然大用未免引得朝臣非议,不如让冯瓒先出任梓州知州,数年之后,冯瓒有了安抚西川之功再入执政,百官就无法反驳了吧。

赵匡胤听后,看看赵普,赵普一脸的平静。赵匡胤叹了一口气,点点头,让冯瓒离开京城,前往西川。

冯瓒走了,赵普还是不放心。他悄悄找来一个追随自己多年的仆人,此人心思缜密，武艺高强，为赵普办了许多见不得光的事情。赵普交托给此人一项秘密任务，让他化装混入冯瓒府中，追随冯瓒前往西川，将冯瓒在西川的一举一动全部向自己汇报。一旦掌握实际证据，赵普就准备将冯瓒置之死地。对于那些威胁到自己宰相之位的人，赵普绝不容情。

冯瓒到了梓州，上班不过十来天，就出了一件大事。后蜀灭亡后许多残兵败将流窜各地，成为土匪。这些人四处烧杀抢掠，无恶不作。当时以上官进为首的逃兵一共三千多人挟持数万百姓，在夜间攻打梓州城。梓州城中只不过有三百士兵，听闻数万贼兵来犯，许多官员吓得腿都发颤，恨不得挖个地洞逃走。冯瓒却说：“敌人不过是乌合之众，不敢在白天出现，而选择在夜晚攻城，正显出贼兵心虚。我们现在绝不能退却，只要我们坚守城池，等待天亮，那些贼兵一定就会退却，而邻近州县的援兵也就会赶到。”大家看着新任知州如此笃定，也就渐渐安心下来。冯瓒亲自坐在城楼，指挥守城。冯瓒还悄悄吩咐打更的人，加快打更的速度，凌晨时分就打了五更，贼人以为就快天亮了，非常害怕，攻城的力度大大减少。冯瓒命人大喊"援兵来了"，那些被胁迫的百姓立刻转身逃走。冯瓒率领三百士兵出城追击，竟然还抓住了匪首上官进。一战下来，抓捕了上千名逃兵，冯瓒仁慈，都把他们放了。毕竟他们本来也是西川的百姓，都是被上官进挟持，不得不如此。冯瓒发给百姓们安家费，安排他们各自回乡。于是，梓州很快就安定了下来。

2. 交通大罪

一晃一年多过去了，赵普的心腹回到了京城，告诉赵普许多冯瓒的罪行。赵普听后沉吟许久，由自己出面揭发冯瓒，过于张扬，也容易引起赵匡胤不满。朝廷在皇宫之外设有登闻鼓，寻常百姓也可以敲响登闻鼓告御状。此人领命，前往敲响登闻鼓，赵匡胤果然亲自接见。此人就向赵匡胤控诉梓州知州冯瓒勾结监军李美、通判李楫对百姓强取豪夺，做了许多违法乱纪的事情。赵匡胤听后非常吃惊，立刻下旨召见冯瓒三人前来京城，要当面询问。

对这位告状的人,赵匡胤也不放心,毕竟赵匡胤认识冯瓒多年,冯瓒应该不是一个贪婪刻薄的小人。赵匡胤吩咐把此人交托给御史仔细核查,看看是不是有什么隐情。不知道为什么,经过御史一核查,御史向赵匡胤汇报,此人说得前言不搭后语,根本就是在诬陷忠良。

赵匡胤大怒,准备将告密者处死。可赵普却在一旁提醒赵匡胤,冯瓒在朝中为官多年,有不少故旧,御史所提供的结果也未必就属实。既然皇帝已经下诏冯瓒等人回京,不如等到回京之后当面对质再做决定。赵匡胤点头答应。

赵普当天就命人前往西川,得知冯瓒等人已经出行,即将通过潼关。赵普的手下交代潼关的守关官员,严格审查冯瓒等人的随身物品,结果发现冯瓒三人带了大量的金银财宝,不但如此,许多财物还分别打包,写着送给某某。守关官员立刻将物品扣下,飞马传递告诉赵普。其他的名字也还罢了,有一个"刘嶅"的名字让赵普特别注意。

这个刘嶅是谁呢?此人是开封府判官、刑部员外郎,乃是皇弟赵光义的亲信。

赵普即刻入宫,告诉赵匡胤这件事情。赵匡胤听后大怒。

原来,当时的朝廷,在赵匡胤之下,有着两股势力,一股是以宰相赵普为首,一股是以皇弟开封尹赵光义为首。在赵匡胤看来,赵普多年以来追随自己,对自己绝无二心,就算是吃点喝点,贪点占点,可绝对不会威胁到赵匡胤的皇权。这也是赵匡胤数年来对赵普的跋扈睁一只眼闭一只眼的主要原因。可皇弟赵光义就不一样了,赵匡胤很爱自己的这个同母弟弟,当年母亲的遗言也让赵匡胤对弟弟另眼相待。可是,凡事都有底线,做弟弟的绝对不能染指皇权,那就是底线。现在冯瓒竟然擅自和弟弟赵光义结交,莫非赵光义有意笼络百官,谋朝篡位?

赵匡胤本人是以兵变起家,对待这样的事情十分敏感。当冯瓒等人进京城之后,赵匡胤亲自审理,冯瓒等人面对赵匡胤的严厉斥责,全都认罪。

赵普大喜,当时认定冯瓒无视朝廷律例,交通皇室,其罪当诛!

可赵匡胤思前想后,还是想要从轻发落。毕竟杀掉冯瓒,就等于宣示世人,自己兄弟失和,如此必然严重影响到兄弟之间的感情。赵匡胤不想两兄弟因此而决裂。于是,赵匡胤下诏将本案大事化小,仅仅将冯瓒削除官籍,流放沙门岛。一直到赵光义即位,才将冯瓒召回京城,可经历一番摧残之后,冯瓒早已经心力交瘁,不出一二年,就驾鹤西游去了。刘嶅一分钱没收到,也被罢官,从此之后几代人生活贫苦,到宋真宗时期才勉强给了他们家一个小官。其他两名涉案官员也分别流放,其中通判李楫曾经和死去的王皇后有点亲戚关系,赵匡胤法外开恩,予以特赦。

　　风波过后,赵普的相位更加稳固了,赵普自然开心。赵匡胤觉得罢黜刘嶅,有点伤了弟弟的面子,多次前往赵光义府上,安抚赵光义。赵光义则更加明白了自己的尴尬地位,要想上位,还需忍耐。

四、多面李煜

乾德五年（967年），南唐后主李煜做了两件看起来非常矛盾的事情。

李煜命令中书省和门下省的官员（宰臣们）连同谏议大夫、给事中、中书舍人、集贤殿学士、勤政殿学士每天晚上轮换着在光政殿值班。为什么值班呢，"与之剧谈，或至夜分乃罢"，原来是方便李煜随时可以找他们谈话。那么，他们都谈些什么呢，经常还搞得晚上十二点才休息？

第二件事情，中书舍人张洎看到李煜喜欢佛法，投其所好，每次见面都和李后主大谈佛法。李后主很喜欢。李煜不但自己喜欢佛法，还在皇宫之中修建寺庙，让先帝的妃嫔全部当了尼姑，还从宫外召入许多所谓高僧，皇宫之中，经常有几百和尚尼姑。连李煜自己在朝会之后常常也脱去龙袍，穿上僧服，念经诵佛。李煜如此，南唐百官自然跟风，于是上上下下全部好佛。有一个人算是例外，南唐文人领袖中书舍人徐铉，此人虽然不好佛，却好道，喜欢讲求一些神神鬼鬼的事情。

两件事情摆放在一起，就显出矛盾了。李煜到底是一个勤于政事忧心朝局的明君，还是一个沉迷佛法沉迷诗词的昏君呢？

在正史之中，南唐后主李煜的形象都比较猥琐。后人谈起李后主，对其诗词称道有加，可对其为政，却颇多非议。甚至许多人认为，正是因为李煜赢弱，才导致了南唐的迅速败亡。

事情真的是这样的吗？

1. 文弱李煜，因何为君

李煜本是南唐中主李璟第六子，虽然四个哥哥早夭，但前面还有一位大哥李弘冀。

李弘冀为人沉厚寡言，有非凡的军事才能。

当年后周军队攻占广陵,吴越也入侵常州,李弘冀驻守临近的重镇润州,局势危急。考虑到李弘冀年少,中主李璟匆忙间欲召回李弘冀。可金陵众将都以为,一旦主帅临敌逃离,必定军心涣散。李弘冀也慨然决定与诸将同守润州,拼死一战,绝不独生。一时之间全军上下士气大振。面对强敌,前军连续战败,李弘冀了解到都虞候柴克宏英勇善战,就以自己生命担保破格提拔柴克宏为前敌主将。众人都认为临敌换将,实为不祥,一旦战败,罔顾王命,后果不堪设想。但李弘冀不为所动,柴克宏也心念恩情,越战越勇,在稳固润州之后,又率兵解救了常州之围,大破吴越军,斩首万级,俘虏了十多位将领。李弘冀考虑到局势危急,不知道对方还有什么举动,就下令把所有俘虏将领全部在辕门前杀死,全军为之振奋,都认为李弘冀的决定了不起。

李弘冀临敌不逃,可见其有胆略;战局混乱,择良将于瞬息,可见其有眼光;以性命担保,与将士同生共死,可见其有决断,精通带兵之道;斩俘虏于军前,大壮南唐军威,吴越为之胆寒,可见其勇毅。既然李弘冀是这样一位有胆略、有眼光、有决断、有勇毅的王子,完全应该是最优秀的太子人选,可为什么最后还是李煜登上王位呢?

本来,南唐的继承人是中主李璟之弟李景遂。在李璟即位之时,就在先皇灵柩之前立下誓言,兄终弟及,要将皇位传给弟弟李景遂。可随着多次战争的胜利,在军中李弘冀的威望远远超过了叔父李景遂。李弘冀的部属经常在中主李璟面前陈诉利害,以为不立李弘冀难安军心。李景遂为势所逼,也只得屈服,表示愿意回到自己的藩国,不再担任皇太弟。可没想到回去的路上,李景遂被人杀害。经过调查,果然是李弘冀主使。加上以前润州之战,李弘冀遇事不经请示,擅自做主,中主李璟以为李弘冀完全在藐视皇权,胆大一至于斯,竟然杀害自己的亲叔叔。朝廷上下,风声鹤唳。

而此时的李煜呢,自号"钟隐居士",不敢参与政事,多次表示自己仰慕佛教,绝不贪恋皇权。可正是李煜的这种态度,让李璟非常欣赏。不久之后,据说李弘冀看到李景遂的鬼魂,于是惊吓而亡。实际可能是其父李璟担心长子权威过盛,危及自己的地位以及南唐的将来,命人毒杀了长子。

李煜之后还有五个弟弟,并非没有其他太子的人选。可为什么李璟偏偏看重李煜呢?

其一,李煜和李璟性格仿佛。

中主李璟文学造诣极高,经常和大臣韩熙载、冯延巳等人饮宴唱和,且有不少佳作传世。"细雨梦回鸡塞远,小楼吹彻玉笙寒。多少泪珠何限恨,倚栏干。"梦醒后细雨蒙蒙,而征人却在遥远的边塞;小楼上凉意侵人,唯有清幽的笙音传来。丈夫远在边塞,妻子只能在梦中才能与之相会,一旦醒来,多少泪痕,多少思念,描摹思妇心思,细腻动人。

历史上曹操也很喜欢曹植,可最终却把王位传给了不像自己的曹丕,那是因为考虑到王权的巩固、基业的传承。李璟传位,就只是考虑到个人的喜好?非也。

其二,我们跳出南唐,看看天下大势。公元937年南唐建立的时候,北方的石敬瑭向契丹借兵,灭掉后唐,自己称帝建立了后晋。947年,即十年之后刘知远灭后晋建立后汉。951年后汉大将郭威自立,建立后周,一统北方。之后周世宗柴荣即位,多次推行变革,后周实力大增,成为足以一统天下的最强的国家。而960年赵匡胤兵变建立大宋王朝,更是兵锋所指,所向披靡,天下无人能敌。

而李璟943年即位,当时北方混乱,南唐在江南尚称强大。可到了去世前夕的961年,天下局势已经大变。李璟在位之时,南唐为图生存,早就向周世宗称臣,并且多次表示要传位与李弘冀,但周世宗不肯。表面上当然是说李璟如何有仁德,不可为了自己而放弃臣民。其实根本的目的,是不希望南唐出现强势的君主。

当然,周世宗的压力李璟会考虑,但主要还是从自己国家的生存来抉择。之后李弘冀杀害叔叔的事情发生,李璟觉得自己再也不能忍耐,于是行动起来。之后李弘冀暴死。

正因为天下局势已变,一统大局基本奠定,李璟放弃了强势的李弘冀,而选择了文弱的李煜为继承人。因为李璟深知,以南唐国力很难对抗强大的北方政权,是后周也好,是赵宋也好,南唐最终的出路只有覆灭一条。

或许,对抗只能招来更多的杀戮,更快的毁灭。而屈服可能还可苟延残喘。这个决定虽然有几分荒唐,却很现实,很无奈。

2. 有心振作,无力回天

李煜即位之时的南唐局势如何?

国内,在中主李璟时期,一改南唐先主李昇的保守政策,对外大肆扩张,南唐和多个割据势力交战。一方面疆域达到了巅峰,另一方面也国力疲弊,百姓不堪其扰。加上李璟临死前夕,李弘冀暴毙,心腹大臣或被杀或被逐,朝中文武人心浮动。而且,就算是在李弘冀去世之后,也有不少大臣对李煜即位深深担忧。礼部侍郎、判尚书省钟谟曾向李璟进言,说从嘉(李煜原名)为人轻浮放纵,不如立纪国公李从善。李璟大怒,将钟谟贬官。

960年,赵匡胤发动陈桥兵变,推翻后周,建立大宋朝。虽然政权更迭,却并未在全国引起大的变动。

主要原因当然是后周最精锐的禁军牢牢掌握在赵匡胤手中,而且经过几年的苦心经营,已经完全把这支部队变成了赵家军。加上赵匡胤别有用心,大肆表彰为后周而死的韩通,斥责行为粗鲁的亲信,以示对前朝的尊重,是不得已而称帝,基本消除了后周官员的抵触心理。还有,后周一些元老大臣,像王溥、范质等,依然官居原职,在起事中居功至伟的赵普,却直到几年之后才拜相。

经过赵匡胤如此安排,后周势力很快分化瓦解,除了在山西地区的李筠和淮南地区的李重进,后周的其他地区都归顺了赵宋。二李和其他官员不同,都胸怀帝王之梦,一个久镇山西,连周世宗也不放在眼里。一个是后周太祖郭威外甥,当年就为失位而愤愤不已。可是两位所谓的悍将,面对精锐的宋军,几乎就是一触即破。960年正月赵匡胤起兵,李筠四月反叛,六月即被平定。九月开始征讨李重进,十一月李重进就被消灭。

大宋王朝以雷霆之势席卷中原,严重影响到江南的割据势力。

而在这个乌云摧城、山雨欲来的时刻,李煜颤颤巍巍登上了南唐国主之位。

但即便时局如此艰难,年青的李煜并未放弃,他从多个方面着手,开始整顿朝政。

李煜即位第一件大事是派中书侍郎冯延鲁送国书和礼物给宋朝。在960年,李璟在世的时候,南唐就已经去帝号,尊奉宋为宗主。冯延鲁此行,主要就是向大宋朝表示,新任南唐国主李煜,对大宋一如既往地尊奉,以此换回暂时的和平。

这样做,是屈辱的,却也是必需的。只有这样,才能够为南唐的内部整顿,增强国力,争取时间。

李煜做的第二件大事是下诏让四品以下官员,没有具体任务的,每天两人,在内殿候命。一旦自己有什么决议,可以最快时间传达。之后,李煜让两省侍郎、给事中、中书舍人等中央官员每天每晚分批聚集在光政殿,共同商议兴国大计。

在这期间,因为赵匡胤忙着稳定内部,同时征讨荆南和湖南的割据势力,无暇顾及南唐,南唐有了喘息之机。可治理国家首要是要有人才,而作为君主,有治国之心,首要就是找到一位贤相辅佐。南唐文士众多,写诗词的人很多,精通政务的人太少。不过也不是没有,韩熙载就是一个。

韩熙载在后唐同光年间,二十岁出头就曾经考中进士,原本可以出仕,可随即因为自己的父亲牵涉到一场兵变中而被诛杀,家族也受到牵连,只能带着家眷向南逃跑。途中他特意去了汝阴县,而汝阴有一位五代时期赫赫有名的人物——李谷,两人正是好友。相传两人喝酒分别,韩熙载慨然立誓:"如果江南君主任用我为宰相,我一定率兵北上,平定中原!"李谷也说:"如果中原君主用我为宰相,我踏平江南如探囊取物!"两人一听,哈哈大笑。从这段话可知,李谷也好,韩熙载也好,都既有才学,又有抱负。可是，在周世宗时期，李谷作为大将攻占淮南，建立大功。可韩熙载却一生了无建树。

韩熙载有才学，有抱负，也有机会。当年在中主李璟还是太子的时候，两人就经常谈诗论文，即位之后又给韩熙载升官。开始任命的是虞部员外郎、史馆修撰，赐绯。本来作为六品官的员外郎是没有资格穿五品以上官员的红色官服的，从这件小事可以看出李璟对韩熙载特殊的礼遇。之后韩熙载多次升迁，担任负责起草诏令的重要官职中书舍人知制诰，从此可以参与朝政，一展抱负。而韩熙载也并未辜负李璟，对国政提出多番建议，可却因此得罪了冯延巳、宋齐丘等权臣，此后宦海沉浮，几番坎坷。

虽然仕途不顺，但韩熙载并非放弃，一直渴望实现自己北伐中原、一统天下的抱负。直到淮南战败，韩熙载从此彻底地沉沦下来。

955年，后周大举进攻淮南，此时正是韩熙载当年的好友李谷担任后周大将，进军淮南。可以料想韩熙载是如何期望打赢这一场战争。这既是两个国家的决战，也是两位朋友的决战。当时李璟派遣自己的弟弟李景达为主帅，陈觉为监军。韩熙载知道陈觉为人奸诈贪婪，多次进谏，说李景达已经是亲王之尊何必再派监军，此战正是南唐和后周的决定性战役，军中号令不一，乃是兵家大忌。可是因为当年先主李昪曾经想让李景达为帝，虽然之后没有实行，李璟心中很不舒服，总担心这位弟弟会造反。于是，陈觉还是派去了。这场战争，从开始就注定了失败。

战争开始，后周军队节节胜利，但因军纪败坏，激起民众强烈反抗，而此时，南唐的一些将领也积极应战，加上周世宗身体不适回汴梁去了，南唐多次打败后周军队，收复了大片领土。李景达多次要求集结兵力和后周做一次大决战，可陈觉就是不肯发兵。而李璟也听信谗言，认为见好就收，不可将战事扩大，以免恶化两国关系。前敌大将朱元和陈觉不和，被后周围困多日，多次请求陈觉援救却被拒绝，朱元无奈率领部下万余人投降了后周。双方正在胶着之间，可南唐大将竟然被逼投降，于是引发南唐全军不满，后周又设下埋伏，南唐守军全线溃败。

此战，李璟没有听从韩熙载的建议，以至割让土地肥沃的淮南十四州，从此失去了与中原争雄的跳板。之后南唐又迁都南昌,躲避中原的锋芒。

在李璟时代,北方政权更迭,但为君者大都残暴,以武力争雄。而南方诸国大都贫弱。南唐经历李昪和李璟两代帝王的经营,尤其是占领了淮河两岸的军事、经济重地,颇有实力北上中原,一争天下。可周世宗改革之后,推行善政,改革军制,国力空前强大。南唐与后周淮南一战,战胜,南唐即可北上。战败,从此只能偏居一隅,只剩下等待被屠杀的命运。

所以,在李煜时代,韩熙载一方面拥有高官,有机会为南唐出力,可另一方面韩熙载却纵情声色,生活荒淫。在《南唐书》中记载,李煜看中韩熙载忠于朝廷,颇具才干,很想任命他为宰相。可有人检举说韩熙载生活作风有问题,于是李煜派画师顾闳中偷偷去调查,把见到的情景画下来带给自己观看。当看到韩熙载家中宾客满座、美女如云、丝竹管弦、热闹非凡的场景之后,李煜非常生气,作为一国重臣,在国家危难之际,怎能如此!于是把韩熙载贬为右庶子。韩熙载将歌姬遣散,单车上路。李煜一听,立刻命人召回韩熙载,恢复他的官职。可没想到过了几天,韩熙载又开始了豪奢淫逸的生活。李煜无奈只能感叹:我真是无可奈何啊!

韩熙载这么做的原因,他曾经明确地表示:"中原王朝一直对江南虎视眈眈,一旦真命天子出现,我们连弃甲的时间都没有了。在这种情况下,我如何能够接受相位,成为千古笑谈?"

曾经心怀天下、有宰辅之志的韩熙载,面对南唐局势,面对天下归宋的大局,面对注定要当亡国奴的命运,只有选择以纵情享乐来麻痹自己。

970年韩熙载去世了,李煜非常悲痛,他不禁悲叹:"我始终不能够让韩熙载当宰相啊!"这份感叹既是对韩熙载不肯为相的无奈,更是为南唐和自己的命运悲哀。

而971年,李煜派弟弟李从善去宋朝,赵匡胤将其扣留。李煜亲手写信请求将李从善放回,赵匡胤拒绝。李煜从此真正认识到南唐的无力,这一切让他深思:南唐的出路在哪里?

从此之后,李煜为南唐黯淡的前途、国家日益窘迫而悲伤,每天和臣下饮酒悲歌,不能自已,甚至对一些主战派官员多番贬斥,一改当年振作之风。

是李煜从此沉落,自甘堕落吗?

在我们的印象中,李煜一直都是一个沉湎诗词歌赋、每日流连宫闱的昏庸国君。可为什么会有这种印象呢?一个重要的原因,是大多数流传至今的文史资料都被宋朝统治者篡改。作为胜利的一方,自然要标榜大宋是代天征伐,南唐是自取灭亡,李煜越昏庸越荒淫越能证明大宋的正确。可事实并非如此。

李煜此人前后行为为何有如此大的差异?之前李煜励精图治,整顿国政,确有一番新气象,怎奈天下大势趋于一统,南唐偏居一隅,国小力弱,而贤臣如韩熙载沉湎声色,无心国政。李煜为了躲避锋芒,只能又重演当初做王子时候的手段,用饮宴诗词来掩饰自己的真实内心,以此获取时间,积极备战。

当然,我们也不能否认,李煜对诗词的特殊喜爱和对宫妃的缠绵情意,但这和李煜作为南唐国君的政治抱负并不矛盾。我们从几年后南唐和北宋最后的决战中,就可以了解到这一点。面对宋朝的进逼,和十四万人齐解甲的后蜀不同,李煜没有束手待毙,而是誓死抵抗,双方几十万大军参战,大小战役几十次,双方互有胜负。北宋多次劝降,可直到南唐军队主力尽丧,全线溃败,再无希望,李煜才奉表投降,堪称力尽而亡,又怎么可以苛责?

五、太祖事佛

对于宋初的统治思想,学界有不少争议,有不少人认为赵匡胤是以佛老思想治国,证据就是赵匡胤在即位之后推行了一系列的措施来保护佛教。不过,细看历史,却发现赵匡胤骨子里依然是尊崇儒学,对佛教一方面是保护,另一方面却是打压。

赵匡胤对佛教的保护,有历史原因,也有他个人的原因。

从唐末五代以来,因为战乱频繁,生死无常,官员百姓都崇信佛教。比如盘踞湖南的诸侯周行逢就在当地带头推行佛教,在他的辖区度化了许多僧人尼姑。并且,作为一方诸侯的周行逢每次在街头遇到僧人,不管僧人年纪大小,周行逢都会主动下拜。对湖南地区的那些高僧,周行逢更是尊重,不但经常去寺庙礼佛布施,还亲自为僧人煮茶端水。就连北朝的钦差来到,也不能享受如此规格的待遇。有人问周行逢为什么如此尊崇佛教,周行逢说:"吾杀人多矣,不假佛力,何以解其冤乎?"原来,那些官员好佛,大都是杀人太多,内心惭愧,以此自欺呢!

北汉国主也崇信佛教,他的理由更现实。北汉地盘不大,经过后周的多次征讨和宋朝建国后的多年蚕食,加上倚靠的契丹(辽国)也吃拿卡要,地盘越来越小。不过一二十万户百姓,却养了五六万军队,北汉国主经常觉得钱不够用。于是,北汉开国君主刘崇和昔日燕王刘守光之子刘继颙联手。这刘继颙本是刘守光的庶子,因为母亲身份卑微,刘继颙在家中没有什么地位,在变乱发生的时候侥幸出逃。后来害怕别人追杀,干脆到五台山当了和尚。这刘继颙毕竟是出身王府,见惯了钩心斗角,尔虞我诈,当了和尚之后,凭借以往的心得体会,很快成为五台山的主持大师,并且拥有了一大批的信徒。北汉国主刘崇答应刘继颙在北汉十二州界内传法,鼓励支持百姓向佛祖布施。乱世之时的百姓，靠不了官府，靠不了大侠，更靠不了自己，只能依靠虚无缥缈的神佛来保佑今生，企求来生。许多人宁可自己饿肚子，也要将财物送给佛祖。大师刘继颙将百姓献出的一半财物交给北汉朝廷作为回报，北汉得以勉强支撑。

不单是这些诸侯，就连赵匡胤的手下，那些开国功臣，也有许多笃信佛教。

像赵匡胤手下的彰德节度使韩重赟在镇守地方的时候，放下所有官府的事情不去打理，整天督促境内的百姓到西山砍伐木头修建佛寺，六七年下来，从没有停息。许多百姓饱受折磨，多次跑到京城告状。赵匡胤看着韩重赟是追随自己多年的老臣，且还没有闹出人命，就压下来没有过问。其实韩重赟完全是糊涂虫，按照佛教的说法，修建佛寺可以获得大功德，可韩重赟奴役百姓，百姓怨气冲天，那修建佛寺再多，又有什么功德可言？

天雄军节度使李继勋镇守大名府前后八年，此人作战勇悍，杀人如麻。在生活中为人还算质朴，虽然在地方当节度使时对百姓对朝廷没做什么贡献，倒也没什么太大的恶行。李继勋最大的特点是小气，不但对他人小气，对自己也很小气，堂堂一品大员，经常穿着土布衣服。可这个小气鬼却非常崇信佛教，八年来在自己镇守的地面又是修建佛寺，又是布施斋僧，那都是几千几万贯钱花出去，也不会心疼。

赵匡胤的母亲杜太后信佛。在陈桥兵变之前，为了躲避灾祸，杜夫人就是躲在定力院之中。当兵变发生，韩通的兵马在京城四处搜捕，想着抓到赵匡胤的家人威胁赵匡胤。幸亏杜夫人早有安排，才躲过一劫。在赵匡胤称帝之后，秉承母亲的意思，对当初保全母亲妻子性命的僧人大加封赏。

那么赵匡胤本人呢？

在乾德四年（966年）发生了一件事情。河南府的进士李霭不信佛教，不但自己不信，还写了几千字的文章来号召天下百姓不要信佛教。他把自己的文集命名为《灭邪集》，可见对佛教何等深恶痛绝。一些和尚自然不满意了，河南洛阳有几十个和尚联合起来，跑到河南府府尹那里告了李霭一状，府尹接了状纸，看后很为难。时人皆崇信佛教，可是当时的法律也没有明文规定不可以反对佛教啊,府尹不敢做主,就把案件如实汇报给了朝廷。赵普接到奏报之后,和赵匡胤商议。赵匡胤下诏,将进士李霭打板子,然后发配沙门岛。宋初的进士很少,虽然每年一科,可每次录取的不过一二十人。李霭可以考中进士,应该是非同凡响,不想因为反对佛教,就遭受了流放之苦,并且从此消失在历史之中。

周世宗时期,曾经下过灭佛令。周世宗告诉宰相,既然佛教中人宣扬愿意为众生奉献自己的头脑耳目乃至生命,那么自然应该不会吝啬佛像吧?周世宗下令将全国范围内的铜制佛像全部运送到京城拆毁。可是,赵匡胤即位之后却宣布,取消这道命令,将所有佛像全部返回原地。

从此仿佛可以看出,赵匡胤对佛教那是坚定不移地支持。

不过,我们看事情不能只看到一个面。在建隆二年(961年),赵匡胤亲自下诏活活打死了皇建院和尚辉文。在赵匡胤建隆初年平定扬州时,扬州地面的和尚头头大都出来迎接,可这辉文却在官府驿站中左拥右抱搂着女人喝酒。有人把这件事情告诉给赵匡胤,赵匡胤派人前往调查,核实之后,将辉文打死,其他涉案的十七个和尚都流放。

还有,像之前说的,赵匡胤取消灭佛令,但同时也下令,虽然对已经有的铜佛不用毁坏,可也不再允许修建新的铜佛了。在开宝六年(973年),赵匡胤又下令,严禁民间用铜、铁铸造佛像。原来,赵匡胤听闻,有的农民信奉佛教,竟然把自家的农具也给毁掉来铸造佛像,赵匡胤觉得这样对农业不利,于是下达了这道命令。

由此来看,赵匡胤对佛教的态度也就比较明白了。无论赵匡胤的下属亲眷如何好佛,赵匡胤本人对待佛教一直是很客观。有功则赏,有过则罚,既不允许公开反对佛教,但是也不让佛教过于膨胀,而是将佛教控制在一个相对合理的范围内。在传统儒家士大夫看来,佛教中人不事生产,斩断亲情,那都是大逆不道的。如果许多人脱离生产,光靠别人的施舍度日,国家的前途就堪忧了。可是,在一个国君看来,佛教的推广又有助于国家的稳定。于是,赵匡胤既不佞佛,也不灭佛,就很好理解了。

第九章
开宝元年

一、不念旧恶

前文我们曾经提到王彦超。王彦超因为拒绝接纳游荡江湖的赵匡胤，在赵匡胤称帝之后，战战兢兢，唯恐遭遇报复。可赵匡胤一笑泯恩仇，将过去的恩怨一笔抹去。不过，王彦超虽然没有接纳赵匡胤，毕竟还是给赵匡胤十贯钱做路费，总还是有那么一丁点的人情在。董遵诲则不然，正是由于这位官二代的排挤打压，赵匡胤才在短暂安稳之后，再一次漂流他乡。

1. 旧怨新仇

当年，在离开王彦超之后，赵匡胤心中郁闷，就投奔了担任随州刺史的董宗本。董宗本是赵匡胤父亲赵弘殷的好友，看到赵匡胤来投，二话不说就接纳了赵匡胤。这赵匡胤虽然落魄，却有一番不同常人的胸怀和气魄，很快就成为随州官场的风云人物。董遵诲作为随州刺史之子，本来在任何场合那都是焦点人物，看到风头被外来的赵匡胤抢了，心中很是不满，于是处处刁难赵匡胤。

有一次，董宗本让赵匡胤和自己的家人一起吃饭。席间大家彼此谈笑,倒也开心。可董遵诲看到父亲如此器重赵匡胤非常不满,就说最近几天做了一个怪梦,让父亲大人和赵匡胤分析分析。董宗本问梦到了什么。

董遵诲就说,我梦到自己登上高台,却发现高台之上有一条长约百丈的黑蛇,正想上前砍杀,不料这黑蛇化为飞龙,向东北飞去,一时之间雷电交加,梦醒之后,我好几次经过城楼,都看到上面有紫色云彩,如同车盖一般。不知道这个梦是吉是凶?

董宗本一听就明白儿子的意思了。原来,在赵匡胤到达随州之后,董宗本也想要看看这位朋友之子到底有什么才能,于是让赵匡胤负责看守城门,赵匡胤平常就歇息在城楼高台上。董遵诲明显是说赵匡胤是那化龙之黑蛇,有称王称帝之心。若是在后来看这个梦,自然是天显异象,预示赵匡胤必然称帝,可在当时,后汉时期,赵匡胤不过是一个毫无官衔的普通一兵。要是在刘邦当亭长的时候,你告诉刘邦他必定会做皇帝,刘邦会怎么办呢?必定认为对方是疯子。当时的赵匡胤其实没有什么远大理想,他所需要的不过就是一个栖息之地。可董遵诲把这个虚构的梦四处散播,搞得许多官员都知道赵匡胤就是那条黑蛇,甚至有人要求董宗本把这个有叛逆征兆的人给杀了,以免日后受到牵连。

赵匡胤很郁闷,可是又没有什么好办法反抗,毕竟人在屋檐下。后来董宗本召集随州官员讨论军情,董遵诲和赵匡胤意见相左。赵匡胤摆出了大量的事实证明自己的观点,董遵诲理屈词穷,竟然不顾父亲和许多官员在场,拂袖而去。

赵匡胤明白,董遵诲已经容不下他赵匡胤。就算是当着父亲董宗本,董遵诲都敢当场摆出脸色,很明显,不但是极度仇视他赵匡胤,甚至连父亲也没有放在眼里了。如果继续待在随州,等待赵匡胤的很可能就是被暗杀。

赵匡胤选择了离开,从此之后董遵诲和赵匡胤再也没有见面。

后来,赵匡胤参加郭威军队,再后来遭遇张永德,由张永德推荐给了周世宗,从此青云直上,短短五六年间,从一个下级军官跃居成为后周禁军最高长官。同时,董宗本已经去世,董遵诲干得也不含糊,在作战方面尤其骁勇。在赵匡胤发迹的高平之战中,董遵诲在北汉军队还没有摆好阵形的时候,抢先进攻,获得大胜。在后周进攻后蜀,夺取秦州和凤州的战役中,董遵诲追随大将韩通,在唐仓大败敌军,率先攻入敌军营地,并亲手擒拿后蜀招讨使。因战功卓著,董遵诲被周世宗任命为骁武指挥使。在后周攻伐南唐的时候,董遵诲率军拿下合肥,在攻打北汉的时候,又追随韩通,平定了雄州和霸州。

从董遵诲的履历中我们可以看出,董遵诲并非那些庸碌的官二代,他确实有本事,史传中也记载董遵诲武艺高超,箭术精奇。只是董遵诲没什么文化,粗人一个,看到父亲和随州官员都对外来的赵匡胤很看重,很亲近,董遵诲就不服气。

若董遵诲得罪的是一般人也就罢了,可千不该万不该,得罪了赵匡胤。董遵诲官职升迁算快的,可不过是数年一迁,怎么比得过赵匡胤的火箭速度,十年不见,赵匡胤摇身一变,成了大宋皇帝。

更要命的是,这董遵诲不但在昔日得罪了赵匡胤,在进入后周之后更拜在赵匡胤的死对头韩通的门下。如此旧怨加新仇,赵匡胤怎么可能放过他。

2. 赦过责功

此前,赵匡胤一直忙于国政,到了开宝元年(968年)的时候终于想起了董遵诲。赵匡胤特意把董遵诲调到了京城,担任殿前散员都虞候,放在自己的眼皮底下。董遵诲见到赵匡胤,吓得半死,趴在地上动也不敢动。没想到赵匡胤不但没有发脾气,还命令左右把董遵诲给扶了起来,让董遵诲在一个锦墩上坐下。董遵诲哆哆嗦嗦地斜着身子坐下,等待赵匡胤发落。

赵匡胤让董遵诲不要紧张,闲聊一般,询问董遵诲:"你可还记得当年你说的城楼有紫色祥云和黑蛇化龙的事情吗?"董遵诲一听赵匡胤提起旧日自己的那些丑事,哪里还坐得住,立刻又跪了下来,连连喊着:"万岁,万岁,臣罪该万死!"不想赵匡胤摆摆手,笑呵呵地让董遵诲走了。

董遵诲莫名其妙,这赵匡胤为什么不责罚自己呢?他本是一员武将,喜欢直来直去,就算是赵匡胤此时杀了他,他也不会喊冤。

几天之后,董遵诲接到报告,说他帐下的一个士兵敲响了皇宫外的登闻鼓,向皇帝告了御状。董遵诲心惊胆战,果然,赵匡胤还是朝他下手了。可事情过了十来天,逮捕的命令还没有到来。董遵诲拿不定主意,也不敢去上朝,就写了一份请罪的奏折呈递给中书省。赵匡胤特意召见董遵诲,说:"朕方赦过责功,岂念旧恶耶?汝可勿复忧,吾将录用汝。"

要说赵匡胤对董遵诲没有半点仇怨,那是假的。可作为一国之君的赵匡胤,知道什么才是对大宋江山最为有利,什么才是对大宋江山不利的。董遵诲确实得罪了他赵匡胤,可那不过是私人恩怨,在公事上,董遵诲不但无过,而且有功。在入宋之后,董遵诲还曾经参加平定李筠的战役呢!昔日汉高祖刘邦可以善待仇人雍齿,他赵匡胤又怎么不能善待董遵诲呢?

赵匡胤再一次显现他作为一代明君的高风亮节。我们说,一个人有宽容之心并不难,难就难在身处高位、可以决定他人生死的时候,还保留着一份宽容之心,这就着实稀罕了。

赵匡胤一番话,让董遵诲感动异常。想起当日自己对待赵匡胤的种种,董遵诲泪流满面,惭愧不已。赵匡胤还问起董遵诲的家人。董遵诲提到母亲因为兵乱,失散多年,几番打探之后,有人说可能在幽州,只是幽州现在是契丹国的领土,无法前去寻母。赵匡胤让董遵诲放心,他派出许多得力侍卫,前往边境地区,给老百姓许多钱财,让他们偷偷打探到董遵诲母亲的下落,将董母接回了汴梁。当赵匡胤把董夫人交给董遵诲的时候,一贯勇悍的董遵诲再一次流下了眼泪。

在开宝元年(968年),西部地区骚乱不断,赵匡胤又将董遵诲升迁为通远军使。

赵匡胤的宽仁让董遵诲感动万分,发誓要用实际行动来回报皇帝的恩德。

当时的通远军地区,有许多羌人部落,他们有时候对朝廷臣服,有时候又侵扰边疆,劫掠人口。以往的朝廷官员,对羌人部落都比较敌视,寻常时对羌人就百般盘剥,一旦羌人反抗,就派军队镇压。可越是压制就越引来更多的反抗。赵匡胤一直忙于平定江南,对西部地区无力大举进攻,当地情况一再恶化。

董遵诲到任之后,学习赵匡胤,一改以往的高压政策。董遵诲邀请当地的部落酋长,告诉他们朝廷的政策,废除了以往许多苛捐杂税,并许诺,以后绝不会任意侵扰杀害羌人。那些羌人首领多数都很善良,看到董遵诲如此诚意,也纷纷表态,定将归顺朝廷,并无二心。董遵诲和酋长们歃血为盟,感情很是融洽。可是,还是有一些部落对宋朝充满敌意,在董遵诲到任三四个月后,发动了一场叛乱,一些中立的部落也被胁迫参与。董遵诲率领数百士兵深入羌人部落,将叛军主力击溃,杀掉了仇视朝廷的反叛分子,将那些被胁迫的羌人一律释放。羌人对董遵诲又是害怕又是感动,在董遵诲担任通远军使的十四年间,再也没有作乱。

听说董遵诲平定了多年未定的西部地区,赵匡胤很是高兴。董遵诲派遣使者来京城进贡马匹,仪式完毕,赵匡胤脱下身上穿的缀满珍珠的盘龙衣,让使者转交给董遵诲。使者看了,连忙辞谢说:"董遵诲毕竟是人臣,怎么能够接受如此贵重的礼物!"赵匡胤哈哈一笑,说:"我把大宋的西部都交给了董遵诲了,又怎么会计较这件衣服呢?"

董遵诲收到衣服之后,做事情更加卖力了。

世人都知道以德报怨是一种美德,只是当这仇怨是在自己身上的时候,又有几人能够看透?

二、社稷之臣

1. 鼎铛有耳

在太祖一朝中,赵普无疑是最受赵匡胤信任的大臣。可就是这位一人之下万人之上的当朝宰相,也有被人指着鼻子大骂的时候。

有个叫雷德骧的官员,原本担任殿中侍御史,负责纠察百官。这个雷德骧为人耿直,性格急躁,许多时候提意见不分对象不分场合,得罪了许多人。赵普不喜欢雷德骧,就把雷德骧提拔成屯田员外郎,到大理寺负责审理案件去了。

赵普忠心国事,为大宋朝的安危出了许多的主意,可为官也比较专横,看不得有人挑战他的权威,也很少尊重下属的意见。有一次,赵普觉得有个官员的处罚过轻,就写了条子交代大理寺要从重办理。雷德骧作为负责人,引经据典,不予办理。可手下的官员没雷德骧那么愣,先不管犯事官员本身有罪没罪,得罪了宰相就是大罪。这些官员凑在一起,和雷德骧玩起了文字游戏,一番解释之下,赵普加重处罚的命令,竟然也有了法律依据。雷德骧得知下属越过自己,讨好宰相,极为恼火,就到皇宫求见赵匡胤想要汇报这件事情。

雷德骧打听到赵匡胤在讲武殿和宰臣议事,立刻前往。在大殿门口被值班的宦官给拦住了。雷德骧让宦官通报,宦官说皇帝已经有交代,议事之时,不准闲人打扰。可雷德骧听到里面传来阵阵赵普的谈笑声,哪里压得住火,推开宦官,就闯入了讲武殿。擅闯大殿,已经是藐视君王,属于大不敬。赵匡胤斥责雷德骧为何如此。雷德骧本应该轻声细语,好好解释。可雷德骧的嗓门比赵匡胤还要大,大声说自己有非常之事禀奏。赵匡胤强压怒火,让雷德骧奏来。雷德骧先说赵普如何如何专横,歪曲法律打压朝臣,又说赵普如何霸道,强买他人宅院,搞得民怨沸腾,还说赵普如何贪婪,为相以来收受贿赂卖官鬻爵,几乎就把赵普说得一无是处。赵普就在殿上,听了雷德骧的控诉,脸色煞白,低下头一句话也不说。

赵匡胤听后却大怒,说:"鼎铛犹有耳,汝不闻赵普吾之社稷臣乎!"在赵匡胤看来,自己若是那鼎,他赵普就是那鼎耳。两人本是一体,现在雷德骧抨击赵普,不就是诽谤他赵匡胤吗?赵匡胤不但是言语斥责,还拿起水晶小斧头一斧头劈下去,把雷德骧的两个门牙给敲掉了。雷德骧血流满面,趴在地上。赵匡胤命令侍卫将雷德骧拖出大殿,命令赵普,将雷德骧处死。

赵匡胤为何对雷德骧的控诉反应那么大呢?这就要说到赵普的影响了。

赵普不但是在帮助赵匡胤夺取帝位的行动中居功至伟,在入宋之后,又提出杯酒释兵权,分解节度使兵权,一改数百年节度使割据的恶性循环。在其拜相之后,赵普更成为赵匡胤推行各项改革的倡议者和实践者。赵普读书虽然不多,却是一个天生的政治家。赵匡胤要想一统天下,那就离不开赵普。

关于两人之间的情谊,有一个故事流传很广,叫"雪夜访普"。

赵匡胤在称帝之初,经常喜欢出宫微服私访,有时候会到大臣家中串门,而串门最多的,自然就是赵普家。赵匡胤经常拜访赵普有许多原因,但主要是因为片刻都离不开赵普,一旦想到什么事情,立刻就想找赵普商量。宋初无数的政治难题,就是在赵普的家中提出和解决的。因为赵匡胤来得很频繁,赵普退朝回家之后也经常穿着官服,不敢松懈。

那一天下着大雪,天色已经很晚了。赵普估计皇帝今天不来了,就把大门给关了起来。可打了瞌睡之后,听到有人敲门。赵普急忙开门,发现赵匡胤站在雪地当中。赵普急忙迎上前去。赵匡胤走入屋内,一边弹着雪,一边说:"今天我三弟还会来呢!"赵匡胤兄长早丧,他排行老二,三弟正是后来的宋太宗赵光义。听到皇帝来了,赵普的妻子也忙起身招呼,赵匡胤叫赵普的妻子嫂子,彼此就如亲人一般。一会赵光义到了,赵普在客厅中铺上厚厚的毯子,大家席地而坐,围着火炉烤肉,赵普的妻子在一旁倒酒。

三人大吃了一顿,身体暖了很多。赵普就问:"如此大雪,陛下为何出宫?"赵匡胤叹了口气,说:"吾夜不能寐,一榻之外,皆他人家也,所以来见你啊。"赵匡胤虽然拥有了天下大部分的领土,可并不满足,为如何才能一统天下,忧心不已。赵普听后,立刻明白问题所在。当时赵匡胤已经平定了原后周境内,可北方有北汉、契丹,南方有荆南、武平、后蜀、南唐、吴越,还有许多的诸侯虎视眈眈。赵普说:"陛下小天下耶?南征北伐,今其时也,愿闻成算所向。"赵普首先肯定赵匡胤的思路是正确的,一代君王正应该不满足于原后周领土,可是,当时是先南征还是先北伐,要考虑清楚。

赵匡胤说:"吾欲收太原。"赵普听了呵呵笑,不说话。赵匡胤就知道赵普有不同看法了,就问原因。赵普也不隐瞒,帮助赵匡胤分析攻打北汉的弊端。在赵普看来,北汉领土不大,国力不强,本来容易攻取。可是,北汉的西部有党项族,这还罢了,北部有强大的契丹。一旦北汉被拿下之后,这两大少数民族势力就要由宋朝一力承担。不如先把北汉寄存在那里,在北方稍稍做些防御工作,而把主力放在南征上。等到平定了江南各国,国力强盛了,到时候弹丸之地的北汉,又有什么好担心的呢?

赵普的分析目光长远,一针见血。赵匡胤听后大喜,嘴上还说:"吾意正尔,姑试卿耳。"不久之后,就按照赵普的决策,先平定两湖,后夺取后蜀。

2. 小鬼难缠

也就是说,赵普再有千千万万个不好,可对当时的赵匡胤,对当时的大宋朝是无人可以替代的人物。此时的赵普就算是有玩弄法律、贪污受贿的情况存在,那又有什么关系呢?赵匡胤可以容忍导致西川叛乱的王全斌,可以原谅得罪自己的董遵诲,又怎么不可以忽略赵普的种种不好呢?做大事不拘小节嘛。

当然,对雷德骧的控诉赵匡胤并不是真的毫不在意,只是在当时那种情况下,必须向赵普表示绝对的信任,才那样交代赵普处死雷德骧。可还没过一天,赵匡胤下诏解除处死的诏令,改以擅闯殿阁的名义,将雷德骧贬斥为商州司户参军,让雷德骧到地方当官去了。

不过,雷德骧虽然被贬,可商州刺史却认为雷德骧毕竟是曾经担任屯田员外郎的朝廷官员,此时不过是得罪了皇帝下放到地方,一旦皇帝不生气了,很可能就调回京城,又成为万众仰慕的公卿了。刺史大人对雷德骧很好。

听到这个消息,赵普很生气,可也没做什么小动作。几年之后,原来的刺史任期满了调走了,新上任的刺史叫奚屿,对于雷德骧和赵普的恩怨了解得一清二楚。奚屿知道,只要赵普在朝,那雷德骧就没有可能翻身。作为偏远地方知州的奚屿,平常也没有什么机会接近高贵的宰相,既然宰相的仇人在自己的辖区,那好好整治下雷德骧,就是讨好赵普的捷径。奚屿几次召见下属官员,对其他人都还算客气,可当雷德骧参见的时候,奚屿却爱理不理,很是傲慢。雷德骧那本是大理寺正堂,官爵本在知州之上,此时受到这样的羞辱自然是心中不满。他那个人心里又藏不下什么事情,牢骚就被奚屿给知道了。奚屿听到之后很生气,在商州这一亩三分地,他奚屿就是王法,就是皇帝。奚屿派人四处搜罗雷德骧的罪证。在被贬之后,雷德骧写了不少诗歌发泄心中怨气。奚屿打听到之后派遣心腹悄悄到雷德骧家中把雷德骧的诗文集给偷了出来,然后以此为罪证,将雷德骧给抓了起来,并把这件事情禀告皇帝。

奚屿本以为赵匡胤会重赏自己,至少赵普也会对自己心存感激。不想赵匡胤收到奏报之后,让奚屿立刻放掉雷德骧。赵普呢,他这个人对威胁到自己相位的窦仪、冯瓒等人是多有疑忌不假,可对于雷德骧这样的小角色,着实没什么兴趣。当雷德骧被贬之后,几乎就已经将雷德骧淡忘。此时奚屿却又将这个闹心的家伙给捅了出来,不是又提醒皇帝赵匡胤当年雷德骧揭发赵普专权、贪污的事情吗?

于是,赵普选择了沉默,任凭赵匡胤处置。不过,赵匡胤虽然赦免了雷德骧污蔑君上的罪行,可多少还是要惩罚一下,才对得住赵普,于是将雷德骧削去官籍,流放到了灵武,做了一个普通百姓。

三、千载良机

前文我们提到了"雪夜访普",在赵普的建议下,赵匡胤决定了先南后北的基本国策。

可是,如何才能保障北方边境不受到北汉的侵扰呢?赵匡胤巧妙地借助间谍,打了一场漂亮的外交攻坚战。

1. 间谍外交

有一次,防守边境的将领抓捕到了一个可疑人物,经过审讯,断定是北汉方面的一个军官。当时,赵匡胤已经下达了严令,禁止滥杀北汉军民。抓捕到了间谍之后,边防将领不敢擅自处理,就押送到京城。赵匡胤一见之后,将那名间谍的绳索松开,在殿阁赐宴。在那名间谍吃饱喝足之后,赵匡胤告诉间谍,希望他向北汉孝和帝刘钧如实转告自己的话,如此不但不会被杀,还有许多金银赏赐。

赵匡胤告诉北汉刘钧:"君家与周氏世仇,宜不屈。今我与尔无所间,何为困此一方之人也?契丹多诈,终不足恃。若有志中国,宜下太行以决胜负。"

赵匡胤一番话可以分为三层。第一层,赵匡胤表示,你们北汉和北周王朝乃是世代仇敌,彼此不共戴天。可是,赵宋王朝初建,和北汉没有什么旧怨。以刘钧的智慧,当然可以听出赵匡胤在主动示好,表示在北汉不侵扰赵宋的前提下,愿意和北汉交好。第二层,从北汉建国开始,所倚仗的不过就是屈身侍辽,以换取援救。可是契丹(辽)并不是什么慈善家,在帮助北汉的同时,也向北汉索取大量的赋税,还有许多的军事特权。北汉本来国土狭隘,如此以来,就更加贫困了。可以说,只要有可能,北汉刘钧根本不想对契丹称臣。赵匡胤挑明了这层利害,等于是掀了刘钧的底牌。第三层,赵匡胤非常大气地向刘钧发出请战书。但是赵匡胤很注意措辞,既抬高自己的地位,又给刘钧留有余地。赵匡胤表示,如果刘钧有意争夺中原,那就应该主动从太行山出兵,大家在中原一决胜负。可事实却是,北汉所倚仗的不过就是太原坚城,一旦离开,就失去了屏障。

刘钧也很明智。在见到那名间谍,听了赵匡胤的转告之后,让这名间谍再跑一趟,也帮他传话给赵匡胤。刘钧说:"为我谢赵君,余家世非叛人,欲存汉氏宗祀耳。土地士马,不能敌君十一,安敢深入?君欲决胜负,当过团柏谷来,背城一战。"刘钧的回答倒也不卑不亢。面对赵匡胤伸出的橄榄枝,首先表示感谢。并且,刘钧非常大度地表态,自己在北汉称帝并非是想要争夺中原霸权,只是想保存汉家的宗庙社稷。无论是地盘还是人马,那都不是赵宋的对手。刘钧坦言彼此的差距,赵匡胤看了自然心中舒坦。可刘钧也说,我不会离开太行,去你的中原。如果你想攻打我们北汉,也欢迎你越过团柏谷,大家在太原城下大战。

赵匡胤看了,哈哈大笑。赵匡胤明白,北汉在刘钧手上虽然国力不强,但刘钧勤政爱民,提拔贤才,重用颇有见识的郭无为为相,要想拿下,绝非易事。既然刘钧表态无意为敌,那赵匡胤乐得北方清静。

于是,赵匡胤在北方边境只是略做防守,而将主要精力放在攻伐江南政权上。从赵宋建国到开宝元年(968年),一共九年皆是如此。

2. 兄弟之乱

可是,在开宝元年(968年)的七月,北汉孝和帝刘钧去世。刘钧去世之后,北汉政局动荡,给了赵匡胤一个千载难逢的机会。

原来,北汉孝和帝刘钧一生无子,名下的儿子刘继恩和刘继元其实都不姓刘。

当初,北汉世祖还是后晋将领的时候,他的女儿看中了护圣营的普通军官薛钊。这薛钊长得太帅,世祖的女儿一看就爱上了薛钊。两个人结了婚,生了一个孩子,就是后来的刘继恩。可随着时间的流逝,世祖当了皇帝,女儿成了公主,可以选择的范围大了,公主就看不起薛钊了。薛钊本来又确实没什么才能,北汉世祖只能好吃好喝养着这个废人。这也还罢了。后来,公主常年不回家,薛钊独自居住,听到许多流言蜚语,气得不行。有一次公主偶然回家,薛钊喝得大醉,乘着酒意,拔出佩刀来威胁公主。公主不从,薛钊竟然就一刀刺下。薛钊以为杀死了公主,吓得半死,随即自杀死了。没想到公主没有死成,丈夫薛钊去世刚好可以让她名正言顺地改嫁。公主下嫁给一个姓何的军官,又生下了第二个儿子,也就是后来的刘继元。

世祖看到儿子刘钧不会生,就让刘钧认下两个外甥做儿子,都让他们改姓为刘。

刘钧去世之前,对自己的继承人问题也苦恼不已。

本来,按照传统的继承规则,是刘继恩继承。可刘继恩有些问题。这个刘继恩长相特殊,大大的肚子,很多胡须,只看这也还罢了,可看身材,确实上长下短,骑在马上的时候,看上去那是一个身材魁梧的大汉,可下马行走却活脱就是一个侏儒。这样的人作为君王,实在有损威仪,难以服众。另外,刘继恩在刘钧面前,非常孝顺,每天早晚请安从来没有缺漏。刘钧开始很满意,就把北汉最为重要的职务太原尹交给刘继恩。可刘继恩为政却优柔寡断,是非不明。

刘钧曾经找到宰相郭无为,表示自己的担忧:"继恩纯孝,然非济世才,恐不能了我家事,将奈何?"北汉乃是三面环敌之国,就算是对契丹,那也是若敌若友。如果没有一个强有力的君王,根本就无力保全北汉。郭无为听了,一言不发,以沉默相待。原来,郭无为也知道刘继恩的缺点,可是,当时刘继恩年过三十,在朝中军中羽翼已成,还有,刘钧虽然对刘继恩不满,可对其他养子比如刘继元同样不看好。于是,为了保身避祸,沉默就是最好的选择。

七月,孝和帝去世,长子刘继恩继位。即位之后,刘继恩将消息快马汇报给契丹人,不久,契丹回信,同意刘继恩出任北汉皇帝。

本来,事情也就这么过去了,可刘继恩实在是个扶不起的阿斗。当年,在刘钧面前,一副百依百顺乖乖仔的样子,一旦登上皇位,便开始专断独行,任意妄为了。越是没有才干的人,越是渴望用刀剑血腥来标榜自己的强势。

刘继恩即位之后,对先帝其他的几个养子非常不放心,自己同母异父的兄弟刘继元也还罢了,有个兄弟叫刘继忠,在朝中颇有影响力。刘继恩上台之后,下令刘继忠离开太原,前往更北的忻州。刘继忠上表,说当年在出使契丹的时候,得了一种怪病,一旦身体受寒,身体一些部位就会血流不畅,严重的时候甚至会发生偏瘫乃至死亡。刘继忠恳请大哥允许自己留在气候温暖的太原,愿意放弃一切权力,只求在太原养病。本来,刘继忠之病人尽皆知,而且刘继忠已经表示愿意放弃权力,对刘继恩的威胁已经解除。可刘继恩不相信这个兄弟真的已经放弃争夺皇权,强令刘继忠上路。刘继忠看到自己如此屈膝投降都换不来留在太原,难免会发些牢骚。护送的官员讨好新君,就把刘继忠的话添油加醋告诉给刘继恩,刘继恩大怒,赐给刘继忠一条白绫,让他自杀了事。

刘继忠一死,其他的兄弟都紧张起来,开始密谋推翻刘继恩。既然投降换不来生存,那只有奋力一搏了。

3. 别样心思

在北汉朝堂之上,除去诸位先帝养子颇有权势之外,权臣当属宰相郭无为。作为孝和帝最信任的大臣,郭无为在朝中的影响力无人出其右。作为新君,本应该努力抓住这棵大树,至少在羽翼丰满之前,不能和郭无为撕破脸,可刘继恩根本就没有脑子。刘继恩听说老爹临死前曾经向郭无为表态,不大愿意让自己当继承人,而郭无为沉默无语。刘继恩很是恼火。不表态那就是不帮忙。既然郭无为不站在刘继恩这一边,那刘继恩也就觉得没必要对郭无为客气。

刘继恩以郭无为功大为由,加封郭无为为司空,借此夺去郭无为宰相实权。郭无为自然大怒,想他为刘氏江山打拼多年,孝和帝临死之时还拉着郭无为的手,交代郭无为好好辅佐新君。郭无为乃是名正言顺的顾命大臣,可刘继恩竟然薄情如此。

郭无为颇有心机,作为一个有权谋的人,自然不屑于舞刀弄枪,让自己的手沾到血腥。郭无为找到了心腹侯霸荣,这个侯霸荣原本是横行并州、汾水地区的大盗,在宋军将领进攻之下,被迫投降了北汉。郭无为几次邀请侯霸荣到自己的府上喝酒,一来二去就成了他郭无为的人马。郭无为让侯霸荣担任供奉官,可以随意出入宫廷。而刘继恩自从服丧以来,就一直待在皇宫中的勤政阁,他那些亲信都提醒刘继恩,要把他那太原府的人马调进皇宫,保证安全。可刘继恩狂妄自大,认为其他兄弟根本不足虑,而郭无为不过是一介书生。

　　悲剧往往源于自大。这一天,刘继恩摆下酒宴招待文武百官,筵席结束之后,刘继恩喝得大醉,就躺在勤政阁中休息。供奉官侯霸荣带领着十来个人拿着刀剑忽然闯入勤政阁,关上门窗就开始杀人。宦官宫女的惨叫惊醒了刘继恩,刘继恩连忙绕着屏风,想要从后门出去。侯霸荣一刀就将刘继恩杀死。

　　杀死刘继恩之后,侯霸荣正准备割下刘继恩的头颅向郭无为请功,忽然看到郭无为带着数百个侍卫冲入殿阁,不问情由将侯霸荣等人全部杀死。郭无为向蜂拥而来、一片惊愕的官员宣布,侯霸荣弑君犯上,已经被当场处决。

　　于是,郭无为再一次成为北汉的大功臣。

　　在刘继恩称帝之后,已经任命自己同母异父的兄弟刘继元担任太原尹,毕竟两人还是有些血缘关系,而刘继元平时也比较低调。正是这份低调,让郭无为比较放心。在平定宫乱之后,郭无为思前想后,决定拥立刘继元为新君。

　　刘继元上台之后对郭无为很是客气,毕竟郭无为掌握朝政,可对付其他人刘继元却显露出凶狠的一面。当初孝和帝的皇后郭氏看不惯刘继元的妻子段氏,曾经为了一件小事就将段氏狠狠骂了一顿,没想到几天之后,段氏竟然就死了。刘继元认定是自己的养母郭后毒死了自己的妻子,对郭后怨恨不已。此时,刘继元继任为帝,自然要找机会报复。当看到郭后独自在孝和帝灵柩前流泪的时候,刘继元命令手下从后面用白绫勒死了郭后,对待那些曾经嘲笑羞辱过自己的先帝妃嫔,或者毒打,或者杀害。而孝和帝本人虽然没有亲生儿子,却有不少弟弟、侄儿,刘继元把这些叔叔和堂兄弟一个一个全部都给弄死了。

就在刘继元忙于收拾烂摊子的时候,宋朝大军已经逼近北汉边境,消灭北汉仿佛只是唾手可得的事情。

第十章
开宝二年

一、喜忧参半

1. 汉辽乱局

北汉孝和帝去世的消息一传来,赵匡胤即刻出兵。前后不过一两月,新君刘继恩又被杀,刘继元颤巍巍继任。北汉的局势更加动荡,赵宋的局面更加有利。

宋军前锋部队在大将李继勋的带领下,逼近北汉边境。刘继元匆忙之间任命北汉第一悍将杨业率军出征。可是,刘继元初登皇位,对杨业并不信任,于是派遣自己的岳父马峰出任枢密使,做了杨业大军的监军。这个马峰根本就没有什么才能,仗着女儿年轻貌美,在孝和帝刘钧时代当了个将作监,不过就是个负责工程建设的官员。让他和包工头打交道,收受回扣那是在行,要统兵打仗根本不行。可马峰摇身一变成为国丈,自然要抖抖威风,在阵前瞎指挥。结果,北汉军队大败,杨业无可奈何,只能退回太原城。

宋军将太原城团团围住,太原危急。

听到前线传来捷报,赵匡胤大喜。在开宝二年的二月(969年),下令御驾亲征。

赵匡胤的命令刚刚下达,第二个好消息从天而降——契丹第四任皇帝辽穆宗耶律璟驾崩了!

赵匡胤大喜,宋军上下无不认为此次出征必然马到成功!

确实,在赵匡胤看来,北汉国小力弱,除了仗着太原城城池坚固外,那就是仰仗契丹人的援助了。此前中原王朝多次对北汉发动进攻,大都获得胜利,可最后总是因为在太原城下拖延太久,导致军力疲惫。古语有云:强弩之末,势不能穿鲁缟也。当生龙活虎的契丹军忽然加入战团,此消彼长,结果输赢逆转。为了防止契丹军打宋军一个措手不及,赵匡胤在出征之前,特意交代彰德节度使韩重赟:"契丹已经知道我军攻打北汉的计划,必定会率军前来援救。镇州、定州之间防御力量空虚,契丹必定会从此进入。你率领我宋军精锐,倍道兼程,抢先到镇州、定州布防。当契丹军队经过之时,出其不意,将其击溃。"赵匡胤确实有远见。

此时,契丹国内竟然发生如此重大变故,就算契丹人想要援救北汉,估计也会有所延迟!

只是,世事难料,按照常理,北汉连续遭遇大丧,国内政局动荡不安,契丹皇帝驾崩,契丹皇族也应当再一次陷入争夺皇位的乱局之中。可现实的演进却没有如此。两国虽然遭受重大挫折,不但没有出现混乱,其行动反而更加快捷。

刘继元相比兄长刘继恩,性情更加多疑,手腕更加无情,即位不久,就把养母郭皇后给杀死,之后陆陆续续又把叔父、堂兄弟全部都给除掉。可是,面对左右北汉政局的权臣、拥立自己为君的郭无为,刘继元的反应却很耐人寻味。细细思考,刘继元虽然年轻,其道行却不在养父之下。

2. 君臣较量

在前锋军队获得大胜的情况下,赵匡胤派出使者前往太原,告诉北汉君臣,希望刘继元等人能够投降,一旦投降,将授予其平卢节度使称号。赵匡胤另外又别有用心地写了四十多道诏令给北汉那些掌握政权军队的高官大将们,尤其是对司空郭无为,更授予安国节度使职务,对新上台的外戚马峰也予以高官。使者到达太原城,被巡逻士兵抓住。士兵将使者扭送到官衙,郭无为看了诏书,心中很是高兴。本来,郭无为应当把这四十来道诏书全部上交给刘继元,一旦消息传来,北汉上下必然官心动摇军心动摇。可是,郭无为很精明地打着自己的算盘,如果就这么北汉就投降了,功劳算谁的呢?郭无为一心想自己成就大功。于是他除了交出一道给刘继元的诏令外,将其他全部的诏令全部隐瞒了下来。刘继元看到赵匡胤的诏书,自然冷笑连连,根本不可能答应。他刚当上北汉皇帝,屁股还没有坐热呢,怎么甘心就此不干,给人打工当什么节度使呢?

可不知道怎么,赵宋皇帝给许多官员下发了诏书的事情还是在太原城中传开。有不满郭无为专权的人主动跑去告密,刘继元听后大怒,痛斥那个告密的人,说郭无为忠于汉室,绝不会做这等事情。当着郭无为的面,刘继元依然笑呵呵般没事人一样。

不久,又发生了一件事情。北汉有一个供奉官惠璘,在宋军进入北汉境内的时候,竟然在夜间逃出太原城,可出逃时被巡查士兵抓捕。听闻是宫廷供奉官出逃,刘继元非常重视。数年之前,这个叫惠璘的从宋朝逃到北汉,据说本是宋朝的一个指挥使,因为获罪被赵匡胤下令处死,因此逃到北汉。当时刘钧也派人调查过,据说还真有获罪的事情,于是就把惠璘给留了下来。可是,刘钧对惠璘并不信任,并没有给此人实际的官职,只是让惠璘在皇宫担任一个供奉官,让在眼皮子底下好管理。此时,北汉皇帝去世,宋军到来,惠璘出逃,肯定有猫腻。或许这惠璘本身就是赵匡胤派来的卧底!

刘继元审问了一番,惠璘咬紧牙关不松口。刘继元事务繁忙,就交代郭无为好好处理。没想到几天之后,郭无为竟然说,惠璘没有什么罪过,将惠璘给放了。

有一个官员叫李超,他知道惠璘的底细,就把郭无为私放罪犯讨好赵宋的事情告诉刘继元。刘继元很生气。可没想到李超出宫的当晚,就被郭无为派人给杀掉了。

刘继元大怒,郭无为如此横行,根本就没有把他这个皇帝放在眼里。郭无为不除,北汉难获安宁。可如何才能除掉郭无为呢?

郭无为在北汉执政多年,朝中军中多有党羽,没有足够的证据收服不了郭无为的部众。郭无为本人,更是足智多谋。要想让郭无为放松警惕,找到下手的机会,不是一件容易的事情。

宋军对太原包围了数月,城中人心浮动。郭无为提出,愿意带兵主战,刘继元听从。郭无为考虑投靠宋军已经很久了,可刘继元把城门看得紧紧的,郭无为一个人出逃或许可以,可家中还有老少数十口人呢。唯有趁着大军出城的机会,才有可能将家眷携带出城。刘继元知道郭无为的计谋吗?应该知道。

当大军出城时,刘继元亲自来到城门送行,然后登上城楼观战。刘继元不放心啊,他要亲自上城,监督这些出城的将士,一旦有谁要叛变,那就把他们的家人杀掉。郭无为看刘继元这个阵势,他的家人根本不可能混入军中,于是想着放弃妻儿老小,自己先走。大军到达北桥的时候,天降大雨。加上大家都怕死,走路特别慢,到了北桥时已经天色晦暗。于是,郭无为停下马来召见众将。郭无为想要在自己的大帐之中,把众位将领全部都控制起来,胁迫他们一起投降。可没想到大将杨业竟然因为战马受伤,在没有请示主帅郭无为的情况下就下令军队撤回太原城。副帅郭守斌又派人传信,说道路迷失,无法前来会合。郭无为一个人哪里敢叛变?最后只能带着手下几千人回到太原城。

看到这一幕,刘继元心中基本安定,看来,除了郭无为,军中的两大主将还是忠于朝廷的。

回到太原城后,郭无为还不知道事情已经悄悄发生了变化。就在郭无为出城之后,刘继元已经安排心腹将郭无为家人逮捕,将亲附郭无为的将领全部杀死。郭无为直接回到朝堂,还大谈宋军强大、北汉必亡,劝说刘继元投降。刘继元的心腹宦官卫德贵忽然跳出来说郭无为如此行事,谋反迹象十分明白,请求刘继元将郭无为处死。

听到卫德贵禀奏,刘继元即刻下令将郭无为抓捕。郭无为大喊冤枉,看看满堂官员,本以为许多人会为自己鸣不平,可没想到大家都低着头不作声,才明白大势已去。

刘继元面对百官宣布,自己发誓与太原城共存亡。那些曾经动摇惶恐的北汉官员也逐渐死心。既然投降注定一死,那就拼死一搏,努力求生吧。

短短数月,风雨飘摇的北汉倒逐渐稳定下来。宋军多次攻城都未能成功。

3. 宽仁景宗

契丹的变化,也让宋廷意外。

那辽穆宗本是一个残暴之君,即位十九年,残忍好杀,前十来年,为了稳固皇权,将朝中那些反对派杀的杀,关的关。和汉民族兄弟残杀不同,辽穆宗也打压兄弟,可是只抓不杀。不过,辽穆宗可不是什么好人,为了防止兄弟有后代,他竟然把人家给阉了。后来的几年,辽穆宗整天喝酒,喝了酒之后就毒打身边的侍从奴仆。辽穆宗喜欢打猎,也喜欢养一些飞禽走兽。于是,那些帮辽穆宗养动物的奴仆就遭了大罪了。辽穆宗发现养鹅人有一天上班晚了,耽误给鹅喂食,将养鹅人腰斩,发现养鹿的人不够勤快,把他的肥鹿给养瘦了,将养鹿人凌迟处死。像这腰斩、凌迟那都是惨无人道的刑罚,远比砍头来得残忍。其他的奴仆也有很多。有个宫女,不过就因为碗筷送得晚了一点,就被辽穆宗用凳子砸死。有个宦官,因为说话口齿不够清楚,惹怒了辽穆宗,也被一刀砍死。辽穆宗经常以杀人整人为乐,用烙铁烫,用铁梳将人扎成马蜂窝,用箭射,看人边逃避边惨叫……还有许多惨不忍睹,惨不忍写的刑罚。短短数年之间,死在辽穆宗手下的正史中有记载的就有上百人!

于是,辽穆宗身边的那些人恨死了辽穆宗。那一天,辽穆宗出外打猎,回来和大臣喝酒,醉了之后回宫睡觉,睡了一觉之后醒了,嚷要喝粥。喊了几次没人答应,辽穆宗拿起了墙上的佩剑,胡乱挥舞,嘴里喊着要把那些不听话的奴才全部砍头、灭门。那些宫女宦官谁敢上前,搞不好就被酒意朦胧的辽穆宗乱刀砍死。可是,一旦辽穆宗清醒过来,大家还是难逃一死。于是,辽穆宗身边的侍从找到梳头的仆人、做饭的厨师,三个人联手,将辽穆宗乱刀砍死。一代暴君,竟然死在了菜刀之下,也实在可笑。

辽穆宗死了之后,契丹上下竟然人人欢心。契丹第三任皇帝辽世宗的儿子耶律贤在群臣的拥戴之下即位称帝,是为辽景宗。当年,辽世宗被杀,耶律贤不过九岁,仆从把耶律贤包上毛毯,放在柴草堆中,才躲过一劫。辽景宗本人才能平平,却有一位英才盖世的皇后,名叫萧燕燕。即位不久,辽景宗就生了重病,许多的政令名为皇命,其实多是皇后萧燕燕下达。

即位之初,辽景宗下令,对那些拥戴有功的大臣进行嘉奖不在话下,对那些昔日的敌人,也能够以宽容之心相待。辽国一些官员,昔日曾经参加过刺杀辽世宗的行动,听闻辽景宗即位,都惴惴不安,甚至图谋造反。辽景宗下令,赦免他们的罪行。辽穆宗时代的赵王下狱多年,听说新君登基,自己把刑具去掉,跑来祝贺。辽穆宗批评说:"你一个罪人,怎么能够擅自离开囚禁之地。"将赵王又一次给抓了起来。可没几天,就下诏将赵王和其他在辽穆宗时代囚禁的兄弟诸侯王给放了出来。在辽穆宗时代,有个王爷和穆宗的宫女私通,穆宗知道了很生气,把那个王爷的一只眼睛给刺瞎了,这还不够,还把人家给阉了,然后一关就是多年。辽景宗即位,把这位兄弟给放了出来,封他做了宁王,还把当初喜欢的那个宫女赏赐给他。

可以说,辽景宗的种种善政,让经历了辽穆宗十九年暴政的契丹贵族都长舒一口气。眼看北汉即将被灭,契丹大敌当前,契丹上下很快就团结在新君辽景宗的身边。

辽景宗火速命军队前往援救北汉。契丹军的加入,能否改变战局,北汉军队又能否支撑到契丹军队的到来呢?一切都还是未知数。

二、功败垂成

1. 捷报频传

北汉和契丹方面,虽然遭遇政权更迭,却没有按照常理的发展,出现政局动荡的局面。而当时间一点一点过去,赵宋方面的优势也在一点点消耗。

其实,宋军在作战方面绝对没有问题。和后来真宗仁宗年间宋军战斗力低下的情况不同,在宋太祖年间,无论是对抗北汉,还是在叫板契丹,宋军都是胜利多、失败少,甚至可以说,大多数是胜利,而很少遭遇失败。

北汉军队第一道防线被轻而易举攻破,在太原城的防守反击对抗当中,宋军的表现也着实精彩。

赵匡胤调派李继勋在城南驻军,赵赞在城西驻军,曹彬在城北驻军,党进在城东驻军。这四位大将都是独当一面的宋初名将,其中尤以党进堪称骁勇。北汉第一名将杨业知道一旦宋军包围形成,就很难突破,于是请求北汉皇帝刘继元在宋军合围形成之前,率领大军突袭,目标选择的是宋军稍微薄弱的赵赞军团。当时天色昏暗,杨业率领精兵借着夜色悄悄行进,到了赵赞营中忽然发难。赵赞匆忙之下率领宋军反抗,流箭射中了赵赞的脚,可赵赞依然坚持作战。其他三路人马相距比较遥远,一时难以救援。当时东路大军主将党进帐下的都监李谦溥率领数千士兵到山中砍伐巨木以备攻城之用,恰恰遇上赵赞遭逢突袭。李谦溥急忙率军救援,杨业以为是宋军主力来援,不敢恋战,撤回太原城中。

赵匡胤听闻西城出事,率领中军人等前往西城查探,看到前来增援的士兵都并非精兵,有些奇怪,一问,才知道是派去砍伐木头的后勤部队。赵匡胤很高兴,当众表扬了李谦溥,能够以国事为重,堪为我军表率。不想杨业用兵神鬼莫测,之前刚刚撤去,料定宋军在胜利之后会有所松懈,竟然再次带领骑兵前来突袭。数百骑兵突然出现,让宋军一阵骚乱。杨业看到宋军之中竟然有龙旗,下令全军抓捕赵匡胤,可恰恰遇上前来增援的党进部队。党进和两三个护卫骑马在队伍的最前面。看到北汉骑兵追赶赵匡胤,党进拍马上前,竟然单人冲入了数百北汉骑兵之中。杨业和党进一交手,知道党进是员悍将,再看党进的数千兵马已经逼近,急忙率军撤退,党进等人乘势追击。一瞬间情势逆转,数百北汉精锐,很快被党进的部队吞没。看到宋军来势汹汹,北汉一方吓得城门也不敢打开。杨业回到太原城下,上面垂下绳索,把杨业给吊了上去。

整场突袭战,以北汉军队大败告终。

契丹辽景宗即位之后,在第一时间派出增援部队,不出赵匡胤所料,果然从镇州、定州方向出兵,遭遇了埋伏已久的宋军韩重赟部。契丹军走入山谷之中,宋军突然出现两处旗帜,契丹军队一看大惊,知道遭遇埋伏,急忙撤军。韩重赟率军追击,大败契丹援军,缴获数百匹战马。捷报传来,赵匡胤很是高兴。

第一路援军失败之后,契丹军队改由石岭关进入。赵匡胤快马召见驻守石岭关的大将何继筠,当面交代何继筠如何对抗。宋初能征惯战的将领不少,不过,还是赵匡胤最为厉害。早在十多年前,赵匡胤追随周世宗平定淮南的时候,赵匡胤对战局的准确判断,就让世人震惊。赵匡胤交代何继筠:"明天中午,我等你的捷报到来!"当时已经是农历的四月底了,北方天气炎热,赵匡胤命令官员,贮备了许多麻浆粉(解暑汤一类的饮料),让何继筠所部吃了之后再回去作战。赵匡胤的淡定和关怀,让何继筠信心百倍。

果然,就在何继筠回去的第二天,契丹军队来到石岭关前。双方在阳曲县北部大战,因宋军早有埋伏,于是大败契丹军队,何继筠还抓到了契丹的武州刺史,杀敌上千人。何继筠命令儿子骑快马到太原城下宋军大营报捷。赵匡胤早就登上瞭望台等候,看到有一人一马从石岭关方向前来,大喜,命人上前迎接,果然就是何继筠之子前来报捷。

之后,赵匡胤命令何继筠将杀死的契丹军队的首级运送到太原城下。

北汉人已经被困半年,一心盼望着契丹人前来救援。本以为只要契丹人出兵,宋军必然后撤,谁料想连战无不胜的契丹军队也败在了宋军手中。北汉军队士气低落。

在战场之外,宋军的后勤补给也很是得力。

大军前进,尤其是十多万军队在前方作战,后方的征粮、运粮部队很多,一些攻城器械的打造和运送也迫在眉睫。打仗,那首先就是打钱。经过十年的发展,宋朝有钱。可是如何调度,合理利用资源,却是一个大问题。打仗靠的不仅仅是人多,有时候,越是大兵团作战,越是容易造成大败。当初淝水之战,苻坚就是一败亡国。后来的隋炀帝杨广,六七十万大军,硬是干不过不足十万军队的高丽。

一开始,各州县的粮食器械都运送到了潞州城,车辆马匹都把潞州给堵住了。加上连降大雨,十多天不停,道路泥泞。一开始,赵匡胤想要处置转运使,毕竟调度不力是转运使失职。赵普劝说:"现在各路大军齐集,可是负责后勤的转运使却被处罚,必然军心紊乱。敌军听说了这个消息,也会认为我军粮草储备不足,那就会顽抗到底了。"赵匡胤就问赵普,有没有更有才干的转运使人选,赵普就推荐掌管户部多年的员外郎、知制诰王佑临时兼任潞州知州。

赵普果然有识人之明,王佑上任之后,按照轻重缓急,将各种物资有序运出潞州,运往太原城下。

就在王佑调派繁忙的时候,潞州官兵抓获了一个北汉的奸细。赵匡胤亲自审问,查探太原城中军民的反应。那个奸细说:"太原城中的百姓遭受暴君的毒害已经很久了,大家日夜都盼望皇帝驾临,只是遗憾宋军来得太慢啦。"这个奸细很会说话,一心讨好赵匡胤。可赵匡胤很是自信,宋军无论是前线作战将士,还是后方的运输保障,那都绝对过硬。赵匡胤下令,赏赐这名奸细衣服,将他放回太原。赵匡胤就是让此人把宋军的情况传递给刘继元。果然,刘继元听了手下的汇报,更加担忧了。

还有,赵匡胤实施的攻城方略也很是得力。

太原城乃是天下闻名的坚城,从隋唐时期开始,太原就是防御突厥最为重要的军事要塞,经过了几百年的经营,已经是固若金汤。加上北汉以太原为都城,更是倾尽国力,巩固太原防御。要想强行攻破太原城,宋军势必死伤惨重。

赵匡胤到达太原之初,就四处查探地形。当时,有大将提议,必须多派兵马才能够保证夺下太原城。可左神武统军陈承昭认为:"陛下您有无数兵马在身边,为何不用呢?"一开始赵匡胤没有醒悟,陈承昭就指了指太原城下的汾水。赵匡胤哈哈大笑。

赵匡胤命令部将,修筑堤坝将汾水拦截。不久之后,宋军炸开堤坝,引汾河水灌太原城。

大水汹涌,太原城地势原本就低下,宋军拦截汾水多日,一旦倾泻,太原城的高高城墙立刻变成矮墙。赵匡胤命令水军乘着小船,带着强弓硬弩进攻太原城。内外马步军都军头王廷义率领突击队前进。为了激励士气,王廷义亲自击鼓,在船上穿铠甲行走不便,王廷义和众人脱下铠甲,奋力拼杀。不想流箭射中王廷义,随即死去。殿前都指挥使都虞候石汉卿也中箭身亡。数日之后,又有数位宋军将领阵亡。

曾经有一次机会,宋军可以入城,眼看有一处城楼崩塌,出现了缺口,宋军划着小船急忙上前。双方一番对射,北汉军队不是对手。可没想到许多茅屋倒塌,从城里飘出来许多稻草,混着泥水,竟然把缺口给堵住了。宋军的许多羽箭都射到了这些稻草之上。宋军攻势一缓,北汉军队立刻上前修补城墙,用沙包堵住了缺口。

北汉军队也试图主动出击,想着烧毁宋军的船只和攻城器械。双方一旦正面进攻,北汉军队随即大败,死伤上万人,从此之后再不敢出城,一味死守,拖延时间。

其实,宋军水淹太原有利有弊,利,可以在气势上压倒北汉,让北汉军民恐惧,弊,让北汉军民对投降放弃了希望。既然北宋军队要弄死太原城中的所有人,那大家就只能拼死反抗。

2. 主动退却

可是,随着时间的流逝,宋军终于还是选择了放弃进攻,班师回朝。

赵匡胤此次出兵,由开宝元年的年末开始,十一二月天气寒冷,可越打越暖和。而且,冬季出兵,虽然寒冷,战斗力会受到一些影响,可是却可以避免古代战争最大的杀手——瘟疫。昔日赤壁之战曹军为何选择了撤退?和演义中孙刘联军赤壁火攻,曹军大半烧死淹死不同,正史之中的曹军,在赤壁水战中只是遭受小小挫折,曹军撤退的根本原因是暑期到来,曹军瘟疫流行,战斗力严重减退,曹操不得已选择了撤退。

赵匡胤在本年的正月还没有过完的时候就选择出征,就是想抢在时间的前头,在暑期到来之前夺下太原城。可是,没想到北汉军民如此顽抗。从三月份开始水淹太原,一直到闰五月,连续四个月的苦战,让双方都疲惫不堪。农历五六月的酷暑天气,加上连续的大雨,太原城中自然是到处积水,可宋军也一样痛苦。北汉军民还有房屋可以避雨,宋军却只能窝在帐篷之中。帐篷里面那也是雨水横流,许多士兵不得不睡在水中。到后来,宋军连做饭生火都找不到干柴火。长时间的饮食不卫生,睡眠质量低下,宋军中终于爆发了大规模的感冒、发烧、腹泻。

看到许多颇有才干追随自己多年的将领连续死去,看到满营的士兵上吐下泻,赵匡胤心中很不是滋味。当赵匡胤的亲随侍卫主动提出,愿意冒死登城,以报效皇恩的时候,赵匡胤拒绝让他们出战。赵匡胤说:"你们这些人,都是多年来我精心挑选训练的精锐,无一不是以一当百的将才。我宁可不得太原,也不愿意你们有生命的危险!"众位侍卫都非常感动。此后,这些侍卫中有不少人都成为统兵一方的将领,为保护赵宋江山,发挥了更大的作用。

就在宋军为酷暑雨水痛苦挣扎,与北汉死扛的时候,契丹的生力军终于赶到了太原城下。

在经历了两次救援失败之后,契丹一方派遣北院大王率领数万精锐日夜兼程,绕了一番远路,躲开宋军的阻拦,终于还是到了太原城下。虽然延迟了几个月,可终于还是到来了。契丹军队驻扎在太原城西,点燃烽火,吹响战鼓。太原城中的北汉军队在崩溃的边缘终于等到了契丹援军,从刘继元到太原百姓无不大喜。

赵匡胤的眉头皱得更紧了,要不要就此承认失败,班师回朝呢?

3. 弱敌之策

宋军的处境很尴尬,撤军已势在必行。

可是,从平定二李之后,赵匡胤许久没有御驾亲征。平定两湖,收服西川,那都是赵匡胤战前面授机宜,让大将出马,虽然都获得胜利,可毕竟不够过瘾。本年,赵匡胤亲临前线,指挥作战。开战之初,宋军形势大好,北汉几乎唾手可得。不料北汉就是块又臭又硬的骨头,仗着城池坚固,有契丹后援,宁可城破,也绝不投降。一拖拖到了暑期,雨季来临,瘟疫横行,把宋太祖一场轰轰烈烈的功业,变成泡影。

宋太祖心中的失落可想而知!

此时,大家都明白必须撤兵,可是赵匡胤不提,谁敢说撤兵?

当时最有资格、最有能力劝说赵匡胤的,当然是宰相赵普。可是,赵普没有说话,反倒是一个名不见经传的太常博士李光赞向赵匡胤"冒死"进言。太常寺是掌管宗庙祭祀的一个机构,长官太常寺卿属于九卿之一,权力不大名位颇高。太常博士则是太常寺的属官,在祭祀之外,日常工作不过是引导皇帝銮驾的一个七品小官。这个李光赞有什么资格和胆量敢劝谏赵匡胤退兵?

于是,只有一种可能,是宰相赵普看出赵匡胤本人有退兵之意,于是假借李光赞之口,向赵匡胤进谏。

我们看李光赞到底说了些什么。

李光赞说:陛下您上顺天意,下合民心,成为九五之尊,天下君王。即位以来,攻无不克,战无不胜,谋略没有不成功。昔日那些倚仗地势,割据一方篡逆称王的逆贼,大多成为陛下您的臣子。李光赞先拍了一通赵匡胤的马屁,告诉赵匡胤已经拥有的成功,让赵匡胤能够从眼前的挫败中抬起头来,看到更远的前方。

可是,失败就是失败,就算是赵匡胤即位一年就平定二李,第三年就夺取两湖,乾德年间又取得了西川,天下四分之三都成为宋土,可毕竟眼下碰了个钉子,而且还是个挺大的硬钉子。

李光赞说:那小小的晋阳(北汉都城太原),何必陛下您亲自征讨呢?我大宋出兵,耗费民力,百姓埋怨,得到了小小晋阳没什么值得骄傲的,失去了小小晋阳也没什么值得羞辱的。治理国家,推重的是给百姓休养生息。天道恶盈啊!何况,现在其他的国家,比如契丹,听说我大宋和北汉动兵,都竭尽府库的钱财,整顿军备,图谋出兵。我们和北汉互有损伤,可契丹却从北汉捞取了大量好处,越打越强大。古人云:"邻之厚,君之薄也。"契丹通过剥削北汉变得强大,宋朝的压力自然就更大了。

李光赞说到了这场战争的关键点上。北汉建国之后,国家领土狭小,物产贫瘠,无力对抗中原王朝,为求生存,只能向契丹投降,屈辱地认契丹皇帝为父,换取出兵相助。契丹皇帝当然不会为一句"父皇"的虚名,就让千万战士浴血沙场,北汉在称儿的同时,还要向契丹缴纳沉重的银钱贡品。北汉国库的大半收入都给了契丹,北汉朝廷经常连微薄的工资都发不出来,于是官员贪污横行,民不聊生。宋朝不讨伐北汉,北汉对契丹的需要就和缓一些,北汉与契丹的关系也就会紧张一些。这也是当初赵普建议赵匡胤延缓攻打北汉的重要原因。

可是,就此退去,赵匡胤如何向三军将士、满朝文武交代?李光赞给了赵匡胤一个台阶。

李光赞提出,在皇帝回京之后,让边关将领驻守上党地区,夏天就来抢北汉的麦子,秋天就来抢北汉的稻子。这样的话,我们既可以省去大军出征、百姓交纳巨额军费的辛苦,又可以打击原本就很脆弱的北汉的经济。只要北汉没有足够的军粮,那就会有士兵逃亡,军队战斗力自然大大下降。何况,现在正是夏天,天气炎热,雨季即将到来。一旦黄河泛滥,道路堵塞,军粮运转不便,陛下您的担忧就更多了。

李光赞一番话,入情入理,更给赵匡胤指明了应对北汉战争的出路。赵匡胤听后大喜。

那么,为什么说这番话是赵普授意呢?在史料中,李光赞就是一个流星,一闪而过,此后没有任何记载。按照李光赞提出这番建议的聪明程度,在之后的仕途上必然会再现风采,可很遗憾,没有。

另一个强有力的证据是,赵匡胤听了李光赞的建议之后,马上找宰相赵普商量。赵普也认为正确,然后,赵匡胤命令赵普,召见李光赞口头表扬一番。

李光赞提出了这样一个大好建议,赵匡胤本应该提拔重用,为何仅仅是口头表扬,并且还是让宰相出面表扬?因为赵匡胤已经知道赵普的用心,这李光赞就是一个传声筒,功劳那都是赵普的。

赵普既然有如此见识,为什么自己不主动进谏,而让一个小小的太常博士进谏呢?

在前文我们说过,在建隆初年,雪夜访普的那会儿,赵普就已经向赵匡胤献策,先把北汉放在一边,集中力量收服江南各国。在本年(开宝二年),江南各国平定了没有?没有。胆小谨慎的吴越可以先不论,一贯三心二意的南唐还在时刻筹备对抗大宋。且南唐富庶,水军强悍,一旦宋军进攻北汉,南唐进攻,北宋将腹背受敌,措手不及。

可是,赵匡胤在推行先南后北政策许多年之后,面对北汉孝和帝去世的巨大诱惑,将赵普的建议抛在脑后,大起三军,进攻北汉。若是大胜,赵匡胤高兴,赵普自然也开心。可眼下大败,赵匡胤心情低落,无限懊恼。谁让赵匡胤不听他赵普的意见呢?若此时赵普再出面劝谏,赵匡胤的脸面实在没地方摆放。

于是,最有资格说话的赵普,反倒成了最不好开口的那一位。

在大军撤退之时,有个叫薛化光的平头百姓又找到了赵匡胤,提出了另一个妙计。

薛化光没有直接进言,而是先打了一个比方,说大凡砍树,都是先砍掉那树的枝叶,然后再砍根部。现在北汉外有契丹帮助,内有百姓提供赋税,加上北汉军士骁勇善战,太原城易守难攻,宋军用武力打压的方式很难在短时间奏效。不如在太原城外的石岭山、东静阳村、乐平镇、黄泽关、百井社地区设置关卡,阻挡契丹兵来援救,然后将太原城池附近的百姓逐年搬迁到内地。这些百姓原本就深受北汉的残酷压榨,对北汉朝廷没有什么感情。只要我大宋能够在西京、襄州、邓州、唐州、汝州数个州县给他们一些闲置土地耕种,无数百姓会自愿来投。这样,就能够断绝北汉的经济来源。不用几年,北汉就可以平定。

这个薛化光又是一个神龙见首不见尾的人物,献策之后,再也没有出现。作者猜测依然是赵普授意。不然以他一个边民,知道太原地区的一些军事要地名称还算说得过去,对宋朝境内哪些州闲置土地较多也了如指掌,就实在说不通了。只有赵普,这个大宋帝国的宰相,这个既懂得军事韬略、治国良谋,又从骨子里了解赵匡胤、忠于赵匡胤的赵普,才可能提出这样贴心而又目光如炬的长远规划。

在太平兴国四年(979年),宋太宗攻破太原,北汉灭亡,统计北汉人口,不过三万五千户,兵马不过三万人。相比其他国家动辄五六十万户,实在少得可怜,就连盘踞泉州、漳州的陈洪进,手下都有十五万户。北汉国力空虚如此,正是当初弱敌奇谋的功劳。

三、非我，不能也

开宝二年的六月份，赵匡胤从太原撤军。

还在路上的时候，赵匡胤就开始处理耽误了多时的政务。

有的事情比较琐碎，比如下诏，凡御驾所经过的州县，一律免去本年的赋税，让在这场失败的北伐中遭罪不少的百姓多少有了一些安慰。经过漳河的时候，山洪暴发，前锋部队负责抢修浮桥，河水湍急，浮桥勉强搭建完成，许多军士不敢上前。赵匡胤见状，带头踏上摇晃的浮桥，顺利渡过了漳河。之后，大军陆续通过，可走了一半，浮桥就散架了。军队顿时乱了编制，一些将领看在皇帝面前丢了面子出了丑，气得想要杀掉乱跑乱叫的士兵。赵匡胤下诏，让士兵或者搭船，或者步行，不必强求建制整齐，在漳河右岸再整队出发，处置非常人性化。

到了京城，赵匡胤下诏，把这次从太原城下带回来的一万多户百姓，分往汴京西面各州县安置，并给每人一匹绢，作为安家费用。

1. 几道调令

有的事情比较重要，赵匡胤思前想后，最后做出了一些决定。

赵匡胤将担任右补阙的王明，调任为荆湖地区为转运使。这个王明，虽然是个文臣，在应对之时，赵匡胤却发现此人对于军事谋略也有不凡见解。既然讨伐北汉不成，那就继续按照赵普昔日的方略，攻打岭南地区的南汉。任命王明，正是为此做个铺垫。

赵匡胤下诏，将天雄军节度使符彦卿调任为凤翔节度使。这个符彦卿，前文我们提到过，是周世宗柴荣和宋太宗赵光义两个人的岳父，在后周和北宋都是位高权重。赵匡胤即位之后，曾经有心笼络符彦卿，在罢黜石守信等人的禁军最高长官职务时,想过调符彦卿负责禁军。可赵普反对。赵匡胤当然明白赵普的担心,于是就说:"符彦卿对我忠心耿耿,一定不会背叛我的。"不料赵普反驳说:"当初周世宗也相信陛下忠心耿耿,可结果呢?"赵匡胤脸一红,不说话了。这个赵普,有时候就是这么口没遮拦,可赵普如此,也算是担心赵家江山。放眼天下,能够如此和赵匡胤说掏心窝子话的人,没有第二个。赵匡胤也就一再容忍了赵普的"放肆"。也因为赵普的这番话,赵匡胤打消了重用符彦卿的心思,让符彦卿在地方出任节度使,一晃就是十年。开始的几年,符彦卿还是表现得不错,可最近几年,符彦卿自恃有功于赵宋,对政务根本不关心,把所有的事情都交托给自己手下一个叫刘思遇的军官。这个刘思遇乃是个贪婪而狡诈的人,在符彦卿面前,表现得很是忠诚,可私下里却揽权贪财,天雄军军务废弛。不但如此,这个刘思遇还一再干涉地方政务,动辄搬出符彦卿来压制当地官员。当地官员很气愤,连续上奏禀报了这件事情。

若是符彦卿本人有什么罪过,赵匡胤或许还会宽容,现在是符彦卿手下人弄权乱政,这就不可原谅了。并且,赵匡胤注意到不仅仅是符彦卿一个节度使有着把政务交给手下将校的现象。这些乱世之中的骁将,除了打仗杀人,基本上不会做别的事情,让他们处理烦琐的公务,还真是痛苦。这些人就让一些下人帮忙处理公文,可权力当前,没有几个人不会以权谋私。结果,地方军务松弛不少。

赵匡胤下令,将符彦卿调任为凤翔军节度使,将刘思遇抓捕入狱。符彦卿有些怨言,赵匡胤也顾不得了。

八月,赵匡胤下令,将原西京留守向拱调任为安远节度使。那西京洛阳乃是北宋仅次于汴京的繁华之地,向拱乃是前朝重臣,在赵匡胤称帝之后,能够主动表态归顺,在平定二李的战役中,出谋献策,有一些军功。赵匡胤才让向拱在西京担任留守多年。不想这个向拱,热衷修建园林,四处搜罗美女,每天就知道喝酒玩女人,把朝廷政务全部放在一边。一个多月前,赵匡胤还接到地方官员举报,说洛阳地区连续发生士大夫家庭殴打奴婢致死的恶性案件,可案件呈报到留守司,这个向拱不知道是收了士大夫家的钱财,还是根本不把百姓性命放在心上,假借检查尸体为名,将死者尸体扣押在官府,十多天也不让掩埋。死者家属跑到京城告御状,赵匡胤听到奏报很生气,下令以后地方官员一定要及时处理类似案件,如果有奴婢被毒打致死的,听任死者家属安葬,官府不得以检查为名刁难拖延。如果有官吏强行干涉,将以大宋律法论罪。

可圣旨下发许久,这个向拱竟然阳奉阴违,还是弄他的老一套。死者家属气愤不过,串联了一些有类似经历的奴婢家属,围攻西京留守司衙门。这个向拱,竟然以盗贼公然在闹事行凶为名,下令对这些百姓格杀勿论。这下更引得无数洛阳百姓加入反抗向拱的队伍当中。几天下来,在衙门口聚集了数千人,洛阳留守司衙门几乎就要被挤垮。

有官员将这件事情告诉赵匡胤,赵匡胤大怒,将向拱调到荆南地区的安远军出任节度使。

向拱贬斥走了,这西京留守的位置让谁来做呢?赵匡胤想到了担任左武卫上将军的焦继勋。此人忠厚,做事谨慎,应该可以。焦继勋出发之前,赵匡胤特意交代:"这西京洛阳已经乱了多年了,爱卿你可不要学向拱啊!"赵匡胤果然没有看错,这个焦继勋上任之后,主动安抚死者家属,惩罚相关人等,给大家一个公道。前后不过一个多月,洛阳的治安环境就大为好转。

赵匡胤很高兴,从此对焦继勋另眼相看。几年之后,赵匡胤为二子赵德芳主婚,娶了焦继勋的女儿作为夫人,两人成为亲家。赵匡胤的这次联姻,其实还有着更为重大的目的,我们后文再说。

2. 灵州之变

八月,赵匡胤又下达了一道节度使调任诏令,将灵武节度使冯继业调任到陕甘交界地区的静难军出任节度使。

这个冯继业根本就不是什么好人,在五代时期,其父冯晖就是当地节度使。父亲病危之时,本来应该是大哥冯继勋继承职务,可这冯继业在兄长面前装小服软,骗取了大哥的信任,转眼就派人将大哥暗杀,接掌了节度使的职务。在赵匡胤称帝之后,冯继业能够主动归顺,来到汴京参加祭祀,显示了一定的诚意,赵匡胤也就继续让冯继业担任节度使。宋初的几年,百废待兴,像冯继业这种子承父业、称霸一方的人实在太多,赵匡胤只能是分分轻重缓急,一个一个来收拾。本来,这灵武远在宁夏,赵匡胤暂时还不会去动冯继业。是这个冯继业在当地坏事做得太多,杀掉自己的兄长,让许多将领心寒。他又派兵侵扰附近的少数民族,假冒强盗劫掠羌人部落,那些羌人人人恨不得把他食肉寝皮。冯继业担心在灵武,不是被自己的部下弄死,就是被羌人暗杀,这才上表朝廷,希望调任到不远处的静难军。

赵匡胤并不喜欢冯继业,可这个冯继业为人虽然恶劣,可连年向朝廷进贡,送牛羊驼马。灵武地处边陲,又靠近党项族的定难军,一旦发动暴乱,就很可能永远脱离中原王朝。赵匡胤此时还腾不出手来,何况,将冯继业调出灵武,多少也可以削弱冯家在当地的力量,朝廷也可以派出得力官员,正式接管冯家的这份产业。

于是,赵匡胤答应了冯继业的要求。

这个冯继业来上表要官的时候,还大大咧咧说了一些话,让赵匡胤很不痛快。赵匡胤选定了段思恭为新任的灵州知州后,当面交代段思恭:"这个冯继业,当初告诉我,这灵武历来是羌人的地盘,如果不让当地羌人出任长官,根本就治理不好,就算是卫青、霍去病这样的名将去管理,那也白搭。冯继业的意思,是除了他,没人可以治理好灵州啊!"这个冯继业说得有道理吗?有一些。灵武地区,历来是羌人横行的部落,在冯继业父子出任节度使之前,多任官员都死在当地羌人的暴乱中,冯继业父子算是勉强弹压住了,担任了二十来年的节度使。可冯继业和定难军的党项人李氏不同。那李氏历代以来都比较关照羌人,表面上对中原王朝比较恭顺,可一直很排斥外来势力,部众们都很齐心。灵州地区则不然,多年来都被中原王朝统治,只是派去的官员大都贪婪残暴,这才在当地待不久、待不牢。

赵匡胤问段思恭:"爱卿,你能够把灵州治理好吗?"段思恭不假思索地回答:"谨奉诏。"看到段思恭自信满满的样子,赵匡胤很高兴,就说:"其实,像那唐朝的名将李靖、郭子仪,那都是书生拜将,立下大功,我大宋朝难道就不能出一个这样的人物吗?"言下之意,竟然是把段思恭比作李靖、郭子仪了。段思恭自然心花怒放。

那么,这个段思恭到底是何等人物,赵匡胤会把此人放到一个如此艰难而重要的职务上?

这个段思恭在五代时期,就有过不俗的表现。此人家族世代为官,虽然不大,却深通为官之道,口碑不错。在建隆二年(961年),段思恭以职方员外郎的身份出任开封县令,成为天下第一县的长官。这个官职可不好当,顶头上司就是开封府府尹赵光义,又有着六部三司各大衙门。此前的几任开封县令,都是没干几个月就下台,可段思恭一干就是数年,且政声不错,连赵匡胤都听到对段思恭的褒奖之声。

在赵匡胤下诏攻打后蜀时,段思恭主动请战,赵匡胤升任段思恭为眉州通判。当叛贼进攻州城的时候,刺史吓得半死,想要带上士兵逃亡嘉州。段思恭劝阻,告诉刺史,必须一战。此时就算是逃得一命,事后朝廷论罪,还是一死。可大敌当前,军士们都恐惧害怕,无心抵抗。段思恭站出来,告诉所有军士,只要能够带头上城守卫,予以重赏。一旦城破,大家都是一死。看到通判大人如此说,许多军士纷纷表态,愿意拼死守城。结果,叛军被击退。

叛军走后,一些士兵要求通判大人实践诺言,把赏赐的银钱发下来。段思恭工资也没几个,就想打开国家的仓库,把里面的财物发给士兵们。刺史劝说段思恭,没有朝廷的诏令擅自开仓赈济,那可是死罪。段思恭以有言在先,不可失信为由,打开仓库,发放奖赏,然后主动上表请罪。果然,几天之后,负责管理财物的三司衙门就上奏弹劾段思恭擅自开仓之罪,请求将其下狱治罪。赵匡胤收到两份奏折,看了之后,不但没有处罚段思恭,反倒下诏嘉奖段思恭果敢干练,在当时的情况下若还要照旧请示朝廷,延误军情,激起兵变,后果不堪设想。

正因为段思恭有胆有识且忠于国事,赵匡胤才将段思恭派往灵州担任知州。

赵匡胤嘱咐了一番后,又给段思恭数百万钱的赏赐,让段思恭到了灵州之后要好好安抚地方。赵匡胤赏赐财物,就是交代段思恭:钱,我会发给你,你可不能再从百姓那里盘剥了。赵匡胤很是贴心,不仅如此,他还交代户部,特别调拨一笔款项给段思恭。昔日冯继业在灵州时,巧取豪夺,羌人怨恨不已。段思恭带着这笔专款,到了灵州,找到当地几家羌人部落酋长,发给他们朝廷的安抚费用,代替朝廷宣示大宋的少数民族政策。在羌人看来,那些汉族官僚都是些只知道伸手要钱、不问是非的主。此时羌人们竟然发现段思恭不但不讨钱,反而来送钱,自然开心。听了朝廷的政策,羌人更是放心许多。

有时候,百姓们只要一丁点的关怀和体贴,那千万重的怨恨,就可以消除。只是,历来官员,没有几个肯施舍这点恩泽。

冯继业认为"非我,不能也"的混乱的灵州,在赵匡胤的安抚政策下,在段思恭认真落实的政策之下,很快就安定下来。

段思恭发放安抚费用之后,又结合冯继业以往的种种暴政,一项一项予以纠正,严格约束手下将士,不许随意欺凌羌人。又多次召集羌人长老,询问他们关心的事情,能够做主的,段思恭当场拍板;不能做主的,段思恭积极请示朝廷。为羌人要政策,要福利,赵匡胤也都予以批准。几年下来,残破多年的灵州竟然呈现出一片欣欣向荣的气象。

赵匡胤下诏,号召全国官员向段思恭学习。段思恭很得意。

不过,段思恭也和许多官员一样,在权力的面前,在私利的面前没有立定脚跟。

那几年,回鹘经常向宋朝进贡,来往会经过灵州。不仅如此,两国还在灵州设立市场,进行交易,宋朝提供丝绸、铁器换取回鹘的战马,对于宋朝来讲,丝绸铁器那都有富余,可战马实在是稀罕而必需的军备物资。段思恭开始也很重视两国之间的贸易工作,派遣官员去负责管理,同时也代表朝廷向回鹘购买一些物资。可是,在管理的时候不能一碗水端平。当集市上出现宋朝集市管理官员和回鹘军官交易时发生冲突时,段思恭就将自己一方的官员释放不追究,把回鹘的官员抓起来下狱。一直到几天之后回鹘方面提出抗议,段思恭才勉强将回鹘使者放出。这个使者回到本国之后,禀告回鹘国王,说宋朝如何无信,回鹘国王大怒,派遣使者前往,带着国书质问段思恭为何抓捕回鹘使者。段思恭知道自己理亏,作为宋朝官员,是根本没有权力逮捕回鹘使者的。段思恭怕消息传到朝廷,会影响皇帝对自己的良好印象,于是将这份国书隐瞒下来。回鹘使者在灵州一直等不到皇帝的回信,以为宋朝皇帝根本不看重回鹘,就很气愤地回去了。从此之后,回鹘就和宋朝断交,不再向宋朝纳贡了。

当年,冯继业说:"非我,不能也。"何等狂妄。过于自信,就是狂妄,一旦狂妄,就会失去最基本的判断,也就会迷失了自我。自然他人的信任也就不复存在。赵匡胤将冯继业调任静难军没一年,再次将其调任他处,冯继业的力量也就越来越弱。当冯继业明白,自己在赵匡胤眼中已经一钱不值的时候,悔之已晚。

段思恭本是一个有为官员,可一旦得意,就有些忘乎所以了。后来,抓捕回鹘使者、导致两国断交的事情还是传到了赵匡胤耳中,赵匡胤很生气。往严重了说那可是擅权乱交的欺君大罪。赵匡胤将段思恭调离灵州,贬斥他处。此后,虽然段思恭还努力表现,可再想找回赵匡胤的信任,千难万难了。

第十一章
开宝三年

一、可贵的信任

1. 君臣重相知

转过年来，到了开宝二年（970年）。宋太祖为攻伐南汉积极备战。要想南方战事顺利，就必须让北方太平。北汉经过一番大战之后，实力大亏，且契丹自诩有功，对北汉的态度也更为骄横。两国之间关系并不和睦。北汉第一大将杨业曾经劝说北汉国主刘继元，可以趁着契丹军队在太原城下，对北汉没有什么防备，由刘继元宴请契丹主帅，自己率军突袭契丹军队。在击败契丹军队之后，把整个河东地区都献给宋朝。这样一来北汉可以洗刷数十年做儿皇帝的耻辱，刘继元也可以换取一生的富贵。可刘继元拒绝了。

杨业只是一个大将，他哪里明白刘继元的心思。做儿皇帝也算是皇帝，在他北汉的一亩三分地上，总还算是老大。一旦投降，虽说宋朝会给些许富贵，可权力呢？全部会被剥夺。做一个毫无权力的富家翁，怎么比得上一国的皇帝？不过，从此也可以看出，北汉内部和契丹并不团结，北汉在重伤之后，对宋朝只能采取守势。至于契丹，也是新君初立，麻烦事情不少。

当然,赵匡胤还是做了许多安排,在北方战线上安排了不少精兵强将,以防万一。

赵匡胤将隰州刺史李谦溥升迁为济州团练使。李谦溥在刺史任上干了十年,属于老资格了,在任期间也干得不错,辽军从来不敢进犯隰州。可是,赵匡胤对李谦溥并不放心,早在后周时代,李谦溥就是代理隰州刺史,干到开宝三年,还是一个刺史。身在官场,要想升迁,除了有能力外,更要有关系,有感情。这李谦溥和赵匡胤手下那些高级将领都没什么特别的关系,又从来不向赵匡胤主动献媚,自然是换地踏步。还算是李谦溥能力出众,赵匡胤才没有把他这个没有后台的小刺史拿下。

那为何在本年,赵匡胤会升李谦溥的官?

前文,我们曾经提到一个情节。赵匡胤攻打太原,当时宋军分四路驻守,彼此有一定距离。杨业探得赵匡胤正在西路军,于是率军突袭,宋军猝不及防,赵匡胤也陷入重围。那李谦溥本是东路军党进的部下,因为李谦溥本是个文官,党进就派李谦溥搞搞后勤,带了一些老弱残兵去西山砍伐木头,做些攻城器械。听到两军交战的鼓声,这李谦溥急忙带上自己手下的老弱士兵前往救援。赵匡胤看到东路援军来到,很高兴,以为是党进来了,可是发现不对,党进不可能这么快就赶到,并且来援救的军队战斗力实在不咋样。赵匡胤向左右打听,谁带的兵这么糟糕?部下告诉赵匡胤,是李谦溥,他本是带兵去砍木头的。赵匡胤听了,很满意。虽然李谦溥带的是老弱残兵,来了也帮不上什么大忙,但是可以看出李谦溥有一颗忠君之心,值得嘉奖啊!不久,党进的精锐骑兵到了,救下了赵匡胤,追着杨业猛打。杨业落荒而逃。

从此之后,赵匡胤把李谦溥记在心上。退兵之后,赵匡胤收到晋州节度使赵赞的奏报,说在一个北汉奸细身上搜到了一个蜡丸,里面有一封密信,是写给隰州刺史李谦溥帐下的招收将刘进的,信中北汉皇帝刘继元对刘进多番嘉奖,许以高官厚禄等等。听得这个消息,赵匡胤下诏将刘进抓捕进京审问。按照以往情形,一旦被捕,几乎就没有生还的可能。李谦溥接到诏令,把刘进叫到一旁,询问到底有没有勾结北汉的事情。刘进下跪,什么话也不说,但求一死。李谦溥就明白了。这个刘进,乃是他李谦溥帐下的第一悍将,为人粗豪,武艺超群,对阵北汉时,经常以少击众,北汉不敢进攻隰州,一个重要原因就是有悍将刘进在。

可怎么回复赵匡胤呢?李谦溥思前想后,写了一份奏折。李谦溥说:"北汉人因为害怕刘进,故意用反间计借刀杀人啊!"为了让赵匡胤相信刘进,李谦溥表示,愿意用自己李氏一门四十口人的性命为刘进担保。

李谦溥把刘进交给钦差押回京城,同时飞马将奏折上报赵匡胤。赵匡胤看到奏折,立刻下令将刘进从大牢中释放,并且亲自召见,赏赐给刘进禁军都校级别的官服。刘进开始对赵匡胤还有些怨气,看到赵匡胤竟然如此大度,感激涕零,表态愿意一生报效朝廷,以击杀贼人来报答皇帝的恩德。

作为君王,赵匡胤和曹操不同。虽然高高在上,孤家寡人,但赵匡胤很少疑神疑鬼,更不会像许多君王一样不信任任何人。一些所谓成功的政治家经常是喜怒不形于色,城府深得很,可赵匡胤不一样,经常"大喜""大怒",这样一个性情中人,心思不会阴险到哪里去。权谋可以让一个人在官场上出人头地,但若是全凭权谋,却又会让众人远离。

既然李谦溥是一个不惧个人安危的官员,那他说的话必然是出于真心。刘进这样的人物虽然是个小官,可大宋江山不就是靠着这么一个又一个卑微的小人物保护着的吗?李谦溥可以信任刘进,用身家性命为刘进担保,他赵匡胤也可以信任李谦溥,将一方的安危交托。

于是,赵匡胤下了升迁李谦溥的命令。

2. 真心换真心

本年还发生了一件事情。洺州防御使郭进在京城修筑房屋,被有关部门弹劾,说郭进厅堂的屋顶上都用了瓦,按照当时的规定,是只有亲王和公主才能够享受这种待遇的。赵匡胤听后大怒,认为御史弹劾得实在荒唐。赵匡胤说:"郭进驻守西山十多年,让我没有北顾之忧。郭进的功劳这么大,难道我看待郭进会不如我的儿女吗?"赵匡胤吩咐那个弹劾郭进的御史,亲自到郭进家中去做监工,房子修建得不好,还要重罚。

这个郭进确实是个有本事的人。他年轻的时候给别人打过短工,有膀子力气,平常很喜欢喝酒赌博,和街头一伙无业游民往来。主人家很讨厌郭进,想偷偷把郭进给杀掉。幸亏主人的妻子善良,悄悄放走了郭进。这个郭进投靠后汉高祖刘知远,屡立战功升任刺史,在后周时担任卫州刺史。五代战乱频繁,百姓多亡命山中,成为强盗,卫州就是个土匪窝子,历任刺史都对匪患无可奈何。郭进上任之后,仔细盘查,短短几个月就将土匪头子擒获,让那些被逼的百姓返乡。百姓们都很高兴,主动刻碑纪念这件事情。后来,郭进还到其他地方当官,每到一处,几乎都有百姓立碑,在官场、民间,郭进的口碑都非常好。

在赵匡胤征讨李筠的时候,郭进和北宋名将曹彬、王全斌一起攻入太原境内,郭进捕获数千人。去年,赵匡胤亲征北汉,郭进又担任前军马军都指挥使,是方面军主帅。在多年之后,宋太宗率军征讨北汉的时候,郭进在石岭关大破契丹军队,成功击退契丹援军,使得宋太宗能够顺利夺取北汉。

不但是在统兵作战这样的大事件上郭进值得称道,就连一些日常小事,郭进也可圈可点。比方说,郭进曾经担任邢州刺史,在任期间,积极修建城墙、箭楼等防御工事。那邢州城,城墙有将近二十米厚,时隔一百多年,依然坚固无比。郭进在任期间打造的兵器铠甲都十分精巧,百年之后依然锋利。就连一些军用物资的存放,都井井有条。郭进为官为人,用心到如此。

曾经有一个士兵,因为违犯军规,受到郭进杖责。这个士兵不服,就诬告郭进私通北汉。消息传到赵匡胤耳中,赵匡胤很生气,说此人诬陷忠良,绝对不可原谅。赵匡胤将这个告状的人送给郭进,要杀要剐随便郭进处置。可郭进却将那个诬告自己的士兵松绑,并且告诉那人,只要能够夺取北汉一座城寨,自己不但将赦免他的罪过,还会亲自向皇帝请求封赏。那个士兵看到主帅竟然以德报怨,很是感动,果然用计劝说北汉一个城寨归降。接到郭进请功的奏报,赵匡胤开始还不同意。毕竟那个士兵得罪过郭进,或许郭进只不过是做做样子罢了。可郭进却告诉赵匡胤:"您一定要准许我的请求,不然我将失信于人,就无法统率部下了。"赵匡胤很是感动,立刻加封那个士兵官职,从此对郭进更加看重了。

3. 恶人也难弃

正因为有如此坦陈而明理的君王,才有如此正直坦荡的大将。

当然,看似枝叶繁茂的大树之中,也总难免有枯枝败叶。像当年追杀韩通、向王溥讨钱的王彦升,在多年之后出任原州知州。这个王彦升不但没有吸取教训,反而在原州变本加厉,更加残忍恶毒起来。原州乃是大宋边境,此前,一些羌人、党项族人中的不法分子经常会侵扰大宋边境。王彦升上任之后,狠抓入侵者。抓捕到入侵者之后,这个王彦升也不按照法律处理,而是将他们捆绑起来,摆下酒宴召集全城的官员,当着众人的面,把犯人的耳朵硬生生揪下来。那耳朵连着皮肉被撕下来,血淋淋的,已经很是恐怖。可王彦升不仅如此,在犯人的哀号声中,他竟然把带血的耳朵给生吃了。那些被揪耳朵的少数民族人,半个身子都是鲜血,可连颤抖都不敢。

这个王彦升五年来,吃了几百个入侵者的耳朵。因此,周边少数民族人对王彦升又恨又怕,再不敢侵犯宋朝边境。一直到五十多年后的天圣年间,当地都还可以看到一些被王彦升揪掉耳朵的人。

像王彦升这样的人,赵匡胤为什么还要让他当官?

看家需要恶犬,有时候恶犬难免会咬伤路人,可恶犬也确实可以防止强盗。宋朝境内的地方官,赵匡胤可以让文官来出任,可边境地区,尤其是靠近党项的定难军以及北汉、南唐地区的官员,必须由骁勇善战的武将来出任。有的武将如曹彬、潘美等人文武兼备,可实在稀罕,如李谦溥、郭进等人勤勉小心,也实在不多。王彦升不堪大用,却又难以不用。何况,这个王彦升毕竟不是残害无辜,吃的总算是犯法者的耳朵。

帝国广大,赵匡胤要兼顾许多。有时候就算不忍,也只有看着。

二、群魔乱舞

1. 阉宦祸国

相比政局清明的北宋,远在两广地区的南汉只能用群魔乱舞四个字来形容了。

唐末天下大乱,中原地区纷争不断,七十年来五个王朝十多位君王,正是"你方唱罢我登场",其兴也勃,其亡也忽。就在中原王朝忙于内乱的时候,时任封州刺史的刘谦手下有那么上万兵马,趁着乱局也蠢蠢欲动。刘谦把那些反对自己的人马杀的杀,逐的逐,在偏远的岭南地区开始打造自己的小王朝。刘谦去世之后,其子刘隐掌握大权,打着尊奉后梁王朝的旗号,获得了中原王朝的正式敕封,得到了南平王的封号,成了一方诸侯。在刘隐之子刘龑时代,以汉朝刘氏之后,建国号为"汉",史书多称之为南汉。

多年之后,南汉大将邵廷琄多次向国主刘𬬮进言,认为南汉之所以能够存在五十多年,不过是因为中原地区混乱,自顾不暇。南汉本身并不强大,却骄傲自满,不明天下局势。眼下大宋已经建立,短短一年就已经平定中原,不出数月就拿下了与南汉近在咫尺的两湖地区。可是,南汉的将士们多年不打仗,一些士兵连刀剑都拿不稳,而身为君王的刘𬬮,也没有意识到大难将至,还沉湎于享乐之中,实在是危险之至。邵廷琄建议国主刘𬬮,整顿军备,迎接战事,或者把府库中的金银珠宝进献给中原王朝,称臣纳贡,才可以免于劫难。不料那刘𬬮本是个无赖昏君,听得邵廷琄前几句痛斥南汉朝局,就已经非常不满,若非邵廷琄是南汉数一数二的名将,刘𬬮又是刚刚登基,还要倚重一二,早就翻脸不认人了,又怎么会虚心采纳邵廷琄的建议呢!刘𬬮将邵廷琄贬斥,对于天下,他根本没有想那么多,人生在世,及时行乐就好。

除了邵廷琄,在五代之末、宋朝建立之初,南汉还有不少忠义之士,比如钟允章。钟允章是南汉知制诰,本是刘鋹在登基之前的旧臣,两人关系不错。当刘鋹登基之后,自然提拔自己人,让钟允章出任尚书右丞、参与政事,朝中大臣,最让刘鋹放心的就是钟允章了。钟允章得到权力之后,忧心国事,就请求将朝中一些祸乱国家的宦官斩杀。可那些宦官,在刘鋹登基之后,百般献媚,刘鋹已经被其迷惑。在宦官们口中,满朝大臣都不值得信任。那些权臣一旦权力在手,都将拼命为自己攫取利益。那些悍将就更可恶了,一旦掌握兵权,十有八九就会犯上作乱。刘鋹不同意除掉宦官,钟允章坚持除掉。结果钟允章越是坚持,刘鋹越是反感。宦官们联合起来,都说钟允章的坏话,什么朝中百官都畏惧钟允章,不把新君放在眼中如何如何。刘鋹虽然昏庸,可也懂得把皇权抓得死死的。看身边众人异口同声斥责钟允章,刘鋹也难免将信将疑,对钟允章不再那么信任。

看到有可乘之机,宦官首领许彦真开始谋划如何除掉钟允章。刘鋹将要在郊外举行祭祀,作为宰臣的钟允章先去做一些准备工作。钟允章率领礼官登上祭坛,指挥官员们将南汉历代国君神主摆放停当。这本是钟允章分内工作。可许彦真却大惊小怪地说:"钟允章登上只有君王才有资格登上的祭坛,指手画脚,这不是谋反是什么?"许彦真带着几个侍卫,拿着剑冲上祭坛,就想把钟允章给杀掉,钟允章大声斥责,气势逼人。许彦真不敢动手了,毕竟钟允章是朝廷重臣,在没有君王旨意的情况下,许彦真还真不敢随意加害。许彦真让侍卫们将钟允章团团包围,自己快马赶回宫中,向刘鋹请旨。许彦真自然不会说钟允章什么好话,他一口咬定,钟允章将在祭祀的那一天发动兵变,杀死刘鋹。刘鋹不相信,说自己平日待钟允章非常不错,他不可能背叛自己。许彦真拉上宫中其他掌权的宦官首领如龚澄枢、李托等人共同作证,证明所言非虚。多数人在利害面前都很难坚定自己的立场,尤其是在许多人反复进行宣传、洗脑的时候。暴虐多疑的刘鋹就更无法坚定自己主张了。

于是,刘鋹下令,将钟允章下狱接受审讯,审讯小组的负责人是宦官许彦真和礼部尚书薛用丕。那薛用丕和钟允章关系也还不错,可和大义凛然、不惧生死的钟允章不同,薛用丕只是一个凡人,对钟允章虽然有同情之心,可自家性命更加紧要。

薛用丕拉着老友的手说:"哎呀呀,今天老兄您可能难逃一死啊!"这钟允章也是糊涂,竟然说:"老夫我今天就像是砧板上的肉,已经是任人宰割了,只是遗憾我两个儿子年纪太小,不知道我的冤情,等他们长大的时候,希望您能够帮我把事情的原委告诉他们啊!"这钟允章根本没想到这薛用丕就是一个软蛋,哪里值得托付后事。听了钟允章的牢骚之后,薛用丕转身就把这件事情告诉给了宦官们。许彦真大怒,说:"这个反贼竟然还想着让儿子来报仇不成?"于是许彦真找到国主刘鋹,给钟允章又加了一条罪名,说当初登上祭坛、图谋作乱的不只是钟允章,还有他两个儿子。这刘鋹也实在糊涂,人家儿子都还没有成年,跑到祭坛上去做什么呢?刘鋹对钟允章已经生疑,根本就不在乎钟允章的生死,就下令将钟允章的儿子们一同处斩。

从此之后,朝中大臣再也不敢对抗宦官,南汉朝政基本掌握在许彦真、龚澄枢、李托三个宦官手中。

宦官们为了保持自己的权力,做了一个令人胆寒的决定,凡是群臣当中有才华的,或者考中进士大有前途的,或者和尚道士中得到刘鋹信任的,一律要求他们先阉割成了实际的宦官,才允许他们出入皇宫。这个举动本应该遭到所有人的反对才是,毕竟阉割是很不人道的事情,也是千百年来认为最具侮辱性的事情。可世间的事情实在是很奇怪,除了极个别的弃官归乡,多数人都接受阉割,继续当官,甚至还有一些人主动找到宫中权宦,要求接受阉割。原因很简单,权力实在太诱人。

于是,仅有十七万户的小国南汉,竟然出了两万的宦官。从此之后,放眼南汉朝堂尽是阉党,反倒正常男人是另类,难以生存了。

2. 女巫弄权

为了博取国主刘鋹的信任,这些宦官们又各展手段,钩心斗角,无所不用其极。

宦官陈延寿告诉刘鋹："陛下您之所以能够继承大统,原因就是先帝将他的弟弟全部斩杀的原因啊。"正因为叔父辈都死光了,作为皇子的刘鋹,才能够顺利即位。刘鋹听后,深以为然,于是下诏杀掉弟弟桂王刘璇兴。如此一来,南汉宗室人人自危,再也不敢过问朝政了。

陈延寿看到刘鋹很迷信鬼神,就故意找来一个叫樊胡子的女巫。这个女巫骗术很精湛。她四处宣扬自己是玉皇在人间的代言人,法力无边。陈延寿将樊胡子献给刘鋹。几句话下来,江湖骗子樊胡子就把刘鋹迷得昏头昏脑。

樊胡子很懂得揣摩人心,知道刘鋹当惯了皇帝,对人都是颐指气使,拜见刘鋹时,若是谦恭有礼,反倒会让刘鋹轻视。于是那樊胡子着远游冠、紫长袍,端坐在罗帐之中,对那刘鋹只是称呼其为太子皇帝(玉皇是天子嘛)。樊胡子还故意弄些手段,在皇宫当中搞出一些蘑菇,说是灵芝,抓来一些野兽,说是麒麟,还当场让一只羊嘴里吐出宝珠来,又学习汉末公孙度,搞巨石自动升起的把戏。那刘鋹原本就迷信,看到樊胡子有如此神通,更是奉若神明。

宦官之中,本以龚澄枢地位最高,权力最大。可眼下陈延寿得势,龚澄枢也就做小服软,也处处配合樊胡子。樊胡子也投桃报李,经常告诉刘鋹,像龚澄枢、陈延寿等人都是上天派来辅佐太子皇帝的,就算是有罪过也不能处罚。

宦官许彦真因为自己有揭发钟允章谋逆的大功劳,自视颇高,在宫中朝中横行,不把老前辈龚澄枢放在眼里。龚澄枢很生气,想找个法子把许彦真给收拾掉。

龚澄枢打听到许彦真和先帝的丽妃多有来往,就诬告他们两个人有私情。刘鋹听到这事情很反感,不过也不是很在意。毕竟许彦真是个宦官嘛。可许彦真听说龚澄枢告了自己一状,心中忐忑不安,就和儿子商量找个机会把龚澄枢给做掉。不想还在许彦真父子商量的工夫,龚澄枢就抢先下手,命令西班将军王仁遇带着兵马把许彦真父子给抓了起来。龚澄枢也不请示皇帝了,直接以谋反之罪将许彦真父子杀死,然后假装在许彦真家中发现了许多刀剑文书等等罪证。

刘鋹智商基本为零,看到"物证",大怒,下令将许彦真全族都给砍头,比龚澄枢还狠。

爱出风头的许彦真终于死掉了,可是,龚澄枢开心没几天,就发现原宦官第三号人物李托上蹿下跳,不知不觉几乎要取代自己的位置了。

李托比较有心机,在他看来,许彦真做人比较高调,什么事情都喜欢出风头,早死也在情理之中。李托明白宫中龚澄枢最大,两人见面,李托对龚澄枢不知多么恭敬,点头哈腰的,一点三把手的架子都没有。对许彦真之死,李托明确表态,自己没有任何不满,反而感到大快人心,如许彦真之流,早就该死了。龚澄枢一时放心,就任由李托在宫中活动。

李托在入宫之前已经成婚,并且有两个女儿,长得如花似玉。那刘鋹十六岁即位,此时正是二十来岁年纪,除去皇权,最爱的那就是美女了。李托主动献上二女,刘鋹一看,美艳动人。试用过后,刘鋹加封李托长女为贵妃,次女为美人,对李托也晋封为内太师,和龚澄枢官职一样。可眼下李托二女得宠,在朝臣眼中,李托的风头自然又在龚澄枢之上了。

3. 群贤陨落

就在南汉宦官集团狗咬狗的时候,宋太祖赵匡胤已经平定了后蜀。平定后蜀之后,赵匡胤有三个选择:南唐、南汉、北汉。到底三家之中先打哪一家,赵匡胤颇费了一番心思。后来,一些在南汉活不下去的宦官、士人来到京城,向赵匡胤禀告刘鋹和他那些手下在岭南是如何横行霸道,暴虐无良的。赵匡胤听后很是慨叹,说:"吾当救此一方之民!"既然南汉国内宦官专权,刘鋹又不知道爱惜百姓,攻打南汉,应该不是什么难事。于是,赵匡胤和赵普开始商议如何收服岭南。

在开宝二年(969年)的时候,因为北汉出现变故,赵匡胤一时心动,了既定国策"先南后北",一番苦战下来,北伐无功而返,于是把心思全部放在收服岭南上。

收复岭南首先要过南唐这一关。赵匡胤派出使者告诉南唐后主李煜,在大宋军队平定武平周氏的时候,南汉国主趁机攻占了湖南的四个州,希望南唐国主李煜能够派出使臣,转告南汉国主刘鋹,尽快把湖南四州交给朝廷。赵匡胤此举是明白告诉李煜,是南汉侵犯了大宋朝的利益,即便动兵,也不会趁机攻打南唐。南汉和湖南的武平政权,南唐的李氏政权向来就是死对头,彼此攻杀多年。在了解赵匡胤的"真实意图"之后,李煜选择了遵照执行。

李煜的使者来到了南汉,告诉他们宋朝的意思。那刘鋹自大已久,根本不把赵匡胤放在心上,更不要说南唐国主李煜了。刘鋹很生气,把李煜的使者扣押下来,还回了一封辱骂李煜的国书,李煜原封不动地把国书交给赵匡胤,表明自己对南汉的态度。赵匡胤开始放手备战。

看到宋军连续有军事上的大动作,刘鋹也很是慌乱。他把之前贬斥的老将邵廷琄起复,让他在洸口驻兵。邵廷琄征召了许多原两湖地区的残兵败将,有数万人之多,聚集起来,日夜操练。邵廷琄不愧是南汉名将,几个月下来,军务焕然一新。宋军统帅潘美不敢贸然进兵,选择了原地待命。因此,南汉波动的民心稍微安定了一些。

可没过多久,南汉朝堂之中就有不少人在窃窃私语,说大将邵廷琄有意谋反,拥兵自立。或许是宋军所用的反间计,或许是宦官龚澄枢等人夺取兵权的阴谋,不论如何,有一个人投递了一封匿名信给刘鋹。官员把信交上,刘鋹一看,果然还就信了。刘鋹下令,派遣使者前往边关,打着犒赏将士的名义,给邵廷琄赏赐美酒一壶,邵廷琄喝完就给毒死了。

南汉还有一位大将,叫吴怀恩,也比较能打。这个人不像邵廷琄那么正直。吴怀恩对待那些中下层的士兵那都是呼来喝去,动辄打骂。刘鋹想要乘龙舟出海,吩咐吴怀恩打造龙舟。工匠们找到吴怀恩诉苦,说时间太少,工期太紧张,根本完不成任务。吴怀恩大怒,抄起鞭子就打。许多工匠被打得遍体鳞伤。工匠们实在气不过,就商量杀掉吴怀恩。有一次吴怀恩下到船厂监工,工匠欧彦希趁其不备,抄起斧头,一下子就把吴怀恩的脑袋给削掉了。

事后,几个带头的工匠自然被处斩。可龙舟还是照样得做,朝廷规定,延误了工期,所有人包括其家属一律杀头。

吴怀恩死后,朝中老将就只剩下潘崇彻了。刘鋹任命潘崇彻为南汉西北面招讨使,统帅军队对抗北宋。

开始一两个月还好,可没过多久,关于潘崇彻的谣言又在南汉宫廷流传。潘崇彻向来看不起龚澄枢等人祸国专权。龚澄枢等人也畏惧潘崇彻,担心一旦潘崇彻打了胜仗,就很可能要求刘鋹处死自己。于是龚澄枢等人在刘鋹面前大讲潘崇彻的坏话。刘鋹半信半疑,就派出宦官郭崇岳到潘崇彻军中当监军。临行之时,刘鋹交代郭崇岳:"你如果发现潘崇彻有谋反之心,也不用再禀报,直接把潘崇彻杀掉就可以了。"刘鋹就是如此对待手下大将的。

听闻郭崇岳即将到来,潘崇彻也知道郭崇岳乃是权宦龚澄枢的心腹,此来必然对自己不利,就摆下阵势,亮出刀枪,等待郭崇岳的到来。郭崇岳来了,看到潘崇彻早就有了准备,哪里还敢下手。

郭崇岳回到都城,不敢说自己完不成任务,就瞎编了个理由,说潘崇彻在上任之后找了上百个戏子舞女,夜以继日地喝酒饮宴,对军务根本就不关心,不像要谋反的样子。不想南汉国主听了还是很生气,这潘崇彻关心军务是图谋造反,论罪当诛,整天享乐,不问军务,这南汉的江山谁来保护,也是死罪难逃。

就在刘鋹发脾气、准备派人下诏杀掉潘崇彻的时候,潘崇彻主动回到都城,表态愿意交出兵权,回家养老。刘鋹一看潘崇彻态度还是不错,就收了兵权,留下潘崇彻的性命。

三、小丑刘鋹

1. 众叛亲离

宋军大兵压境,刘鋹才开始慌乱起来。此时,南汉朝中几乎没有可用之将,皇室中除去刘鋹本人的子孙,已经剪除殆尽。那些宦官们除了钩心斗角,玩弄权术,哪里懂得行军打仗。刘鋹即位之后的十来年,那些战船兵器都腐朽不堪,宦官们也舍不得拨款维修。当宋军攻破南汉军前方阵地,击杀万余人的消息传到都城,刘鋹和龚澄枢、李托等人大惊。

刘鋹派遣龚澄枢快马赶到战争第一线贺州。贺州的士兵驻边已经多年,若非为了当兵可以混口饭吃,早就一哄而散了。宋军攻城多日,南汉士兵多有死伤,剩下的军兵士气低落。此时听闻朝廷派遣内太师前来犒赏三军,满以为龚澄枢会带来金银财帛,人人高兴。不料龚澄枢到达贺州,只是宣诏,口头鼓励将士了事。顿时,将领和士兵们气愤不平,许多人丢下武器逃离贺州。龚澄枢杀了几个逃兵示威,可乱兵如潮,哪里控制得住。偌大一个贺州,只剩下几千士兵驻守。

宋军还不知道贺州发生大变,正常行军。龚澄枢得以乘坐小船快速逃回都城。刘鋹召集众位宦官首领商议。有人提议,还是让老将潘崇彻带兵,或许可以击退宋军。龚澄枢心有不甘,可眼下情势紧张,南汉一灭,自己的富贵也到头了,就只能答应。不料潘崇彻反倒借口眼睛有毛病,拒绝出山带兵。潘崇彻自从被贬,心中愤愤不平,此时南汉危急,刘鋹才想到用自己解围。在潘崇彻看来,此时的南汉大势已去,就算自己前去也不过就是送死。

刘鋹听说潘崇彻拒绝带兵,大怒,说:"难道没有他潘崇彻,我南汉就没有可以带兵的大将吗?我看,伍彦柔就一点不输给他潘崇彻!"于是,刘鋹任命伍彦柔带兵援救贺州。宋军在贺州城下扎营,主帅潘美为人稳重,听说伍彦柔的援军到达,撤军二十里,主动示弱。那伍彦柔果然中计,以为宋军孱弱可欺,防备松懈许多。

宋军先头部队绕道南乡河岸,抢先渡过南乡河,在河岸丛林处埋伏。伍彦柔听到消息急忙率领水军前往防守,南汉战船众多,全部都摆在河岸,那伍彦柔自以为战舰数量远过宋军,不把宋军放在眼中。天亮后宋军主力发动渡河战役。河堤之上,伍彦柔拿着弹弓,在胡床之上指挥作战。伍彦柔的阵势还没有摆好,宋军潜伏的军队就突然出现,从后方冲杀。南汉军队腹背受敌,顿时大乱,被宋军杀死了许多,南汉军队自己胡乱踩踏死了许多,数万人马死了十分之七八。主帅伍彦柔也被宋军擒获,头被砍了下来。贺州城的守军多数家眷都在都城,刘鋹有言,谁敢再逃跑,抄家灭门。贺州将士苦苦支撑等待再一次的援兵。

可宋军哪里会给贺州第二次机会。转运使王明向主帅潘美建议:"此时应该快速进攻。一旦南汉援兵再至,我军将更加疲惫。"一些将领还有异议,潘美也不敢贸然出兵。王明看建议无效,就带领自己护送军粮的一百来个士兵,还有扛包的一千来个民工,拿着铁锹挑着畚箕,很快就把贺州城外的壕沟给填平了。贺州城中原本军士就不多,在伍彦柔大败之后更不敢轻易出城,眼睁睁看着王明等人逼近城门。看到王明就要用攻城锤撞破城门了,贺州军士赶紧打开大门,迎接宋军,请求免去一死。

潘美占领贺州之后,刘鋹更加担忧,思来想去,还是要靠潘崇彻。于是,刘鋹加封潘崇彻为内太师,统帅南汉大军三万人防卫贺江地区。此时的潘崇彻已非当日的潘崇彻,刘鋹几番侮辱早让潘崇彻心灰意冷。当宋军逼近昭州的时候,潘崇彻竟然下令不允许进攻,放宋军通过。

潘崇彻的不作为,让南汉军士的士气更加低落,宋军几乎没有遇上什么抵抗,就攻占了贺州、昭州、桂州、连州。消息传到刘鋹耳中,刘鋹还自我宽慰:"这四个州本来是湖南的领土,现在宋军已经得到了这四个州,应该就不会再向南进攻了吧!"

宋军当然不会退兵,当初讨要湖南领土不过就是一个借口。当然,若是之前刘鋹真的将四州拱手献上,赵匡胤或许会顾及道义,推迟几年进攻,可现在四州已得,南汉君臣肝胆俱裂,自然要乘胜追击,杀一个干干净净了。

　　宋军到达韶州城下,龚澄枢告诉刘鋹,不用担心,宋军绝对攻不破韶州。原来那韶州城中有十万大军,更有一支奇兵。全军配备了数千头大象,大象之上坐着十多个士兵,都拿着超长的长矛。两军交战,大象兵放在阵前,冲杀之时,大象身形巨大,脚步沉重,跑动起来声势骇人,宋军必然望风而逃。刘鋹自以为必然如此,过了几天安心日子。

　　可几天之后,前方传来战报,大象兵团被宋军以密集弩箭射伤,大象吃痛,胡乱奔跑,大象背上的士兵都摔了下来。大象受了惊吓,不敢进攻,调转头来冲向南汉军队。宋军趁乱掩杀,南汉军队大败,守城官员多被擒杀。眼看宋军就要逼近南汉都城,刘鋹赶紧命令城中百姓在城外开挖战壕,做好守城准备,可找遍朝中竟然没有一个带过兵的大将。此时,刘鋹的奶娘提议,自己的养子郭崇岳很不错,有军事奇才,值得重用。刘鋹也是病急乱投医,就用郭崇岳为招讨使,带领六万人在番禺城外百里之处驻扎。

　　当宋军攻克英州、连州之后,潘崇彻率军投降。宋军顺利到达泷头。刘鋹派人找到宋军主帅潘美,宣称自己准备归降,但请求宋军暂缓进兵,给自己一些时间准备。潘美料定刘鋹搞的是缓兵之计,于是挟持南汉使者,加快进兵速度,几天之后就到达郭崇岳的营寨之外。郭崇岳看到宋军从天而降,大惊失色,一些战壕都没有挖好,弓箭也没有准备充分呢。宋军即刻发动进攻,郭崇岳匆忙应战。他手下那些士兵,多数是最近一个来月从各地逃回的士兵,根本就没有任何斗志。郭崇岳本来也不擅长带兵,只知道求神拜佛而已。幸亏郭崇岳也知道杀人立威,逼迫士兵死守阵地,加上宋军先头部队人数不多,一时也难以攻下。

　　刘鋹看郭崇岳守得还算不错,派遣都城内的军队前来增援。副将建议郭崇岳,就算坚守,阵地早晚也要丢掉,大家难逃一死,不如趁着宋军主力到达之前,发动进攻,或许可以侥幸获得胜利。郭崇岳认为有理,可是不敢自己冲锋,就让副将带领人马在前,自己殿后,在宋军主力渡河的时候发动进攻。副将拼死攻杀,力尽而亡。一看副将死了,郭崇岳立刻带兵退回营寨,坚守不出。

潘美四处查探之后,告诉诸将:"敌方营寨都是以竹子编织而成,现在天旱竹干,只要火攻,必然可以焚毁营寨。营寨一毁,南汉军队必然大乱。我军乘势发动进攻,这乃是万全之计策。"晚上,宋军每人带上两个火把,到了郭崇岳营寨之前,几万个火把全部投出去,刚巧又刮起大风,南汉营寨顿时大火。数万大军在烟火弥漫中丧生,郭崇岳本人也被乱军杀死。

2. 无耻君王

看到大势已去,刘鋹想着带上金银财宝和美女姬妾偷偷开溜。刘鋹吩咐手下把财宝运送到十来艘精心打造的龙舟上。可没等刘鋹登舟,宦官乐范伙带上一千来卫兵,把龙舟就给开走了。可这些人也没落到什么好下场。龙舟入海不久,船上的人争夺财宝,彼此攻杀,结果船被烧毁,全部都葬身大海。

龚澄枢和李托等人自作聪明,认为宋军前来南汉,不过是像他们一样,贪图南汉的财宝。刘鋹听了,认为有理,就下令放火。龚澄枢等人一把火把府库烧光,大火足足烧了一整夜。可赵匡胤在乎的根本就不是财宝,而是土地。宋军继续前进,终于到达南汉都城番禺。

刘鋹无可奈何,只能选择出降。

潘美按照赵匡胤的旨意,善待刘鋹。一些宦官也穿上华丽的衣服请求接见,想要前往大宋皇宫找份工作。不料潘美说:"我们奉诏讨贼,正是因为你们这些罪人啊!"于是把前来的一百多宦官小头目全部杀死。龚澄枢和李托等人因为刘鋹的保护,勉强躲过劫难,前往大宋都城汴梁。

当刘鋹一行人到达京城,赵匡胤听闻南汉都城被焚毁一事,有些生气。虽然赵匡胤不大在意财宝,可作为一国之君,没有财宝那也玩不转。赵匡胤派人斥问刘鋹,到底为什么要在大军到达之时,焚毁府库宫殿。刘鋹一听,急忙推托,说是龚澄枢等人所为,自己一点都不知情。赵匡胤又派遣使者询问龚澄枢、李托等人,到底是谁的主意。这些横行多年的宦官,此时都低下头来,全部不说话。原因很简单,他们都有份。

看到他们都不认罪,谏议大夫王珪看不下去,就站出来说:"当初你们在广州,朝政都是出自你们之手,何况大火又是出自皇宫,除去你们,还有谁可以如此?"王珪看龚澄枢、李托还不肯认罪,上前给了他们几个耳光,把唾沫吐到他们脸上。龚澄枢看看一旁的刘鋹,一点没有帮自己说话的意思,知道大势已去,只能低头认罪。

不久,赵匡胤准备祭祀太庙,派遣刑部尚书卢多逊宣召斥责刘鋹,长期以来,为何对抗宋朝。刘鋹回答:"我刘鋹即位之时,不过是十六岁的少年,根本就不懂什么国家政事,朝廷大权都是掌握在龚澄枢等先帝的旧臣手中。许多事情我都不能做主。在南汉之时,其实我刘鋹才是臣子,龚澄枢才是国主啊!"多年来刘鋹早就养成了颠倒黑白、不问是非的本领了。何况龚澄枢和李托已经是戴罪之身,不如让他们发挥点余热,为自己做最后的贡献吧。刘鋹说完,趴在地上不起身,一副诚心惭愧痛苦不堪的样子。

卢多逊把刘鋹的回答告诉赵匡胤,赵匡胤又气又笑,世上竟然有如此没脸没皮的国君。本想把这等罪孽深重的人一刀斩杀,只是刘鋹毕竟是南汉国主,在出征之前,赵匡胤就已经昭告天下,对归降之主,将予以厚待,赵匡胤不想自己失信于天下人。

赵匡胤将错就错,下令将龚澄枢、李托等人斩杀。

数月之后,赵匡胤宴请刘鋹,席间,赵匡胤下诏赐美酒一杯给刘鋹。刘鋹接到酒杯不敢喝,捧着酒杯眼泪直流。赵匡胤很奇怪,问刘鋹好好的为什么哭。刘鋹回答:"我是继承祖父父亲的基业,对抗天朝,有劳朝廷大军征讨,这份罪过本来就应该去死。陛下您没有杀我,让来到京城。此时,我甘愿做一个汴梁城中的普通百姓,希望陛下能够延续我卑微的性命,以成就陛下好生之德。"看赵匡胤还是一副不懂的样子,刘鋹一咬牙,说得再明白一些:"臣不敢喝下这杯酒。"

赵匡胤听到这里,明白了。一旦明白,赵匡胤哈哈大笑,说:"刘鋹你多心了。我一向以赤诚对待天下人,你既然已经归降,我怎么又会加害于你呢!"赵匡胤命人将刘鋹那杯酒取来,当场喝下,然后让人把自己桌上的酒杯赏赐给刘鋹。刘鋹非常惭愧,连连叩头请罪。

那刘鋹在南汉为君,经常用赏赐毒酒这招加害大臣,当初大将邵廷琄就是被他以赐酒为名给害死的。

多年之后,宋太宗即位,加封刘鋹为卫国公。太平兴国四年(979年),潘美奉命征讨北汉,连续获得大胜,宋太宗大宴文武,席上前南汉国主刘鋹、吴越国主钱俶、盘踞泉州温州的陈洪进等人都在场。席上百官纷纷赞颂宋太宗如何英明神武,一统天下,像钱俶、陈洪进心中自然不是滋味。可没想到那刘鋹竟然主动上前,当中进言:"朝廷威灵遍及天下,四方篡逆之主,今日都在席上。早晚之间北汉刘继元又将到来。几人之中,我刘鋹率先来朝,请求让我出任诸位降王之长,带头为大宋天子祝寿。"宋太宗听后哈哈大笑。

可惜,宋太宗不是宋太祖。在平定北汉之后,宋太宗看看天下已经一统,那些降王的示范作用也已经终结,于是,秘密下令将诸位降王赐死。一生狠毒的刘鋹最终死在了惯用毒药的高人赵光义手上。

这也算是恶人终有恶人磨吧。

第十二章
开宝四年

一、赵普谋利

1. 刚强宰相

开宝三年(970年),大宋军队以摧枯拉朽之势席卷岭南,数月之后,南汉国主刘鋹投降,南汉灭亡。

开宝四年(971年),朝廷除了招待归降的刘鋹、安抚岭南百姓之外,还发生了几件不大不小的事情。事件的核心人物是赵普。

赵普为相,一向是非很多。一方面是赵普性格使然,一方面是赵普一心为国。赵普为人刚强,就算是在赵匡胤面前也是说一不二。曾经有一次赵普向赵匡胤递上一份提拔官员的名单,赵匡胤看了,发现其中有几个自己厌恶的人,就把这份名单给压了下来。没想到第二天上朝,赵普又写了同样一份奏折递上,赵匡胤只有明白告诉赵普,自己不能同意这个任命。赵普坚持,说这次选拔乃是依照律例而行,是为大宋社稷选拔人才,怎能因为人主的好恶而改变任命呢!赵匡胤在群臣面前丢了面子,大怒,当场把赵普的奏章给撕了,转身还就走了。不想下一次上朝,赵普花了点时间把昨天赵匡胤撕掉的那份奏章粘贴好了,又一次递交上来。赵匡胤气得转身就走,进入后宫。赵普不好闯入妃嫔殿阁,就在门外等候。赵匡胤在里面气呼呼地和妃子诉苦。大家也不敢搭腔。赵匡胤本以为自己惹不起还躲不起,没想到四五个小时过去了,让人到门外一看,赵普还站在外面等候赵匡胤签署任命书呢。赵匡胤无奈,只能听从。

赵普对待上级对待君王都如此刚强,更不要说对待下属了。满朝官员中,除去赵匡胤的亲弟弟赵光义可以和赵普抗衡,其他人想要找赵普的麻烦无异于以卵击石。当然,赵普也有私心,比如之前提到的窦仪和冯瓒二人,都因为得到皇帝赵匡胤的器重,有提拔二位出任宰臣的意向,引起赵普的不安,赵普主动出击,在萌芽状态就将两位对手彻底击垮。

不过,万事无绝对,在开宝四年(971年),竟然真的出现了敢于挑战权臣赵普的勇士,并且一下子就出现了两位。

一位是前任右监门卫将军赵玭,此人曾经状告宰相赵普以权谋私,违背律法,从甘肃陕西一带偷偷运输巨木来为自己营造府邸。赵匡胤很生气,想要处罚赵普,又拿不定主意,就问前任宰相王溥的意见。王溥告诉赵匡胤"玭诬罔大臣",认定是赵玭诬陷赵普。那么,赵普究竟有没有偷偷贩运木材呢?当然有。不然赵匡胤不会那么生气,正因为赵普有错,有错当然要处罚,可是处罚赵普会产生一连串的不良反应。正是考虑到这些,赵匡胤才会拿不定主意。王溥的话让赵匡胤立刻明白,所谓公平总是相对的,朝廷大局的稳定,才是一个合格的君王应当着重考虑的事情。至于小小一个赵玭,就委屈做个牺牲品吧。

这个赵玭究竟是何许人?一个负责宫廷禁卫的监门卫将军,为何敢找堂堂宰相的麻烦呢?

原来,赵玭出道极早,家中又是富豪,在后晋年间,因为出钱支援国家建设,被任命为集贤院的一个小官,多年之后调任为司户参军,有了品级。赵玭虽然不是科班出身,可为官也算是不错,领导交给赵玭一些多年未破的案件,赵玭竟然很快就给解决了,尤为难得的是处罚还很得当,原告被告都没什么意见。领导很满意,就将赵玭提拔为成州从事。后来,契丹进攻中原,后晋大将何重建带着自己管辖的几个州投靠了后蜀,成州也在其中。于是,后晋小吏赵玭又成了后蜀的官员。之后,后周灭了后汉,随即发动征讨后蜀的战争。经过多年的摸爬滚打,赵玭已经混成了刺史。在后周攻打后蜀的时候,赵玭主动将自己管辖的州献给周世宗,周世宗大喜,调任赵玭为郢州刺史,不久又历任汝州、密州、泽州刺史。也就是说,他赵玭本是和赵匡胤父亲赵弘殷同一辈的官员,在赵匡胤还是一个毛头小伙子,赵普还在乡下念书的时候,他赵玭就已经是一州的刺史了。

谁料想短短数年,赵匡胤开国称帝,连赵普也混成大宋宰相,而他赵玭,却依然在中下级官员当中徘徊。

这个赵玭担任过宋初的宗正卿,从此看,赵玭和赵匡胤当是同族,并且关系应该很近,不然不可能当上管理皇族事务的最高长官。赵普本和赵匡胤不是一家子,是在两人认识之后,赵普有意巴结赵匡胤,常年出入赵家,在赵匡胤军务缠身、赵弘殷老爷子病危的时候,赵普忙前忙后,比儿子还儿子,因此,获得了赵匡胤母亲杜太后的认可,认他赵普是赵家人。也就是说,在赵玭看来,他自己乃是正宗的赵氏皇族,而赵普不过是个献媚讨好主人的货色。赵玭虽然官职不如赵普,可赵家长辈的身份摆在那里,赵匡胤也要给他几分面子。

很可能就是因为赵玭自己很是自负,对赵普比较鄙视,于是和刚强的赵普发生了冲突。

赵玭本以为赵普之罪乃是板上钉钉的事情,不料皇帝不问是非,宣布是他诬陷大臣,还当着文武百官尤其是赵普的面,命令武士掌嘴。老赵玭不胜悲愤。御史们看到皇帝都发话了,自然附和,加上赵玭得罪的乃是当朝宰相,那都把赵玭往死里整。还是赵普知道自己确实屁股不干净,多次请求赵匡胤赦免赵玭,赵匡胤才点头让人停止审讯。不久之后,将赵玭贬为汝州牙校,堂堂皇族长辈沦落到为地方小吏,真是一不小心,回到三十年前。

2. 跋扈遭忌

但经历这件事情,赵匡胤对赵普也起了疑心。铁板一块的君臣联盟开始有了裂痕。而一贯"跋扈"的赵普自认为大宋朝无他不行,把赵玭的离开当成了自己另一个胜利,很是庆幸。于是,错误一个接着一个发生,一而再再而三挑战赵匡胤忍耐的极限。

赵匡胤在刚即位的那几年,经常跑到赵普家中闲坐,称兄道弟好不亲热,最近几年赵匡胤懒得走动了。既然赵玭提到赵普又巨木修建府邸,赵匡胤就打算亲眼看看赵普的新居是个什么样子。一天,赵匡胤特意宣召赵普入宫,然后带着一个随从就离开了皇宫,很快就打听到赵宰相新居的地址。赵匡胤一看,大门很是破旧,都是用柴草荆棘建造,还不如一个中等百姓。赵匡胤很是满意。管家认识皇帝,哪里敢阻拦,赵匡胤信步走去,发现越走越是宽敞,越走越是豪华,走到后面,发现里面厅堂园圃样样俱全,奢华程度堪比皇宫。赵匡胤笑着对身边的随从说:"这老小子果然不地道。"赵普的书房桌案上摆了一坛美酒,赵匡胤要喝,赵普的管家忙提醒,酒藏的时间太久,必须兑水才能喝。管家调配好,赵匡胤喝酒,发现果然芳香浓烈,此前从来没有喝过。赵匡胤问酒的来历,管家不敢隐瞒,说是南唐国主李煜赠送。

赵匡胤听后脸上的笑容渐渐散去,脸色凝重起来。管家发现自己可能说错了话,急忙遮掩。赵匡胤摆摆手,转身回宫。

赵普在宫中等了许久,不见皇帝召见,仔细一打听,有宦官告诉赵普,皇帝很可能去他的新居视察去了,赵普知道不好。等到赵匡胤回宫之后,赵普果然发现赵匡胤郁郁寡欢的样子。赵普很是精明,立刻明白赵匡胤可能知道了什么。于是,赵普主动上前,禀告赵匡胤,前几日南唐国主李煜命人送给自己白银五万辆,美酒十坛,自己不敢私藏,想要进献给皇帝。赵匡胤本有些恼恨赵普瞒着自己和李煜有所来往,听到赵普主动交代美酒的来历,并且还说要献上五万两礼钱,心中略感宽慰。赵匡胤说:"那些礼物既然是南唐使者所送,你不可以不收。不过,你也要按照礼仪回复他们国主,给他们使者一些回礼才好。"赵普听了,心中大石才算放下。

几天之后,南唐使者李从善入宫觐见赵匡胤,赵匡胤在正常的赏赐之外,另外吩咐户部拨款五万两给李从善。李从善本来是奉了李煜之命,结交北宋宰相赵普,好帮着南唐说句话,让大宋缓几年攻打南唐,不料作为皇帝的赵匡胤却也给了五万两做回礼。李从善立刻明白,赵匡胤在做无声的抗议:别以为你们私下的交易瞒得过我!南唐君臣听闻,也都大感震惊。赵匡胤面对臣下收受礼物,竟然不问罪,可见宋朝君王宰相之间亲密无间,那么,南唐的日子也就更加难熬了。

可事实却是赵匡胤心中对赵普更加不信任了。

不久之后,赵匡胤再次驾幸到赵普家中。当天,吴越国王派人给赵普送来书信和十个瓶子装的海鲜。赵匡胤来得太突然,赵普都还没有来得及把十个瓶子抬到屋中,就明晃晃很扎眼地摆在院子当中。赵普大惊,立刻出迎。赵普发现赵匡胤盯着那些瓶子看来看去,只好交代,这些都是吴越国王送来的海鲜。然后,赵普就邀请赵匡胤入屋中入座。不料赵匡胤却径自走到瓶子边,说,吴越国王送来的海鲜,必然是上等海鲜。赵匡胤命令随从,将瓶子全部打开。侍卫一拥而上,打开一看,发现竟然是满满十瓶子的瓜子金,算起来有数万两之多。赵普惶恐不安,立刻下跪磕头,说:"微臣书信都没有拆封,更不知道这些瓶子里是些什么。如果知道是金子,我绝对会拒绝并且将这件事情主动汇报给陛下。"赵匡胤大笑,说:"你还是接受这份大礼吧,没什么害处的。"

赵普看看赵匡胤,满以为这次会和以前一样。没想到赵匡胤脸色一变,说:"他们都认为,国家大事都是你一个书生在做主呢!"赵普听后,心惊肉跳,再三表示,一定会将礼物原物奉还,绝不会贪占一毫。可赵匡胤却交代赵普,一定要收下这些礼物,否则就是抗命。

赵普这时候才明白,皇帝是真的生气了。

赵匡胤并不在乎赵普贪财,甚至有些鼓励赵普贪财。像赵普这样掌握大宋命运的高层,有点个人爱好,贪财好色什么的,反倒让帝王放心。满足于钱财女色，自然不会觊觎皇权了。可没想到连南唐国主、吴越国主都认为，大宋朝政是掌握在赵普的手中，通过结交赵普来左右宋朝朝局。无论这场交易中，赵普是不是主动，是不是有心，都有染指皇权、交通敌国的事实。赵匡胤表面对赵普不予追究，甚至还交代赵普一定要收下礼物，其实已经开始盘算，如何才能拿掉赵普而不影响朝政的稳定了。

二、纯厚中丞

1. 温和为人

开宝四年(971年),御史中丞刘温叟去世。

从建隆元年(960年)以来,刘温叟一直担任御史中丞,足足十二年。十二年来,刘温叟多次提出调任申请,都被皇帝赵匡胤拒绝。赵匡胤认为,御史中丞这个职务太重要,多年来都没有合适的替代人选,只能委屈刘温叟继续担任,一直到刘温叟去世。

刘温叟去世,御史中丞出缺,宰臣们提出了几个候选名单,赵匡胤都不满意。赵匡胤交代:"必得纯厚如温叟者乃可。"最后,赵匡胤亲自选定为政干练、敢于为民解忧而又性格谦退温和的边光范代理御史中丞。但也直到考察半年多之后,赵匡胤才下发正式任命。

御史中丞乃是宋代纪检部门的最高长官,负责对朝廷百官进行监督,对皇帝执政有权弹劾,权责重大,不必多说。可赵匡胤为何如此器重刘温叟呢?是刘温叟一如古代那些著名谏臣,不畏权贵,仗义执言,甚至敢于揭龙鳞,挑皇帝老子的刺?考察刘温叟生平,就会发现根本不是如此,作为言官首领、清流领袖的刘温叟,十二年来几乎就没有提过什么像样的弹劾案。

当然,几乎没有并非完全没有,细看史传,发现刘温叟还是给领导赵匡胤提过一次意见的。有一次,刘温叟下班比较晚,离开皇城大门的时候,按照官场礼仪,前面的随从喝道开路。经过宫门的时候,前面喝道的随从禀报,仿佛看到皇帝赵匡胤和几个小太监登上了城楼,询问刘大人要不要停止喝道,拜谒皇帝之后再出城。刘温叟交代,不必在意,一切照常即可。随从都捏了一把汗,担心皇帝第二天追究刘温叟藐视君王之罪。第二天朝会时,刘温叟站出班列,首先进言:"作为一国之君,陛下怎能不按照礼法行事?擅自离开内宫,登上城楼,守卫宫门的禁军就会希求赏赐,身边的随从也会趁机邀宠。臣之所以和以往一样喝道经过,就是希望告诉众人,陛下您没有不遵循礼法,没有发生登上城楼的事情。"赵匡胤听了,脸上很是尴尬,不过还是当众表扬了刘温叟的忠诚。

御史中丞刘温叟一生提出的弹劾案仅此一件,而且,就算是这一件事情,也没有什么杀伤力。说是弹劾君王,弹劾过程中却再三强调,自己是为了皇帝的尊严、朝廷的礼仪考虑。并且,整个弹劾案中根本没有涉及任何人事任免,利害冲突。

不仅如此,在乾德元年(963年),刘温叟还因为消极怠工受到处罚。翰林学士王著平常就贪杯嗜酒,延误工作,有一次喝酒之后干脆在青楼睡觉,被巡查差役当场逮捕。出现这样震惊全都城的风化大案,刘温叟作为御史中丞竟然没有一句批评。缺乏管束的王著更加没有顾忌,有一天喝醉了酒竟然跑到滋德殿骚扰皇帝,还大发酒疯,说了许多不该说的话。赵匡胤大怒,下令罢黜王著翰林学士一职。主管朝廷风纪的御史中丞刘温叟也因其不作为,被停发两个月工资。

如此御史中丞,确实可谓"温叟"。这么一个不爱提意见的御史中丞,却多次被皇帝赞赏,视为官员楷模,这是为什么呢?

这还要从宋初的朝廷局势说起。

2. 不与党争

五代以来,藩镇割据,朝中地方许多官员横行不法,纪检部门也不敢弹劾。宋朝建立,赵匡胤在多次朝会上强调,必须加强法纪宣传,加大对违法官员的打击力度。于是,建国十多年来,处理了不少贪污受贿、祸国殃民的官员。不过,对于那些地方节度使以及朝中的宰臣们,只要他们不危及皇权,贪点占点,赵匡胤一般也睁一只眼闭一只眼。比如宰相赵普就带头违背朝廷律令,走私木材,谋取私利。赵匡胤收到官员弹劾奏折,不但不处罚赵普,反而公开宣布,赵普劳苦功高,修建宅院怎能私人购买木材。赵匡胤大笔一挥,命令工部专门派人无偿调拨大批木材给赵普,先满足赵普再供给朝廷使用。在这样的大环境下,作为御史中丞的刘温叟自然体会上意。对待那些权贵们,只要不是大是大非问题,刘温叟一概不问。

但是,刘温叟为官依然有自己的原则,有的事情可以装聋作哑,有的事情却必须寸步不让。

刘温叟堪称宋初第一清官。刘温叟除去工资和皇帝的赏赐,从来不搞什么行贿受贿。就连朝廷发放的津贴,有时刘温叟也拒绝接受。按照当时纪检部门的惯例,朝廷每个月都会拨一笔"公用茶"钱,就是给纪检官员的茶水钱。作为部门最高长官的中丞大人,每个月可以领到一万钱。其他官员都拿了,刘温叟不拿,只因公用茶钱是来自纪检部门查收的赃款。刘温叟觉得,拿这种津贴有损清名。有人把这件事告诉给赵匡胤,赵匡胤点头赞许,记在心上。开宝四年(971年)刘温叟生病了,不能正常办事,赵匡胤特许,工资如常拨放,还特别赏赐刘温叟一些财物,好让家人请医生看病。不料几个月后,刘温叟还是去世了。

当然,刘温叟最让时人称道的,是拒绝接受开封府尹、皇弟赵光义的礼物。

从建隆年间开始,赵光义就担任开封府尹,成为京城地区的最高行政长官,有着独立的人事权。随着威望的增长,赵光义的野心也在增长,逐渐有意识地培养自己的人马。那些开封府出身的官员,大都成为太宗朝的重臣。可以说,到开宝四年(971年)的时候,宋太祖赵匡胤以下,朝中主要有两大政治势力,一股是以宰相赵普为首,一股是以皇弟赵光义为首。一开始,两股势力相处得还比较平静,可随着时间的推移,两股力量爆发冲突,几乎就是必然的事情。赵匡胤当然知道最得力的助手和最亲近的弟弟之间一直在暗中较劲,比如说前几年大臣冯瓒的被贬,其实就是赵普和赵光义之间的一次交锋。一方面,赵匡胤需要两股力量,默许两股力量逐渐壮大,一方面又压制两股力量,使他们互相制约,把朝政大权掌握在自己手中。

朝臣们大都是非此即彼,各自选择一个阵营,以求生存。当然也有一些另类,面对两股势力,特立独行,依然故我,比如说御史中丞刘温叟。

赵光义的军事才华远不如赵匡胤,可为人之阴险诡谲远在其兄之上。赵光义刻意笼络朝臣,后来三司使楚昭辅、翰林学士卢多逊就被招到门下。数年之后,赵光义能够顺利夺取政权,两人出力颇多。

对御史中丞刘温叟,赵光义也多次发出邀请。听说刘温叟比较清贫,赵光义命人送去五十万钱。皇弟有礼物送来,刘温叟不能也不敢公然拒绝。刘温叟虽然清廉,但并不执拗。作为一个在五代乱世官场沉浮数十年的老人,刘温叟知道政治的可怕,有时候不知什么地方就把人给得罪了。何况这次送礼的乃是以阴险著称的赵光义呢?刘温叟把这五十万钱全部收下,但随即带到御史台,吩咐官员把五十万钱存放在正厅西面的房间中,并且在钱柜上贴上御史台的封条。

有人悄悄把刘温叟将礼钱交公的事情告诉给赵光义,赵光义有几分生气,也有几分欣赏。赵光义需要一些贪图钱财官爵的官员为自己办事,可是也很鄙视此类官员。刘温叟将钱财暗中交公,既维持了赵光义的脸面,又保住了自身的名节,可谓两全。这样的人,如果能够拉拢到自己的帐下,其影响绝非那些小人所能比拟的。

过了一年,到了重阳节,赵光义命人送来粽子和折扇。使者告诉刘温叟,赵光义知道刘温叟是河南洛阳人,为官多年,勤于政务,许久没有归乡。赵光义特意交代按照洛阳风味做了不少粽子,让刘大人一解思乡之苦。暑热将至,赵光义将皇帝赏赐的几把御用折扇转赠给刘大人。赵光义知道刘温叟不收钱,此次特意送些生活必需品,用心可谓良苦。

不想刘温叟把使者带到御史台西库房,让使者看看那封条,使者明白了。回去之后,使者告诉赵光义。赵光义点点头,感叹道:"没想到刘温叟如此高节!我的钱尚且不收,更何况其他人呢。当年他收我的钱,确实是为了保存我的颜面啊!"这年的秋天,赵匡胤在宫中设宴,兄弟聊天的时候谈到朝中官员的品格节操,赵光义主动把刘温叟的事情说出来,赵匡胤听了,再三赞叹。

刘温叟是多年来第一个拒绝赵光义礼物的朝廷大臣,甚至可能是唯一的一个。多年之后,赵光义已经成为宋太宗,且皇帝也做了十多年。有一次,刘温叟的儿子刘烱接受朝廷考核,赵光义询问他的父亲是谁。刘烱说父亲是刘温叟。赵光义想起往事,告诉宰臣当初刘温叟拒绝收受自己礼物的事情。赵光义大发感慨,说:"当代大臣罕有其比!"宰臣们一个个惭愧地低下头。

　　刘温叟做御史中丞不像唐之魏征,宋之包拯,刚正不阿,不畏权贵,却自有不凡之处。刘温叟受到两代帝王赞赏,不单是为官清廉不爱钱财,更是在党争激烈的政治漩涡中,始终能够立定脚跟,忠于皇帝。当年,赵光义之所以向宋太祖赵匡胤称赞刘温叟,或许还有几分作秀,借自己的糗事来洗刷自己勾结朝廷大臣的污名。多年之后,宋太宗自己当了皇帝,朝廷那些重臣们不是党附四弟赵光美,图谋篡逆,就是投靠几位皇子,图谋未来的高官厚禄。当此之时,宋太宗对洁身自好、不与党争、一心追随皇帝的刘温叟又怎能不衷心赞叹?

三、恩威之间

1. 雨露之恩

赵匡胤虽是武将出身,可为政宽猛相济,赏罚得宜,恩威之间,尽显帝王气度。

梁周翰是宋初文坛名人,和柳开齐名,面对五代以来萎靡文风,大力提倡效仿汉唐古风,开宋代古文运动之先声。梁周翰官至翰林学士,正三品高官,出入皇宫,掌握机要,混得很不错。不过,青年时期的梁周翰却桀骜不驯,任性使气,为人处世很不成熟。

梁周翰早年曾经出任绫锦院长官,负责给皇帝妃嫔提供各色布匹,官职不高,却很是清贵。有个织锦工匠犯了错误,梁周翰依律处罚,可是那织锦工人仗着自己和皇宫权宦有点交情,认错态度很不好。梁周翰一怒之下将那工匠的腿给打断了。工匠被打之后,让家人请来宫中权宦,添油加醋一番挑拨,宦官首领大怒,跑到宋太祖身边告状,说梁周翰虽然是上官,却违背朝廷法度,滥用私刑。赵匡胤听了,也很生气。赵匡胤和宦官生气的原因并不相同,作为君王,他考虑的更多。不久之前太子洗马王元吉因为收受贿赂七十万钱,赵匡胤朱批斩首示众,以儆效尤。赵匡胤在朝堂上三令五申,告诫各级官员,要严于律己,依法办事,切不可如五代时期一样,揽权用事任意妄为。

赵匡胤把梁周翰叫来,怒斥梁周翰:"你梁周翰是血肉之躯,工匠虽然卑贱却也是血肉之躯,难道你连这浅显的道理也不知道吗?那工匠不过是犯下小小错误,为何如此残忍将人家责打致残?"梁周翰一再强调,是那工匠藐视自己在先,自己责打在后。赵匡胤看到梁周翰一再为自己辩护,说:"你现在的态度和当初那工匠有什么不同呢?"随即,赵匡胤下令,把梁周翰带下去也打几棍子。梁周翰听了,脖子一梗,说:"陛下,臣背负天下才名,宁可一死,也不愿意接受杖刑!"看到梁周翰如此,赵匡胤有些意外。民不畏死奈何以死惧之,梁周翰不惧杖刑,打了也没什么作用。赵匡胤摆摆手,让侍从退下。赵匡胤把梁周翰叫到跟前,说:"既然你梁周翰如此看重名节,朕自然愿意保全。只是,你有尊严,工匠也有尊严,望你以后多多注意啊!"梁周翰看到赵匡胤一改怒容,心中也有几分触动。赵匡胤又说:"朕和你的父亲梁彦温乃是少年知交,待你自然不同众人,你也更应该洁身自好,不污乃父之名才好。"梁周翰听后大感惭愧,趴伏在地,流泪不已,表态以后一定会严于律己,依法处事。

面对下属犯错,赵匡胤没有以威权强压,而是动之以情,晓之以理,让下属发自内心地改悔,对下属极为爱护。不过,赵匡胤并不滥施恩泽,对待有的人,比如宋初悍将何继筠就是既提拔又打压。

2. 冰火相间

在五代之末,后周时期,何继筠屡立战功,当时就已经是棣州刺史。入宋之后赵匡胤提升棣州的规格,任命何继筠为团练使,之后何继筠又升迁为棣州防御使,但始终在棣州任职。表面看来,何继筠的职务稳步提升,其实依然是棣州一地的军事长官。名爵提高,权力照旧,何继筠在棣州几近十年,依然是个防御使。何继筠难免有些牢骚,部下一些人也为何继筠鸣不平,认为何继筠并非赵皇帝嫡系,赵匡胤才刻意打压。多少出身禁军、名爵不如何继筠的将领都被授予节钺,拜节度使,官居一品呢!

赵匡胤听到了一些传闻,可没有去解释。这种事情也不好解释,还是用事实来说话吧。开宝元年(968年),宋军征讨北汉,赵匡胤特别任命何继筠担任先锋,看看何继筠带兵究竟如何。何继筠身先士卒,奋勇冲杀,不仅大败北汉前锋,还擒获北汉两位将领,立下首功。开宝二年(969年),赵匡胤亲征,为了提防契丹军队援救北汉,特意召见何继筠,交代在石岭关抵挡契丹援军。何继筠不负所托,以数千骑兵大败契丹援军,生擒契丹刺史以上将领两名,斩首千余级,获得战马五百匹,立下大功。开宝二年(969

年),赵匡胤不得已从太原撤兵,征讨北汉的军事行动以失败告终,可是,对何继筠立下的战功,赵匡胤并没有忘记。开宝二年(969年),赵匡胤正式任命何继筠为建武军节度使。何继筠终于圆了节度使的梦。

开宝四年(971年),朝中给事中刘载出任镇州知州,刘载自恃自己是朝廷下派官员,且官职还是参与朝廷机要的给事中,对顶头上司何继筠也爱理不理。何继筠很生气,就把刘载藐视领导的情况汇报给赵匡胤。赵匡胤看罢奏折,下诏将刘载贬官调往他处,一个不懂得尊重领导的官员肯定不是一个好官员,但对何继筠则不予追究。

不过,何继筠心中却不大好受,毕竟刘载是朝廷下派官员,又常年追随赵匡胤,就算赵匡胤大度,那刘载在朝中的党羽也必然会多番挑拨。开宝四年(971年),何继筠来到京城,朝拜皇帝。赵匡胤知道何继筠心中还有些疙瘩,见面之后好言安慰。可何继筠还是放心不下,这种郁结忧愤在心中一久,何继筠的背上就长了毒疮,就此一病不起。何继筠生病后,赵匡胤亲自驾临何家探望。为了让何继筠安心治病,赵匡胤赏赐许多财物,君臣谈了许久。可是,不久之后,何继筠还是病发而死。

何家举办丧事的时候,赵匡胤再次驾临何家。面对何继筠的家人,赵匡胤主动谈起了多年来打压何继筠的原因:"继筠守卫边疆屡立大功,朕没有早一些授予节度使一职,就是考虑到何继筠的命数不好。现在何继筠担任节度使不过两年,果然就病死了。真是让人哀恸啊!"赵匡胤说的话听起来有点宿命论的色彩,其实结合何继筠一生,就可以明白确实很有道理。何继筠常年在外,和朝中官员没有什么来往,多年带兵,又不懂得政治,出任团练使、防御使,不至于遭人嫉恨。可一旦位高权重,成为节度使,权力大了,责任也就大了,"木秀于林风必摧之",被人陷害的几率也就大了。何继筠五十来岁就背上长毒疮而死,为了什么呢?不就是为刘载一事整天忧心忡忡,难以释怀所致啊。

从此看赵匡胤打压何继筠反倒是了解何继筠为人小心谨慎、不擅交际的脾气而做出的正确决定。打压正是为了照顾、保护何继筠呢。

3. 雷霆手段

不过,对待有的人,赵匡胤就没有如此和善了。一个君王若只是一味施恩,而没有几分雷霆手段,那也算不得一个好君王。

在平定后蜀之后,后蜀的许多官员都在宋朝出仕,一些后蜀军士也在京城安家。多数人都领到一份安家费,成为平民。少数弓马娴熟武艺出众之辈被挑选到侍卫亲军之中,组建为川班内殿直。此前负责大殿安全的乃是御马直,这些人大都是禁军将领的子弟,出身高贵,看不起那些来自西川(后蜀)的侍卫们。赵匡胤了解到这个情况,特意把两班殿直侍卫全部叫齐,下令:从此之后,两班殿直的工资津贴待遇一律平等。只要是勤勉有功,无论是出身川班,还是出身御马,都可以得到升迁封赏。川班侍卫们从此扬眉吐气。

赵匡胤贵为一国之君,对待这类小事,也能够体察众情,合理调整规则,足见其宽仁气度。

不过,七八年之后,一件小事让赵匡胤大怒,下令将川班侍卫四十多人斩首,其他人等一律赶出京城,派到地方当兵。

一般情况下,每次赵匡胤出宫巡视,都会给随从侍卫宦官一些赏赐。以往,赵匡胤都是两班轮换,这次川班随从,下次御马护卫。有一次赵匡胤带着御马直的侍卫出行,赵匡胤看到侍卫们特别辛苦,特别命令增加津贴,此次每个跟随出行的侍卫都可以得到五千钱。御马直的侍卫非常高兴,有的人就跑到川班侍卫那里炫耀,还说什么御马直乃是多年追随皇帝陛下的嫡系,怎是川班这些外人能够相比的。川班侍卫听后很是不忿,就跑到侍卫司告状,要求也给川班增发每人五千钱的津贴。可是长官认为这是皇帝特别赏赐,并非制度如此,拒绝发放津贴。川班侍卫群情激奋,四十多人就拥到宫门口敲响了登闻鼓。那登闻鼓一旦敲响,皇帝也要出来受理。

不过,按照当时的制度,就算是符合律法,只要敲登闻鼓,不论有罪无罪,都要押往刑部坐牢数月。一般不是大事件,谁敢如此?

宦官把这件事情向赵匡胤禀告,赵匡胤大怒,吩咐宦官:"朕因为御马直侍卫有功,因此给予赏赐,哪里又有定例呢?"赵匡胤下令侍卫司调查此次闹事之事,所有到登闻鼓院闹事的川班侍卫一律斩首,其他所有川班侍卫一律贬斥到地方,两班侍卫上级军头、都军头一律施以杖刑,降级使用。

川班侍卫不过是要求给予五千钱的赏赐,就算是一百人,人人都发五千钱,也不过就是五十万钱的事情,对于广有钱粮、赏赐那些重臣动辄百万钱的宋太祖来说,根本就是九牛一毛,不值一提。但是,赵匡胤有钱,但这类要求绝对不答应。不但不能答应,还要给予重罚。于是,一场讨要津贴的纠纷,竟然演变成四十多人被斩首的血腥事件。

一贯宽仁的赵匡胤,为何对待川班讨要津贴如此严苛,甚至是如此暴虐呢?

原因只有一个。赵匡胤曾经和赵普谈到这样一件事情,赵匡胤即位十多年来,一直努力将地方长官由武将换成文官。赵匡胤说:"一百个贪财的文官,也不如一个野心勃勃的武将造成的危害大!"于是,赵匡胤对待文官宽容,对待武将严格,对待那些不守法度、不循规矩的将士就只能说是冷血了。川班侍卫看起来不过是讨要津贴,可是,五代以来,多少军队哗变,不都是因为一些军士觊觎原本不属于自己的钱财官爵吗?赵匡胤黄袍加身,建立大宋,一个很重要的原因,就是诸位将领借拥立赵匡胤谋求自身的富贵而已。在赵匡胤看来,自己对川班侍卫不计出身,公平对待,给了他们一个全新的平台。川班侍卫本应该感恩戴德,以报答君王恩泽。没想到川班侍卫这么快就忘记了君王的恩德。五千钱就可以让这些川班侍卫和皇帝叫板。这还了得!

赵匡胤曾经谈到后唐庄宗兴亡的教训,说:"庄宗二十年大战获得天下,却不能用军法约束将士,放纵将士的贪欲,导致最终的败亡。"赵匡胤表示,自己抚养军士,绝不吝啬钱财官爵,但是,"若犯吾法,唯有剑耳"!

第十三章
开宝五年

一、昭辅问策

1. 烫手山芋

开宝五年(972年),是太祖朝政治风向开始转变的一年。本年发生了两件大事,一件是三司使楚昭辅向开封尹赵光义问策,一件是枢密使李崇矩被贬。这两件事情都宣告,持续十多年的宰相赵普与皇弟赵光义之间的权力斗争,已经到了关键时刻。宰相赵普已经在角逐中渐落下风,"大去之期不远矣"!

楚昭辅是赵匡胤一手提拔起来的心腹。陈桥兵变的时候,楚昭辅不过是一个毫无品级的普通一兵,追随在赵匡胤左右。军中神算苗训曾经告诉楚昭辅,天有二日,乃是革命之征兆。楚昭辅自然明白用意,于是在军士中大肆宣扬。在大军进入汴梁城时,赵匡胤不放心母亲妻子的安危,派遣心腹前往家中探望,汇报起事已经成功的消息。这个前往报信的小兵,就是楚昭辅。

赵匡胤登基之后,封赏功臣,自然少不了心腹小校楚昭辅,只是楚昭辅实在没什么拿得出手的军功,于是只担任了一个军器库使的小官。不过此官品级虽低,却是主管京城军事物资的重要职务,在赵匡胤刚刚即位的非常时刻,更是非心腹不授。

建隆元年(960年),赵匡胤御驾亲征,前往征讨李筠、李重进,赵匡胤让楚昭辅以军器库使的身份兼任京城巡检,保卫京城安危,足见对楚昭辅的信任。数年之后,宋朝要选派官员出使南唐,楚昭辅主动要求前往,好积累一些政绩。赵匡胤答应了,同时提升楚昭辅为代理扬州知州职衔,给楚昭辅抬下身价。楚昭辅出使南唐回来,赵匡胤派楚昭辅检查大内仓库,点算金银财帛,楚昭辅没几天就把账目整理得一清二楚,回禀赵匡胤的时候,谈吐流利,应对得宜。赵匡胤很满意,看看楚昭辅担任军器库使也十多年了,虽然楚昭辅没有什么突出的才干,可毕竟有兴国之功,多年追随自己,也算难得。赵匡胤提拔楚昭辅出任左骁卫大将军,暂时掌管三司。

宋代的三司权责重大,大凡天下各州县的钱粮转运,朝廷的各项支出收入,都在三司的管辖范围内。赵匡胤延续五代以来的三司制度,就是要分割宰相的财政大权,将皇权牢牢掌控在自己的手中。三司使名位略低于宰相、枢密使,当时号称"计相"。现任枢密使李崇矩就是从三司使任上被提升为枢密使。此时,楚昭辅虽然只是权判三司,暂时代理,但已经是破格提拔。楚昭辅自然是心花怒放。

只是,等到正式接受三司的工作,楚昭辅才发现自己接收的原来是一个烫手的山芋。三司部门就是国家的财政部门,责任重大,事务繁多。正因为利益丰厚,所以眼红的人也特别多。前任权判三司赵玭不过是因为得罪了赵普,就被赵普多番刁难。赵普指使御史弹劾赵玭,说三司部门发给禁军的粮食中有部分已经发霉。赵匡胤听闻大怒,以赵玭失察之罪,停发工资一个月。钱是小事,可面子实在丢不起。赵玭自然生气。不想后来赵普又说,三司部门负责修建宫殿,可是有关部门没有按时完工,三司长官赵玭催督不力,又被停发一月工资。后来,赵玭心中不忿,以自己腿脚不便为名,主动辞官。

赵匡胤信任楚昭辅不假,楚昭辅为赵宋江山做出过贡献也不假。可是楚昭辅和赵普的关系平平，这也是楚昭辅担任军器库使十多年而不得升迁的重要原因。赵匡胤在赵玭离开之后，选用和宰相赵普关系平平的楚昭辅接任三司长官，多少也是在防止赵普对朝廷财政事务过多干涉。

这样下来，楚昭辅权判三司的工作就不那么好做了。

加上之前的两三年，朝廷连续不断对北汉和南汉用兵，国库中储备的粮食已经没有多少。可皇帝赵匡胤却三天两头发恩旨，给前线将士各种赏赐。以前赵玭在任时一味附和赵匡胤的主张，也不去提醒赵匡胤，结果楚昭辅一看账目，发现京城的粮食储备只够驻扎京城的数十万禁军半年使用。楚昭辅看到这种情况，大惊失色，急忙入宫，把军粮储备不足的事情告诉赵匡胤。

楚昭辅本以为自己如此行为，应当会得到赵匡胤的理解，这些都是前任留下的烂摊子，和他楚昭辅没有多少关系。毕竟皇帝应该清楚这两三年连续动兵、军费开支浩大的情况。

没想到楚昭辅将此事汇报给赵匡胤之后，赵匡胤的脸色越来越凝重。楚昭辅说，仓库存粮只够用到明年二月。赵匡胤问楚昭辅有何对策，楚昭辅说，不如将京城禁军分派到各地，以缓解京城粮食运输的压力。再调集京畿地区的所有官船民船，全部到长江、淮河一带运输粮食。如此，或许可以缓解危急。

赵匡胤听后大怒，大声斥责楚昭辅："一个国家，没有九年的粮食储备就可以称为粮食不足。正是因为你向来不知道规划筹谋，才会出现粮食储备即将空缺的情况。你现在才想到分兵地方，用民船运输，这是一时半会可以做得到的事情吗？"顿了一顿，赵匡胤接着训斥："你说这些是前任所为，可就算如此，朝廷为何任命你为三司长官？不就是要你查漏补缺？如果这件事情你都办不好，引发军队骚乱，朕必定将你斩首以谢天下！"

楚昭辅吓得冷汗连连，丧魂落魄，怎么出宫的，都不记得了。

2. 脱困良策

出宫之后，楚昭辅坐在家中，愁肠叹断也想不出一个好办法。前些天，开封尹赵光义派人送给楚昭辅一些上好茶叶,此时楚昭辅品茶苦思,忽然想到,为何不去请教赵光义呢?赵光义素来足智多谋,开封府中更是能人众多,或许赵光义可以为自己解开眼前的难题。

多年以来,楚昭辅和赵光义的关系若即若离。楚昭辅是赵匡胤的亲兵,和赵光义早就认识。陈桥兵变之时,赵光义也不过是一个内殿供奉官,在赵匡胤称帝之后,一跃而成开封府尹。之后,两个人的官职虽然相差甚大,可赵光义对待这位兄长身边的亲兵倒也客气,见面还会主动打招呼,让楚昭辅心中也很是感动。只是,当赵普和赵光义之间的矛盾越来越深的时候,楚昭辅也刻意远离赵光义。在楚昭辅看来,赵光义虽然贵为皇弟,可掌握大宋实权的却是宰相赵普。赵普与赵光义两人争权,最明智的做法就是远离纷争,明哲保身。

可是,眼下前任三司长官就是被赵普扳倒,赵匡胤点将任命自己为权判三司,已经成为赵普隐形的对手,赵普只会看自己的笑话。要想解困,就只有选择归附赵光义了。

听闻楚昭辅来访,赵光义大喜。多年来赵光义刻意招揽朝中大臣,无论是文官还是武将,无论是当朝名臣还是宫中宦官,赵光义都尽力笼络。于是,人人都夸赞皇弟赵光义仁德。只是,这些年来,投靠赵光义的官员品级都比较低,前几年枢密直学士冯瓒算是高官,可不想刚刚联络上,就被赵普横刀砍断,冯瓒被贬他方。现在作为三司长官的楚昭辅来投,意义重大啊。

楚昭辅见到赵光义,没说几句就泪流满面,恳请赵光义出手相救。能够想出办法最好,想不出办法也帮忙在皇帝面前美言几句,让宽限几天。赵光义一口答应。

楚昭辅离开之后,赵光义立刻召集智囊团开始商议。众人一番议论之后,右知客押衙陈从信结合往日自己的见闻,提出了一个相对可行的办法。

当时京城的粮食,大都是从两淮地区运粮,往返一趟规定的时限是八十天。这样下来,一年能够运粮三次。假设一次运粮时间可以由八十天缩短为五六十天,那么一年就可以多运输一次粮食,这样,京城的粮食储备就可以增加三分之一了。那么,如何才能缩短时间呢?考察官府运粮,运粮船上的官兵粮食都从沿路多个州县拨给,许多时间都浪费在打报告等待审批上面。如果能够从开船时就让每个人带够一路的粮食,中途不用等候拨粮,运输时间就可以大大缩短。另外,两淮和京城等地多是在粮食需要搬运的时候临时找搬运工,也浪费了不少时间。如果能够组建一只专职的搬运队伍,就可以最快时间将粮食出仓、入库了。

  赵光义听后大喜。这样确实可以节省不少时间。赵光义想到楚昭辅提到的官船不足的问题,问有什么办法可以解决。陈从信说,这个也不难。眼下京城地区的官船确实不够,需要用民船运输。只是民船数量也有限,一旦全部调派到两淮运粮,冬天一到,京城连木炭柴火供应都要出问题了。不如在招募民船的时候选择那些船只条件比较好、适合远行运输的去运粮,留下一些不适合远行的船运输木炭柴火。这样就公私两便了。

  赵光义第二天亲自觐见皇帝,向兄长说起关于京城运粮难的解决办法。赵匡胤听后,觉得颇有道理,全部采纳。赵光义又说,三司部门出现这样问题,楚昭辅难辞其咎,不过也确实有历史问题存在,望皇兄体谅。赵匡胤看到弟弟出面求情,也就没有再责罚楚昭辅了。

  楚昭辅听说赵光义已经帮自己解决了大难题,无限感激。当天就跑到赵光义府中叩头谢恩。当然,楚昭辅心中也有一点不舒服,若赵光义先把答案告诉自己,那么得到表扬的就是楚昭辅了。并且,赵光义直接找皇帝陈诉,无疑就是告诉皇帝,是他楚昭辅主动求教。这下赵普该拿他楚昭辅当敌人了。

  到底这次问策是福是祸,楚昭辅忐忑不安。

  不过,答案没过多久就揭晓了。

二、崇矩被贬

1. 当代季布

赵匡胤很早就注意到了李崇矩。

李崇矩性情淳厚,沉默寡言,在官场是个另类。当年周太祖郭威即位,郭威和史弘肇的关系不错。郭威当了皇帝,史弘肇却被小人残害,郭威就想着帮帮史家的后人。郭威打听到史弘肇部下多四散逃离,听说李崇矩和史家还有来往,就找到李崇矩,让他帮忙找寻史弘肇的亲属,好加以抚恤。李崇矩告诉郭威,其实自己一直在帮助史家打理家务,并且向郭威推荐史弘肇的弟弟。郭威很欣赏李崇矩有情有义,赏赐史弘肇弟弟一个官职之后,就要求李崇矩到柴荣帐下效力。李崇矩将史家的钱财和账目一一交代清楚才离开史家。当时的人们都说李崇矩重然诺、守信用,堪比古时季布。

赵匡胤当时也在柴荣帐下服务,看到李崇矩对去世的领导都如此尽责,实在难得,将李崇矩一直记在心里。

多年之后,赵匡胤做了皇帝,李崇矩还只是一个作坊使,之后判四方馆事,在外交部门当了一个闲职。赵匡胤有心栽培李崇矩,在讨伐李筠的时候,任命李崇矩率领禁军中的数千精锐部队进攻李筠军,李崇矩不负所托,斩首五百级,大胜而归。于是,李崇矩被任命为面行营前军都监。数日之后,李崇矩和主力会师,成功击溃李筠主力。赵匡胤知道李崇矩为人稳重,不贪图钱财,当泽州、潞州被攻占的时候,赵匡胤特意让李崇矩率先进入州城,让李崇矩视察府库,搜集户籍图册。李崇矩果然分文不取,全部封存,上交朝廷。赵匡胤更加满意了。

大军回京之后,赵匡胤将三司使张美调往地方任职,任命李崇矩出任三司使。

四年之后,范质、王溥、魏仁浦三相同时辞职,赵匡胤任命枢密使赵普出任宰相,任命三司使李崇矩接替赵普,出任枢密使。

李崇矩是一个善良的人。乾德年间,王全斌等人在西川平定叛乱,曾经押送禁军当中参与谋逆的孙进、吴环等二十七人进京。赵匡胤很重视这个案件,亲自审理,这些人也全部认罪。当时,有官员提出,这些人的亲属有的还在朝中为官,有的在军中任职。既然这二十七人已经承认犯下谋逆大罪,那就应该按照株连的律法,将其亲族全部诛杀。赵匡胤听后,有些心动。赵匡胤在别的地方都算是仁慈,唯独对将士谋逆冷血无情。毕竟他自己就是发动兵变夺取政权的,对军队变乱有着天生的恐惧。赵匡胤询问枢密使李崇矩的意见。李崇矩提出,这些人参与谋逆,确实应该诛杀。但如果要株连亲族,将有数万人被杀死。那将成为立国以来的第一大案,牵连实在太广,势必影响皇帝的圣德美名。赵匡胤听了立刻明白事情的严重性。赵匡胤表态,李崇矩说得不错,那些人也是被人胁迫,并非自己想要谋逆,就不搞株连了。

在军政决策方面,李崇矩没有提出过什么过人的见解。赵匡胤知道李崇矩的才干,了解李崇矩的为人。只要李崇矩能够一心效忠皇帝,军政要务上自己可以亲自处理。

一晃,李崇矩担任枢密使已经十年。开宝五年(972年),赵匡胤却忽然下令罢去李崇矩枢密使一职,改任为镇国军节度,离开朝廷前往地方。

这是为什么呢?

2. 将相联姻

有一个叫郑伸的人,在李崇矩的门下已经数十年了。郑伸多次向李崇矩伸手要官,可李崇矩了解郑伸的为人,知道此人为人阴险,品行不端,就一直拖着没有答应。郑伸看到许多比自己晚来李崇矩门下的人都顺利出仕,心中满是怨恨。郑伸就跑到皇宫前,敲响登闻鼓,宣扬李崇矩接受了太原人席羲叟的黄金。李崇矩得了钱之后就转托翰林学士扈蒙,在科举考试中作弊,取席羲叟为进士。这类指控在宋朝极为严重,就算是宰相级别的枢密使也承受不住。为了证明自己所言非虚,郑伸说自己有军器库使刘审琼作为人证。赵匡胤听后大怒,招来刘审琼询问。不料刘审琼在皇帝面前却反口,说绝无此事,是郑伸满怀怨恨,诽谤枢密使大人。

既然事情已经明白,李崇矩并没有在科举中舞弊,赵匡胤本应该还李崇矩一个清白,并且严厉处罚诬告的郑伸。可事实的发展却让所有人大跌眼镜。赵匡胤下令罢去李崇矩枢密使职务,赏赐郑伸为同进士出身,前往枣酸县担任主簿。郑伸告了一个刁状,竟然还得到了官职,实在是滑天下之大稽。

多年之后,李崇矩和郑伸两人都去世了,郑伸的儿子混得很差,家里揭不开锅,就跑到李崇矩的儿子那里打秋风、蹭饭吃。李家人全都气呼呼的,要赶走郑伸的儿子:见过不要脸的,没见过这么不要脸的,当初祸害李家,现在竟然还敢跑到李家来讨钱!可是李崇矩的儿子却给了郑伸的儿子一百两银子,将郑伸之子安全送出府去。天下人都说其子酷似李崇矩,家风淳厚,更相信当年郑伸乃是诬告李崇矩了。

那么,赵匡胤为何还要强行罢去李崇矩的枢密使职务呢?这就要谈到赵匡胤心中的隐秘了。其实,赵匡胤不久之前对李崇矩就很不满了,此时罢黜,不过是借题发挥而已。

赵匡胤即位之后,为了安抚朝中大将,把自己的几个女儿都嫁给了朝中大臣。不仅仅是自己的女儿,还有妹妹、侄女。儿子、侄子成年,赵匡胤也会做主为之迎娶臣下的女儿,充分利用婚姻关系笼络朝臣。

李崇矩和赵普关系不错。赵普性格刚强,李崇矩性格敦厚,同朝十年来,军政大事上都是赵唱李随,从来就没有红过脸。每次朝会的时候,宰臣们都要在长春殿拜谒皇帝,商议国政。在等待皇帝到来的时候,宰相赵普就会和枢密使李崇矩在办公室中喝喝茶,聊聊天。多年下来,彼此可谓知根知底。当赵普提出,希望和李家结亲的时候,李崇矩也没有多想,就答应了下来。

不知道怎么,这件事情被赵匡胤知道了。或许,就是赵光义指派手下打了赵普李崇矩的小报告。不然谁敢捋虎须,得罪赵普和李崇矩?

当赵匡胤听到这件事情的时候,很不高兴。可是又没有哪一条法律规定,大臣之间不能联姻。赵匡胤下令,即日起,宰相和枢密使在等候朝会的时候,不得在同一个办公室。赵匡胤就是要用各自分开等候这件事情,给赵普和李崇矩敲敲警钟。

不料,李崇矩并未吸取教训,私下里和赵普还走得更近了。在李崇矩看来,自己和赵普乃是亲家,来往有何不可?可赵匡胤却认为,赵普一手掌握朝政大权,李崇矩一手掌握军政大权,此二人联手,那还了得!既然李崇矩和赵普不知道收敛,那么,就必须抢先下手,把二人贬出朝廷。二人之中,赵普权力更大,赵匡胤也更需要赵普,在没有合适的铺垫之前,不宜挪动。于是,向李崇矩下手,就成了最好的选择。

对于李崇矩科场舞弊案,赵匡胤也有自己的解释,既然郑伸敢于告状,就说明李崇矩有问题。无风不起浪嘛!至于为什么最重要的人证刘审琼当场翻供,或许是刘审琼不想得罪李崇矩和李崇矩背后的赵普。甚至就可能是赵普找到了刘审琼,威胁刘审琼,不许他揭露真相。赵普会这么做吗?以赵匡胤对赵普的了解,这种事情,赵普绝对做得出来,并且会做得滴水不漏,不露痕迹。

可就算是没有证据,也不能说明李崇矩没有问题。于是,李崇矩被贬,就成了必然。

李崇矩被贬,也就成为赵普被贬的先声。转过年来,为相十年,为政刚强,皇帝赵匡胤利益的最强大的保护者赵普被罢相外放。数年之后,赵匡胤被其弟赵光义毒害,和赵普的远离有着千丝万缕的联系。

第十四章
开宝六年

一、多逊之兴

1. 媚上得位

如果说赵匡胤是用赵普来打压弟弟赵光义,又用赵光义来挟制赵普,以求获得朝廷局面的平衡。那么,到开宝六年(973年)的时候,局面已经越来越倒向赵光义。可惜,赵匡胤本人还不明白。在赵匡胤看来,一切尽在自己的掌握之中,包括对卢多逊的提拔。

卢多逊的崛起可以说是宋太祖一朝中的神话。此人在周世宗显德年间考中进士,当时不过是二十出头。之后,卢多逊文采出众,为人圆滑,加上卢多逊的父亲也曾经出任六部员外郎职务,多少有些旧相识,很快就青云直上,官居高位。

卢多逊以秘书郎身份出仕,之后担任集贤殿校理。唐宋以来,在馆阁任职,品级虽低,却是个清贵显耀的职位。数年之后,卢多逊就升迁为左拾遗、集贤殿修撰,到了建隆三年(962年),更以左拾遗的身份出任知制诰,做了宋太祖赵匡胤的私人秘书。二十九岁的卢多逊经常出入皇宫与中书省,穿梭在皇帝和宰臣之间,成为北宋万众仰望的一颗政治新星。

卢多逊本身的品阶虽然不高,可宋太祖对卢多逊却非常器重,不仅仅是让卢多逊负责起草圣旨,更把审查各地官员奏折,区别轻重拣择奏报的重要工作交给卢多逊。不到三十岁,卢多逊就达到了其父宦海沉浮数十年的巅峰,官拜员外郎。不久之后,卢多逊更以员外郎的身份主持全国科举工作。三十七岁的时候,卢多逊被正式任命为翰林学士,与太祖朝另外几位翰林学士,比如窦仪、陶毂、李昉相比,卢多逊可谓年轻有为。在开宝六年(973年),赵普罢相之后,卢多逊更以中书舍人的身份参知政事,不足四十就进入了窦仪、陶毂等人难以企及的宰臣行列。

那么,卢多逊的崛起,为何如此迅速?

无他,卢多逊擅于揣摩上意。

身在官场,揣摩上意乃是基本功。有的人属于天生奇才,比如赵普。赵普读书很少,但精于吏事,加上追随赵匡胤数十年,赵匡胤脸色一变,赵普就立刻明白了原因。多数人则是碰运气,遇上皇帝高兴,偶然一言合意。可卢多逊不同。卢多逊先天能力虽然不如赵普,可却深知先天不足后天补。赵匡胤虽然是武将,但很喜欢看书,尤其是历代史书,政事之暇经常手不释卷。和官员谈论朝政之时,赵匡胤经常会引用一些刚看过的史书上的典故,一些学问浅薄的官员,经常被问得一愣一愣的。诸位学士之中,窦仪的才学最广,李昉的学问最深,陶毂嘴巴最巧,卢多逊心机最深。于是,卢多逊扬长避短,买通了皇家史馆库房的负责官员。赵匡胤每次从库房调看了什么书籍,卢多逊就整晚整晚不睡觉,进行高强度的补课。结果,赵匡胤提问到书中典故的时候,其他官员还在搜肠刮肚间,卢多逊随口就说了出来。赵匡胤大为惊讶,认为卢多逊实在是大宋朝不可多得的奇才,对卢多逊更加器重了。

卢多逊经常排挤同僚,手段高明,不留痕迹。

开宝二年(969年)的时候,翰林院中有两位大人负责起草诏令,一位是专职负责起草诏令的中书舍人李昉,一位就是以兵部郎中身份兼任起草诏令的卢多逊。李昉无论是资历、声望还是品阶,都在卢多逊之上。卢多逊要想更进一步,成为翰林院中第一人,就必须扳倒李昉。卢多逊心中对李昉很是不满,可表面上和李昉关系极好。李昉一直把卢多逊当成自己最好的朋友。一开始,翰林院还没有轮流值班的制度。每次下属有事情禀报的时候,都是在大堂的台阶下面回禀,回禀完了就告退。可有一次只有李昉一个人办公的时候,有一个属官忽然超越制度,走上大堂,向李昉禀报事情。李昉很是吃惊,事后询问卢多逊有没有遇到这样的事情。卢多逊安慰李昉,这样的事情很常见,几年前听说就是这样的了。可不知道为什么,数天之后,连礼部尚书都知道了这件事情,礼部尚书当着李昉的面,嘲笑李昉,竟然在大堂上接见下属,还把自己的名片送给了下属,是翰林院数百年来第一人呢。李昉听后羞愧不已。

卢多逊多次主持科举,太平无事。等到李昉主持科举的时候,选出了宋准等十个进士。数百名举子,只有十名录取。没有录取的举子大多不服气,有人又在人群中散播,这科取中的进士武济川就是主考李昉的同乡。武济川才学平平却高中进士,其中一定有猫腻。这些举子就联合起来敲响了登闻鼓,向皇帝禀告了这件事情。赵匡胤对科考舞弊一向看得极重,陶榖终生不拜相,其中一个原因就是科举舞弊。举子们一个个气愤难平,说本科考试取舍不当,要求重新考试。赵匡胤大怒,一旦重考,无疑有损朝廷颜面,可若不重考,估计举子们众怒难平。赵匡胤就问身边的卢多逊,有没有听说这件事情。卢多逊非常肯定地说:"颇亦闻之。"我确实听到了很多流言呢。赵匡胤没法子了,让贡院重新登记落榜的举子,一共有三百六十人。赵匡胤下令,本科取中的十名进士,另外出题重新考核,落榜举子,再给一次机会,由赵匡胤亲自主审,亲自阅卷。结果合格的进士有二十六人。李昉的同乡被剥夺进士资格,李昉本人也被贬斥为太常寺少卿,其他考官一律被贬。从此之后,赵匡胤最信任的知制诰,就只剩下卢多逊了。

2. 投机求利

扳倒了李昉这个绊脚石,成了翰林学士,卢多逊还想着更进一步,进入宰臣行列。于是,卢多逊把目标瞄准了宰相赵普。

卢多逊是个精明人,若是在数年之前,卢多逊自然不敢捋虎须,触赵普的霉头。眼下的赵普可不同了。经历了赵玭事件、雷德骧事件、李崇矩事件以及目睹赵普贪财好利、以权谋私、打击异己的种种事情之后,赵匡胤对赵普已经由绝对的信任变成了满腔怀疑。既然赵普的行为已经威胁到了赵匡胤至高无上的皇权,那赵普罢相就已经是迟早之事。

正因为如此,卢多逊才打起了赵普的主意。卢多逊告诉赵匡胤,赵普曾经用自家的一块空地换取皇宫尚食部门的上好菜地,又广建别墅,经营旅馆,与民争利。

卢多逊的小报告打得很有水平。这些事情看起来不是什么大事情,可每一件都戳到了赵匡胤的软肋。赵普买田地本属正常,可竟然欺负到了皇宫尚食部门,欺负到了他赵匡胤的头上,这还了得。赵匡胤建国以来,三令五申朝廷官员不得经商,一旦官员经商,必然以权谋私,没想到赵普以宰相之尊,竟然带头搞酒店旅馆,这不是鼓励吃喝风,大搞物质享受吗?数年之前,赵匡胤就已经对赵普贪财旁敲侧击,本以为赵普会有所收敛,不想如今依然故我,实在没有将他赵匡胤放在眼里。

赵匡胤知道调查赵普将会引发朝廷大地震,可此时已经对赵普不再留恋。若要扳倒赵普,必须得到更多大臣的同意才好,赵匡胤就询问李昉对赵普有何看法。李昉说:"微臣的职责是负责起草诏令,赵普到底做了什么,我不得而知。"赵匡胤听了,沉默不语。李昉其实是在说卢多逊以知制诰的身份弹劾宰相,其实乃是越俎代庖之举。卢多逊会阿附上意,他李昉不会。

看到李昉不追随自己,卢多逊就去拉拢另一位知制诰王祜。

王祜乃是一位老臣,五代后晋时期就已经出仕,可到了宋太祖乾德年间还不过是集贤殿修撰。不过,王祜并非没有机会高升。开宝二年(969年),有人密奏大名府的符彦卿密谋造反,赵匡胤虽然表面不信,可心中还是忐忑不安。赵匡胤任命王祜为大名府代理首长,让王祜主要负责调查符彦卿一案。赵匡胤暗示王祜,如果王祜调查出符彦卿谋反迹象,就可以回朝进入宰臣行列。经过几个月的调查,王祜禀告赵匡胤,符彦卿虽然骄横,可并无谋反迹象。赵匡胤听后很不满意,把王祜贬斥到襄州出任知州。王

237

祜一下子从直辖市市长沦落为寻常的市长。

王祜听了卢多逊的所谓高升计划，不屑一顾。王祜还告诉卢多逊，昔日唐朝的奸臣宇文融和名相张说有矛盾，张说一度罢相，可后来再次拜相，宇文融不得善终。王祜希望卢多逊不要搞投机，得罪赵普不是好玩的。卢多逊听了很不高兴。

不过，就算是李昉不去落井下石，王祜坚持原则，还是有无数人追随在主人身后摇旗呐喊。最终，赵普还是下马了。下马之后不久，卢多逊就因为扳倒赵普有功，升迁为参知政事。后来，卢多逊又见风使舵，凿穿了赵匡胤的船，跑到了赵光义的船上。终于，在太平兴国初年，卢多逊出任宰相。不过，好运不长，素有老狐狸之称的赵普受赵光义之邀，回到了朝廷出任宰相。卢多逊最终又被赵普整倒，客死异乡，最终被钉在奸佞之臣的耻辱柱上。

二、姚、雷事件

宋太宗即位之后,三番五次对《太祖实录》进行修订,并且要求所有内容亲自过目。可以这么说,凡是对赵光义有妨害的史料,或者被删除,或者被篡改,流传到后世的,基本上已经是支离破碎、面目全非了。不过,就算是宋太宗再怎么细致,也总有顾虑不够周全的时候。我们依据官方史料,加上一些私人笔记,大致上也可以还原当初的情形。

让我们从开宝四年的姚恕事件说起。

1. 叫板宰相

姚恕此人是宋初政坛的一颗流星,一划而过。姚恕的出身、家门都不可考。在历史舞台第一次亮相时,职务是开封府判官。

自从建隆年间,赵光义就出任开封尹。不过,开封府的具体事务不用赵光义亲自打理,他主要的精力放在笼络朝臣,建立自己的势力上。于是,开封府的日常事务,基本上就落到了开封府判官的姚恕身上。判官并非朝廷任命的官职,而是地方大员比如开封府尹自己选定的属官。

前几年给赵光义打下手做判官的人叫刘熬,因为冯瓒事件受到牵连,被免去官职流落地方。姚恕接任之后帮着赵光义出谋划策,深得赵光义信任。有一次,姚恕前往宰相府拜访赵普,当时赵普正在会客,守门人让姚恕再等等。身为开封府判官的姚恕,经常作为开封尹皇弟赵光义的代言人出现在各种场合,许多官员,就算是朝中重臣,对姚恕也客客气气,不敢得罪。不想在赵普府上,姚恕碰了一个大钉子。姚恕很生气,走了。估计姚恕走的时候放了一些狠话,守门人还是通报给了赵普。赵普闻言,马上派人向姚恕道歉,可姚恕依然气呼呼地走了。于是,姚恕和赵普就结下了梁子。

作为赵光义的重要谋臣,姚恕会不知道赵普和赵光义的敌对关系?当然不可能不知道。那姚恕为什么还要去赵普府上呢?有两种可能。或者是姚恕领受赵光义之命,特意前往挑衅,试探赵普反应,或者是姚恕嚣张惯了,真心觉得自己有资格可以和赵普叫板了。

无论是哪一种,姚恕和赵普矛盾的背后,都是赵光义和赵普之间的矛盾。作为宋太祖赵匡胤的亲弟弟,赵光义和皇兄之间,既是兄弟,又是君臣,更是潜在的对手——当然,赵匡胤此时还没有意识到弟弟的可怕。作为宋太祖赵匡胤的亲密战友,赵普和赵匡胤之间既是君臣,又超越君臣。赵普虽然专横,但时刻把赵匡胤的江山社稷放在心上。这也是宋太祖看重赵普,后世史家看重赵普的重要原因。

随着时间的流逝,两人的势力都日渐庞大,发生冲突,在所难免。

赵普很高明。既然姚恕不接受赵普的道歉,就是和赵普为敌。数月之后,赵匡胤禁受不住几个舅舅的反复骚扰,派遣舅舅杜审肇出任澶州知州。赵匡胤知道舅舅是个没什么才能的庸人,就想着派遣一个得力大臣做舅舅的副手,不至于让政务颓废,贻害一方。赵普乘势推荐了姚恕。赵普夸赞姚恕如何有才干,治理开封府政绩出色。赵匡胤听后找来弟弟商量,赵光义听到要调走自己的得力助手,强烈反对。一开始,赵匡胤还有些犹豫,调走弟弟的心腹,面子上有些说不过去。可看到弟弟强烈反对,赵匡胤心中也难免反感。赵光义为何要留住姚恕呢?因为姚恕能干。可若姚恕能干,朝廷任命姚恕出任一方通判,成为州二把手,正是给姚恕独当一面的机会。赵光义为什么要反对?只有一种可能,赵光义有私心。于是,赵光义越是反对,赵匡胤调走姚恕的心意越是坚决。

最后,姚恕还是被任命为澶州通判,上任去了。

澶州是宋代北方重镇,黄河从州界内穿过,不过几年就会发生一次水灾。每当水灾暴发之后,朝廷就会追究一些官员的责任,以平息民怨。姚恕前往澶州不过两年,黄河果然暴发洪水,河水冲垮了澶州城墙,无数百姓家破人亡,千里良田被毁。赵匡胤认为,造成这一祸事的原因,是当地官员没有及时有效地组织防洪抗灾工作。作为知州的皇舅杜审肇被罢黜知州职位，回家反省去了。作为二把手的姚恕就没有这么幸运了，在赵普的建议下，姚恕被依法处斩。处斩之后，据说赵普还命人将姚恕的尸体丢弃到黄河之中，几天之后姚恕的家人才捞到尸体。许多人都说，投尸于水的行为实在过分，都很鄙视赵普。

不过，在李焘的《长编》中却特别强调，投尸一事是依据王子融的个人记载，官方正史当中并没有。作为宋臣的李焘，其实是在暗示读者，赵普其实并没有做过这件事情。

2. 状告赵普

经过姚恕事件之后，赵普和赵光义的关系更加紧张了。不过，赵普在明，赵光义在暗。之后，枢密使李崇矩无端被贬，估计和赵光义偷偷运作关系密切。赵匡胤看到赵普一再违抗自己的命令，营私舞弊，甚至组织朋党，对赵普已经日渐不满。赵普虽然是赵匡胤最为倚重的大臣，可赵匡胤纵容臣下有一个底线，就是绝对不能威胁到自己的皇权。赵普弄权，已经是藐视君王，擅自和李崇矩联姻，更是挑战皇权。只要赵普再出现一丁点的错误，赵匡胤就会乘势除去赵普。可是，赵普在朝中势力庞大，如何才能顺利清除赵普呢，联合弟弟赵光义的力量，借力打力，以夷制夷，自然是上上之选。

于是出现了雷德骧之子雷有邻状告朝臣事件。

现在的史料当中没有任何地方可以证明雷有邻和赵光义有关系，可是，没有写并不等于没有发生。

雷德骧被贬斥灵武，削去官籍沦为平民。雷德骧心中自然不满，其子雷有邻更是仇恨满怀，整天考虑如何向赵普复仇。雷德骧有州县官员监视，不得擅自离开灵武。雷有邻就一人回到了京城。

按照常理，雷有邻以一人之力想要扳倒赵普，根本不可能。并且，雷有邻并非朝廷官员，要想及时把握朝廷动态，掌握赵普的种种劣迹，没有信息来源，根本不可能。于是，雷有邻唯一的归宿就是投靠开封尹赵光义，依靠朝中唯一可以抗衡宰相赵普的赵光义,找寻机会,图谋复仇。

赵光义自然是欢迎雷有邻这类和赵普有仇的人出现,既可以达到目的,又不用自己的手沾血,何乐不为。赵光义究竟给了雷有邻哪些帮助不得而知,但从现存的史料看,雷有邻扳倒赵普一事破绽重重,可信度极低。

史料记载,雷有邻到达京城之后,首先投靠了其父雷德骧同科考中进士的秘书丞王洞。雷有邻经常拜访王洞,渐渐获得了王洞的信任。之后,王洞给了雷有邻一些银子,让雷有邻送给中书省的堂后官胡赞、李可度。雷有邻就拿着银子,前往皇宫,敲响登闻鼓。赵匡胤亲自接见,雷有邻状告中书省官员胡赞、李可度贪污受贿,秘书丞王洞行贿。堂后官和秘书丞都是中书省(宰相办公处)的属官,属官贪污受贿,作为领导的宰相赵普难辞其咎。

同时,雷有邻又揭发代理上蔡县主簿刘伟伪造公文,骗取官爵。作为百官之首,负责官员任免的赵普又被控为知情不报,包庇罪臣。

雷有邻又揭发宗正丞赵孚在乾德年间被任命为西川官员,西川偏远,赵孚不想前往,就装病不去。雷有邻说,宰相赵普明知赵孚装病,依然包庇,导致朝廷法纪松弛。

这样三个控诉,让赵匡胤很是生气。赵匡胤下诏,从此之后,参知政事吕余庆、薛居正可以升都堂,和宰相赵普一起处理公务。赵匡胤取消了赵普独相的特殊待遇,让副宰相也可以处理政务。很明显,赵匡胤开始下手驱逐赵普,已经让人准备接替赵普了。

3. 扑朔真相

可是,雷有邻的三个揭发都有问题。

若真的像雷有邻所言,王洞和其他两位官员贪污受贿都是赵普纵容,是赵普一党。那么,王洞不可能接纳雷有邻,并且让雷有邻处理自己的家务,待雷有邻如同自己的儿子。必然是王洞和雷有邻一样,对赵普不满,才会把赵普的仇家雷有邻留在家中。至于王洞行贿,算是证据确凿。可王洞让雷有邻转交的银子,并没有到两位堂后官的手上。说两位堂后官犯下受贿罪根本就是想当然耳。

　　雷有邻又怎么知道上蔡县主簿的事情呢？据说雷有邻和这位主簿刘伟乃是好友，两人交游数月，刘伟将自己的秘密告诉雷有邻。但是，伪造公文的乃是刘伟，和赵普并没有关系。赵普最多也不过算个处事不明的领导责任。

　　至于宗正丞赵孚一事就更荒唐了。朝廷大臣赵孚装病，宰相赵普不知道，雷有邻一个百姓反而知道。这个勉强还说得过去。可雷有邻竟然还知道赵普明知赵孚装病而包庇纵容，就实在是欲加之罪何患无辞了。

　　整个的案件和之前的李崇矩被贬一样，原告明明没有什么可靠证据，可被告依然被罢官外放。

　　作为涉案人的主簿刘伟被斩首示众，王洞三人被打板子后财产充公，除去官籍，永不录用。雷有邻被任命为秘书省正字，有了一个微末官职。

　　不过，就在赵普被罢相，大功告成之后没过多久，雷有邻就神秘死亡了。据说死亡之前，有人看到死去的刘伟跑到雷有邻家中，用板子打雷有邻。邻居听到雷有邻惨叫连连，等过去查看的时候，发现雷有邻已经死了。现场找不到任何被杀痕迹。于是，官方认定，是鬼魂作祟，杀死了雷有邻。

　　真相当然不是这样。

　　最大的可能，应该是雷有邻接受赵光义的命令，充当了炮手，状告赵普。赵普倒台之后，为了防止雷有邻泄露秘密，赵光义派人将雷有邻杀害，使自己彻底摆脱诬告赵普的嫌疑。

三、忠实走狗

开宝六年(973年),赵普罢相,离开京城。

赵普弄权敛财不假,但赵普忠于赵匡胤,是宋朝初建的第一功臣,也不假。杯酒释兵权夺取藩镇兵权,设立转运使夺取藩镇财权,设立通判削弱地方长官行政权,从地方军队中挑选精锐补充入京城禁军等,宋初的各项加强皇权的政策,几乎都是出自赵普之手。

故《宋史》称:"普独相凡十年,沈毅果断,以天下事为己任,上倚信之,故普得成其功。"这句话的意思有二,其一,赵普忠于赵匡胤,忠于赵宋,其二,赵普能够取得如此成就,不仅仅因为赵普有权谋,有识见,更重要的原因,是得到人君的信任。一旦失去了赵匡胤的信任,就算是掌控天下大权十年之久的赵普,也不得不选择离开。

1. 赵宋忠臣

赵普忠于赵匡胤的事情很多,略举数例。

当天雄军节度使符彦卿前来朝会,赵匡胤亲自接见,一番谈话之后,很是高兴,赏赐给符彦卿衣服、玉带,以示恩宠。石守信等人离开京城之后,禁军统帅的职位空缺,赵匡胤有意让符彦卿出任。赵普却认为不可以。在赵普看来,符彦卿名爵地位已经极高,一旦再把兵权交托,很可能引发变乱。赵普多次进谏,可赵匡胤不听。说到后面,赵匡胤明确表示,这件事情不再讨论,自己一定会任命符彦卿为禁军统帅的。不久,赵匡胤下诏,当圣旨传到中书省后,赵普把圣旨截住,带着圣旨前往宫中拜见赵匡胤。赵匡胤说:"莫非你是为了符彦卿的事情而来吗?"赵普看赵匡胤一脸怒容,连忙说不是。于是两个人聊了一点朝中其他事务,等到已经商议结束之后,赵普把那道任命圣旨拿出来。赵匡胤生气地说:"果然如此!这道圣旨怎么在你手上?"赵普说:"我告诉传旨的官员,圣旨中的一些词句还有不得体的地方,就把圣旨留了下来。希望陛下能够反复思考其中利害,以后不用后悔。"赵匡胤看看赵普,脸上的怒色渐渐平息,叹口气说:"我知道你对我的忠诚。可你为何总是要怀疑符彦卿呢?我对符彦卿很好,符彦卿绝对不会辜负我!"确实,符彦卿在周世宗时期就和赵匡胤关系密切,并且,符彦卿乃是皇弟赵光义的亲家。符赵两家本是一体,在周世宗时期,符彦卿都没有背叛赵匡胤,此时,赵匡胤坐了天下,正是同享富贵的时候,又怎么会怀有异心呢?可是,赵普一句话把赵匡胤说得哑口无言,赵普说:"陛下您为何辜负了周世宗呢?"赵普说话很直接,当初周世宗对赵匡胤何等信任,六七年来把赵匡胤提拔到殿前都点检的高位,并且把儿子托付给赵匡胤,可最终赵匡胤却背叛了周世宗。原来,对权力的渴望可以让一个人罔顾一切,包括恩情。

听了赵普的话,赵匡胤收回诏命,继续让符彦卿到外地当节度使去了。

后来,殿前都指挥使由韩重赟担任。韩重赟的资历声望远不如符彦卿,对于赵匡胤来说,比较好操控。数年之后,有人密奏韩重赟和禁军一些将领经常秘密聚会,形成自己的小圈子,还把自己信任的一些将领安插到重要的岗位。赵匡胤听后大怒,想要把韩重赟给杀掉。赵匡胤找来赵普,希望赵普想一个万全之策,如何兵不血刃地擒获韩重赟。可赵普听说之后,却告诉赵匡胤,对韩重赟稍加斥责,贬斥地方就可以了,千万不要动刀子。赵普告诉赵匡胤,陛下如今贵为天子,不可能事事躬亲,像禁军统帅这样的职位需要交托给他人负责。如果现在韩重赟只是因为有流言诽谤,没有实际的证据,就把韩重赟给杀掉,以后禁军将领必然人人畏惧。谁还敢为陛下带兵呢?赵匡胤心中还是很不痛快,赵普反复劝说,直到最后赵匡胤答应不杀韩重赟才离开。

几天之后,韩重赟被任命为彰德节度使。韩重赟听说是赵普救了自己,在离开京城之前,特意到赵普府上感谢。赵普推说身体不适,拒绝会面。赵普明白,赵匡胤对韩重赟心中的疑忌并没有消除,只是顾全大局才听从自己的意见。一旦赵普和韩重赟会面,赵匡胤必然认为,赵普救人乃是徇私,那不但韩重赟必死,他赵普也要跟着倒霉了。

　　有一次,赵普拿出一份升官名单交给赵匡胤。赵匡胤看到其中有几位自己讨厌的官员,就没有批准。第二天,赵普又把这份名单呈上,赵匡胤又驳回。第三天,赵普还把旧名单呈上,赵匡胤火了,到底这个赵普搞什么名堂!赵匡胤叫来赵普,当着赵普的面,把那份奏折给撕了。不想赵普一点不害怕,弯下腰来慢慢把每一片奏折都捡起来。第四天,赵普把粘好的名单又呈给赵匡胤,赵匡胤转身就回宫。赵普一直跟着,在后宫殿门外足足守了几个小时。赵匡胤把赵普叫来,直接向赵普说:"朕是故意不给这几个人升官,你又能怎么样?"赵普说:"有功则赏,有过则罚,这是古今治国的根本。律法的实施,是为了保障天下的安康。奖赏处罚都有规则,岂能因为陛下个人的好恶而改变呢?"赵匡胤听了,沉默许久,最终答应了赵普的请求。后来,这升迁的几个官员果然很称职,受到朝廷的表彰。

2. 党争输家

　　赵普为了赵匡胤,为了赵宋天下,可谓鞠躬尽瘁,殚精竭虑了。不过赵普本人毛病也不少。当赵普执政时期,在中书省办公室摆下一个大瓦壶,朝廷内外,天下官员的奏折当中,如果有符合赵普心意,赵普觉得可行的,赵普就呈递给皇帝。可如果不和赵普心意,赵普认为不可行的,赵普就把那些奏折扔到大瓦壶中,等到塞满了,就一把火烧掉。后来,有人告诉赵匡胤这件事情。赵匡胤很生气。宰相本来应当扮演皇帝的眼睛耳朵,让皇帝可以了解天下大势。可现在赵普却蒙蔽君王,俨然把天下当成他赵普的天下,长此以往,赵匡胤不就变成一个被赵普操纵的傀儡吗?

　　当然,赵普被贬,最重要的原因还是赵光义的排挤。只是赵光义手段高明,做事情多不留痕迹。在被贬到地方之后,赵普曾经向赵匡胤上奏,表明心迹。赵普说:"外人不知道朝中事情,有人说我批评诽谤皇弟开封府尹。皇弟忠孝全德,怎么能够被离间呢?当初皇太后临终之际,我也是顾命之臣。了解我忠诚的人就是陛下,希望陛下能够为我洗刷污名。"赵普这番话,其实告诉后人,赵普离开京城,正是受到了赵光义一党的排挤。赵普正是在和赵光义夺权的斗争中失利而被贬出朝廷呢。

赵匡胤对此当然最是明白。可赵匡胤接到赵普的表章之后,并没有向朝臣解释这件事情。一来,是赵匡胤不想公开"金匮预盟",二来,是赵匡胤不想调解赵普与赵光义之间的矛盾。赵匡胤对赵普的跋扈不满,于是借赵光义一党,将赵普赶出朝堂。或许,数年之后,又可能因为想要赶走赵光义,要借助赵普的力量呢?君王不正是在权力制衡之中掌控皇权的吗。

赵匡胤把赵普的奏折亲手封存,放在金匮之中,也将赵普被罢黜的真相封存了起来。

第十五章
开宝七年

一、史珪博访

虽然,历史教科书上说"仁者无敌",只有得民心者方能得天下,可是,历史的真相往往不是这样。作为一国的君王,既要有仁德爱民之心,却也必须有足够的杀伐决断,该宽仁时宽仁,该无情时无情。

赵匡胤对待臣下,有许多宽仁之政,对许多大将高官,表示足够的信任。同时,赵匡胤又搞特务统治,派遣史珪专门负责暗中查探天下官员。

1. 越诬告越升官

史珪这人本是赵匡胤身边的侍从,在宋朝建立之后,赵匡胤任命史珪为御马直队长,即侍卫团团长。乾德元年(963年),史珪诬告殿前都虞候张琼谋反,说张琼私下培养了属于自己的数百名武士。赵匡胤大怒,下令抓捕张琼。张琼不堪其辱,自杀而死。后来调查得知,张琼家中不过有三个仆人。赵匡胤责问史珪怎么回事。史珪说:"张琼的部下都能够以一敌百。"史珪的回答如此荒唐,可赵匡胤不但没有治罪,反而将史珪多次升迁,让史珪当到了马步军副都军头的高位。到了开宝六年(973年),史珪又升迁为都军头、毅州刺史。原因很简单,张琼虽然没有造反迹象,可既然已经自杀,且没有其他势力要求严惩史珪,那么,给张琼一个烈士待遇,给张家一个出仕名单,也就对得起张琼了。何况史珪虽然犯下小错,却是负责情报工作的要员。一旦处罚,必然影响情报队伍的工作积极性,以后就没人愿意给赵匡胤打小报告了。简单一句,再孬也是自己人嘛。

不过,开宝七年(974年)的一件事,却让赵匡胤对史珪警觉起来。

德州刺史郭贵任期满后调任邢州知州,郭贵虽然走了,可一些亲戚还留在德州。那些亲戚倚仗郭贵的权势,在德州横行不法,现在靠山走了,做坏事却成了习惯,改不了了。新任德州知州乃是国子监丞出身的梁梦升,此人学识丰富,品行正直,在一番查访后,掌握了郭贵几个亲戚违法的切实证据,于是下令将人逮捕。郭贵听到风声,急忙写信求情,希望梁知州能够看在同僚的面子上网开一面。按照官场惯例,新任知州多少要给前任卖点面子,毕竟人家是前辈嘛。可没想到梁梦升根本不管什么潜规则,把郭贵亲戚抓捕入狱,定成铁案,上报朝廷。郭贵大怒,急忙派遣心腹来到都城,找到了好友史珪商量对策。史珪的官职虽然不是很高,可却是皇帝身边亲信,俗话说"宰相门前七品官",更何况是皇帝的侍卫长,说话分量自然不一样。史珪告诉郭贵,若毫无准备地跑到皇帝面前,就算是他史珪说情也一样没用。皇帝一向是秉公执法。何况此刻公文已经上报朝廷。如今之计只有向梁梦升泼脏水,才是唯一的脱困之方。一旦梁梦升成为贪官、赃官,所判处案件的真实性自然也大打折扣了。

史珪将案件经历以及郭贵的嘱咐详细记下,等待合适时机禀奏赵匡胤。

有一天,赵匡胤看罢奏折,和史珪聊天。赵匡胤很是从容地说:"最近朝廷内外官员任职应该还算是合适吧!"史珪听了,觉得时机已到,立刻回禀赵匡胤:"如今的武将还算不错,可文臣之中,却也并非都是好官。"赵匡胤一听,以为史珪有什么特别事情回禀,就让史珪详细说说。史珪就告诉赵匡胤,新任德州知州梁梦升如何欺压良善,污蔑前任刺史郭贵,非法拘禁百姓,殴打致残,等等。史珪本以为赵匡胤会像以往一样,听从自己的意见,处罚当事官员。不料赵匡胤听后,脸色一沉,说:"这件事情必定是前任刺史有不法行为,梁梦升乃是严格执法的好官!"赵匡胤当场写下一纸诏令,让宦官传旨中书,将梁梦升升格为赞善大夫,以示褒奖。等到宦官已经出门,赵匡胤又下令另一个宦官带上新的诏令前往中书省,将梁梦升又升级成左赞善大夫。虽然职位还是从五品的德州知州,可却享受正五品的政治待遇。

史珪本想污蔑梁梦升,却没想到自己一番话反倒让梁梦升官升一级。皇帝的心思太难猜,史珪简直就看傻了。

那么,赵匡胤究竟为何如此?

有两个原因:

其一,赵匡胤对史珪专横之事已经有所警觉。当初张琼一事,赵匡胤虽然没有当场发作,责罚史珪,却对史珪做事的公正性产生了怀疑。一旦领导开始怀疑一个人,那么,那个人要想再获得领导的信任,就千难万难了。

其二,赵匡胤可能已经得到了梁梦升相关的奏报,在了解案情之后,赵匡胤做出了自己的判断。梁梦升断案事情本属于刑部工作,可史珪一个情报人员却强行干涉,除了史珪和郭贵联手,通同作弊意图蒙蔽君王,不可能有其他原因。

赵匡胤可以容忍一个属下庸碌,却不能容忍一个属下擅权。

史珪看到赵匡胤如此行事,吓了一跳,对这件事情再也不敢多说了。

史珪除了查访官员不法事迹之外,还负责汇报民情,巡查地方。

开始几年,史珪行事还比较公正,随着官职渐渐升迁,为人也就跋扈起来。京城中富商云集,可作为侍卫长的史珪却没有什么额外收入。加上最近数年,赵匡胤对史珪汇报的官员情况不大热心,史珪就想着另外找寻一条发财路径。

朝中一些部门将外地货物调进京城,再选择京城中的大商家负责发卖。因为是搞官府专卖,官员商家都获利不少。

史珪听到消息,也想分一杯羹。可相关官员不买账,认为史珪不是三司衙门,也不是户部衙门,凭什么插一脚呢!史珪知道后大怒,派遣军士暗中查探,看到有商人给官员送礼或者商人擅自抬高价格,将他们全部拿下。史珪还规定,所有官府出卖物品,必须严格按照官方规定价格出售,任意抬高降低都是违法。一旦违法,史珪就大搞株连。一人犯法,整个行业的商人都要受到牵连,经常搞得整个集市中都做不成买卖。众位商家不得已,只能给史珪送礼,打通关节。

史珪狠狠赚了一笔。

可是,史珪的霸道也激怒了有关部门的官员,这些人个个都不是善茬。他们层层上报,找到三司使,说史珪如何如何擅权,扰乱朝廷法度。三司使就将这件事情告诉皇帝赵匡胤。赵匡胤听后特意下诏:"自古以来,小民都是唯利是从,市场行情怎么能够以法律强行统一呢?但是,官府专卖物品又必须定价,请有关部门合理订出一个价格,允许一定幅度,以后遵照执行。至于之前违犯人员,一律不问。"赵匡胤的诏令可以说既保全了国家的赋税收入,又维护了百姓的合法收益,合情合理。

从此之后,史珪在赵匡胤面前就抬不起头来了。

2. 幸福时光远去

其实,赵匡胤贬斥史珪,除却史珪本人以权谋私之外,还因为大环境的改变。

在宋朝初建之时,全国上下人心浮动。为了宣扬诚信,赵匡胤多次下诏,答应各地官员,只要承认中央政权,就保证一生富贵。可是,这些臣服的官员中,有人心悦诚服,有人却怀有二心。赵匡胤必须以稳定大局作为治国方略,可是也不能不提防怀有异心之辈。于是,情报人员诸如史珪等人应运而生。

当史珪密奏张琼谋反,明明查无实据,可赵匡胤依然将张琼逮捕,原因只有一个,张琼是殿前都虞候,乃是禁军高级将领。赵匡胤要的是杀一儆百,就算张琼没有明显的谋反迹象,只要有人举报,朝廷就必须追究。那几年,是史珪最得意的幸福时光。

随着时间的流逝,大宋朝廷已经是稳如磐石,国内无论是后周旧臣还是新朝权贵,都已经被赵匡胤剪除爪牙,即便有心也无力威胁中央。何况有心之人都已经在萌芽状态就被剿杀,比如赵匡胤重惩川班殿直事件。

当天下太平之际,不走法律程序的情报部门存在的必要性已经大打折扣。赵匡胤虽然没有公开撤除情报机构,但对史珪以及相关的情报人员已经远不如当初信任。他们的意见只不过成为一个参考。

有一件事情可以为证。

在史珪之下,有一个马步军副都军头叫周广,此人也喜欢打小报告。有一次,周广主动向赵匡胤申请出使吴越。周广说:"每次朝廷派出使者前往吴越,吴越国主都南面而坐,在一旁设立使者的座位。吴越国主钱俶虽然地位尊贵,可毕竟也是陛下臣子。这种行为实在是我国的耻辱。"赵匡胤听了,说:"那你能够改变这个局面,使国家免受侮辱吗?"周广当场答应。当周广到达吴越之后,吴越国主钱俶果然像以前一样接待宋朝使者。周广就很傲慢地说:"我和你一样,并肩侍奉君王,现在座位的摆放却是一君一臣。我是绝对不会入座的。"钱俶听后大惊,急忙改换位置。

回到朝中,周广很是骄傲,觉得自己为国争光,皇帝应该予以嘉奖。可赵匡胤却很久没提表彰的事情。周广不服,就主动询问。不料赵匡胤说:"你不过是倚仗朝廷的威势才能如此。不然,钱俶为何要答应你的要求呢?"周广听后,深感羞愧。

其实,周广还是有功的。赵匡胤如此行事,不过是刻意打压身边人的嚣张气焰。对待属下,在他们受委屈的时候可以细心呵护,在他们张狂放肆的时候,却应该高举大棒。有时候敲打敲打,远比奖励更加有效。

二、深刻机心

在北宋之外的天下诸侯中,南唐的实力最为强劲。在后周时代,南唐可与中原王朝一较长短,可惜,中主李璟好战多疑,不能合理采纳臣下意见,以至坐失良机,被迫割让长江以北两淮地区给后周。进入北宋,南唐国力大衰,但仍有长江天险与数十万精锐水军,始终是北宋最大的敌人。

赵匡胤图谋南唐多年,正因攻取艰难,搁置多年。到开宝七年时,正式开始攻取南唐的军事行动。赵匡胤之所以选择在这一年进攻南唐,一个重要的原因是开宝六年十一月,南唐人樊若水来投。樊若水的到来,让南唐倚仗的千里长江之险化为乌有。一旦可以横跨长江,宋军可以直驱金陵城下,南唐水军的威胁也可以降到最低。既然攻取南唐的两大难题都迎刃而解,此时不取,更待何时?

1. 十年磨剑

樊若水的祖先本是京兆长安人,从祖父一辈开始在吴国出仕,担任金坛县令。之后,南唐李昪崛起,灭吴建唐,其祖父也继续在南唐为官。其父在中主李璟朝出仕,也是县令一流的小官。到樊若水这一代,樊家开始没落。樊若水几次科举都没有考中,常常为乡人嘲笑。樊若水自诩才学出众,却屡试不中,心中悲愤。樊若水也曾经上书朝廷,表达一番慷慨报国的豪情壮志。不过,南唐后主李煜经常在强国与苟且之中反复,加上奸佞当道,樊若水这寻常布衣的奏书,又怎么能够上达天听。樊若水看到在南唐出仕无望,转而将目光投向中原。

不过,要想在中原王朝出仕,又谈何容易。南唐文风鼎盛,科举出道艰难异常。可北宋疆域人口更是南唐的数倍,且从太祖建国以来,每年科举考中进士不过十人左右。樊若水学问浅薄,要想在大国以科举一途出仕,也是难于上青天。

关于樊若水的学问,从其改名可见一斑。在开宝六年(973年)樊若水初见赵匡胤时,赵匡胤问樊若水之名有何讲究。樊若水说:"唐代尚书丞倪若水诚信正直,名闻天下。我私下很是仰慕,故名之曰若水。"樊若水本想搬出个名人,来给自己脸上贴金。不料赵匡胤听后哈哈大笑,左右文臣也都对樊若水投来鄙视的目光。赵匡胤虽然是武将出身,可从军以来博览史书,见识广博。樊若水口中的唐代名臣,真实姓名并非倪若水,而是倪若冰。赵匡胤笑呵呵地看看左右,说:"朕昔日有言,宰相需读书。其实百官更需读书,不然可就要闹笑话了。"赵匡胤看看手足无措的樊若水,说:"你从此之后不妨改名'樊知古'吧!"樊若水脸红脖子粗,叩头答应。故《宋史》樊知古即樊若水也。

学问一道不通,樊若水开通脑筋,想出了另一条上位的途径。

既然要在北宋以非科举的方式出仕,就只能建立军功。虽然南唐对北宋早已称臣,可赵匡胤怎能允许"卧榻之侧,他人酣睡"。北宋迟早要攻取南唐,如果能够让宋军越过长江天险,在长江南岸和唐军交战,那必然可以一举攻破南唐,自己也就可以成就大功。但如何才能够让大军渡过长江呢?自古以来南北王朝就倚仗长江,南北对峙。长江江面宽阔,当时的条件下根本不可能搭建大桥。前代也曾经有人在长江搭建浮桥,但浪高水急,很快就会冲毁,要让数万大军顺利通过,几乎就是不可能的事情。

但是,几乎不可能并非绝对不可能。樊若水认为,北宋攻取南唐,必然把主要兵力放在金陵城下。金陵对应的一段长江,以采石矶地形最为险要。一旦宋军越过采石矶,南唐军队必然军心大乱。可采石矶无风也有三尺浪,江中更有许多暗礁,小船尚可勉力通过,大型战舰常常触礁。正因如此,南唐军队在采石矶的守备也相对薄弱。

怎么办呢?樊若水没有急于一时,而是做好了十年规划。他准备用十年的时间,来实现他的富贵之梦。

于是,樊若水开始了他长达十年的谍报工作。

樊若水划着小船，每天出门打鱼。樊若水的船上带了许多鱼线，把一头鱼线固定在南岸，然后顺流划到北岸，测量江面宽窄，又以钓鱼为名，测量江水深浅，何处有暗礁，何处有暗流。经过数年的测量，樊若水基本了解了长江沿岸的水路情况，对于采石矶一段更是了如指掌。

可在即将大功告成的时候，樊若水忽然发现，就算了解到江水的宽窄深浅，可是，要想搭建浮桥的话，必须在长江两岸设立一个可以固定铁锁的地方。别的地方还好一点，采石矶乃是南唐军事要塞，根本不可能公开修建什么建筑。

樊若水苦思冥想数月，终于想出了一条匪夷所思的妙计。为了得到富贵，为了伸展抱负，为了把当初嘲笑他的人踩在脚下，樊若水竟然削去头发，当了和尚。

樊若水来到江边一所小庙广济寺当了和尚，行医赠药，与人为善，很快就获得了百姓的欢心。然后，樊若水告诉长老，采石矶一段水路险恶，许多渔民都葬身江中，为了给沿江百姓祈福，希望在江边修建一座高塔，以超度亡魂。主持大喜。樊若水就四处求取布施，百姓们看到樊若水修宝塔，都认为是一件功德无量的大好事。连驻守采石矶的将领也认为樊若水其心可嘉。于是，一座坚固高大的宝塔就在采石矶之畔竖立起来。

不久之后，这座高塔，就成为宋军搭建浮桥、横渡长江、攻取采石矶要塞的关键因素。

2. 一战成名

一切完成之后，樊若水前往北宋。

当樊若水告诉赵匡胤可以修建浮桥，让宋军渡过长江，并献上长江水路图的时候，赵匡胤大喜。

大喜之后，赵匡胤当然要有所表示。从问答的情况看，樊若水学问浅薄，正常考试是考不取进士的，加上那一年科举已经结束。于是，赵匡胤特意命人带着樊若水前往翰林学士院，进行了一场特别测试。既然是皇帝亲自打招呼，翰林学士自然明白其中意图。考试结果出来，樊若水被赐予进士及第,赵匡胤亲自加封为舒州团练推官。

赵匡胤告诉樊若水,推官虽小,但只要渡江计划成功,樊若水就立下大功,自然富贵不可限量。

樊若水心思缜密,此次前来宋朝,他是孤身来到,若携带家眷过江,必然引起南唐军队警觉。樊若水请求赵匡胤下诏后主李煜,将其母及妻儿护送过江。消息传到南唐,李煜、徐铉等人根本就不知道樊若水是何人,傻乎乎地派人把樊若水家人护送过江。

家人到达,樊若水放下心来,专心工作,不久便献上亲自设计的大型战船的设计图。赵匡胤下令造船工作就由樊若水负责。樊若水前往两湖地区,督建战船,以备搭建浮桥之用。樊若水把自己的一生幸福都压在攻取南唐一战上,督建工作自然上心。不出一年,数千艘坚固异常的大型战舰打造完毕。

开宝七年的十月,宋军在主帅曹彬的率领下大举进攻南唐。樊若水做事极为谨慎,为了保证在采石矶江段能够顺利搭建浮桥,樊若水提出先在水流和缓的石碑口试造浮桥,成功之后,再迁移到采石矶。听闻宋军在采石矶上搭建浮桥,南唐后主李煜不以为然,他告诉左右:"遍览史册,无人能够于长江成功搭建浮桥。宋军此举不过自取其辱耳。"可事实却是,曹彬依照樊若水提供的设计方案,用了三天就搭建完成,并且实际施工和预测数据一般无二。北宋大军过江,如履平地,成功跨越长江,直逼金陵城下。

不久,南唐灭亡。樊若水献策有功,晋封为侍御史。赵匡胤特意让樊若水到南唐各州传达宋廷诏令,赵匡胤的意思很明白,只要南唐官员能够像樊若水一样投降大宋,大宋必然不计前嫌,量才录用。樊若水很幸福,很得意。

几天之后,赵匡胤再次升迁樊若水,提拔为江南转运使,负责整个前南唐十多州的钱粮转运。樊若水一朝权在手,便把令来行。

当初豫章郡有一个洪老爷,乃是豫章首富,掌管州中商业,曾经凌辱久考不中的樊若水。此时樊若水得意归来，便思量着找个理由治一治洪老爷。江南使用铁钱，官府强行规定铁钱一文充当铜钱一文使用，南唐朝廷借此聚敛民财。可老百姓并不是傻子，人们都不愿意使用铁钱，渐渐地，一个铜钱就可以换取几枚铁钱，物价逐渐失控。宰臣无奈，只得下令，以十个铁钱当一个铜钱使用。如此一来，南唐境内更是物价飞涨，民怨沸腾。樊若水本是南唐人，自然明白其中弊端，他把这些情况奏报赵匡胤，请求废除铁钱，统一使用铜钱。赵匡胤批准。然后，樊若水找到洪老爷。那洪老爷当初倚仗手中权力挪用官府公款，欠下数百万铁钱的公款。樊若水表示，朝廷已经废除铁钱，所以洪老爷的亏空必须用铜钱来偿还了。结果，洪老爷倾家荡产才勉强还清欠款。

当初樊若水落魄的时候，到酒楼吃饭，受到老板的奚落，樊若水也记在心中。樊若水派人通知酒楼老板，现在已经是新朝，就必须有新规矩。既然你们开酒楼，就必须缴纳商业税。大宋征收税费非常合理，是依据酒楼店铺每天的收入进行核算，缴纳一定的百分比。樊若水派人去调查每个商户每天的收入情况，统计汇报核算一年的税费。各地商人都表示新规定很人性化，很好呢，可唯独那个酒楼老板叫苦连天。原来，樊若水一直没有派人来调查那家酒楼的收入情况，等到大年三十那天，无数人都到酒楼打酒订菜，生意火得不得了。樊若水在那天派出差役前往核算，就以大年三十那一天酒楼的收入作为全年缴税的基准。结果，这家酒楼把老本赔掉，都交不起税费，从此破产。

南唐百姓得知是樊若水引来宋军，对樊若水卖国求荣极为痛恨。许多百姓跑到樊若水家乡，把樊若水的祖坟全都刨了个遍。

确实，樊若水不是一个君子，不过，樊若水也并非是一个彻头彻尾的小人。在担任江南转运使的数年，樊若水多次上奏朝廷，免除南唐留下的许多苛捐杂税，宋太祖大都依从。樊若水为官还是能够顾全大局，体察民意。樊若水本人虽然每天手中钱财经过无数，可从来不贪不占，很是清廉。为了表彰樊若水，宋太祖和宋太宗先后赏赐钱财数百万。之后，樊若水调任其他地方，政绩也颇为出色。史载樊若水"明俊有吏干"。樊若水虽然操守不咋样,也没什么恕道精神,可为官明白情理,精明强干,对于理财尤其是一把好手。

百姓们常常只看到道德方面的细小问题,而忽略了历史大局。就算没有樊若水,宋军不出数年一样可以攻取南唐。那样的话,无论是宋军还是南唐军队,死伤只会更多。

三、精心备战

可以说,赵匡胤从即位之初,就把南唐当成自己最大的敌人。一晃十多年过去,两湖收服,后蜀平定,南汉灭亡,剩下有南唐和吴越以及温州漳州等地的陈洪进政权,还有盘踞山西的北汉政权。北汉经历了一次重挫之后,已经无力攻伐北宋,吴越历来对中原王朝臣服。只要南唐平定,吴越和泉漳等地就可能兵不血刃归附宋廷。

樊若水到来,赵匡胤大喜,此时天时地利人和三者皆备,攻取南唐已经不成问题。

当然,战争并非儿戏,还存在许多变数。作为拥有北宋将近一半人口的大国,南唐的实力依然不容小觑。并且,后主李煜表面上对宋朝臣服,但一直不甘心束手就擒,而是积极图谋对抗。之前,宋军几次攻伐战,几乎可以说是轻而易举就拿下。可征伐南唐却绝不可能一帆风顺。

赵匡胤做事谨慎,为攻取南唐做了万全的准备。

1. 师出有名

要攻取南唐,首先要师出有名。从赵匡胤即位之初,南唐就对宋廷称臣,之后,后主李煜自行贬抑,连南唐国主都不叫了,改称为江南国主,以下各级官员的名称都降格,以示对宋廷的尊崇。多年来,南唐对宋朝朝贡请安不断,基本上做到了一个属国应尽的职责。在这样的情况下,宋朝依然要对南唐用兵,就有些说不过去了。何况,同为属国的吴越,也会心生恐惧。万一南唐吴越联手,那就不好对付了。

赵匡胤思前想后,找了一个理由。既然你南唐是我大宋的属国,那南唐国主就应该到京城来朝拜宋朝君主,以示忠诚。左拾遗李穆作为使者前往南唐。这李穆本是参知政事卢多逊的好友,当赵匡胤考虑使者人选的时候,卢多逊大力推荐李穆。赵匡胤开始还担心李穆是一个文学之士,为人比较仁慈和善,估计很难完成任务。可卢多逊却大拍胸脯打包票,说李穆为人正直端方,平常看来比较文弱,但遭逢大事,却能够用生命来捍卫原则,绝对不会给朝廷丢脸。赵匡胤点头答应。果然李穆不辱使命。

李穆到达南唐后,向李煜传达了宋君的邀请。李煜犹豫不决,想要去的话,担心赵匡胤把自己留下来,一旦留下,那南唐必然不战而亡,想要不去,赵匡胤就有了发兵的理由,一旦开战,南唐迟早还是要灭亡。怎么办呢?在众位大臣的劝说下,李煜最后决定,还是不去汴梁。李煜告诉李穆,自己侍奉大国诚心可昭日月,之所以如此,是希望大国能够保全自己的宗庙社稷。若此时前往,江山社稷必将难保。李穆听了,告诉李煜:"是否朝会,由国主自行决定。不过,拒绝朝会的话,两国必然开战。我朝兵甲精锐,财力雄厚,一旦开战,恐怕不容易抵挡哦。希望国主仔细考虑,以后不要后悔。"此时若是接受邀请,前往宋廷,南唐虽灭,却有献土之功,一旦战败被俘,那就只能做阶下囚了。李煜默然不应。当李穆还朝之后,把双方谈判结果禀告赵匡胤,赵匡胤认为李穆的见解很正确,江南朝廷也觉得李穆的提醒并非虚言。双方都明白一场大战在所难免。

既然李煜没有应邀前来,也就意味着双方关系破裂,宋唐已成敌国。赵匡胤有了出兵讨伐的理由了。

2. 精心择帅

当然,要想取得战争的胜利,关键还是统帅选派得宜。那么要选派谁做这次战争的统帅呢?

在最初平定国内二李的战争中,赵匡胤都是御驾亲征。因为那时候执掌军队大权的是石守信、王审琦等军中大将,赵匡胤不想把军权交托给他们,别人又指挥不动这些禁军大佬。到平定两湖时,赵匡胤派遣军中最有经验的老将慕容延钊率军出征,同时派遣心腹李处耘担任副手,挟制慕容延钊。两湖平定,两位统帅之间发生了些摩擦,不过还都在赵匡胤的掌控之中。到平定后蜀的那年,慕容延钊已经病死,于是由崛起的中年将领王全斌担任主帅。不过,王全斌作战能力出众,却不善于约束部下。结果后蜀灭亡之后,西川爆发兵乱,折腾了许久。王全斌也因此受到贬斥。在平定南汉时,赵匡胤用大将潘美做主帅。潘美和慕容延钊、石守信等人不同。他们几个人名位和赵匡胤相当,更多的是合伙人的关系,所以只要有机会,赵匡胤就削夺了石守信等人的兵权。潘美则从一开始就是赵匡胤的忠实小弟,在平定二李时还是给石守信打下手,多年之后终于成长了起来,在平定南汉的战役中表现很不错,作为赵匡胤的嫡系,在此次出征南唐的统帅候选人中呼声也最高。

可最后赵匡胤选择的,是一直徘徊在赵匡胤嫡系之外的曹彬。这个任命,让潘美、李处耘等人大跌眼镜。

曹彬本是后周太祖郭威宠爱的张贵妃的侄子,也就是后周的外戚。当赵匡胤担任禁军统帅的时候,后周许多高官,包括昔日的上司、郭威的女婿张永德和周世宗的岳父符彦卿都主动讨好赵匡胤。可曹彬除却公事,从来不去拜会赵匡胤。建隆二年(961年),赵匡胤特意把曹彬从外地召回京城,当面询问曹彬:"昔日我常常想着和爱卿多亲多近,为何你却故意疏远我呢?"曹彬叩头回禀:"臣作为后周的近亲,又负责皇宫安全工作,就算是每天小心谨慎做事,也担心犯下过错。怎么敢背着朝廷私下结交大臣呢?"赵匡胤开始有些不舒服,可后来却觉得曹彬不是一般人,不会为了讨好自己而说一些违心的话。和一些谄媚之徒不同,曹彬是有操守和原则的人。赵匡胤明白,要想成就大业,曹彬这样的人才绝不能错失。

赵匡胤的目光果然没错。在平定后蜀的战争中,王全斌率领的一支队伍军纪涣散,战斗力大减。而曹彬担任监军的那支队伍,却军纪严明。正是有曹彬的方正严谨,西川的叛乱才得以比较快地平定下去。之后,曹彬也被提拔为宣徽南院使,跨入军中高级将领行列。

可是,曹彬在军中的资历还比较低,又并非陈桥兵变之时的开国元勋,要想担任统帅,震慑其他军中宿将,还比较困难。

赵匡胤召见各位将领,当着众人的面嘱托曹彬:"曹卿家,南方的事情,就全部交托给你了。希望你顾惜百姓,广施恩泽,使得江南百姓心悦诚服归顺。出兵之后不必急于求成。"赵匡胤的意思很明显,当初平定后蜀正是因为主帅急功近利,才引来更大的风波。眼下诸位将领也多参加了平定后蜀和平定南汉的战役,两战下来,诸位将领都大发其财。此次出征,估计也有不少人想着滥杀百姓,劫夺民财呢。

赵匡胤让曹彬上前,交给曹彬一个长匣子。赵匡胤告诉诸位将领,匣中乃是自己佩戴的宝剑,并当众宣布:"曹彬乃此次出征主帅,副帅以下任何将领,不听从命令者,可依照圣旨先斩后奏。"潘美正是此次出征的副统帅,听后大惊失色,不敢抬头看赵匡胤,潘美之下的将领更是两股战战。

不过,整个出征行动,曹彬也一直没有打开匣子。等到大军胜利还朝,曹彬把匣子交还赵匡胤。赵匡胤当众打开,曹彬和潘美等人惊讶地发现,原来长匣之中空空如也。

赵匡胤之前公开交托长匣,是为了震慑诸将,告诉众人必须听从号令,禁止滥杀,等到大军回归,当众打开长匣,是告诉潘美诸将,就算是潘美等人犯错,曹彬打开匣子,也可以明白赵匡胤的用心。赵匡胤眷顾诸将,绝不会轻易斩杀。曹彬潘美见此情景,都不禁大赞皇帝仁德厚恩。赵匡胤恩威并施,手腕实在高明。

3. 联盟吴越

为了保证作战成功,赵匡胤在师出有名、选定将帅的同时,又派出使者前往吴越,邀请属国吴越携手进攻南唐。

早在开宝六年(973年)的时候,吴越国王钱俶派遣判官黄夷简到开封进贡。赵匡胤告诉黄夷简:"你回国之后转告你们元帅,抓紧训练军队。现在江南对抗天朝不来朝拜,我将派出大军征讨。希望你们元帅能够相助,不要被其他人迷惑。"

原来,在赵匡胤派出使者前往吴越的同时,后主李煜也派使者带去自己的亲笔书信。信中说:"今日没有我南唐,明日又岂能有你吴越?不用多久,大王您也将成为汴梁城中一布衣啊!"吴越的宰相沈虎子就认为,南唐乃是吴越的屏障,南唐一旦灭亡,吴越岂可独存?此时帮助宋朝攻打南唐,无异于自行撤去屏障,必然唇亡齿寒啊!可吴越国王钱俶畏惧大宋,不敢听从,反倒把反对作战的沈虎子罢官。

原来,和其他野心勃勃的诸侯不同,吴越历代君主从立国之初就奉行一条国策,对中原王朝俯首称臣,五代时期如是,现在进入了大宋依然如是。吴越的这种行为,确实可以换来一定的和平,但随着时间的流逝,天下诸侯逐渐被剪除,吴越的灭亡也就在迟早之间了。

苏洵曾写《六国论》,文中有云:"为国者无使为积威之所劫也。"数十年对中原王朝俯首听命,钱俶早就放弃了武力斗争。在钱俶看来,此时顺从宋朝,还可以换来数年的太平。毕竟宋朝还有北汉这个劲敌。既然吴越如此顺服,自然要放在最后一个收拾。做一天和尚撞一天钟,多数时候也是无可奈何的事情。

只要不是眼下灭亡就好!

于是,在宋军大举进攻金陵的同时,吴越国王钱俶亲率大军攻打南唐东部重镇常州,最终胜利拿下。

有了这三个方面的精心准备,大宋攻取南唐几乎就是轻而易举、板上钉钉的事情了。

第十六章
开宝八年

一、艰难一战

和后人心目中后主李煜柔弱昏庸不同,正史中的李煜还是有几分骨气。当然,这份骨气也可以说成是不合时宜的傲气,是妄自尊大的狂态。在大宋出兵夺取数州之后,后主李煜还感觉良好。当宋军在采石矶造桥,后主李煜评价搭建浮桥如同儿戏,根本不可能成功。李煜派遣手下将领率领水军万人,步军万人驰援采石矶驻军,前后兵马有十多万之多。李煜还认为:"水陆两路大军齐头并进,定当大胜而归!"可三天之后,宋军成功跨越长江天险,速败南唐军队,大军直逼金陵城。

真正让南唐覆灭的原因,则是李煜用人不当,贬斥忠臣,身边徒剩奸佞。

1. 仁肇奇谋

在开宝初年,宋军和北汉军队交锋的时候,南唐大将林仁肇密奏李煜。林仁肇认为,前些年宋军攻破后蜀,之后又夺取南汉,南唐已经在宋朝的势力包围之下,情势危急。宋军主力数年来不停作战,转战千里,疲惫不堪。

最为重要的是,宋军主力都已经调派到山西地区,在淮南各州驻守兵马不超过千人。此时正是夺回两淮地区的最佳时机。

林仁肇还提出了具体作战计划,只要朝廷拨给他数万兵马,他将从寿春地区北渡,攻占正阳地区。如此一来,江北全境都将光复。就算是宋军调集兵马前来救援,林仁肇也可以倚仗淮河坚守城池。当时后主李煜担心,背叛宋朝贸然起兵,成功则可,万一失败,必定招来宋军的反扑,苦苦维系了十多年的宋唐和平就会被打破。林仁肇提出,后主李煜可以在林仁肇起兵之初就宣布林仁肇背叛南唐,攻取淮南是林仁肇的个人行为。这样一来,战争成功,有功于南唐,万一失败,也不过是林仁肇一家遭殃。

林仁肇这个计划可行性很高。可李煜瞻前顾后,最终还是拒绝了这个建议。后来消息泄露,作战计划传到了赵匡胤耳中,赵匡胤大惊失色,若南唐在宋军攻打北汉时从背后捅一刀,后果不堪设想。赵匡胤认定林仁肇是大宋潜在的大敌。只要林仁肇活着,南唐就不会安分。

于是,赵普帮助赵匡胤想出了一个反间计,轻而易举地铲除了林仁肇。

赵匡胤派出密探不远千里来到南唐,通过贿赂林仁肇的随从,得到了林仁肇的画像。然后,赵匡胤命人把画像悬挂在一间别墅之中。等到南唐使者后主李煜的弟弟李从善来到汴梁,拜见皇帝之后,赵普主动和李从善套近乎。赵普假装随意带领李从善到自己家中,假作闲逛,进入了一间房子,李从善看到里面有一副画像,觉得有点面熟,就问是谁。赵普开始假意不说,后来才吞吞吐吐地表示,乃是林仁肇,并且表示,是林仁肇有心归顺,因此献上自己的画像作为信物。李从善听后大惊,认为林仁肇必然通敌,返回南唐之后就禀告哥哥李煜。李煜大惊,联系之前林仁肇主动请命的行为,就猜疑是不是林仁肇想着带领数万南唐军马投降北宋呢?如果是真,那危害可就大了。

可是,李煜并没有林仁肇通敌的实际证据。只是,一旦臣子失去了君王的信任,也就到了死亡的边缘。不久之后,李煜用毒酒杀死了林仁肇。

林仁肇去世之后,南唐再无优秀将领。

2. 奸佞误国

当潘佑、李平被赐死之后，南唐朝廷主战一派群龙无首，朝政于是掌握在张洎、陈乔手中。各地告急奏章雪片一般飞到金陵，可都被张洎、陈乔压下，李煜一无所知，每天依然在后苑之中和一群僧人道士诵经念佛，宣讲《易经》。张洎、陈乔等人明白，自己怂恿后主杀死潘佑、李平等人，一旦后主李煜意识到是自己二人造成南唐的败局，那自己的好日子也就到头了。可二人没有想到，南唐败亡竟然那么迅速，就连千百年来难以飞越的采石矶浮桥都被宋军轻松越过，沿江布置的十多万军马竟然也被宋军一战击溃。等到宋军已经兵围金陵时，张洎、陈乔二人依然极力封锁消息，不让后主知晓。当时南唐老将全都死去，主持金陵防务的是南唐名将皇甫晖的儿子皇甫继勋。虽然人们常说"虎父无犬子"，可事实常是"一蟹不如一蟹"。皇甫继勋这个官二代除了吃喝嫖赌，自高自大，什么都不会。掌握军权的皇甫继勋不知道体恤将士，反而任意打骂羞辱部下，将士怨气冲天。皇甫继勋本人认为，南唐必败，并且，晚降不如早降，把心思都用在如何劝说后主投降上。将士们就更加愤怒了。南唐毕竟立国数十年，并且国内比较安定，民心还是归属李氏。部下有些将领自发组织敢死队想要在晚上出城偷袭宋营，结果被皇甫继勋发现。皇甫继勋不但不予奖赏，反而当众鞭打主事的将领。这下激怒了所有将士。一些高级将领就越过皇甫继勋、张洎等人，冒死把金陵的实情告诉后主李煜。李煜还不信，亲自到金陵城头，看到宋朝大军都已经在金陵城下扎下营寨，才明白自己被众人耽误。张洎、陈乔急忙辩白，军机要务一向都是皇甫继勋掌管，与己无干。李煜下令，将皇甫继勋逮捕，斩首示众，所有兵士争相上前，割取皇甫继勋之肉而食，顷刻间，皇甫继勋就被吃了个精光。

皇甫继勋死后，张洎、陈乔逃过一劫，权力反而更大了。

李煜命令驻守湖口的大将朱全斌率领十万水军火速援救金陵。李煜的想法很不错。虽然宋军已经到达金陵城下，可是金陵城高墙固，城中粮草足够支撑三五年，宋军却远来疲惫。只要外面援军到达，内外夹攻，宋军还不大败？可人算不如天算,李煜多年沉湎佛道,把政事交托给张洎、陈乔这样的小人,南唐文臣武将不少人都生出异心,有了别的打算了。

等到调令到达湖口,众将纷纷请命,要求立即出发。可是朱全斌却认为,如今离开湖口,前往金陵,那么,两湖地区的宋朝水军就会进攻南唐湖口水军后方。即便南唐水军侥幸到达金陵,前方一战如果获胜还罢了,万一战败,自己这十万大军退路都被截断,那可怎么办呢？朱全斌的担心貌似有理,其实,真正的原因还是朱全斌本人不想全力抗宋,在他看来,自己坐拥十万大军,不妨观察时机,一旦决出胜负,自己率领军队投靠胜利者就好了。

李煜大怒,命令驻守豫章的官员前来湖口,代替朱全斌驻守。李煜无疑是让人前往湖口夺取朱全斌兵权。可豫章留守手中不过是数千兵马,怎么敢和朱全斌正面抗衡呢？豫章留守装病拒绝出行。于是,朱全斌一再拖延,李煜连下诏令督促,可朱全斌就是不听。

李煜正在头痛的时候,东方的润州告急。吴越国主钱俶亲率大军进攻润州,在宋朝监军丁德裕的监视下,钱俶比较卖力。李煜思前想后,将自己最为信任的侍卫都虞候刘澄任命为润州留后,率军前往救援。临别之际,李煜交代刘澄:"知道刘爱卿舍不得离开孤,孤也舍不得离开爱卿。只是这次出战非爱卿不可!"刘澄在李煜面前感激涕零,再三表示必将为国尽忠,用生命捍卫润州城池。等到刘澄回到自己家中,却下令把所有的金银财宝全部装箱用马车运走。有人告诉李煜,怀疑刘澄是不是想携款潜逃。刘澄辩白说自己是要散尽家财,激励士卒为国效命。到达润州之后,刘澄没有积极备战,修建工事,反而整天喝酒宴乐,以各种名义搜刮润州百姓钱财。同时,刘澄派出密使,前往吴越营中,表示愿意献出润州,投降大宋。

李煜听说润州吃紧,特意派遣水军都虞候卢绛率领八千水军前来援救,可刘澄却告诉卢绛:"听说都城都已经被宋军包围多时,迟早攻破。都城一旦失守,我们守住这润州又有什么意义？"卢绛听了,不但不反驳,反而认为刘澄说得很有道理。结果,两位南唐大将率领数万人主动投降,吴越军队不费一兵一卒拿下了南唐东方要塞润州。

3. 天不佑唐

当润州投降的消息传到金陵,李煜气得半死。在这时候,张洎再一次劝说李煜投降。李煜还是很不甘心,派遣宰相徐铉前往汴梁,向宋太祖求情。李煜当然知道宋太祖未必能够答应,可若此行能够为朱全斌争取一些时间,也是好的。

当徐铉将至的消息传到汴梁,有官员禀告赵匡胤,说徐铉博学多才,口才出色,应该选派合适的官员接待,才不会有损大国的体统。赵匡胤笑着说:"这些你就不用担心了。"

等到徐铉到达汴梁,入朝之后,果然禀奏赵匡胤:"李煜本无罪过,陛下您师出无名。"俨然在斥责宋朝不守信用。赵匡胤一句话不说,让徐铉把话全部说完。徐铉以为赵匡胤已经被自己所动,继续责问赵匡胤:"李煜侍奉陛下犹如儿子侍奉父亲,从没有什么过错。为什么大国依然要发动军队讨伐?"徐铉讲得很有道理,但也很书生气,被赵匡胤一句话就给戳了个半死。赵匡胤说:"既然我大宋和南唐是父子一家,那为何你们君王不肯献上国土,与我大宋归并为一家呢?"徐铉顿时语塞。

其实,还是赵匡胤之前的一句话说得好:"卧榻之侧,岂容他人鼾睡。"就算李煜侍奉宋朝再恭敬,可毕竟是异姓王朝。之前数雄皆在,可以缓缓图之。现在天下渐趋一统,南唐的灭亡已经是逃无可逃了。

朱全斌禁不住李煜一而再再而三的催促,终于出兵。当时,宋军包围金陵已经数月,从大军出征已经将近一年,兵力已经疲惫,此时朱全斌出战,正是最佳时机。朱全斌率领全部军队,号称十五万,开往金陵。朱全斌战舰数千艘,大的可以容纳千人。到达采石矶附近时,朱全斌下令用战舰冲垮采石矶浮桥,不料冬季水浅,战舰搁浅,计划没有成功。两军最后在皖口地区大战,朱全斌下令火攻,数百艘小船满载火油顺风奔向宋军战舰,宋军一些战舰被烧着,损失了部分兵力。眼看南唐军队就要大胜的时候,江面忽然吹过北风,将火船全部吹往朱全斌所部。朱全斌大惊失色,主舰被烧着,朱全斌本人也葬身火海。十多万大军全军覆没。

消息传到金陵,李煜捶胸顿足,流泪不止。当时不过是十月,忽然吹来北风的事情闻所未闻。只能说连老天都在帮赵匡胤的忙了。这个情形和赤壁火攻的情形何其相似,只是诸葛亮借东风不过是演义虚构,可宋军得到北风相助却是历史事实。

朱全斌所部是南唐最后的希望,等到朱全斌全军覆灭,等待南唐的就只有灭亡了。

二、名将风采

宋初悍将不少,比如王全斌,比如潘美,都是能打的悍将,即便如王彦升之流,也多有一技之长,足可以镇守一方。不过,这些人在武略方面或有所长,在德行方面却多有缺陷。王全斌疏于约束部下,导致西川民变。潘美纵容部下,导致杨业之死。王彦升虽然勇悍,却残暴无行,竟然以吃活人耳朵作为弹压地方的策略。当然,宋初也有一些仁德武略皆备的名将,比如说统帅大军平定南唐的曹彬。

1. 武将不爱钱

曹彬有操守,从其对待赵匡胤就可以知道。前文已经提到,此处略过。曹彬很廉洁。宋朝初建,每当有战事,赵匡胤多吩咐,国土归朕,财货归卿。石守信、符彦卿等国朝重臣在退居二线之后多以聚敛钱财为乐,贪婪苛刻,百姓多受其扰。赵匡胤以大局为重,也只能睁一只眼闭一只眼。曹彬则不然。

还是在后周时代,曹彬奉命出使吴越。前任使者到属下藩国之时,经常盘桓不回,刻意搜刮钱财,不捞个沟满壕平绝不回京。可曹彬在传达诏令结束之后即刻回朝,那些吴越官员公开私下赠送的礼物全部都没有接受。吴越国主钱俶以为曹彬嫌少,听闻曹彬回归,特意命人增加礼物,快船追上赠送给曹彬。曹彬依然拒绝。吴越官员猜测,曹彬必然还嫌少,于是又增加礼物,不料曹彬还是不收,前后一共四趟。最后吴越派出太子亲自赠送礼物,言辞非常客气,曹彬无奈,只能接受。吴越官员议论纷纷,都觉得曹彬实在贪婪,虚伪得可以。可曹彬回到京城之后,竟然主动告诉周世宗,将所有财货全部交公。周世宗大喜,但依然把财货全部赏赐给曹彬,说:"既然是吴越赠送,爱卿留下即可。"周世宗处理很是恰当,前后有多位使者前往吴越,如果接受曹彬缴纳财货,此前使者将处境尴尬,引起不必要的纷乱。可曹彬散朝之后,竟然把所有财货全部都分给亲人故旧,自己不留一文钱。到此时,吴越官员和后周官员才意识到,曹彬果然不是凡人。

不过,曹彬拒收礼物,也让曹彬在官场更加孤独。一个清廉的官员,是无法在浑浊肮脏的官场独自生存下去的。于是,在后周时代,曹彬虽然是外戚,可官职并不高。

进入宋朝,曹彬也一直在中级官员中徘徊。一直到赵匡胤想起曹彬,把曹彬调到身边。当赵匡胤问起曹彬当初为何对自己不冷不热、始终保持距离的时候,曹彬回答:"我本来是后周外戚,又掌握禁军,就算是安分守己,还恐怕会引来非议,又怎么敢妄自结交朝臣呢?"曹彬的这个回答不卑不亢,让赵匡胤大感意外。多数官员,比如说同样是外戚的张永德和符彦卿和曹彬就截然不同。在他们看来,所谓的道义操守和现实利益相比起来,根本就微不足道。于是,他们才会选择放弃亲情,追随后周的掘墓人赵匡胤。曹彬官职虽然不高,处事却有底线,作为一个臣子,绝不做有违臣子道义的事情。

当然,曹彬也不是一个超脱尘世的隐士,既然身在官场,当新朝建立的时候也要努力生存。可再怎么样,也不能用阿谀谄媚、放弃人格尊严来换取所谓的功名利禄。作为新朝君王的赵匡胤,需要有张永德、符彦卿这样投机取巧的军阀,需要有卢多逊、张洎这样的佞臣,需要有王彦升这样的打手,也需要有曹彬这样有节操、能办事的大臣。

于是,在宽容的君王赵匡胤的手下,仁德曹彬终于有了一个展现自己才华的机会。

2. 仁德平南唐

一晃,曹彬率军出征已经一年,金陵城被围已经十个月,金陵城中虽然还有粮食储备,可冬季到来,百姓的柴火供应却已经断绝。加上多次攻防战中南唐军队都大败而回,城中士气低落。此时若是曹彬下令一鼓作气发动总攻,必然可以夺取金陵城。但武力攻占金陵之后,却很可能引发大规模的屠杀。一些将领必然会借平定叛乱的名义大肆烧杀抢掠,如此一来,赵匡胤当初制定的收揽民心的策略就无法落到实处了。

曹彬多番深思,平定南唐已经不是问题,困难的是如何和平交接,在接管金陵之后不至于引起骚乱。

曹彬对外宣布,自己患病多日无法理事。手下将领听闻主帅病重,纷纷前来探病,表示会想尽一切办法治疗主帅之病。看到众将都已聚集,曹彬发话,自己的病绝非寻常医药可以治愈。出征之时,陛下有诏,要善待李氏宗族江南百姓。如果众位能够在此发誓,入城之后绝不滥杀一个人,那么我曹彬的病立刻就会好。

诸位将领本想着城破之后就可以发一笔横财,此时听到主帅曹彬如此交代,都很失望。可是,曹彬带兵已近一年,以其武略德行获得了军中众将的一致尊崇。而那些地位不在曹彬之下的大将,比如潘美之流,在出征之时,赵匡胤已经亲自暗示,必须无条件遵从曹彬的号令,否则曹彬可以先斩后奏。既然皇帝有诏主帅有令,那么只能执行了。

看到诸位将领点头答应,曹彬还不放心,摆下香案之后,曹彬起身和众将焚香发誓。仪式之后,曹彬宣布,我的病已经好啦。众将虽然满腹牢骚,可无可奈何只能听命。

几番猛攻,几番劝降之后,李煜终于呈上降表,举城投降。

曹彬率军进入金陵,一直到王宫之前,李煜在宫门外奉表纳降。之后,曹彬派出亲兵千人驻守宫门,并且下令,除非有自己的将令,任何人不得擅入宫门。曹彬就是要告诉众将,李煜家人以及宫中财物,谁都不要乱动。

一开始,李煜心中恐惧,担心自己受到羞辱,想在宫中放一把火,把自己和南唐李氏经营了数十年的王宫一把火烧光。等到见了曹彬之后,李煜发现曹彬对自己还算是尊重,投降也不算是很耻辱,才开始收拾行装,准备前往汴梁。

如果说李煜在大火中烧死,必然会引发南唐官员百姓的恐慌。百官必然认为,是宋军逼迫,使得后主自杀。百姓也会认为宋军残暴,人心浮动。那样的话,金陵虽然攻破,可要平定南唐其他州郡,却要多费许多精力。善待李煜,不但是体现宋朝的宽大恩德,更是为收揽民心,快速安定江南服务。

应该说,曹彬做得很不错。反观曹翰就不同了。金陵平定之后,曹翰受命去接管江州。江州的守将胡德据守不降,如果是曹彬前来,必定再三安抚,宣示宋朝的宽大政策。可曹翰一心用武力夺取江州,以建立自己的所谓武功。于是,曹翰率军猛攻,用了足足五个月的时间,数千士兵阵亡的代价才拿下江州。进入江州之后,曹翰把城中士兵百姓全部屠尽,将所有钱财全部抢夺,一共有亿万钱。为了掩人耳目,曹翰谎称想要得到庐山东林寺的五百罗汉雕像,调集了数百艘大型战舰来到江州,秘密将自己的钱财全部装载回去。如果宋军多是曹翰这类将领,江南不知道有多少百姓死于非命。

3. 谦逊享美名

曹彬很体贴。李煜虽然亡国,可家族人口依然有数千人,前往京城之后,要吃要喝,没钱不行。曹彬特意派出五百士兵帮助李煜整理行李,嘱咐李煜多带点金银财帛。李煜国家新亡,内心悲痛,根本就没有心思打理财物,把一些黄金珠宝随手就赏赐给身边的官员。等到到达京城之后,李煜才发现,没钱的日子实在难熬,可为时已晚。

稳住李煜之后,曹彬重申禁令,城中的士大夫得以保全。不过还是有个别将领擅自抢劫财物,曹彬听后大怒,在军中搜索,把那些违背军令者搜检出来,当众处斩。多数将领都在清点财物的时候贪点占点,可曹彬却把所有的财务工作都交给转运使负责,自己一概不问。等到大军回归之时,曹彬的身边只是带着一些图书和被子而已。

曹彬领导的宋军征讨南唐一战,可以说是宋朝建立以来最大的一次战争,也是打得最漂亮的一次战争。战争之后,曹彬没有在金陵久留,而是主动上表,请求回京缴旨,上交兵权。

其他将领回到京城都得意扬扬,自以为有大功于国。可曹彬回到京城,在大殿之前呈递请求接见的公文,只是说:"奉旨前往江南处理公务回归。"仿佛收服江南只不过是出趟远门、轻而易举的事情。赵匡胤看到曹彬如此谦逊，非常高兴，满朝官员也都认为曹彬能不居功，谦虚低调，堪为人臣楷模。

在曹彬率军出征江南之前，赵匡胤为了激励曹彬，曾经答应，在战胜归来之后，让曹彬出任使相，即节度使兼任平章事（宰相）。等到曹彬归来，赵匡胤却改口说："如今天下还有一些地方没有平定。如果你担任使相的话，那就到任人臣的极品。那以后又怎么肯努力作战求上进呢？还是慢慢来，等到你为我夺取太原（北汉）之后再说吧。"赵匡胤担心使相权力过大，竟然出尔反尔。应该说，赵匡胤这件事情做得不够地道。曹彬闻言之后也很伤心，曹彬虽然不贪图官职，可毕竟皇帝金口玉言，已经许诺，并且这个承诺许多人都听到过，现在皇帝却如同小孩一般，耍赖不认账了。

等曹彬到达家中，发现赵匡胤的钦差已经到达家中，宣布诏令，说皇帝特意赏赐五十万钱给曹彬，以示表彰。五十万钱不过是五百两银子，实在不多，可毕竟是皇帝的心意。曹彬明白，此时自己如果还一副难过伤心的样子，就要遭到皇帝讨厌了。皇帝可不喜欢让人觉得，是皇帝亏欠了他曹彬。于是，曹彬叹了口气，说："当大官不过是为了多得钱，何必一定要担任使相呢？"曹彬的这个感叹很快就传到了赵匡胤耳中，赵匡胤放下心来。既然你曹彬有如此认识，还算懂事。

为了嘉奖曹彬，赵匡胤提升宣徽南院使、义成军节度使曹彬为枢密使，兼任忠武军节度使。于是，曹彬成为第一个兼任节度使的枢密使，这也算是赵匡胤对一贯谦恭守礼的曹彬的破格恩赐了。

第十七章
开宝九年

一、迁都之变

开宝九年,是宋太祖赵匡胤在位的最后一年。这一年的十月,赵匡胤神秘死亡。虽然其弟宋太宗赵光义即位之后多番掩饰,不过在蛛丝马迹之间,依然可以发现许多可疑之处。后世史家多认为,正是其弟赵光义,毒杀了兄长赵匡胤。

那么,到底是什么原因让原本其乐融融、兄弟和睦的赵氏兄弟反目成仇,最后沦落到不共戴天,必除之而后快呢?

起因就是开宝九年宋太祖的迁都之议。

1. 万世之利

赵匡胤提出迁都并非一时兴起。赵匡胤曾经向弟弟赵光义和文武百官解释自己迁都行为的原因,"吾将西迁者无它,欲据山河之胜而去冗兵,循周、汉故事,以安天下也"。

赵匡胤这句话含义丰富。

第一句话,是告诉赵光义,自己这次迁都就是想要迁移都城,没有别的用意。希望赵光义不要多想,希望文武百官不要乱猜。可惜,在赵光义听来,兄长这句话明显是此地无银三百两,宋太祖越是强调没有其他用意,赵光义越是认为兄长必然有其他打算。

第二句话,是告诉百官迁都的原因。现在的汴京城处在河南之中,四周无险可守。于是,从五代以来,汴京城内外长年驻扎二十来万大军以拱卫京师。并且,随着时间的推移,赵匡胤料定百年之后,驻扎京城的军队必然更多。开国之初,有从各国夺取来的许多钱财,禁军人数也不算多,还可以勉强支撑。可百年之后,军费开支却必然成为国家的沉重负担。赵匡胤的判断非常准确,宋仁宗时期,驻扎京城的军队已经高达百万,冗兵冗官的现象极为严重。正因为如此,范仲淹、富弼等人才会提出"庆历新政",之后的王安石才会提出改革。因为不改革不行,就算没有外敌入侵,庞大的军费开支也将拖垮大宋帝国。

若是迁都洛阳乃至迁都长安则不然。赵匡胤明确自己的目标,先是迁都到洛阳,最后定都长安,效仿秦汉,以关中为根据地。这样的话,就可以把拱卫京城的数十万、上百万大军取消,只要留下极少的机动部队就可以了。如此一来,就有了足够的钱财可以充实边疆军备,百姓的生活也可以更加安定。万一发生变故,有关中天险作为屏障,也可以进退有据。

最后,北宋的灭亡和赵匡胤担心的一般无二。虽然汴京有上百万大军驻扎,但这些常年在京城享福的军队,根本无力对抗骁勇善战的外族部队。当边疆部队被攻破之后,广阔的中原地区几乎一击即溃,甚至望风而逃。

可是,皇弟赵光义却认为:"在德不在险。"治理国家,关键在德行,而不在屏障天险。这句话是圣贤所言,确实有一定道理。但是,当敌军大兵压境的时候,是城池关隘有用,还是所谓的仁义道德有用呢?多年之后,定难军(后来的西夏)发生叛乱,最后攻占灵州,后来建立西夏国,成为北宋百余年的重大边患。而变乱造成正是因宋太宗赵光义处置不当。面对叛军,赵光义就不讲什么在德不在险了,而是多番派军队剿杀。可最终还是让西夏坐大。

面对皇弟赵光义的反对,宋太祖沉默,最后放弃了迁都的决议。是弟弟的理由说服了宋太祖吗?不是。那宋太祖为什么放弃了这个有利于大宋的百年大计呢？

2. 隐藏机心

当宋太祖提出将要迁都洛阳的时候，百官议论纷纷，都在观望朝廷风向。当时乃是南唐平定之后，朝廷各种调动频繁，大家都在猜测宋太祖这个举措的真实意图是什么。

在各种任命中，有几项任命引人注目。

首先是加封平定南唐的几大功臣，宣徽南院使曹彬被任命为节度使，山南东道节度使潘美被任命为宣徽北院使，这两个人同时都兼任节度使，成为大宋开国枢密使、宣徽使兼任节度使的首例。宋太祖刻意封赏曹彬和潘美，一方面是因为两人建立大功，封赏是理所应当，另一方面却也是用破格封赏，来笼络二人。

放眼太祖朝那些掌握兵权的大将，石守信、王审琦已经成为过去式，党进、郭进、李谦溥一流多年来都在地方为官，远离朝廷。真正站在大宋军队巅峰的，就是曹彬和潘美二人。可以说，谁得到曹彬和潘美的支持，谁就拥有大宋军队的支持。

第二个任命，恢复在平定西川之变中被贬斥的王全斌节度使的身份，赵匡胤告诉王全斌，自己多年来之所以要贬斥王全斌，就是因为江南还没有平定，要以惩罚王全斌来告诫所有将领，务必遵守军纪。此时金陵已经拿下，自然应该恢复王全斌的节度使身份。

赵匡胤说话很是艺术，按照他的意思，从来没有真的认为王全斌有罪，从来就没有把王全斌当成外人。王全斌听了自然感激涕零，而其他在西川之变中被贬斥的将领也多得到了相应的提拔。于是，大宋军队中再不可能有反对赵匡胤的杂音。

如果说这两个任命让皇弟赵光义已经有所警觉，赵匡胤的第三个任命就让赵光义心惊肉跳了。

当赵匡胤一行人浩浩荡荡来到河南洛阳之后，赵匡胤四处参观，看到宫殿繁华壮丽，非常高兴，召见河南府知府、右武卫上将军焦继勋当面褒奖,并任命焦继勋为彰德节度使。

焦继勋在后汉时期就已经官至节度使,在后周时期就担任彰武军节度使,入宋之后一度受到打压,被夺取兵权十多年,如今却再一次被任命为节度使,掌握兵权,原因只有一个。在开宝八年(975年),宋太祖让自己的儿子赵德芳迎娶焦继勋之女为夫人。焦继勋虽然为人比较吝啬,可治理地方颇多善政,在百姓中口碑极好。从乾德年间到如今,焦继勋在河南府已经十多年,此时再兼任节度使,掌握河南府(洛阳)的军政大权,可以说成为河南地面第一人。

也就是说,如果都城迁移到了河南洛阳,那么,赵光义在开封府苦心经营十多年的努力将化为泡影。而赵德芳在赵匡胤的支持下,在焦继勋的护卫下,极有可能被晋封为皇太子。那样一来,等待赵光义的就很可能是死亡了。

3. 即位隐忧

前文我们已经提到,杜太后在临终之时曾经提出所谓"金匮预盟",希望在赵匡胤百年之后由赵光义即位。不过,那时候赵匡胤的长子赵德昭不过十岁,次子赵德芳不过三岁。五代时期变乱丛生,谁也无法料定明天的事情。面对母亲的临终遗愿,赵匡胤没有理由提出反对。但是,在写好遗书之后,赵匡胤并没有将内容公布,而是封锁了起来,整个太祖朝都没有人知道有这个遗书。

可如今,赵德昭已经二十五岁,赵德芳已经十八岁,都已经到了可以担任皇太子的年纪。虽然说此前赵匡胤一直没有任命儿子为王,可以前没有任命,不代表以后不会任命。开宝九年(976年)的赵匡胤身体极好,整一年走了数千里路,参加了无数活动。按照他的身体再活个一二十年根本没有问题。

这样的话,赵匡胤的这些任命,赵匡胤提议迁都,确实有可能是在为赵德芳晋封皇太子做铺垫。

或许有读者会有疑问,赵匡胤有几个儿子,长子赵德昭还是发妻贺皇后所生,为什么赵匡胤考虑小儿子,不考虑大儿子呢?

这就要说到赵匡胤的第三位皇后开宝宋皇后了。

王皇后死后,赵匡胤数年没有立后。之后,孟昶后宫的花蕊夫人来到皇宫,成为赵匡胤的宠妾。可是,像花蕊夫人这样的前朝遗妃是不可能成为大宋国母的。在开宝元年(968年),赵匡胤迎娶节度使宋渥的女儿为后,史称"开宝皇后"。

宋皇后在赵匡胤身边前后九年,一直没有生育。为了生存下去,宋皇后就在诸位皇子之中挑选了一位自己抚养。宋皇后选中的皇子就是赵德芳。宋皇后入宫时不过十八岁,赵德昭比宋皇后还大一岁,怎么可能认宋皇后为母?而赵德芳仅十岁,且赵德芳的母亲不过是普通妃嫔,连名号也没有流传下来,并且很早就去世了。如此一来,赵德芳对宋皇后也很是依恋,"母子"之间感情极好。正因为如此,当赵匡胤去世之后,宋皇后才会吩咐入内都知王继恩出宫召唤赵德芳入宫即位。

可是,当赵匡胤提出迁都洛阳之后,赵光义的亲信、出身开封府幕僚的李符就跳出来反对,列举说迁都的八件不便,大多不过是洛阳久经兵火,宫殿焚毁严重,各种官衙、祭祀的场所都没有,百姓的生活也贫穷,无法支撑庞大的军费开支。可李符的理由并不充分,正因为在汴梁建都,无险可守,才使得每年要支付庞大的军费,如果迁都到了洛阳,有关山之险,自然可以免去大规模的开支。至于宫殿,重修就好。

于是,赵匡胤明确表态,反对无效。

可是,马上又有一位官员跳了出来。此人是铁骑左右厢都指挥使李怀忠,本是宋太祖身边一个小兵,屡立战功成为宋军中级将领。李怀忠说:"东京(汴梁)有汴水漕运每年从江淮之间运送米粮数百万斛,禁军数十万人都仰仗供给,所有的军械辎重也全部在东京。从五代以来,这种情形已经多年。此时却要迁都,臣实在看不出有什么便利。"

赵匡胤听后还是没有听从。

不过,在《宋史·李怀忠传》中却记载,当李怀忠提出建议之后,赵匡胤就赞许并听从了他的建议。可李焘的《续通鉴长编》却记载成"上亦弗从",这是为什么呢?

原因也很好理解。赵光义担任开封府尹多年,一直以来努力招揽各种官员,不过,除去枢密副使楚昭辅,多是中下层的官员。这个李怀忠就是其中之一。正因为李怀忠在迁都之变中挺身而出,"仗义执言",当赵光义即位称帝之后,立刻升迁李怀忠为侍卫步军都虞候,转过年来又升迁为步军都指挥使,成为大宋亲卫巨头之一。

可是,当时的军队高层都在宋太祖的掌握之中,小小一个铁骑左右厢都指挥使反对,又有什么妨碍呢?宋太祖自然是果断拒绝。

看到自己手下的文臣武将反对都无效之后,赵光义实在沉不住气了,自己跳了出来。赵光义的口气异乎寻常地硬气。反对迁都的理由是什么呢?没理由,就是一句"迁都未便"。赵光义就是要告诉赵匡胤,不论兄长你有什么打算,你都不可能说服我,我就是认为不能迁都!

赵匡胤反复解释,赵光义跪下叩头,一再争辩。赵匡胤解释自己这么做是为了大宋百年大计,可赵光义一句话挡了回来:"在德不在险。"看到弟弟如此执着,一贯仁慈友爱的赵匡胤只能沉默。

等到晋王离开之后,赵匡胤告诉身边的人:"晋王之言固善,今姑从之。不出百年,天下民力殚矣。"晋王的话确实有一些道理,现在暂且听从。但不出百年,天下民力就会耗尽了。

4. 权宜之计

"晋王之言固善,今姑从之。不出百年,天下民力殚矣。"

这句话我们可以分几层来理解。深一层,赵匡胤看起来在认可晋王赵光义的行为。一层,赵匡胤在反对晋王赵光义的行为。为何会如此矛盾呢?

关键在一个"姑"从之。

虽然说大宋军队都掌握在赵匡胤手中,可是,赵光义经营开封十多年,已经有了不小的势力。以赵匡胤的力量,只要他一声令下,就可以将赵光义的势力全部铲除,可是,赵匡胤可以容忍武将跋扈,可以善待归降君王,对待自己的亲弟弟又怎么可能用雷霆手段？赵匡胤不希望和弟弟撕破脸。迁都一事既然晋王强烈反对，那么暂且依从，以后有机会再说。

在赵匡胤看来，只要自己还有那么三五年时间，让赵德芳正常成长，好好培植儿子的势力，就可以用正常的政治途径来实现晋封皇太子。

凭借兵变起家、手上沾满血腥的赵匡胤不希望自己儿子的皇帝之位也同样血腥。只要有一线可能，那么就用和平的手段化解兄弟之间、叔侄之间的矛盾。

赵匡胤不是一个博取虚名的伪善君王，看其制定"太祖碑誓"就可以知道，赵匡胤虽然是武将出身，经历了无数血雨腥风才登上宝座，可心底深处，却是一个非常仁慈的君王。他告诫后代君王："保全柴氏子孙。不杀士大夫。不加农田之赋。"千古仁君行事，莫过于此。

只是，赵匡胤是一个仁慈的兄长，赵光义却不是一个和善的弟弟。既然兄长打算要立侄子为太子，威胁到了赵光义的生命安全，那么，赵光义只能放手一搏。而官场原则就是"先下手为强"，成大事者何必拘泥于小节呢？于是，从洛阳回归之后，赵光义就在盘算如何才能不留痕迹地除掉兄长，夺取皇帝宝座。

二、危机四伏

开宝九年(976年)的十月,赵匡胤暴毙。此前的数月,赵匡胤依然忙于处理各项政务,根本没有患病的迹象。那这短短几个月间,朝堂内外究竟发生了什么事情,致使大变发生呢?

1. 安抚诸弟

金陵城虽然拿下,李煜虽然投降,可是南唐的许多州郡依然有一些死忠分子在坚持抵抗。宋军一部在先锋官曹翰的带领下奉命攻取江州城。曹翰没有遵照主帅曹彬的军令,招抚江州军民,而是倚仗精兵强弩,强行攻城,并且在城池攻破之后,大肆屠戮,劫掠民财。

开宝九年(976年)的四月,赵匡胤刚回到汴京就接到前线军报,赵匡胤大怒,但是却没有处罚曹翰。毕竟曹翰为大宋夺取了江州,并且曹翰并非寻常人物,此人在后周初建时就有大功勋,在后周世宗一朝深得周世宗宠幸,乃是周世宗临终托孤的重要人物。入宋之后,平定二李之乱,平定西川之乱,曹翰都有不俗战绩。不过曹翰这个人功勋多,毛病也多,最主要的毛病就是脾气大,总是觉得自己高人一等。虽然曹翰官阶只是行营先锋,可就算是主帅曹彬副帅潘美,在曹翰面前也要礼让三分。

不过,出征南唐的几位主要将领都晋级为节度使,可身为先锋官的曹翰却只不过被调任为桂州观察使,也算是赵匡胤对曹翰略加惩罚吧。

屠戮百姓的曹翰该杀却不能杀,政治就是如此。

五月份没什么大事,六月份的时候赵匡胤几次到晋王赵光义王府探望。看到晋王府所在地势很高,府中用水比较困难,赵匡胤特意命令工匠制作了一个巨轮,从金水河中引水导入王府。在引水工程建造过程中,赵匡胤亲自到现场督察。

在史料中除了叙述督建引水工程之外,还添加了几件事情。李焘《长编》中用了不少笔墨写晋王赵光义如何仁孝和宋太祖赵匡胤兄弟关系如何和睦,赵光义担任开封府尹前后十五年,如何政绩出色。

赵匡胤多次到晋王府,对赵光义非常好。李焘还特别举了一个例子,说赵光义有一次生病,病很重,都有些不省人事了。赵匡胤得到消息,急忙前往晋王府探望。当得知医生要用烧灼艾草来为赵光义治病,赵匡胤要求自己亲自动手,尽量减轻弟弟的痛苦。烧艾的过程中,赵光义痛醒了,赵匡胤很心疼,竟然在自己身上烧灼艾草,希望和弟弟分担痛苦。整个治疗过程,从早上七八点,到晚上七八点,足足十多个小时,赵光义出了一身大汗,呼吸也比较平稳。到这个时候,赵匡胤才回到皇宫。等到赵光义病好了,赵匡胤再次前往探病,还赏赐给弟弟只有皇帝才能盖的龙凤被褥。有一次两兄弟饮酒,赵光义喝醉了,作为皇兄的赵匡胤竟然起身送到大殿的台阶上,亲自把赵光义扶上马。赵光义身边的武士护卫赵光义出宫,赵匡胤看见,还特意嘱咐随从要好好侍奉晋王,并赐给那些武士控鹤官的衣带等。闲暇时,赵匡胤还告诉宰相,晋王龙行虎步,从出生的时候就有许多异相,日后必定能够成为太平天子,那份福德连他都比不了,等等。

其实,这些故事并非都是发生在开宝九年(976年),更不是发生在开宝九年的六月。

那么,为什么史家要在开宝九年的六月,赵匡胤督建引水工程之后补充这些兄弟和睦的事情呢?原因很明白,为赵光义兄终弟及继承皇位营造一个合理合法的氛围。赵匡胤没有明确下诏,确认弟弟赵光义为皇太弟、江山继承人。赵匡胤是在十月十九日驾崩,十月二十日是百官旬休之日,在十月二十一日,群臣朝会时意外地发现,高高在上的皇帝宝座上竟然换了一个人。百官尤其是宰相的心中当是何等吃惊,而赵光义的心中也必然不能坦然。于是,赵光义才会在即位之后等不到一年结束就改元太平兴国,以此来争取自己政权的正统性和正确性。以后的多年,赵光义都亲自过问《宋太祖实录》的修订工作,务必把一切不利于自己的言论全部抹杀,给后世一个合法即位的假象。

可是,当我们把这些附加的史料全部删去,单独看开宝九年(976年)发生的事情,就会发现,情况根本就不是那样。

赵匡胤为什么要督建引水工程?确实是要告诉天下人,作为皇兄的赵匡胤如何如何关心弟弟,但是,这个引水工程的实施是开宝九年三四月赵匡胤提出迁都提案引来弟弟赵光义强烈反对之后,也就是说,其实是赵匡胤努力弥合兄弟感情裂痕的一个举动。

在到晋王府视察工作、宣示恩宠的同时,赵匡胤其实还到过四弟赵廷美的府上。从开宝六年(973年)赵普罢相之后开始,赵廷美的爵位虽然没有晋升,但却担任京兆尹,成为长安乃至关中地区的最高长官。于是,我们可以发现,赵匡胤迁都,准备先把都城迁移到焦继勋担任河南尹的洛阳,后准备迁移到赵廷美担任京兆尹的长安,明显是朝儿子赵德芳和四弟赵廷美一方倾倒。难怪开封尹晋王赵光义的反应会那么激烈。

并且,宋太祖在探视京兆尹赵廷美之后,不过两天,再次到赵廷美府上探望,恩宠比对三弟赵光义有过之无不及。

于是,我们可以认为,赵匡胤督建引水工程不过是安抚赵光义的一种手段,赵匡胤联合四弟赵廷美、筹备立赵德芳为皇太子的计划并没有搁置,反而是更加紧锣密鼓地进行。

2. 乘马风波

关于宋太祖扶晋王乘马一事,北宋学者蔡惇在《夔州直笔》中也写了一个类似事件,可其味道却截然不同。

故事说,赵匡胤因为赵光义担任开封府尹,因为某件事情召见赵光义,两人谈话之后,赵匡胤告诉弟弟:"很久没有看到你乘马了,不知道你现在骑乘的是怎样的马呢?不如带过来让朕看看。"赵匡胤也不等赵光义回答,就让人传呼,把赵光义的马带到了大殿台阶下面的御马台一侧。这个御马台,是只有皇帝才能够上马的地方。赵匡胤下令,让赵光义从御马台上马。赵光义听后非常害怕,"惶惧辞逊",连连辞让,可赵匡胤不允许。赵匡胤走到赵光义身边,"密谕",悄悄命令赵光义:"不用多久,你就会经常在这个地方上下马,现在又何必推辞呢?"赵光义听后"骇汗趋出",大惊失色,汗流浃背,快步跑出大殿。赵匡胤不由分说,让内侍把赵光义扶持上马。赵光义无奈,只能在马上连番下拜,在大殿上转了几圈,然后快马离开了皇宫。

表面看来,这件事情是告诉后人,赵匡胤确实有意立弟弟为皇帝。可细细品味,却发现事情远不是那么简单。当赵匡胤说以后弟弟会经常在御马台上下马,可以当皇帝的时候,为什么不公开说,而是神秘兮兮地走到赵光义的耳边说呢?当赵光义连番表示不敢骑马时,赵匡胤为什么强行要求弟弟在御马台上马呢?当赵光义骑马之后,又为何快马离开皇宫呢?

作者的理解是赵匡胤已经得知了赵光义有勾结朝臣、图谋篡逆的迹象,此时正是借御马台上马事件告诫弟弟,不要轻举妄动。赵光义因为自己的密谋被兄长发现,惊慌失措,担心皇兄会杀害自己,才会在上马之后落荒而逃。

虽然说赵光义担任开封府尹十多年,笼络了不少人马,但能够在朝堂上说话有分量的极少,不过就是一个楚昭辅而已。当赵匡胤前往洛阳时,赵匡胤特意让两个弟弟随从,并且下达了一道命令,让因平定西川之变被贬多年的王仁赡暂时代理开封府知府,同时又担任东京留守、三司使,还有掌控大内禁军的大内都部署,也就是说不知不觉中架空了赵光义这个开封府尹。等到赵匡胤回到京城之后,虽然把枢密副使楚昭辅提拔为宣徽南院使,却也任命三司使王仁赡出任宣徽北院使。当时主持枢密院工作的乃是平定南唐胜利归来的名将曹彬,此人为官不趋名利,是不可能在赵匡胤在世的时候投到赵光义的怀抱的。

于是我们说,赵光义就算有千万个不满,面对皇兄赵匡胤的步步紧逼,也没有什么反击的力量。

3. 错判形势

不过,赵光义很幸运,赵匡胤并不打算在本年就除去他。在平定南唐几个月之后,宋太祖起五路大军,以侍卫马军都指挥使党进为首,宣徽北院使潘美为都监发动了对北汉的征伐战。赵匡胤此举,使得朝中太祖心腹将领远离京城,让赵光义发动变乱有了可乘之机。

赵匡胤的一念之仁害了自己的妻儿,也使得大宋未来的国运变得晦暗许多。

当时的辽国南京(现在的北京地区)留守是秦王高勋。因为南京地区有许多空地,高勋贪婪,就上表请求把这些荒地开垦出来种上水稻。高勋的意思不过是想着把开垦出来的良田占为己有。奏章传到都城,辽国皇帝想要听从,可身边随从却说,高勋向来有野心,此次请求,表面上是想引水种稻子,其实是打算割据南京叛乱。为什么呢?高勋必然会打着引水种稻的目的修建防御工事,一旦水渠纵横,朝廷的军队如何能够快速进入南京城?听到随从这么一分析,辽国皇帝犹豫不决,就没有批准高勋这个建议。

高勋得到消息之后很不满,就想着如何打击报复那些反对自己的人。不巧当时辽国宁王的妻子私自用毒药来毒死小妾,事发之后被朝廷追查,宁王被剥夺爵位。而一些辽国官员也趁机汇报说秦王高勋也曾经把毒药赠送给驸马都尉,居心不良。辽国皇帝大怒,就把高勋也罢官流放铜州。

高勋虽然骄纵,但在南京多年,影响极大,一旦被贬斥,辽国南方的防务就松弛起来。

于是,高勋七月被贬斥,赵匡胤八月就发动了征伐北汉的战争。

北汉经历了当年的太原攻城战,虽然侥幸活命,但元气大伤。面对宋军的精兵强将,只能节节败退,又龟缩在太原城中等待辽军的救援。

大将党进在太原城下和北汉军队多番交战,无不胜利。赵匡胤下令大将郭进绕过太原,进攻北汉其他州县,郭进一路军队也屡建奇功,连续夺取北汉忻州、代州、汾州、沁州、辽州、石州,俘虏北汉百姓三万多人(宋灭北汉时,北汉不过三万户)。其他各路军队也都获得了大胜,北汉的灭亡几乎是指日可待。

辽国皇帝收到消息,急忙命令大将领兵救援,可赵匡胤计划得宜,辽国援军一时之间根本无法到达太原城。

可就在太原城即将攻破的时候,消息传来,皇帝赵匡胤驾崩,新君登基,急诏党进、郭进等五路大军将领回京。赵光义可不希望这些手握军权的大将身在边疆。一旦赵德昭或赵德芳假称诏命,要求这些赵匡胤的心腹率军入京,那情形就不堪收拾了。

至于平定北汉,根本不是什么难题,完全可以放在皇位坐稳之后慢慢考虑。

三、太祖之死

关于赵匡胤之死,《宋史》中只有一句"上崩于万岁殿",完全没有任何征兆,一代雄主赵匡胤就死了。不过,在宋人李焘的《长编》中却有比较详细的记载。李焘是南宋著名史学家,他的《长编》往往能够在官方史传之外,详细考证辨析名家笔记,做出比较合理的选择。在赵光义即位之后,花了许多功夫来修改《宋太祖实录》,用心可谓良苦。不过,赵光义可以在官方史传中涂抹掩饰,却无法禁绝文人笔记。当然,由于北宋后来君王都是赵光义一脉,就算是野史也不敢说赵光义是弑兄夺位。我们把几种可信度较高的史料互相印证,当可以最大限度地还原历史的真实。

1. 烛影斧声

在李焘的《长编》中对赵匡胤之死叙述得比较详细,可是整个事件却又笼罩上了一层神秘的色彩。

据说有个道士名叫张守真,道法高深,能够请来天神黑杀将军附体。一旦做法,神将必然降临,然后狂风大作,空中传来怪声,仿佛婴儿啼哭,旁人听不出什么名堂,唯独张守真可以解读。这个张守真据说和赵匡胤的交情很深,早在陈桥兵变之前,张守真就认识赵匡胤。当时,赵匡胤兄弟都很年轻,三人经常一起喝酒玩乐。张守真酒兴高涨,喜欢放声高歌,可歌声古怪,仿佛并非从张守真喉中发出,而是从天空飘来,其歌内容大都是对未来的一些预言。当时赵匡胤不过是后周一个普通将领,可张守真却断言"金猴虎头四,真龙得真位"。一开始赵匡胤还不信,多年之后登上帝位才想起来,发动兵变的那时间正是猴年虎月的第四天。赵匡胤派出许多人去寻找张守真,可自从赵匡胤登基之后,张守真就消失不见,一直到开宝九年(976

年)赵匡胤率领百官巡幸洛阳。当士兵告诉皇帝,在前方有一个老道士醉卧树下,御驾将至也不闪避,侍卫驱赶也凛然不惧,赵匡胤就有些心动,前往一看果然就是张守真。赵匡胤大喜,急忙把张守真邀请到宫中,晚上摒除众人,询问张守真,说自己这么多年来,一直想问张仙长,自己的寿命还有多长。张守真告诉赵匡胤,只要本年的十月二十日晚上天气晴朗,那就可以延长十二年的寿命。否则,就要交代后事了。赵匡胤吩咐侍卫好好看守,别让张守真走了,可几天之后,侍卫忽然发现张守真睡在树梢鸟巢之上,再去寻找,眨眼之间就不见踪影了。

到了十月二十日,白天一直是天气晴朗,晚上的时候也一直是星光灿烂,赵匡胤非常开心。可忽然之间阴云四起,天地之间仿佛发生大变,大雪冰雹纷纷而下。赵匡胤意识到自己将不久于人世,于是命令入内都知王继恩出宫,召见晋王赵光义入宫。兄弟见面之后,宋太祖下令所有人回避,连最亲近的妃嫔和宦官都不得在侧。大殿之外的随从远远地看见摇晃飘忽的烛影之下,赵匡胤兄弟饮酒,赵光义"时或避席,有不可胜之状",仿佛是推辞自己不能饮酒。两人喝酒一直到快三更天,殿下的雪已经下了几寸。赵匡胤拿出挂在墙壁上的玉斧(赵匡胤经常把玩的一种玉器,并非真的斧头)敲打积雪,回头大声说:"好为之。"说完之后,赵匡胤宽衣解带呼呼大睡,鼾声如雷。就在这个晚上,赵光义一直留在宫中(任何人包括亲王,非得诏命,不得留宿宫中)。在五更时分,宋太祖身边的宦官忽然发现赵匡胤没有打呼噜了,前往一看,发现赵匡胤竟然驾崩了。在这样的情况下,赵光义接受遗诏,在赵匡胤灵柩之前继任皇帝之位。

在即位之后,赵光义来到大殿,宣读遗诏,表明自己合法即位之后,赵光义率领百官前往寝宫瞻仰赵匡胤遗容。史料特别记载,赵匡胤"玉色莹然如出汤沐",全身肌肤就仿佛刚刚洗过澡一样,白得发亮,也就是说,是正常死亡,不是中毒。

李焘的这段史料是引自和尚文莹的《湘山野录》。文莹和尚大约活跃在公元1000年前后,他是钱惟演两个儿子的老师,和宋仁宗初年的宰相丁谓关系密切。《湘山野录》中的许多史料,很可能是来自钱惟演和丁谓的言谈。钱惟演本人乃是吴越国主钱俶的儿子,在宋太宗、宋真宗朝非常活跃,官至枢密使。而钱惟演的妹妹乃是宋真宗皇后刘娥的嫂嫂,经常出入皇宫,知道许多宫闱秘事,钱惟演和丁谓又是亲家。在这样的情况下,文莹和尚的记载应该比较靠谱。

不过,我们也不要忘记了,钱惟演也好,丁谓也好,他们都是宋真宗一朝的朝廷高官,言行举止必须和皇帝保持一致。于是,钱惟演和丁谓是不大可能散布一些不利于宋太宗、宋真宗即位正统性的言辞。

而《长编》的作者李焘也是宋人,并且《长编》是得到南宋官方认可的一本正史,自然也会维持基本的导向:赵匡胤有意传位赵光义。

2. 雪夜夺宫

不过,李焘的《长编》中还是透露出一些非主流的信息。这个信息的来源,是北宋以严谨著称的史家司马光。在司马光的《纪闻》中,记载了这样一件事。

开宝九年(976年)的十月二十日凌晨,大概是四更天左右,赵匡胤在万岁殿驾崩。驾崩之时,赵光义并不在皇宫之中,主持皇宫事务的是赵匡胤的第三任皇后宋氏。宋皇后命令入内都知王继恩连夜出宫,宣召贵州防御使赵德芳入宫即位。没想到王继恩却认为,赵匡胤传位给晋王赵光义的意思早就明确,于是没有传召赵德芳,而是擅自做主,前往开封府官衙宣召晋王入宫。来到晋王府门前,看到担任左押衙的程德玄坐在晋王府门房处等待晋王接见。司马光特意交代,这个程德玄乃是大内御医。王继恩一看,觉得有些奇怪,"诘之"。作为皇帝的贴身御医怎么在凌晨时分来到晋王府呢? 王继恩乃是入内都知,主管皇宫事务,程德玄受其管辖,可不知道王继恩为什么到晋王府来,于是说:"我晚上在信陵坊住宿,忽然听到有人很急切地叩门,说是晋王造访。可我出门看却发现没人,前后几次。我实在不放心,就到晋王府上来看看有什么情况。"王继恩一听,明白了,就把自己来到王府的目的告诉程德玄,两人一起拜见赵光义。当王继恩告诉赵光义快速入宫时,赵光义大惊,犹豫不决不敢出行。赵光义说:"我还要和家人商议一下。"入房之后赵光义和谋士反复商议,很久都没有决定。王继恩在庭院中大声说:"时间一久,恐怕皇位将为他人所有了!"听到这番话,赵光义才走出府衙,在大雪之中与王继恩进入皇宫。到达万岁殿之前,王继恩交代赵光义稍略等等,按照礼节,应该由自己先进入禀奏。可程德玄却说:"事情已经如此,便应该一直向前,何必等待呢?"一行人直接闯入万岁殿。由于听到大殿外有声音,宋皇后说:"是德芳来了吗?"王继恩推门进入,说:"晋王到了。"宋皇后看到晋王,大吃一惊,但马上就称呼赵光义为"官家",还说:"我们母子的性命,就交托给官家了。"听到这番话,赵光义明白,宋皇后是认可自己继承皇位了,于是也流泪表态,必然会共享富贵,不必担忧。

司马光的《资治通鉴》截至周世宗显德六年,他一直很想写一些建国以来的事情,于是把自己考证史料的一些成果汇编成册,是为《涑水记闻》。这段文字是现存赵光义即位时最为史家认可的一段史料。

3. 迷离真相

不过,仔细研读文莹与司马光的两段记载,可以发现有不少可疑之处。而这些可疑之处,隐藏了无数秘密。

先说文莹的记述。

是否有张守真这个人?应该有。张守真是否有预言赵匡胤十月二十日会死?不得而知。许多人都见过张守真,可张守真的预言却只有赵匡胤一人得知。这样的秘密,赵匡胤也不可能告诉第三人。这类预言本身就是虚无缥缈的事情。预言流传最可能的是赵光义即位之后刻意散播的。

"烛影斧声"一事有不少见证人,可因为是密谈,没有第三者在场,其内容就让后人有许多猜测。比如,当兄弟饮酒时,赵光义为何多次辞让?可以认为是赵匡胤交托后事,赵光义谦虚,然后辞让。也可以认为是赵光义知道酒中有毒,故意不饮酒或少饮酒。大殿外雪下得很大,赵匡胤竟然有闲心拿起玉斧敲雪,是一时闲心所致,还是别有用心?大声交代"好为之"(另一种版本叫"好做好做"),可以认为是勉励赵光义好好做皇帝,也可以理解成告诫赵光义好自为之,不要轻举妄动。

之后,赵匡胤睡去,睡得很沉,鼾声如雷。五更时分(凌晨三点到五点)时,赵匡胤呼噜声忽然停止,殿外宦官才发觉有异。八成是赵光义出殿的时候吩咐,让皇帝好好休息,不得入内打扰。

文莹的版本,赵光义是留宿宫中,在赵匡胤驾崩之后即刻在宫中即位。司马光的版本中,赵光义则在自己府邸。相对而言,文莹的版本不可信。按照惯例,作为藩王的赵光义是不能够在皇宫留宿。并且赵匡胤饮酒之后就呼呼睡去,然后死了,然后赵光义在宫中即位,非常容易让人联想,是赵光义毒死了兄长,然后即位。

赵光义当然有这份心思,却未必有这种能力。

从前面几篇文章的介绍中我们可以看到,赵光义在朝中虽然有一定影响力,但还不至于明目张胆地违背朝廷礼法。

于是,最大的可能,是在兄弟聊天之后,晋王赵光义匆匆出宫。出宫时,赵匡胤正在睡觉。

这样,也符合司马光的记载。

程德玄本是由赵光义推荐给赵匡胤的一名医官,最近半年来一直负责赵匡胤的饮食医疗。从程德玄十月二十日秘密拜会赵光义看,程德玄仿佛知道赵匡胤会发生大变(死去)。赵匡胤身体一向强健,于是真正的病因只可能是一个,由御医程德玄投毒,毒杀赵匡胤。当然,程德玄投放的毒药比较高级,很难察觉。但只要有心,还是可以发现。当料定赵匡胤必死之后,程德玄心中恐惧不安,连夜前往晋王府报信。如果晋王赵光义登基,投毒不但无罪反而有功了。

宋皇后本是让王继恩邀请赵德芳入宫即位,可王继恩却擅自改变命令,传召晋王赵光义入宫。他的理由是什么赵匡胤早就有这个意思,很明显,这是为赵光义遮丑。作为皇后,当然更明白夫君的心意,并且前文我们已经做了许多分析,赵匡胤并不希望传位给弟弟。

王继恩本不过是个宦官,可在赵光义一朝却出任领兵平定王小波、李顺起义的军队统帅,后来,赵光义还特意给他创设了一个昭宣使的官职,等同宣徽使,王继恩遂成为太宗一朝权倾天下的大红人。原因也只有一个,就是王继恩乃是拥立赵光义登基的首功之臣。

听闻王继恩邀请,赵光义为何久久不敢听从?他是在担心皇宫内有埋伏。虽然赵光义用尽心思和皇兄身边的御医、宦官打好关系,可是他这个人惯用阴谋诡计,也必然不能相信他人。一旦王继恩出卖了自己,入宫之后,等待赵光义的就很可能是赵德芳和拥立皇子的军队,那不但苦苦经营十多年的基业不保,连小命也会失去。

但王继恩一句话提醒了赵光义,此时一旦拖延,宋皇后很可能产生怀疑,然后另外派人邀请赵德芳入宫。虽然从个人官爵上,赵德芳不过是一个防御使,远远不如赵光义,可是赵德芳一旦入宫,得到所谓遗诏,继承大位成为皇帝,其岳父焦继勋、四叔赵廷美就会成为拥护赵德芳的最可靠的力量,而朝中无数赵匡胤的心腹也会投靠新君。赵光义的前途也凶险万分。

于是,赵光义只能拼死一搏。

当进入人殿时,程德玄一句话也暴露出程德玄的野心。程德玄不过是小小御医,此时竟然提醒赵光义不必遵循什么宫廷礼法,该出手时就出手。于是,程德玄当初为求富贵大胆投毒的可能性就更高了。

当看到王继恩联合赵光义入宫,宋皇后明白大势已去,才会急忙认可赵光义,哀求保全母子性命。赵光义当时或许还有几分愧疚,于是流泪答应。

可等到即位之后,赵光义就下令宋皇后迁出中宫,此后一直被拘禁,至于赵德芳兄弟,不出几年,都被毒死。

(完)